中國小説論壇

【第一辑】

《中国小说论坛》编辑部 | 编

Chinese
Fiction
Forum

山东人民出版社 · 济南
国家一级出版社 全国百佳图书出版单位

图书在版编目（CIP）数据

中国小说论坛．第一辑／《中国小说论坛》编辑部编．--济南：山东人民出版社，2021.8
ISBN 978-7-209-11856-9

Ⅰ．①中…　Ⅱ．①中…　Ⅲ．①小说评论－世界－文集
Ⅳ．①I106.4-53

中国版本图书馆CIP数据核字(2021)第047019号

中国小说论坛（第一辑）
ZHONGGUO XIAOSHUO LUNTAN（DIYIJI）
《中国小说论坛》编辑部　编

主管单位　山东出版传媒股份有限公司
出版发行　山东人民出版社
出 版 人　胡长青
社　　址　济南市英雄山路165号
邮　　编　250002
电　　话　总编室（0531）82098914
　　　　　市场部（0531）82098027
网　　址　http://www.sd-book.com.cn
印　　装　山东省东营市新华印刷厂
经　　销　新华书店

规　　格　16开（185mm×260mm）
印　　张　17
字　　数　293千字
版　　次　2021年8月第1版
印　　次　2021年8月第1次
ISBN 978-7-209-11856-9
定　　价　46.00元

《中国小说论坛》

山东大学文学院主办

目 录

发刊词

杜泽逊

在中国，从古到今的文体中，一脉延续至今的，也许只有小说。按照近人的文体区分，诗歌、散文、小说、戏曲为四大主要文体。随着文学革命的开展，现代散文与古代散文，现代戏剧与古代杂剧、传奇，现代白话诗与古代格律诗词，都有了较明显的界线，唯有小说，不仅贯穿古今，而且横跨中外。形成这种局面的内在因素，应是小说特有的“说故事”这种形式或手法，是古今中外共有的。有人把“虚构的叙事”作为现代对小说的定义，而这一点恐怕也是古今中外共有的。

新文学革命的重要标志之一，是白话文代替文言文，语言的文白似乎是新旧文学的重要区别。而恰恰在这个区分上，小说并不明显，因为白话小说早在新文学运动之前就成熟了。胡适《文学改良刍议》云：“吾每谓今日之文学，其足与世界第一流文学比较而无愧色者，独有白话小说一项。”诚为笃论。

现代文学研究几乎等同于白话文学研究，在这个研究领域里，很少涉及格律诗词，很少涉及骈文、辞赋和古文，很少涉及杂剧、传奇。尽管这些旧体文学还有人在创作，却骤然淡出了主流，成为边缘的边缘。唯有小说研究，在古代文学、现代文学、当代文学、西方文学各个领域都扮演重要角色，至少是主要角色之一。与之相关的，还有比较文学、文学评论，以及语言、目录版本各领域，同样成果累累，名家辈出。小说，俨然成了贯穿古今中外文学的红线。正是基于这样的考虑，我们萌发了举办中国小说学术研讨会、借此融通中国语言文学学科各个方面的想法。

作者简介：杜泽逊，山东大学文学院院长，儒学高等研究院教授、博士生导师，研究方向为中国古典文献学。

2019年8月25日至26日，我们做了初步尝试，邀请以小说为研究对象的各学科方向的专家在山东大学威海校区举办了“中国小说论坛”，到会专家140余位，来自海内外72个单位，提交论文116篇。会议安排了大会发言和分组发言，评出了优秀论文特别奖9篇，一等奖9篇，二等奖9篇，会议取得了丰硕成果。为了将这一批学术成果正式公诸学术界，成为小说研究的共同资源，我们决定创办一份学术辑刊《中国小说论坛》，也为今后的研究成果发表提供一个园地。这一建议得到山东大学文学院党政联席会议一致通过，因此我们成立了编辑部。山东人民出版社胡长青社长慨允承担出版任务，于是这个中国小说研究的园地就诞生了。

本刊对讨论新问题、拓展新疆界、发现新材料的论文优先发表；而奖掖后进，引为天职。

值此《中国小说论坛》问世之际，同人嘱为发刊词，因叙缘起，以冠卷首。四方君子，幸赐佳作，是所盼也。

2020年8月21日夜

权力版图与方士想象中的圣域：论《山海经》

万晴川

内容摘要：《山海经》的地理叙事是一种政治修辞，是在华夏中心主义观念的影响下，以现实地理为基础，加上空间想象而构建的差序化权力版图。《海经》和《荒经》虽然隐含对夷蛮族群的歧视，但那是一种儒家思想观念的惯性延续。作者笔下的远国异民并非如有些学者所说的“非我族类”，《山海经》表述的是华夏和其他民族天下一家的观念，不过有远近亲疏之分而已。《山海经》各篇目的内容不完全相同，《山经》向人们介绍如何辨识神奸、趋利避害；《海经》《荒经》主要描写远国异民、神话故事和古帝王系谱，都出自方士的手笔，海外世界是他们建构的圣域。《山海经》中的“生”“化”生命观及对神人异兽的形塑，对后来道教知识谱系的建构产生了重要影响。

关键词：《山海经》　权力版图　巫书　圣域　道教化

《山海经》是中国历史上的一部奇书，关于其作者、篇目、写作时代等问题学界都有争议，一般认为有的篇目写于战国时期，有的篇目成形时间最迟不晚于汉代。至于作者，蒙文通认为可能是巴蜀人[①]，袁珂认为是楚人[②]，袁行霈则猜测“最大的可能是产于西方”[③]。关于《山海经》的性质，则分别有“巫书”“神话”“畏兽图”、地理书、信史等种种说法。笔者认为，这些说法没有考虑到《山海经》思想和内容的

国家社科基金一般项目：“道教图像与中国古代小说关系研究”（15BZW106）。

作者简介：万晴川，原名万润保，扬州大学文学院教授、博士生导师。

① 蒙文通：《略论〈山海经〉的写作时代及其产生地域》，《中华文史论丛》1962年总第1辑。

② 袁珂：《〈山海经〉写作的时地及篇且考》，《中华文史论丛》1978年总第7辑。

③ 袁行霈：《山海经初探》，《中华文史论丛》1979年第3辑（总第11辑）。

复杂性，或只提及其一端，未能全面反映作品的实际。其实，《山海经》中只有《山经》是“巫书”和“畏兽图”，《海经》主要记载远国异民，有两则是神话故事，《大荒经》不但记载远国异民，还有神话故事、帝王世谱，总之，各部分内容或不相同，或各有所侧重，体现的思想也颇为复杂，既有儒家观念，也有道家、巫术和神仙方士的思想。本文分别从政治地理、儒道思想及道教化等视角对《山海经》展开进一步探讨，并澄清一些误解。

一、地理版图构建的政治修辞

《山海经》的篇目按照《山经》《海经》《荒经》《海内经》由近而远的顺序编排，除最后一篇《海内经》外，《山经》《海经》《荒经》都依照南、西、北、东的逆时针顺序书写，其中《山经》中又有《中山经》，有五个方位，完全符合春秋战国时代人们对于方位的认知。其中既有比较精确的现代中国境内地理特点的描绘，也有并不存在的、作者想象中的“异域”。

古人很早就形成了天圆地方的概念，“天圆”代表时间，“地方”代表空间，四方与四季对应。商人认为王畿是四方的中心，周边有许多不同的方国。

“海”的观念可能产生于四方之后，《释名·释水》：“海，晦也，主承秽浊，其色黑而晦也。”秦封泥有“晦池之印”“东晦都水”，说明“海”与“晦”同义，可互训互借。“四海”在早期并非指真正的四个海，而是蛮夷居住的四周之地。《尔雅·释地》云：“九夷、八狄、七戎、六蛮，谓之四海。”《周礼·调人》注云：“九夷、八蛮、六戎、五狄，谓之四海。”又说，“以海外为四海之外，所辟绝远。”[①]唐杨倞在注释荀子“北海则有走马吠犬焉”一语时说，“海，谓荒晦绝远之地，不必至海水也。”[②]张华《博物志》引纬书《考灵耀》曰：“地有四游，冬至地上北而西三万里，夏至地下南而东三万里，春秋二分其中矣。地常动不止，譬如人在舟而坐，舟行而人不觉。七戎六蛮，九夷八狄，形总而言之，谓之四海。言皆近海，海之言晦昏无所睹也。”[③]可见在西周时期，中国与四海是对立的概念，中国地处中原，是文

① ［清］孙诒让：《周礼正义》十三经注疏本，中华书局1987年版，第1026、1029页。

② ［清］荀况著，王先谦集解：《荀子集解》，中华书局1988年版，第161页。

③ ［西晋］张华著，范宁校证：《博物志校证》，中华书局1980年版，第10页。

明之地；蛮夷则在四海，“昏无所睹”，乃落后之区。《战国策·赵策》云：“中国者，聪明睿智之所居也，万物财货之所聚也，圣贤之所教也，仁义之所施也，诗书礼乐之所用也，异敏技艺之所试也，远方之所观赴也，蛮夷之所义行也。”[①]“荒”则指比海更遥远荒凉的地方，《广雅·释诂》：“荒，远也。”古人以“五服”的概念来解释世界地理结构，《尚书·禹贡》篇中叙述“五服”制度云：

> 五百里甸服。百里赋纳总，二百里纳铚，三百里纳秸服，四百里粟，五百里米。五百里侯服。百里采，二百里男邦，三百里诸侯。五百里绥服。三百里揆文教，二百里奋武卫。五百里要服。三百里夷，二百里蔡。五百里荒服。三百里蛮，二百里流。[②]

《国语·周语》云：“夫先王之制：邦内甸服，邦外侯服，侯、卫宾服，夷、蛮要服，戎、狄荒服。”[③]最遥远的地方是“要服”和“荒服”，“千里之内曰甸，千里之外，曰采、曰流”。[④]“要服”是夷人居住的地方，“荒服”则是蛮人居住的地方，是流放罪人之地。可见在古人看来，世界版图是一个按照亲疏远近环绕的差序化同心圆结构，王畿处在同心的位置，统治越向外展开力量就越弱，其中甸服、侯服和绥服属于可以控制的范围，不但要缴纳贡赋，还受到礼仪文明的熏陶。荒服、要服则属于外藩之地，虽要遵守王者的刑罚制度，但贡赋减少。因而对要服、荒服控制的强弱，是考察中原帝王功业大小的标尺。历史上的秦皇汉武都喜欢巡视海滨，以彰显自己的功业。在公元前219年至公元前210年的十年间，秦始皇曾四次行临海滨，经历黄、腄、成山、之罘、琅邪、碣石、会稽等地，并勒石纪功。《史记·秦始皇本纪》张守节《正义》云：“言王离以下十人从始皇，咸与始皇议功德于海上，立石于琅邪台下，十人名字并刻颂。”[⑤]通过巡视和勒石纪念，宣示已“并一海内”，标识势力范围。因而秦始皇东巡海上的动机不是简单地追求长

---

① ［清］程夔初集注：《战国策集注》，上海古籍出版社2013年版，第178页。

② 李民、王健：《尚书译注》，上海古籍出版社2004年版，第83页。

③ 《国语》，齐鲁书社2005年版，第2页。

④ 钱玄等注译：《礼记》，岳麓书社2001年版，第165页。

⑤ ［汉］司马迁：《史记·秦始皇本纪》，中华书局1959年版，第247页。

生，更重要的是应与当时社会的天下观和海内观作用于政治生活有关。[①]秦始皇还在南海置郡，其政治目的也同样如此。据《史记·秦始皇本纪》张守节《正义》引《秦记》云：秦始皇在长安宫殿中，“引渭水为池，筑为蓬、瀛，刻石为鲸，长二百丈”。秦始皇死后的皇陵地宫“以水银为百川江河大海”，“以人鱼膏为烛，度不灭者久之”。[②]这些行为都表明秦始皇一生以“并一海内”的伟业而自豪。有学者猜测，秦汉以来，可能有帝王在宫室或墓室的四壁悬挂若干图画来象征四方，模拟宇宙天地，供人们想象另类世界，其实，其中重要的原因之一就是通过这种形式表现他们“并一海内”的雄心。

《山海经》的地理空间叙事，其形式和内容都体现出浓郁的政治和权力修辞。在《山经》《海经》和《荒经》中，《山经》的篇幅最长，而且只有《山经》中有《中山经》，文字又最多。从篇目编排顺序看来，《山经》所描述的地区可能与王畿最近。《山经》的内容主要是介绍山川道路、物产风俗、祭神方法等；《海经》主要介绍远国异民并记载了两则神话故事；《荒经》除写殊方异国外，主要内容偏重记述神话故事和古帝王世系，以表明这些荒绝异国与中原王国的血脉关系，所以“荒”不仅指离“王畿”遥远，恐怕还有久远的历史之意。作者通过对地理方位、叙事内容及描写方式的选择，体现出“并一四海”的华夏中心主义观念。在作者笔下，远国异民的相貌都很怪异，一方面表现出古人图腾崇拜的观念，同时又隐含对要服与荒服夷蛮族群的歧视。在甲骨文中，周边族群都用动物标识，西周建国之初，就不断受到北方狎狁、东南徐戎和淮夷、南方荆楚的侵扰，特别是春秋时期，夷夏关系更为紧张，因而夷夏观念就更为强烈。华夏民族认为诸夏与四夷之间的区别主要表现在礼仪文化，《左传·定公十年》“正义”云：“夏，大也。中国有礼仪之大，故称夏；有服章之美，谓之华。”[③]《礼记·王制第五》又云：“中国戎夷五方之民，皆有其性也，不可推移。东方曰夷，被发文身，有不火食者矣。南方曰蛮，雕题交趾，有不火食者矣。西方曰戎，被发衣皮，有不粒食者矣。北方曰狄，衣羽毛穴居，有不粒食者矣。中国、夷、蛮、戎、狄，皆有安居、和味、宜服、利用、备器。五方之民，言

① 王子今：《司马迁笔下的秦始皇与海洋》，《光明日报》2019年1月19日。

② ［汉］司马迁：《史记·秦始皇本纪》，中华书局1959年版，第265页。

③ 《春秋左传正义》，北京大学出版社2000年版，第1827页。

语不通，嗜欲不同。”[①]《战国策》中说：“秦与戎翟同俗，有虎狼之心，贪戾好利而无信，不识礼义德行。苟有利焉，不顾亲戚兄弟，若禽兽耳。”[②]《国语》中也说戎狄“其血气不治，若禽兽焉”[③]。《说文·虫部》：“蛮，南蛮，蛇种。”“闽，东南越，蛇种。”《犬部》：“狄，赤狄，本犬种，狄之为言淫辟也。”《羊部》：“羌，西戎，牧羊人也。”对四夷称谓偏旁多从犬、虫、豸等，即把四夷看成兽类。《海经》和《大荒经》中对殊方异民的塑造就是这种文化背景下的产物，其塑造方法，一是在人类正常肢体和器官的数量上进行增减，如三身国人“一首而三身”，一臂国人只有一臂、一目和一个鼻孔，奇肱国人一臂三目；二是人兽同体，如轩辕国人人面蛇身，氐人国人人面鱼身，北方禺强人面鸟身；三是器官和肢体生长顺序颠倒，如柔利国人“一手一足，反厀，曲足居上”，留利国人“足反折”，枭阳国人“反踵”。汉魏六朝学者以禀气说解释这种现象，《白虎通义》云：“夷狄者，与中国绝域异俗，非中和气所生，非礼义所能化，故不臣也。”《淮南子·坠形篇》中说：“中土多圣人，皆象其气，皆应其类。”[④]干宝说得更明确：“中土多圣人，和气所交也；绝域多怪物，异气所产也。苟禀此气，必有此形；苟有此形，必生此性。”[⑤]就是说，中土之人是禀中和之气而生，所以中土多生圣人；而绝域之人禀异气而产，所以绝域多生怪物。《山海经》的作者就是根据这种观念来想象异域，构建“他者”形象的。

虽然《山海经》作者笔下的异域国民相貌怪异，但并非如有些学者所说的是“非我族类”。古人既用“五服”的概念来描述世界版图，也用以表述由父系家族组成的亲属关系，在此范围内的亲属，包括直系亲属和旁系亲属，为有服亲属，死为服丧。亲者服重，疏者服轻，依次递减。从这一角度看，《山海经》表述的应是华夏和其他民族天下一家的观念，只是有亲疏之分而已，因而在《海经》和《荒经》中常提到异域之国都是华夏古帝王的后裔，并简述了一些神族的谱系，如果作者将他们视为与华夏完全不同种类的人是不会这样叙事的，如《海外南经》写羿与凿齿战于寿华之野，帝尧葬于阳，帝喾葬于阴。《海内南经》写到夏后启之臣曰孟涂司神于

---

① 钱玄等注译：《礼记》，岳麓书社2001年版，第178页。

② 程夔初：《战国策集注》，上海古籍出版社2013年版，第258页。

③《国语》，齐鲁书社2005年版，第30页。

④［西汉］刘安等著，［东汉］高诱注：《淮南子注》，上海书店出版社1986年版，第59页。

⑤［东晋］干宝：《搜神记》，上海古籍出版社1998年版，第119页。下文所引《搜神记》皆出自该版本，不一一注出。

巴。《海外西经》写到穷山之际的轩辕之国。《大荒东经》写到白民之国是帝俊之后裔，《大荒西经》又说西周姬姓，是帝俊儿子后稷的后裔，北狄之国是黄帝之孙始均的后代。郭璞说“帝俊”就是“帝舜”，“俊”为“舜”的假借字，但《大荒南经》中又将帝俊与帝舜并列，似为两人。《大荒南经》写到三身国是帝俊与妻娥皇的子孙。《海内经》中说流沙之东，黑水之西的朝云之国、司彘之国，是黄帝与妻雷祖的儿子昌意所繁衍。《大荒北经》中还叙述了黄帝大战蚩尤的故事。轩辕、黄帝、尧、舜、喾、羿等，都是中华民族传说中的古帝王。此外，《海内东经》等部分又写到岷三江、浙江、庐江、湘水、濛水、颍水、渭水、沅水、赣水、肄水、潢水、洛水、济水、漳水等，这些水系都在今天中国境内。所以，古人的天下观与现在不同，他们认为远国异民与中央帝国的人有着或远或近的血缘关系，只是后来随着族群的不断繁衍分支，因而在文化上就逐渐有了文明与落后之分。不过，虽然《山海经》在对异域国民外貌的描写上留下了歧视的意味，但那是一种儒家思想观念的惯性延续，其实《海经》和《荒经》非但没有歧视异域国民之意，相反，那些地方还是方士们向往的“理想国”。

二、辨识神奸的知识谱系与理想世界

《山经》着重介绍地理物产，是由纳贡观念所决定的，《周官·夏官·怀方氏》云：“掌来远方之民，致方贡，致远物。”郑注：“远方之民，四夷之民也，谕德延誉以来之。”[①]《山经》中还介绍了祭神之法，表明这里是华夏礼乐文明的覆盖区，是离王畿较近的“服”。在《山海经》中，唯有《山经》中描述了大量怪兽和祭神之法。怪兽的形塑方法，或由多种禽兽器官和肢体混合而成，如《南山经》中“其状如羊，九尾四耳”的基山之兽，“其状如鸡而三首六目，六足三翼”的基山之鸟，“其状如禺而有鬣，牛尾、文臂、马蹄”的蔓联之山兽，即猿的形状、牛的尾巴和马的蹄子。或器官和肢体的数量与常态不同，如“一首而十身”的何罗之鱼、四足九尾的狐狸、一目而三尾的“讙”、“其状如羊，一角一目”的泰戏山兽。或是人兽同体，如“其状如枭，人面四目而有耳”的颙、“其状如人面虎身，其音如婴儿”的马腹，等等。这些怪兽中既有祥瑞之兽，“佩之宜子孙”“佩之不聋”“食之无肿疾”“可以御火”

① ［清］孙诒让：《周礼正义》十三经注疏本，中华书局1987年版，第2696页。

等；也有恶兽，“见则其郡县有大水”“见则天下大旱”“见则天下不安宁”和食人等。

《礼记·祭法第二十三》中云：“山林、川谷、丘陵能出云，为风雨，见怪物，皆曰神。”[①]后来的道教认为，山中有许多精魅，“能假托人形”[②]祸害人，道士去山中修道，需要特别小心，因而葛洪在《抱朴子》中介绍了许多对付妖怪的方法，或以镜照之，妖怪即现出原形；或知悉各种山精鬼魅的名字，“见之皆以名呼之，即不敢为害”[③]。《太平御览》卷八引《白泽图》说：“厕之精名曰依倚，青衣，持白杖。知其名呼之者除，不知其名则死。”[④]《白泽图》可能产生于先秦或三国前，最迟不会晚于东晋。循着这一视角，我们可以判断《山经》对山中怪兽之形状、颜色、声音、名字等做详细介绍，其目的就是便于人们遇到时可以辨认、躲避或克制。如《南山经》：

有兽焉，其状如马而白首，其文如虎而赤尾，其音如谣，其名曰鹿蜀，佩之宜子孙。

有鱼焉，其状如牛，陵居，蛇尾有翼，其羽在魼下，其音如留牛，其名曰鯥，冬死而复生。

有兽焉，其状如羊，九尾四耳，其目在背，其名曰猼訑，佩之为畏。有鸟焉，其状如鸡而三首、六目、六足、三翼，其名曰䳜䳜，食之无卧。

有兽焉，其状如狐而九尾，其音如婴儿，能食人，食者不蛊。有鸟焉，其状如鸠，其音如呵，名曰灌灌，佩之不惑。

有兽焉，其状如禺而四耳，其名长右，其音如吟，见则郡县大水。

“姓名巫术”、媚神（祭神）等都是对付妖魅的方法。刘歆在《上山海经表》中说：

禹乘四载，随山刊木，定高山大川。益与伯翳主驱禽兽，命山川，类草木，别水土。四岳佐之，以周四方，逮人迹之所希至，及舟舆之所罕到。内别五方之山，外分八方之海，纪其珍宝奇物，异方之所生，水土草木禽兽昆虫麟凤之

① 钱玄等注译：《礼记》，岳麓书社2001年版，第605页。

② ［东晋］葛洪著，王明校释：《抱朴子内篇校释》，中华书局1980年版，第274页。

③ ［东晋］葛洪著，王明校释：《抱朴子内篇校释》，中华书局1980年版，第277页。

④ ［宋］李昉等编，孙雍长、熊毓兰校点：《太平御览》，河北教育出版社1994年版，第112页。

所止，祯祥之所隐，及四海之外，绝域之国，殊类之人。禹别九州，任土作贡，而益等类物善恶，著《山海经》。①

可见，刘歆认为“类物善恶”就是《山海经》的写作目的，他的看法后来应者不少，晋人张华是第一个赞同刘歆说法的人，他在《博物志序》中说：《山海经》及《禹贡》等书，“出所不见，粗言远方，陈山川位象，吉凶有征。诸国境界，犬牙相入。春秋之后，并相侵伐。其土地不可具详，其山川地泽，略而言之，正国十二。博物之士，览而鉴焉”②。《淮南子·要略》中云：“地形者，所以穷南北之修，极东西之广，经山陵之形，区川谷之居，明万物之主，知生类之众，列山渊之数，规远近之路，使人通回周备，不可动以物，不可惊以怪者也。”③可见《淮南子·要略》的写作旨趣与《山海经》是相同的。由于科学水平低下，先民总觉得生活中危险无处不在，他们把一些动物、植物、疾病、气候等妖魔化，认为对他们的生命财产构成巨大威胁，所以，他们迫切需要掌握这方面的知识，以便遇到时能够应对，因而《山海经》是一部“备百物，知神奸”的图文并茂的工具书。这种写作传统形成很早，当时也非常流行。《左传·宣公三年》云：“铸鼎象物，百物而为之备，使民知神、奸。故民入川泽山林，不逢不若，螭魅罔两，莫能逢之。”④鼎上绘制了各地各类物怪，供人们观看，熟悉之后易于辨认，以后若入川泽山林，就可以避让。所以，刻绘有百物的“九鼎”其实就是有关神怪的知识谱系，是巫师们指导民众如何辨识神奸、遵守禁忌，进行祭祀的神物。马昌仪通过对战国子弹库出土的楚国帛书上绘制的《十二月神图》《男子御龙图》以及多幅战国漆画、战国青铜器刻画等进行分析后，发现有《山海经》中出现的夔龙、凤鸟、句芒、驺吾、肥遗、人面三首神、蓐收、禺彊、五采鸟、鸣蛇、鱼、并封、窫窳、羿、马身人面神、九尾狐、鸟氏、刑天以及各类巫师形象。⑤湖北随县的曾侯乙墓墓主内棺绘有大量龙蛇等图案，据《曾侯乙墓》一书统计，曾侯乙墓内棺绘制各种动物纹饰，各种龙共有549件，各种蛇共204件，鸟110件，鸟兽形兽24件，鹿2件，凤2件，鱼2件，鼠状动物2件。龙、蛇

① 《山海经》，见《二十二子》，上海古籍出版社1986年版，第1338页。

② ［西晋］张华著，范宁校证：《博物志校证》，中华书局1980年版，第7页。

③ ［西汉］刘安等著，［东汉］高诱注：《淮南子注》，上海书店出版社1986年版，第370页。

④ ［春秋］左丘明：《左传》，线装书局2007年版，第198页。

⑤ 马昌仪：《从战国图画中寻找失落了的山海经古图》，《民族艺术》2003年第4期。

数量占了总数的84.13%。[①]这些绘制在青铜器、帛书、棺木等上面的怪物，其功能与《山海经》是一样的。《白泽图》也是这样一部图籍，《云笈七签·轩辕本纪》云："帝巡狩东至海，登桓山，于海滨得白泽神兽。能言，达于万物之情。因问天下鬼神之事，自古精气为物，游魂为变者，凡万一千五百二十种，白泽言之，帝令以图写之，以示天下。"[②]汉魏六朝时，博物之士是炙手可热的红人，各种对付精怪的秘籍、图像及法器也应时而生，博物地理小说中的大量内容也是描述如何对付妖魅鬼怪。神人怪兽因为异于常态，容易使人产生惊怖、敬畏之感，它"突出这种指向一种无限深渊的原始力量"[③]，因而，这些图籍，除增加人们有关精怪的知识外，还有驱邪镇恶的巫术功能，即依照以恶治恶同类相克的巫术原理，[④]是一种"畏兽图"。饶宗颐解释说："畏兽谓威（猛）之兽，可以辟除邪魅，祛去不祥，……图铸像物，谓诸谲诡异状者通曰'物'，此'物'即畏兽是矣。"[⑤]贡布里希认为原始人"制像"（imagemaking）的目的，就在于保护他们免受自然力量的危害，是用来施行巫术的。[⑥]

但把《山海经》理解为一部"备百物，知神奸"[⑦]的图画文献却是错误的或不全面的，因为这仅仅是《山经》的内容，《海经》和《荒经》中不但没有"畏兽"，反而都是瑞兽，《海外经》《海内经》《大荒经》及最后的《海内经》四部分表现的是道家或方士理想中的世界。

道家特别是后来的道教，与儒家有很大的不同，儒家重视礼乐文明，有强烈的华夏中心主义优越感，但在道家和后来的道教想象中，美好的世界都在遥远的山海之外，方士们心目中的仙境或在西方昆仑，或在蓬莱三岛和十洲。《史记·封禅书》记述，"自威、宣、燕昭使人入海求蓬莱、方丈、瀛洲"。齐威王、齐宣王、燕昭王都曾派遣方士追寻海上"三神山"。秦皇汉武都迷信方士，追求海上神山奇药。所以，《海外南经》中有身生羽毛的羽民国，有长寿不死的不死民。《大荒南经》中有

① 湖北省博物馆编：《曾侯乙墓》，文物出版社1989年版，第41页。

② ［宋］张君房：《云笈七签》，齐鲁书社1988年版，第548页。

③ 李泽厚：《美的历程》，天津社会科学院出版社2001年版，第53页。

④ 杨景鹴：《方相氏与大傩》，《史语所集刊》（第31本），见李丰楙：《神化与变异：一个"常与非常"的文化思维》，中华书局2010年版，第162页。

⑤ 饶宗颐：《"畏兽画"说》，见《澄心论萃》，上海文艺出版社1996年版，第265—266页。

⑥ ［英］贡布里希：《艺术发展史》，范景中译，天津人民美术出版社2006年版，第18页。

⑦ 过常宝：《论上古动物图画及其相关文献》，《文艺研究》2007年第6期。

不死之国。《海内北经》写到昆仑梯几而戴胜杖的西王母。那里到处是珍禽异兽，如《海外南经》和《大荒南经》描写帝尧、帝喾、文王、舜与叔均的葬地，有熊、罴、文虎、蜼、豹、象、离朱、视肉、文贝、离俞、鸱久、鹰等各种异兽。《海内经》写“都广之野，后稷葬焉。爰有膏菽、膏稻、膏黍、膏稷，百谷自生，冬夏播琴。鸾鸟自歌，凤鸟自舞，灵寿实华，草木所聚。爰有百兽，相群爰处。此草也，冬夏不死”。《海外西经》写诸夭之野，“鸾鸟自歌，凤鸟自舞。凤皇卵，民食之；甘露，民饮之：所欲自从也。百兽相与群居。在四蛇北。其人两手操卵食之，两鸟居前导之”。这里的国民能驱使豹、虎、熊、罴，或乘龙骑凤，呈现出人与自然的和谐景象，后来道经和小说中的仙境基本就是这些元素组成的。另外，毛色变白也是一个“物老成精”的标志，是祥瑞之征，《抱朴子·对俗》中说：“千岁之鸟，万岁之禽，皆人面而鸟身，寿亦如其名。虎及鹿兔，皆寿千岁，寿满五百岁者，其毛色白。熊寿五百岁者，则能变化。狐狸豺狼，皆寿八百岁。满五百岁，则善变为人形。鼠寿三百岁，满百岁则色白，善凭人而卜，名曰仲，能知一年中吉凶及千里外事。如此比例，不可具载。”①俄国学者康定斯基认为，白色象征着生而黑色象征着死，这基本是任何一个民族对色彩共同的感受。黑白两色都是沉默的，他们象征着生死之间的距离。②所以，白色是长寿成仙之征，《山海经》中写到很多白鹿、白虎、白猿、白蛇等异兽，体现的都是神仙观念。总之，《山海经》中写到的殊方异域，就是道家所描述的“至德之世”，《庄子·马蹄》中描绘道：“故至德之世，其行填填，其视颠颠。当是时也，山无蹊隧，泽无舟梁；万物群生，连属其乡；禽兽成群，草木遂长。是故禽兽可系羁而游，乌鹊之巢可攀援而窥。夫至德之世，同与禽兽居，族与万物并，恶乎知君子小人哉！同乎无知，其德不离；同乎无欲，是谓素朴，素朴而民性得矣。”③庄子反对矫饰仁义、滥用礼乐、卖弄智巧，认为这些都不合于自然之道。《海经》《荒经》中写到的众多小国就是道家理想中的“小国寡民”，那里的人民生活简朴，与鸟兽同居，无忧无虑，顺其性情，自然而然。《山海经》中的海外荒绝世界就是后来道教神仙世界的雏形，因而为道教所借用，故在后世的传播和接受中道教化。

---

① ［东晋］葛洪著，王明校释：《抱朴子内篇校释》，中华书局1980年版，第41—42页。

② ［俄］康定斯基：《康定斯基论点线面》，罗世平等译，中国人民大学出版社2003年版，第50—51页。

③ ［战国］庄周著，万勇译注：《庄子》，中华书局2010年版，第143页。

三、《山海经》的道教化

由于《山海经》中写到远国异民、珍禽异兽以及不死药、不死树、不死草、不死国、不死民等，与道教的彼岸世界——仙境契合，因而受到道教的重视，对当时道教的知识构建产生了深远影响。北周天和五年（570），甄鸾上《笑道论》，内称陆修静道书《经目》只有一千二百二十八卷，本无杂书、诸子之名，“而道士今列二千余卷者，乃取《汉艺文志》目八百八十卷，为道之经论”①。其中就有《山海经》。北周武帝时，玄都观道士上《玄都经目》，正式将《山海经》一书收入道教经目。

李丰楙在考察《说文》中对“种”“类”“生”“产”四字的解释后指出：

> 对于生命的繁衍、生殖现象，诸如种、类与生、产和变、化等关键字的出现，显示人类为了理解世界、为了统一观物的经验，使之能够条理化、系统化，于是经由语言文字的创制、运用，逐渐对于自身所生存的客观世界进行了概念的掌握。在仰观俯察之际，初民发现纷繁的动植物飞潜都有其形状、位置，并从经验中不断地累积其观察心得，然后加以系统分类、组织，概括为对于存在世界的认知印象。②

王充概括为“因气而生，种类相产”③。古人关于“种类”“生产”的概念，是他们认识宇宙万物的方法。他们面对纷繁复杂世界中的芸芸众生，试图对某些物种进行归类，从中寻绎出宇宙生化、运行的规律。《山海经》认为世间万物就是由“生”“化”而产生的，“生”有生育、生长等意思，如“有木生山上，名曰枫木”中的“生”为生长之意，“帝俊生季厘，故曰季厘之国”中的“生”则有后裔之意。而“化”则为“变化”的意思，如女娲之肠化为神、夸父之杖化为邓林、蛇化为鱼妇、帝女死后化为瑶草等。可见“生”“化”有“常”与“非常”之别。孙诒让注《周礼·春官·大宗伯》中“以礼乐合天地之化，百物之产，以事鬼神”句时指出：贾

① ［北周］甄鸾：《笑道论》，见《大正藏》（第52册），新文丰出版公司1983年版，第152页。
② 李丰楙：《神化与变异：一个“常与非常”的文化思维》，中华书局2010年版，第48页。
③ ［汉］王充著，刘盼遂集解：《论衡集解》，古籍出版社1957年版，第68页。

逵疏谓“化产共为一者，以其化与产气类相似”是错误的，“化”是“变”之意，指改变旧形，如田鼠化为驾雀，雉化为蛤蜃等；而“生其种曰产”，如卵生、胎生及草木但如本者。[①]非类相生是不正常的，《论衡·自纪篇》云：“夫气无渐而卒至曰变，物无类而妄生曰异，不常有而忽见曰妖，诡于众而突出曰怪。”[②]《汉书》云：“凡草木之类谓之妖。妖犹夭胎，言尚微。虫豸之类谓之孽。孽则牙孽矣。及六畜谓之祸，言其著也。及人，谓之痾。痾，病貌，言浸深也。甚则异物生，谓之眚；自外来，谓之祥，祥犹祯也。气相伤，谓之沴。沴犹临莅，不和意也。”[③]《搜神记》卷十二云：“雀之为獐也，蛇之为鳖也，蚤之为虾也，不失其血气而形性变也。若此之类，不可胜论。应变而动，是为顺常；苟错其方，则为妖眚。故下体生于上，上体生于下，气之反者也；人生兽，兽生人，气之乱者也。男化为女，女化为男，气之贸者也。”非类相生突破了种类的限制，《山海经》中禹父化为墠渚、蛇化为鱼妇、炎帝之女化为精卫等，都是不同种类的东西相生，是非常态的。在农业社会，安土重迁的农民习惯于日出而作、日落而息的常态生活，从而形成了守成的心理，对变化尤其是猝变很不适应，甚至感到惊惧，认为打破常态对正常的秩序会产生冲击和威胁，因而将这些反常的现象视为妖异。干宝认为妖异的产生是由于“气乱”，《搜神记》中描述了大量“非类相生”的现象，如妇人产动物、动物产人、人和马生角，等等，都违反了正常的法则。儒家认为“气乱”是朝政失当在自然和社会的反应，所谓“国之将乱，必生妖孽”，但道教却通过观察这些大量非类相生、变形异体的现象后，由此认识到在自然生命终结后，有的动物可以通过变化突破种类的限制而获得再生。由于当时的人认为这些现象都是真实的，并予以合理化，“因而成为一种生命可以否定生物种类的固定性而转化的信念，并被引申用以思索人是否也可能以‘化’来延续生命”[④]。

《山海经》中器官和肢体异常的神人和怪兽是建立在观察现实生活中基因变异而导致畸形的人和动物之上的，但先民对这种现象不能加以科学解释，认为器官和肢体越多，生命力就越旺盛，力量就越强大；而器官或肢体的数量蜕化直至丧失，又

① 阮元校刻：《十三经注疏》，中华书局1980年版，第763页。

② ［汉］王充著，刘盼遂集解：《论衡集解》，古籍出版社1957年版，第590页。

③ ［汉］班固：《汉书》卷二十七中，中华书局1964年版，第1353页。

④ 李丰楙：《神化与变异：一个“常与非常”的文化思维》，中华书局2010年版，第60页。

是蝉蜕成仙的表征。汉末仲长统《见志诗》中“飞鸟遗迹，蝉蜕亡壳，腾蛇弃鳞，神龙丧角”[①]之语，表达的就是这个意思，他们认为器官和肢体是一种累赘，经过修炼，蜕化回归生命的原初状态，此即《庄子》中央帝王浑沌故事的寓意，很多民族都有关于独眼龙、独角兽故事的流传。而畸形的人和动物又能使人产生恐惧感，宗教正源于对自然力的恐惧。罗马人卢克莱修说：“恐惧造成最初的神。”马雷特以为，宗教的发生由于事物的神圣的观念，在原始人看来，凡反常的不可思议的现象都有神圣的性质，易于引起崇拜。[②]伯克认为客体的崇高和主体的崇高感均来自恐惧，“凡是能以某种方式适宜于引起苦痛或危险观念的事物，即凡是以某种方式令人恐怖的，涉及可恐怖的对象的，或是类似恐怖那样发挥作用的事物，就是崇高的一个来源”[③]。所以秦汉时期有“圣人不相”的说法，谶纬中的帝王和圣人都与《山海经》中的神人一样有异相。

凡是成精的异兽，不管是瑞兽还是恶兽，都有寿命长、能变化的特点，故而成为道教崇拜之物，成为驱邪之物。汉代墓葬中的很多镇墓兽都来自《山海经》，汉王延寿《鲁灵光殿赋》描绘鲁王灵光殿壁画云：“图画天地，品类群生，杂物奇怪，山神海灵”。[④]东汉冯儒久墓门扉画像中的人面虎乃《山海经·中山经》中的“其状如人面虎身，其音如婴儿，是食人”的“马腹”。桓帝建和元年（147）武氏东阙正阙身南面画像，画面第二层中间有一三头人面的怪兽，右面有一八头八面、虎身蹲踞的怪兽，是《大荒东经》中的水神天吴。墓主或造墓者不但希望这些怪兽能够驱恶辟邪，还希望它们能够引导魂灵通向仙境。另外一些怪兽则成为祥瑞之物，如山东新泰市西柳庄出土的汉代“人首蛇身画像”，就是根据《大荒西经》中蛇化鱼的描写而绘制，又添加了羊和兔，以示吉祥。1973年河南南阳卧龙区王寨墓出土的东汉“升仙图”，墓门北门楣，右一人手持牛角呼号奔走，其后飞廉做回首状，一羽人两手持物，将腾跃于飞廉之上，后有高耸的山峰，上面有一只玄龟爬行，画左有一状似马而头上有独角之神兽，乃《北山经》中的神兽“疏”。《山海经》中的一些著名的神祇也演变为道教神仙，如西王母、女娲、羲和等；《山海经》中的一些植物

① ［南朝］范晔：《后汉书》卷四十九《仲长统传》，中华书局1965年版，第1645页。

② 转引自林惠祥：《文化人类学》，商务印书馆1991年版，第222页。

③ ［英］伯克：《论崇高与美》，引自朱光潜《西方美学史》（上册），商务印书馆2017年版，第257页。

④ ［南朝］萧统：《文选》，中华书局1977年版，第171页。

如桃木、扶桑等，则成为道教的驱邪灵物。

四、结论

综上所述，我们可以得出结论：《山海经》的地理叙事是一种政治修辞，是在华夏中心主义观念的影响下，以现实地理为基础，加上空间想象而构建的权力版图。《山海经》中各篇目的内容或有所不同，或有所侧重，《山经》是一部向山行的人们介绍如何辨识神奸、趋利避害的巫书；而《海经》《荒经》主要描写远国异民、神话故事和古帝王谱系，反映了道家或方士对圣域的想象和追求，是后来道教仙境的雏形；而《山海经》中有关“生”“化”的生命观及对神人与怪物的形塑，对后来道教知识谱系的建构产生了重要的影响。

宋代小说中的人神（仙）婚恋遇合的叙事传统及其文化蕴含

洪树华

内容摘要：人神（仙）之间的超现实婚恋遇合是宋代小说中的重要题材之一，主要分布在《青琐高议》《绿窗新话》《夷坚志》等集子中。宋代小说中的人神（仙）婚恋遇合故事继承了宋前小说的传统题材，其叙事文本的创作特征主要是编撰者根据他人讲述编辑而成，或是根据前人的文言小说加工编撰而成。这些故事显示了宋代男人的爱美好色及理学背景下的性欲望或者性意识等文化蕴含。

关键词：宋代小说　超现实　人神（仙）婚恋遇合　叙事传统　文化蕴含

超现实婚恋遇合，即人与神（仙）、鬼（魂）、精怪等之间的婚恋情缘，是中国古代小说叙事传统中的重要题材之一。这种叙事传统，上溯先秦诗赋，下延汉、魏六朝，直至宋、元、明、清各代小说，几乎贯串在中国古代叙事文学的发展历程中。本文以《青琐高议》《夷坚志》等文言小说为中心，解读其中的人与神（仙）之间的超现实婚恋遇合的叙事传统，分析人神（仙）婚恋遇合的叙事文本特征，进而透视其文化蕴含。

国家社会科学基金一般项目：超现实婚恋遇合在宋代小说中的传承及其意蕴研究（18BZW051）。

作者简介：洪树华，山东大学（威海）文化传播学院教授，主要从事文艺学、传统文化与中国古代文学研究。

一、宋代小说中的人神（仙）婚恋遇合的叙事题材的传承

在宋代小说中，作家笔下的人神（仙）婚恋遇合故事并非从天而降，其实有着题材渊源。笼统而言，在中国古代文学中，人与异类的性恋、遇合关系，似乎最早可以追溯至先秦的诗歌，如：《诗经》中的《宛丘》等篇以及《离骚》《九歌》等作品具有巫风色彩的虚幻性恋的鲜明踪迹，蕴含着人与异类之间的遇合关系的萌芽。作为中国传统文化中的特殊的文化现象，感生神话蕴含着超现实婚恋遇合，如《诗经·商颂·玄鸟》云："天命玄鸟，降而生商。"①《诗经·大雅·生民》云："厥初生民，时维姜嫄。生民如何？克禋克祀，以弗无子。履帝武敏歆，攸介攸止。载震载夙，载生载育，时维后稷。"②前一首诗涉及商始祖契诞生的故事，后一首诗涉及周始祖后稷诞生的故事，这些感生神话"蕴含着人与神等之间的间接遇合关系，这种性爱是虚幻的，超越现实，不受世间的礼教束缚的"③。

另外，人神（仙）婚恋遇合在赋体作品中的出现，可以推至流传至今的宋玉的《高唐赋》《神女赋》的序文。两篇序文叙述了楚王梦遇神女，如《文选》卷第十九《高唐赋》的序文：

> 昔者楚襄王与宋玉游于云梦之台，望高唐之观。其上独有云气，崪兮直上，忽兮改容，须臾之间，变化无穷。王问玉曰："此何气也？"玉对曰："所谓朝云者也。"王曰："何谓朝云？"玉曰："昔者先王尝游高唐，怠而昼寝，梦见一妇人，曰：'妾，巫山之女也，为高唐之客。闻君游高唐，愿荐枕席。'王因幸之。去而辞曰：'妾在巫山之阳，高丘之阻，旦为朝云，暮为行雨。朝朝暮暮，阳台之下。'旦朝视之，如言。故为立庙，号曰'朝云'。"④

这一记载在《太平御览》卷三百九十九《襄阳耆旧记》里也有，只不过文字略

---

① 程俊英、蒋见元：《诗经注析》（下册），中华书局1991年版，第1030页。

② 程俊英、蒋见元：《诗经注析》（下册），中华书局1991年版，第800页。

③ 洪树华：《宋前文学中的超现实婚恋遇合研究》，齐鲁书社2011年版，第81页。

④ ［梁］萧统编，［唐］李善注：《文选》（上册），中华书局1977年版，第264—265页。

有差异而已：

楚襄王与宋玉游于云梦之野，将使宋玉赋高唐之事。望朝云之馆，上有云气，崒乎直上，忽而改容，须臾之间，变化无穷。王问宋玉曰："此何气也？"对曰："昔者先王游于高唐，怠而昼寐，梦一妇人，暧乎若云，焕乎若星，将行未至，如浮如停，详而视之，西施之形。王悦而问焉，曰：'我，帝之季女也，名曰瑶姬，未行而亡，封巫山之台，精魂依草，寔为茎之，媚而服焉，则与梦期，所谓巫山之女，高唐之姬。闻君游于高唐，愿荐枕席。'王因而幸之。"①

在上述的赋序中，宋玉以全知叙述视角口述了楚怀王游高唐而梦遇神女自荐枕席的故事。这样美丽的梦遇，楚襄王也曾拥有。《神女赋》云：

楚襄王与宋玉游于云梦之浦，使玉赋高唐之事。其夜王寝，果梦与神女遇，其状甚丽。王异之，明日以白玉。玉曰："其梦若何？"王曰："晡夕之后，精神恍忽，若有所喜。纷纷扰扰，未知何意。目色髣髴，乍若有记。见一妇人，状甚奇异，寐而梦之，寤不自识。罔兮不乐，怅然失志。于是抚心定气，复见所梦。"王曰："状何如也？"玉曰："茂矣美矣，诸好备矣！盛矣丽矣，难测究矣！上古既无，世所未见。瑰姿玮态，不可胜赞。其始来也，耀乎若白日初出照屋梁。其少进也，皎若明月舒其光。须臾之间，美貌横生。晔兮如华，温乎如莹。五色并驰，不可殚形。详而视之，夺人目精。其盛饰也，则罗纨绮缋盛文章，极服妙采照万方。振绣衣，被袿裳。秾不短，纤不长。步裔裔兮曜殿堂。忽兮改容，婉若游龙乘云翔。嫷被服，侻薄装。沐兰泽，含若芳。性和适，宜侍旁。顺序卑，调心肠。"王曰："若此盛矣！试为寡人赋之。"玉曰："唯唯。"②

宋玉在《神女赋》序文简要叙述了楚襄王在游览云梦之浦的那夜就梦遇了神女。不过，神女的美貌却是通过叙述者之口展现出来。可以肯定的是，遇合神女、与神女的情缘让中国古代文人思念不绝。后来的赋体文学，如曹植《洛神赋》、陈琳

① ［宋］李昉等：《太平御览》（第2册），中华书局1960年版，第1844页。

② ［梁］萧统编，［唐］李善注：《文选》（上册），中华书局1977年版，第267页。

《神女赋》、王粲《神女赋》、杨修《神女赋》、张敏《神女赋》、江淹《水上神女赋》和谢灵运《江妃赋》等都是受宋玉《高唐赋》《神女赋》的影响。

人神（仙）遇合的题材在中国古代小说之类的叙事作品中也得到传承。这方面题材最早之作，似乎可以追溯至汉代杂史杂传体志怪作品，如托名班固的《汉武故事》和《汉武内传》叙述了汉武帝与西王母的相会情景，其间有西王母降临宫殿，与汉武帝共食仙桃的故事情节。据此，有学者认为："这种登床共坐，共食仙桃的描写，都含有性的意味。"[①]又认为："从这一背景来考察《汉武帝内传》，则西王母于七夕之夜主动降临汉殿，会见刘彻，无疑是西王母（神）爱上刘彻（人）的神人之恋。"[②]然而，这样的结论值得商榷。从细读文本看，这两部作品的主题根本就不是神人之恋。笔者曾在《宋前文学中的超现实婚恋遇合研究》一书中认为：这两部作品的主要内容是汉武帝想长生久视而求仙问道。至于西王母降临宫殿、汉武帝迎拜等，是渲染武帝求仙的精彩情节，作者借助人（帝）与神相会来宣扬神仙观念。所以，显而易见两书的主要内容及主题都不是人神之恋。[③]

那么，人神（仙）婚恋遇合的叙事文学作品的最早之作应是《列仙传》中的《赤松子》《萧史》《江妃二女》《犊子》和《园客》等，这些作品叙述了人神（仙）恋爱的故事。之后，人神（仙）婚恋遇合故事在魏晋南北朝、唐五代、宋代小说中大量出现。魏晋南北朝志怪小说中，出现了三十多则人神（仙）婚恋遇合的故事，如曹丕《列异传》中的《弦超》；曹毗《杜兰香别传》；干宝《搜神记》中的《杜兰香》《弦超》《董永》《园客》《河伯婿》《张璞》《建康小吏》《蒋山祠》；陶潜《搜神后记》中的《剡县赤城》《白水素女》《清溪庙神》《吴望子》；刘义庆《幽明录》中的《刘晨阮肇》《妙音》《甄冲》《河伯嫁女》《徐郎》；吴均《续齐谐记》中的《清溪庙神》《白膏粥》等。魏晋南北朝小说中的人神（仙）婚恋遇合大多出现在人间男子与降福的神（仙）女、祠（庙）神女、山神河神的女儿、洞穴仙女之间，只有很少的小说是人间女子与男神（仙）遇合的故事，如干宝《搜神记》卷五的《蒋山祠》（四）叙述

---

① 钟来茵：《论〈汉武帝内传〉中的人神之恋》，《东南大学学报》（社科版）1999年第3期，第69页。

② 钟来茵：《论〈汉武帝内传〉中的人神之恋》，《东南大学学报》（社科版）1999年第3期，第67—68页。

③ 洪树华：《宋前文学中的超现实婚恋遇合研究》，齐鲁书社2011年版，第106页。

了年仅十六、“姿容可爱”的女子吴望子与蒋侯神之间的“遂隆情好”的人神恋。[①]人神（仙）婚恋遇合在魏晋南北朝的产生有着深刻的神仙观念的根源及当时社会现实的因素。“先秦两汉的神、仙观念孕育了志怪小说中的神、仙形象的产生，是人神（仙）婚恋遇合产生的思想根源。另外，汉末魏晋南北朝是中国历史上多灾多难的时期。从公元三世纪到公元六世纪，三国鼎立、八王之乱、五胡十六国割据到南北朝对峙，战乱一直绵延不断，社会动荡不安，人民生活贫困，处于水深火热之中，渴望和平稳定的理想世界。加上道教长生久视的思想的影响，人们祈求长生不老，这样就促成了人神（仙）婚恋遇合故事产生。可以说，汉末魏晋南北朝的社会现实是人神（仙）婚恋遇合故事产生的土壤。”[②]

在隋唐五代的小说中，人神（仙）婚恋遇合作品大量出现，大约有60篇作品，是汉魏六朝志怪小说中的同类故事作品数量的一倍。其中大多数故事的角色构成是：人间男子与庙（祠）神女、神（仙）女、死去多年早已成仙的女子，另有人间女子与男性的庙（祠）神。值得注意的是，唐代志怪传奇作品中的人间女子与男性的神之间的婚恋遇合故事数量增加，作品有：唐代戴孚《广异记》的《赵州参军妻》《河东县尉妻》《仇嘉福》《王法智》，卢氏《逸史》的《李主簿妻》，皇甫枚《三水小牍》的《阿珊》，皇甫氏《原化记》的《楚州人》，薛渔思《河东记》的《成叔弁》，康骈《剧谈录》的《王鲔》以及晚唐李隐《奇事记》的《冉遂》，无名氏《闻奇录》的《魏耽》，五代王仁裕《玉堂闲话》的《葛氏妇》等。总体来说，人神（仙）婚恋遇合作品在唐代大量出现，与唐代的道教思想的影响有关。这从仙洞、仙府等故事发生地和故事里的养身术可以看出唐代的一些人神（仙）婚恋遇合故事浸染了浓厚的道教色彩。[③]

至宋代小说，人神（仙）婚恋遇合故事继承了宋前小说的传统题材，成为中国文学叙事传统的链条中不可缺少的一环。宋代小说，包括文言小说和话本小说（通俗小说）。现存宋代话本小说涉及人神（仙）婚恋遇合的作品仅有三篇，即《种瓜张老》（又题名为《种叟神记》《张古老种瓜娶文女》）《董永遇仙传》《蓝桥记》。与现存话本小说相比，人与神（仙）之间的超现实婚恋遇合故事出现在宋代文言小说中有

① ［晋］干宝撰，汪绍楹校注：《搜神记》，中华书局1979年版，第60页。

② 洪树华：《宋前文学中的超现实婚恋遇合研究》，齐鲁书社2011年版，第123—124页。

③ 洪树华：《宋前文学中的超现实婚恋遇合研究》，齐鲁书社2011年版，第223—230页。

四十余篇，其中皇都风月主人编的《绿窗新话》有十八篇，洪迈《夷坚志》有十四篇。除去重复的故事，剩下的作品也有三十九篇。若除去《绿窗新话》十八篇，那么宋代文言小说中涉及人神（仙）婚恋遇合的作品只有二十一篇，与隋唐五代小说涉及人神（仙）婚恋遇合的六十篇相比，数量大减，其中的原因正如小说史家林辰解释宋代传奇小说不发达的原因一样，他说："宋代的传奇体小说为什么不像唐传奇那么发达？这当然是因为一个时代有一个时代的文学，是由于政治、经济、文化的综合原因决定的。不过，这样说也太笼统了。具体说来，可能有三个方面的原因：一是宋王朝开国不久，第二代皇帝赵光义就下令编纂大型类书，《太平御览》《文苑英华》《太平广记》之编，自然吸引了一批学者，其中著名的小说家就有徐铉和吴淑等，他们无暇于小说创作。由于政府的提倡，在文人中似也兴起一种注重编书的风气，经史之外，编小说而有成就者，当推刘斧和洪迈。二是由于新的文学体裁——词的兴起，唤起了很多文人的兴趣的转移，他们由小说而转向词体，借词以抒怀。三是由于小说自身的发展，笔记体小说改变了原来的面貌，朝着叙事委婉、跌宕起伏的方向发展，传奇体和笔记体的差异进一步缩小，体裁的特征难以截然区分，因之传奇体小说就相对少了。当然，还有一个很重要的原因，那就是由于通俗小说的兴起，给文人的文言小说带来很大冲击，相比之下，传奇体小说创作就更显得薄弱。"[①] 由于当时的文化形势及新兴文体的冲击，导致了宋代传奇体神怪小说的数量明显减少了。宋代涉及人神（仙）的故事主要集中在《青琐高议》《绿窗新话》《夷坚志》等小说集中，同时也分散在《云斋广录》《墨庄漫录》《睽车志》《投辖录》等作品集中。如前所说，宋代小说中的人神（仙）婚恋遇合继承了前代的题材。就人与庙神（或女塑像）的情缘而言，宋代小说有：《睽车志》卷五的《曹滋遇江郎庙女神》（笔者添加篇名），《夷坚丙志》卷四《孙鬼脑》、丁卷五《陈通判女》、支丁卷二《张承事女》、志补十五《雍氏女》等。其中有人间男子与庙神（女塑像）之间的情缘题材传承的特征是非常明显的，如郭彖《睽车志》卷五：

> 曹滋，字仲益，尝以干至衢州江山县。县有江郎庙，滋闻其灵响，往拜谒焉。庙有二女像，甚美，俗传江郎之女。滋心悦慕，注视甚久。见一像若动目相眄者，惊惧而还。夜梦其女来与之偶，久益狎，往往暮夜不梦而至。间与滋

① 林辰：《神怪小说史》，浙江古籍出版社1998年版，第212页。

论文，多所启发。俄而滋苦羸疾，其家命道士作法驱之。女怒曰：“相慕而来，非有不利于子，何乃见逐？吾不可复留此。”会曹亦将行，送之出州境，泣别而去。七舍郑称说。①

该篇根据郑称所说，叙述了一则人与庙女神像的超现实婚恋遇合的故事。曹滋面对江郎庙里的美丽的二女像，心怀悦慕，夜梦“若动目相盼”的神女来与他遇合，后因家人见他患羸疾而使道士施法驱赶，最终神女泣别而去。又如《夷坚志》丙卷四《孙鬼脑》：

眉山人孙斯文，文懿公抃曾孙也，生而美风姿。尝谒成都灵显王庙，视夫人塑像端丽，心慕之。私自言曰：“得妻如是，乐哉！”是夕还舍，梦人持锯截其头，别以一头缀项上。觉而摸索其貌，大骇。取烛自照，呼妻视之，妻惊怖即死。绍兴二十八年，斯文至临安，予屡见之于景灵行香处，丑状骇人，面绝大，深目倨鼻，厚唇广舌，鬓发鬅鬙如蛮。每啖物时，伸舌卷取，咀嚼如风雨声，赫然一土偶判官也。画工图其形，鬻于市廛以为笑。斯文深讳前事，人问者，辄曰：“道与之貌也。”杨公全识其未换首时，曰：“与今不类。”蜀人目之为孙鬼脑云。②

这也是一则世间男子爱慕神庙中的妇人塑像的故事。主人公孙斯文风姿俊美，在成都显灵王庙时，见到端庄美丽的妇人像，产生爱慕之心，并有“得妻如是”的愿望。由于有着这样的“邪念”，孙斯文当夜就梦见头被锯截，醒后发现外貌变得“丑状骇人”。其实，这类指庙像为妻的故事题材，可以追溯至干宝《搜神记》卷五《蒋山祠》：

咸宁中，太常卿韩伯子某、会稽内史王蕴子某、光禄大夫刘耽子某，同游蒋山庙。庙有数妇人像，甚端正。某等醉，各指像以戏，自相配匹。即以其夕，三人同梦蒋侯遣传教相闻，曰：“家子女并丑陋，而猥垂荣顾。辄刻某日，悉

① ［宋］郭彖：《睽车志》，中华书局1985年版，第47页。

② ［宋］洪迈撰，何卓点校：《夷坚志》（第一册），中华书局1981年版，第393页。

相奉迎。”某等以其梦指适异常，试往相问，而果各得此梦，符协如一。于是大惧。备三牲，诣庙谢罪乞哀。又俱梦蒋侯亲来降己，曰：“君等既已顾之，实贪会对。克期垂及，岂容方更中悔。”经少时并亡。①

太常卿韩伯子某、会稽内史王蕴子某、光禄大夫刘耽子某一起在游蒋山庙时，见到庙中的端庄美丽的妇人像，各指为妻。后来夜里他们都梦见蒋侯迎亲，“经少时并亡”。经比对，《睽车志》卷五《曹滋遇江郎庙女神》、《夷坚志》丙卷四《孙鬼脑》与《搜神记》卷五《蒋山祠》有着相同或相似的故事情节要素：（1）或谒或游庙。“往拜谒焉”（《曹滋遇江郎庙女神》）；“尝谒成都灵显王庙”（《孙鬼脑》）；“同游蒋山庙”（《蒋山祠》）。（2）有爱美之心。“庙有二女像，甚美，……滋心悦慕”（《曹滋遇江郎庙女神》）；“视夫人塑像端丽，心慕之。私自言曰：‘得妻如是，乐哉！’”（《孙鬼脑》）；“庙有数妇人像，甚端正。某等醉，各指像以戏，自相配匹。”（《蒋山祠》）（3）做梦。“夜梦其女来与之偶”（《曹滋遇江郎庙女神》）；孙斯文梦见“人持锯截其头，别以一头缀项上。觉而摸索其貌，大骇”（《孙鬼脑》）；“三人同梦蒋侯遣传教相闻，……某等以其梦指适异常，试往相问，而果各得此梦，符协如一。于是大惧。备三牲，诣庙谢罪乞哀。又俱梦蒋侯亲来降己。”（《蒋山祠》）（4）结局。“俄而滋苦羸疾……泣别而去”（《曹滋遇江郎庙女神》）；“取烛自照，呼妻视之，妻惊怖即死。……丑状骇人，面绝大，深目倨鼻，厚唇广舌”（《孙鬼脑》）；“经少时并亡”（《蒋山祠》）。

人与庙（祠）神之间的故事在唐五代小说中也曾经出现过，如唐代阙名的《华岳灵姻传》。《类说》本《异闻集》内有《华岳灵姻》，但该篇文字简略。南宋皇都风月主人编的《绿窗新话》卷上《韦卿娶华阴神女》②篇末注出《异闻集》。今人李剑国辑校的《唐五代传奇集》收入该篇，题作《华岳灵姻传》③。该故事的主要情节是韦子卿游华阴庙，见到女像姝丽，竟然说：“我擢第回，当娶三娘子为妻。”后来他与华岳金天大王之女择日就礼成婚、神女诫告、韦子卿娶宋州刺史女、刺史女患病、道士用符驱神、韦子卿被责骂挨打以及死亡等。类似的故事还有五代后蜀何光

① ［晋］干宝撰，汪绍楹校注：《搜神记》，中华书局1979年版，第59页。

② ［宋］皇都风月主人编，周夷校补：《绿窗新话》，古典文学出版社1957年版，第41—42页。

③ 李剑国：《唐五代传奇集》（第三册），中华书局2015年版，第1261—1262页。

远《鉴诫录》卷十《求冥婚》[①]，该篇叙述了人间男子与庙中的土塑女像的婚恋遇合，故事中的主要人物曹孝廉第十九子“因游彭州导江县灌口，谒李冰相公庙，睹土塑三女，俨然而艳，遂指第三者，祝曰：‘愿与小娘子为冥婚，某终身不媾凡庶矣。’遂呵卦子掷之，相交而立”。最后“及晓视之，曹已奄然矣”。这样的结局也实在让人叹息不已。

从上述故事看出，从《搜神记》卷五《蒋山祠》、唐代阙名的《华岳灵姻传》、五代后蜀何光远《鉴诫录》卷十《求冥婚》，到《夷坚志》丙卷四《孙鬼脑》等篇，都是世间男子与庙（祠）神女（女塑像）的婚恋遇合故事。从题材和情节看，这类故事在宋代小说中得到传承，具有大致相似的叙事模式：人间男子游观神庙，见庙里的女子塑像貌美而心动，遂戏言娶为妻，并与之婚恋遇合，最后人间男子惨遭厄运，甚至死亡的命运。值得一提的是，这类故事的叙事结局都是主要人物惨遭不幸的命运。探究其中的原因，不难发现宋代的人与庙（祠）神之间的超现实婚恋遇合的结局与儒家思想有关。首先，儒家重视“礼”。儒家强调“发乎情，止乎礼义”。儒家所说的“情”，是一个广义的“情”，它包括了亲情、友情、爱情等。在等级森严的封建社会里，儒家礼教成为规范和约束人们一切言语、行为的准则。男女之情，人的情欲，自然要受到礼教的约束。倘若违反了，那就要受到相应的惩罚。其次，理学家重视“敬”的思想。程颐提倡的主要修养方法是“敬”。那么，怎样才能做到“敬”呢？程颐说：“当出门时，其敬如此，未出门时可知也。且见乎外者，出乎中者也。使民出门者，事也。非因是事上方有此敬，盖素敬也。如人接物以诚，人皆曰诚人，盖是素来诚，非因接物而始有此诚也。俨然正其衣冠，尊其瞻视，其中自有个敬处。虽曰无状，敬自可见。”[②]按照程颐的上述话，从外在的修养方面看，要“正其衣冠，尊其瞻视”，即端正衣冠，瞻视要尊敬，视听言动要符合礼。程颐还说：“但惟是动容貌、整思虑，则自然生敬，敬只是主一也。主一，则既不之东，又不之西，如是则只是中。既不之此，又不之彼，如是则只是内。存此，则自然天理明。学者须是将敬以直内，涵养此意，直内是本。”[③]“闲邪则固一矣，然主一则

① ［清］永瑢等：《文渊阁四库全书》（第1035册），台湾商务印书馆1986年版，第923页。

② ［宋］程颢、程颐著，王孝鱼点校：《二程集》（上册），中华书局2004年版，第184—185页。下引该书仅注明书名及页码。

③ 《二程集》（上册），第149页。

不消言闲邪。有以一为难见，不可下工夫。如何一者，无他，只是整齐严肃，则心便一，一则自是无非僻之奸。此意但涵养久之，则天理自然明。”①“忠信所以进德者何也？闲邪则诚自存，诚存斯为忠信也。如何是闲邪？非礼而勿视听言动，邪斯闲矣。”②从内在的修养方面看，程颐要求“闲邪”“主一”。总之，程颐强调的“敬”，是要求外在的容貌行为与内在的思虑都要有约束和克制。

众所周知，寺庙、祠堂是人们瞻仰、膜拜、祭祀、祈祷、纪念的场所。无论是神灵祠庙、宗族祠堂、皇家宗庙、名人祠庙、儒家文庙、道教宫观，还是佛教寺院等，都是非常严肃、庄重的地方，是让人产生敬仰、崇拜，甚至惊畏心理的地方，那么，在这些场所人们理应不能有不当的语言、行为。比如祠堂有一些规定，“祠堂祭祖是宗族最隆重的大典，参加祭祖活动的支丁，必须衣冠整肃，庄严肃穆。《（江西万载）蓝氏重修族谱》（道光四年）论述了祭祖遵行条规的重要性：‘本族举行祭礼，执事斯文，务其恪供乃职，倘对越之际嬉笑自如，立不端庄，举止失次，何以成礼法，而妥先灵，而俗后昆，特立条规，开陈如左，先期饬知，以便遵行。苟有违玩，家法具在，照例示儆。’很多祠规对参加祭礼的族人的举止形态、衣着都有严格规定。如歙县潭渡黄氏宗族《祀约》规定：‘子孙入祠，列祖在上，岂容亵玩，务须恭敬慎重，整肃衣冠，不得嬉笑嫚语。’”③寺庙也一样是严肃、庄重之处。进入寺庙，人们不得嬉笑轻辱。宋代小说中的人间男子与庙神之间的婚恋遇合故事，与魏晋南北朝及唐五代小说中的同类故事一样，触及人的情欲幻想。这些小说中的人的情欲幻想又是在寺庙发生。然而，儒家对人的情欲要求是有节制的，故事中的主要人物与庙神之间的婚恋遇合，超越了儒家礼教思想，亵渎了庙中之神。因为违背了儒家“发乎情，止乎礼义”的思想，触犯了敬仰神灵的禁忌信条，所以故事中的主要人物遭受厄运，受到了严厉的惩罚。

二、宋代小说中的人神（仙）婚恋遇合的叙事文本特征

人神（仙）之间的超现实婚恋遇合，属于异类姻缘。关于“异类”，我国台湾学

① 《二程集》（上册），第150页。

② 《二程集》（上册），第26页。

③ 王鹤鸣、王澄：《中国祠堂通论》，上海古籍出版社2013年版，第318页。

者颜慧琪对“异类”做如下解释：“所谓‘异类’，乃是相对于‘人类’的其他物类，就现实界而言，无非包括动物、植物、矿物、器物等。然而，除了变态的‘恋兽症’外，人类根本无法和异类发生姻缘恋爱关系，因此，这里的‘异类’，乃伸入超现实界的范畴。《墨子・经・下》云：‘异类不仳。’是以异类指称鬼神；《列子・黄帝》云：‘异类杂居，不相搏噬也。’是以异类指称禽兽。由此可知，古代‘异类’一词，指的是‘鬼神’和‘妖怪’两种族类。深究之，‘异类’的概念是由‘他界’而起的。‘他界’指的是相对于‘此界’的‘彼界’，亦即相对于人类所处的‘现实界’，是一个三度空间外的‘超现实界’，找不到现实指标的‘神话世界’。”①她在《六朝志怪小说异类姻缘故事研究》一书中将异类姻缘故事的类型分为人神姻缘、人仙姻缘、人鬼姻缘、人妖姻缘。可见，她说的“异类”包括神、仙、鬼、妖。程国赋在《唐五代小说的文化阐释》中简明扼要表述为：“所谓异类，是相对于人类而言的，指神仙、鬼魂、动植物怪魅，等等。”②简言之，“异类”，即非人类，包括神、仙、鬼、魂、精、怪、妖、魅等。这些异类在《青琐高议》《绿窗新话》《夷坚志》等作品集中大量出现，成为超现实婚恋遇合中的主要形象，它们与世间男女演绎了让人觉得不可思议、荒诞怪异的超现实婚恋情缘。

人与神（仙）之间的超现实婚恋遇合故事出现在宋代文言小说中竟然多达四十余篇，其中《夷坚志》有十四篇，《绿窗新话》有十八篇，《青琐高议》有四篇，《睽车志》有一篇，《茅亭客话》《冷斋夜话》《墨庄漫录》《云斋广录》等各有一篇。根据写作方法，可将宋代涉及人神（仙）婚恋遇合的叙事文本特征分为以下主要两种：

其一，根据他人讲述编辑而成。如洪迈的《夷坚志》，该作被鲁迅称赞为“卷帙之多，几与《太平广记》等”③。洪迈编纂的《夷坚志》是南宋的一部大型小说集，“是书所记，皆神怪之说，故以《列子》夷坚事为名”“杂录仙鬼诸事”④。这部出自个人编纂的、卷帙浩繁的文言小说集记载了许多超现实婚恋遇合故事。不过，需要指出的是，《夷坚志》不是洪迈的个人著作。准确地说，洪迈简直是个记录员，如《夷坚乙志序》说：

---

① 颜慧琪：《六朝志怪小说异类姻缘故事研究》，文津出版社1994年版，第16—17页。

② 程国赋：《唐五代小说的文化阐释》，人民文学出版社2002年版，第147页。

③ 鲁迅：《鲁迅全集》第九卷，人民文学出版社1981年版，第102页。

④ ［清］永瑢等：《四库全书总目》（下册），中华书局1965年版，第1213页。

《夷坚》初志成，士大夫或传之，今镂板于闽，于蜀，于婺，于临安，盖家有其书。人以予好奇尚异也，每得一说，或千里寄声，于是五年间又得卷帙多寡与前编等，乃以乙志名之。凡甲、乙二书，合为六百事，天下之怪怪奇奇尽萃于是矣。夫齐谐之志怪，庄周之谈天，虚无幻茫，不可致诘。逮干宝之《搜神》，奇章公之《玄怪》，谷神子之《博异》，《河东》之记，《宣室》之志，《稽神》之录，皆不能无寓言于其间。若予是书，远不过一甲子，耳目相接，皆表表有据依者。①

又《夷坚支庚序》说：

起良月庚午，至腊癸丑，越四十四日，而《夷坚》支庚之书成，凡百三十有五事。稚子捧玩，跃如以喜，虽予亦自骇其敏也。盖每闻客语，登辄纪录，或在酒间不暇，则以翼旦追书之，仍亟示其人，必使始末无差戾乃止。既所闻不失亡，而信可传。又从吕德卿得二十说，乡士吴潦伯秦出其乃公时轩居士昔年所著笔记，剽取三之一为三卷，以足此篇，故能捷疾如此。聊表篇首，以自诧云。②

从上述所引的序言看出，洪迈在《夷坚志》中叙述的许多故事，大都是别人告诉他或者是他听到他人的讲述，有的甚至抄写他人笔记而成，所以写作速度快。又如《夷坚支庚》卷四谈及《花月新闻》的写作时说：“已志书姜秀才剑仙事，以为舒人。今得淄川姜子简廉夫手抄《花月新闻》一编，纪此段甚的，故复书之。贵于志异审实，不嫌复重，然大概本末略同也。”③据此可知，《花月新闻》是洪迈抄写而来。

另外，其他作者也根据听闻或他人著述、别人讲述加工而成小说，如《投辖录》是南宋王明清撰写的一部志怪传奇小说集，今人李剑国做了详细考述，他说：“全书四十九事大都得于他人所传，其中有陆务观（游）、许彦周（顗）、廉宣仲

① ［宋］洪迈撰，何卓点校：《夷坚志》（第一册），中华书局1981年版，第185页。
② ［宋］洪迈撰，何卓点校：《夷坚志》（第三册），中华书局1981年版，第1135页。
③ ［宋］洪迈撰，何卓点校：《夷坚志》（第三册），中华书局1981年版，第1162—1163页。

(布)等，都是作者的朋友，有名于世。作者一一注出故事所出，乃承廉布《清尊录》等，以求征信。不过作者于其所闻常常进行艺术加工，所以文辞清丽，多见修饰，如《贾生》《猪嘴道人》等都写得曲折有味，而不都是采用粗陈梗概的记注之法。”[①]李剑国认为，《投辖录》的作者王明清一一注出故事出处，而且对听说的故事常常进行艺术加工。又如《丽情集》二十卷，属于传奇小说集，为北宋张君房所编，晁公武在《郡斋读书志》中就指出：“皇朝张君房唐英编古今情感事。”[②]再如《睽车志》，该书是南宋郭彖根据听说而记录的一部志怪小说集，记载了一百四十多条的故事，今据丛书集成初编本《睽车志》，可知其中有六十三条故事的末尾注明某某说，有的还标明某某说三事、说二事，以示故事的来源。据李剑国考述，全书载事共有一百四十四条，“大部分故事都在末尾以某某说的小字注形式注明来源，以示征信，这是南宋小说十分常见的格式。注明的故事提供者近六十人，承务范懋即提供九事(卷二)。这批人员中有大资(资政殿大学士)郑亿年，地位很高，作者特将其所说三事载于最前，其余大都是一般官员，当是作者平日交游之人。《夷坚志》常采录他人作品，本书除卷六‘赵三翁’取张寿昌所记外，并不抄录现成故事。……卷五‘孙思文’，事同《夷坚丙志》卷四《孙鬼脑》。事有详略异同，来源非一，各自据闻而记”[③]。因此，可以肯定《睽车志》是根据听说而记。

其二，根据前人的文言小说加工编撰而成。有的是运用浅显的文言、通俗的语言对前人文言小说故事内容进行加工改造，这主要是针对宋代白话小说而言，如现存宋代话本小说涉及人神(仙)婚恋遇合有三篇作品，即《种瓜张老》《董永遇仙传》《蓝桥记》。其中《种瓜张老》，又题名为《种叟神记》和《张古老种瓜娶文女》，本事出自唐代牛僧孺的《玄怪录》，或是唐代李复言《续玄怪录》中的《张老》。至于《董永遇仙传》，据胡士莹考述：“其叙董永孝行，织女下凡与永为妻，助永织绢偿债等等，还保存原始本色的民间传说。语言风格，十分简朴，当为宋元间作品。”[④]董永遇仙故事，在东汉时起就在民间传播，后来晋干宝《搜神记》中的《董永》也有叙述。话本小说《董永遇仙传》的故事是民间传说或文言小说的董永故

① 李剑国：《宋代志怪传奇叙录》，南开大学出版社1997年版，第287页。

② [宋]晁公武著，孙猛校证：《郡斋读书志校证》，上海古籍出版社1990年版，第597页。

③ 李剑国：《宋代志怪传奇叙录》，南开大学出版社1997年版，第324页。

④ 胡士莹：《话本小说概论》(上册)，商务印书馆2011年版，第280页。

事的改编。另外，《蓝桥记》被明代洪楩编入《清平山堂话本》卷二，这篇写凡人和神仙的姻缘故事，内容出自唐代裴铏《传奇》中的《裴航》。不过，《蓝桥记》是用浅近的文言写成，与《传奇》中的《裴航》相比，情节简略，篇幅大大缩小。总之，这些神仙小说，正如林辰所说："宋人的话本体神仙小说，主要是取自前人的文言小说，亦即将文言小说移植为通俗小说。这种移植，既不是简单的'今译'（文言译成白话），也不是摹拟仿作，而是一种由文体的转化而产生的内容与形式的通俗化过程。"[①]

有的是摘抄前人的文言小说，如《墨庄漫录》卷十《崔伯易金华神记》，据张邦基说："崔伯易书尝有《金华神记》，旧编入《圣宋文选后集》中，今无此集。近读《曲辕集》，复见之，因载之以广所闻云。"[②]显然，《崔伯易金华神记》并非张邦基创作，而是全盘抄录他人的作品。今人李剑国辑校的《宋代传奇集》收入此篇，题名《金华神记》[③]。另外，针对《墨庄漫录》的成书情况，作者还在《自跋》中说："故予抄此集，如寓言寄意者，皆不敢载，闻之审，传之的，方录焉。非敢贻诸久远，聊资暇时为引睡之具耳。览者或有所不然，愿为我笔削之。"[④]张邦基在《自跋》中表明《墨庄漫录》的写作方式是"抄""录"。值得一提的是，摘抄前人作品最多的是《绿窗新话》，该作品集中的许多作品都是皇都风月主人对前人的作品进行改造。就人神（仙）婚恋遇合的作品而言，《绿窗新话》各篇几乎都是摘抄前人作品，见如下表格：

《绿窗新话》中的人神（仙）婚恋遇合故事文本情况

篇名	故事中的主要人物	主要的婚恋遇合情节	故事出处
刘阮遇天台女仙	刘晨、阮肇、天台仙女	刘、阮止宿，行夫妇之道，极人间之欢	注出《齐谐记》，实出《幽明录》
裴航遇蓝桥云英	裴航、云英（仙女）	俄见大第，仙童侍女引航入帐。后将妻小入玉峰洞中为上仙	注出《传奇》

① 林辰：《神怪小说史》，浙江古籍出版社1998年版，第267页。

② ［宋］张邦基、范公偁、张知甫著，孔凡礼点校：《墨庄漫录·过庭录·可书》，中华书局2002年版，第259页。

③ 李剑国：《宋代传奇集》（上册），中华书局2018年版，第271页。

④ ［宋］张邦基、范公偁、张知甫著，孔凡礼点校：《墨庄漫录·过庭录·可书》，中华书局2002年版，第282页。

（续表）

篇名	故事中的主要人物	主要的婚恋遇合情节	故事出处
王子高遇芙蓉仙	王子高、周琼姬（仙女）	忽有人自帐中挽其衣，乃适见之女，已脱衣欲卧。……因强欢事，君惧不从。天明，女去。后三日，复至，君与之合	未注出处，事可见胡微之《王子高芙蓉城传略》
贤鸡君遇西真仙	贤鸡君、西真仙	是夕，同宿于五云帐中。次早，君辞归，诸仙举乐而别	未注出处，实出《续青琐高议》
封陟拒上元夫人	封陟、上元夫人（仙女）	封陟见一仙姝主动说“愿侍箕帚。”封陟两次正色拒绝	注出《传奇》
陈纯会玉源夫人	陈纯、玉源夫人（仙女）	玉源曰：“天数会合，必非偶然耳。”因命酌，言语亵狎，遂伸缱绻	未注出处，实出《续青琐高议》
任生娶天上书仙	任生、曹文姬（天上书仙）	家人不能阻，遂以为偶。自此春朝秋夕，夫妇相携，微吟小酌，以尽一时之景	注出《丽情集》，实见《青琐高议》
谢生娶江中水仙	谢生、江中水仙	女曰：“天生吾夫。”遂偶之。后七年，夫妇每相乐，必对泣，多欲引泛江湖。……即以首枕生膝，瞑目而逝。谢感伤不已	注出《南卓解题叙》，也出自《丽情集》
崔生遇玉卮娘子	崔书生、玉卮娘子（仙女）	至期，女及姊皆到。其姊亦仪质极丽，送女归于崔生。崔生母在故居，殊不知崔生纳室。崔生以不告而娶，但启以婢媵	注出《幽怪录》。《太平广记》引此故事，注出《玄怪录》
邢凤遇西湖水仙	邢凤、西湖水仙	凤以诗挑之……遥见一美人，举手招之曰：“邢君瑞，可谓有信君子。”并舟相叙，曰：“妾乃西湖中水月仙也。千里相寻，足见厚意。”凤喜跃过舟，荡入湖心，人舟并没	注出《商芸小说》，即《殷芸小说》
永娘配翠云洞仙	刘永娘、郎君（翠云洞仙）	酒数行，二三美人起，与永娘同郎讲合卺之礼。饮罢，入洞房，成匹偶。……自是每兴念，即到洞房。后遂仙去	未注出处
钱忠娶吴江仙女	钱忠、吴江仙女	凡数月，寖与女熟。女亦若眷眷有意。……忠一见女，情不自禁，乃抱入舟中，云雨之。事罢，忽闻窗外人声，忽忽而别	未注出处，实出《青琐高议》
王轩苎罗逢西子	王轩、西子（仙女）	朱唇半笑，素手轻招。……既暮，乃散，期来日会于水滨。翌日轩往，则西子已在焉。……西子见之，怨慕久之	未注出处，实出《翰府名谈》

（续表）

篇名	故事中的主要人物	主要的婚恋遇合情节	故事出处
张俞骊山遇太真	张俞、仙女	俞视若莲浮碧沼，玉泛甘泉。俞思意荡。……俞情思荡摇不能禁。俞曰："召之来，不与之合，此系乎俞命之寡眇也！他物无望，愿得共榻，以接佳话，虽死为幸！"	注出《青琐高议》
韦生遇后土夫人	韦安道、后土夫人（神）	宫监赞曰："夫人与公，冥数合为匹偶。"引入对坐。须臾进馔，乐人奏双合凤曲。于是嫔相引安道入账，合卺成亲，夫人尚处子也	未注出处，《太平广记》引此文，注出《异闻录》
刘卿遇康皇庙女	刘子卿、康皇庙女	于是辞归，只留一女同寝。及晓，女乃请去。子卿曰："幸遂缱绻，复更来乎？一夕之欢，反生深恨。"女抚子卿背曰："明日乃小妹之期，后即次我。"……自此姊妹每旬更至，递相欢狎。如是数年	未注出处，实出《八朝穷怪录》
韦卿娶华阴神女	韦子卿、华阴庙女	（韦子卿）至三女院，见其姝丽，曰："我擢第回，当娶三娘子为妻。"……见一丈夫，金章紫绶，酬对既毕，择日就礼。女子绝艳，真神仙也	注出《异闻集》
星女配姚御史儿	姚御史一子二甥、三女星	（夫人）曰："吾有三女，殊姿淑德，可配三君子。"三子拜谢，……夫人指三女曰："各以配君。"三子避席拜谢。是日合卺	注出《异闻录》，实出《异闻集》

从上述表格看，今所列故事的出处都是参考了由周夷校补、古典文学出版社一九五七年八月出版的《绿窗新话》。大致情况是：《刘阮遇天台女仙》的故事出自《幽明录》；《裴航遇蓝桥云英》的故事出自裴铏《传奇》；《王子高遇芙蓉仙》的故事出自胡微之《王子高芙蓉城传略》；《贤鸡君遇西真仙》的故事出自《续青琐高议》；《封陟拒上元夫人》的故事系节录裴铏《传奇》中的《封陟》；《任生娶天上书仙》的故事出自《青琐高议》；《谢生娶江中水仙》的故事出自《南卓解题叙》《丽情集》；《崔生遇玉卮娘子》的故事出自《幽怪录》；《邢凤遇西湖水仙》的故事出自《殷芸小说》；《永娘配云洞仙》的故事未标出处；《钱忠娶吴江仙女》的故事出自《青琐高议》；《王轩苎罗逢西子》的故事出自《翰府名谈》；《张俞骊山遇太真》的故事出自《青琐高议》；《韦生遇后土夫人》的故事出自《异闻录》；《刘卿遇康皇庙女》的故事出自《八朝穷怪录》；《韦卿娶华阴神女》的故事出自《异闻集》；

《星女配姚御史儿》的故事出自《异闻集》。不过，值得注意的是，《绿窗新话》中的《任生娶天上书仙》，抄自《青琐高议》中的《书仙传》，除个别字外，文字几乎一模一样。有的是对前人小说进行缩小篇幅，语言更简洁凝练，如《绿窗新话》中的《裴航遇蓝桥云英》，是对裴铏《传奇》中的《裴航》加工，篇幅更小，语言简洁。有的是在原作的基础上，增加了一些情节，如《绿窗新话》中的《陈纯会玉源夫人》，出自《续青琐高议》，增添了情意缠绵的情节。可以说，《绿窗新话》的编者摘抄或改造了前人的作品。

总而言之，宋代小说中的人神（仙）婚恋遇合故事，大多是由编纂者改编、摘抄前人的作品，甚至是记录他人的讲述而成，很少是作者自己创作。那么，作者或编纂者热衷于人神（仙）婚恋遇合故事的原因何在？大致说来，有以下两大原因：

首先是创作主体具有“好奇”的创作审美心理。“好奇”，不仅是个体的审美心理，而且是人类最基本的审美心理。正如胡有清在谈到主体的审美心理结构时说：“人类审美心理是审美个体之间共同性最普遍的一个层次，也就是所谓共同美感产生的基础。作家对于自然之美、男女之爱、亲子之情等，往往表现出相同或相近的创作兴趣。”[①]同样，“好奇”也是创作主体的普遍的审美心理。以南宋洪迈为例，他耗费一生心血，编纂出四百二十卷的《夷坚志》。正是“好奇”，促使他编纂这部卷帙浩繁的小说集。洪迈在《夷坚乙志序》中说：“《夷坚》初志成，士大夫或传之，今镂板于闽，于蜀，于婺，于临安，盖家有其书。人以予好奇尚异也，每得一说，或千里寄声，于是五年间又得卷帙多寡与前编等，乃以乙志名之。凡甲、乙二书，合为六百事，天下之怪怪奇奇尽萃于是矣。夫齐谐之志怪，庄周之谈天，虚无幻茫，不可致诘。逮干宝之《搜神》，奇章公之《玄怪》，谷神子之《博异》，《河东》之记，《宣室》之志，《稽神》之录，皆不能无寓言于其间。若予是书，远不过一甲子，耳目相接，皆表表有据依者。”[②]据此，可知洪迈“好奇尚异”，广泛搜集天下奇怪的故事。在《夷坚丙志序》中又说：“始予萃《夷坚》一书，颛以鸠异崇怪，本无意于纂述人事及称人之恶也。然得于容易，或急于满卷帙成编，故颇违初心。如甲志中人为飞禽，乙志中建昌黄氏冤、冯当可、江毛心事，皆大不然，其究乃至于诬善。又董氏侠妇人事，亦不尽如所说。盖以告者过，或予听焉不审，为竦然以惭。既删

① 胡有清：《文艺学论纲》，南京大学出版社1992年版，第217页。

② ［宋］洪迈撰，何卓点校：《夷坚志》（第一册），中华书局1981年版，第185页。

削是正，而冗部所储，可为第三书者，又已襞积。惩前之过，止不欲为，然习气所溺，欲罢不能，而好事君子，复纵臾之，辄私自恕曰：‘但谈鬼神之事足矣，毋庸及其它。’于是取为丙志，亦二十卷，凡二百六十七事云。”[①]洪迈写《夷坚志》的意图是“颛以鸠异崇怪，本无意于纂述人事及称人之恶”，在《夷坚支乙集序》又说：“老矣，不复著意观书，独爱奇气习犹与壮等。天惠赐于我，耳力未减，客话尚能欣听；心力未歇，忆所闻不遗忘，笔力未遽衰，触事大略能述。”[②]毫无疑问，洪迈怀有“好奇”（爱奇）的心理，大量记录他人的讲述。

其次，满足听众的“好奇”“乐听”的审美心理。作者或编者编纂小说的真正目的是满足听众或读者的“好奇”的审美心理。如《投辖录》，《直斋书录解题》载入小说家类，作一卷，注云：“王明清撰。所记奇闻异事，客所乐听，不待投辖而留也。”[③]《投辖录序》云：“《齐谐》志怪，由古至今，无虑千帙，仆少年时惟所耆读，家藏目览，鳞集麏至，十逾六七。间有以新奇事相告语者，思欲识之，以续前闻，因仍未能。属者屏迹杜门，居多暇日，记忆曩岁之所剽聆，遗亡之余，仅存数十事，笔之简编。因念晤言一室，亲友话情，夜漏既深，互谈所觌，皆侧耳耸听，使妇辈敛足，稚子不敢左顾，童仆颜变于外，则坐客忻忻，怡怡忘倦，神跃色扬，不待投辖，自然肯留，故命以为名。后之仆同志者，当知斯言之不诬。”[④]从《投辖录序》中看出，听众“怡怡忘倦，神跃色扬”，具有“侧耳耸听”的审美心理。这种“好奇”（爱奇）的审美心理，不仅普通听众怀有，而且至尊皇帝也有，如鲁迅在《中国小说史略》中说：“迨徽宗惑于道士林灵素，笃信神仙，自号‘道君’，而天下大奉道法。至于南迁，此风未改，高宗退居南内，亦爱神仙幻诞之书，时则有知兴国军历阳郭彖字次象作《睽车志》五卷，翰林学士鄱阳洪迈字景卢作《夷坚志》四百二十卷，似皆尝呈进以供上览。”[⑤]鲁迅道出了宋徽宗“笃信神仙”，宋高宗“亦爱神仙幻诞之书”，又说洪迈作《夷坚志》，“似皆尝呈进以供上览”。由此可见，正是上

---

① ［宋］洪迈撰，何卓点校：《夷坚志》（第一册），中华书局1981年版，第363页。

② ［宋］洪迈撰，何卓点校：《夷坚志》（第二册），中华书局1981年版，第795页。

③ ［宋］陈振孙撰，徐小蛮、顾美华点校：《直斋书录解题》，上海古籍出版社1987年版，第343页。

④ ［宋］王明清撰，朱菊如、汪新森校点：《投辖录·玉照新志》，上海古籍出版社2012年版，第7页。

⑤ 鲁迅：《鲁迅全集》第九卷，人民文学出版社1981年版，第101页。

至皇帝，下至平民百姓都有“爱奇”的审美心理，所以创作主体才会热衷于编撰人与神（仙）之间的超现实婚恋遇合的故事。

三、宋代小说中的人神（仙）婚恋遇合的文化蕴含

考察宋代小说的创作主体（编撰者、作者），无论是《夷坚志》的编撰者洪迈、《绿窗新话》的编者皇都风月主人、《投辖录》的撰者王明清、《睽车志》的撰者郭彖、《青琐高议》的撰辑者刘斧、《云斋广录》的撰者李献民，还是《丽情集》的撰者张君房、《茅亭客话》的作者黄休复，都是男性。这些男性的创作主体热衷于编撰人与异类之间的超现实的婚恋遇合故事。这些故事蕴含着宋代男人内心深处普遍的性文化情结：

其一，宋代男性的爱美好色。

自从人类社会诞生以来，人类具有共同的审美心理，如爱美之心，人皆有之。这种共同的审美心理往往会体现在个体的审美评判上，也明显地表现在时代审美的传承上。胡有清曾经说：“人类不但由于共同的生理结构而具有相同的感受美的能力，而且在世世代代的审美活动中形成和积淀了一定的共同审美心理。这种人类审美心理，或通过先天遗传，或通过后天习染，深藏在个体身上。从纵的方面讲，它有历时的继承性；从横的方面讲，它有共时的普遍性。”[①]在宋代涉及人神（仙）婚恋遇合故事的小说中，男性往往会表现出爱美的审美心理。“爱美”，是人类共同的审美心理。在封建社会里，男女之爱，一般都是在男才女貌的条件下演绎。如《青琐高议》中的《长桥怨》：

治平年，钱忠，字惟思。少好学多闻，随侍父湖湘。后以家祸零替，惟忠一身流客，因如二浙。道过吴江，爱水乡风物清佳，私心恋恋，不能去。每江上春和，湖天风软，翠浪无声，画桥烟白，忠尽日讽咏游赏，多与采莲客、拾翠女相逐，周旋洲渚间。忠尤悦一女，方及笄，垂螺浅黛，修眉丽目，宛然天质。忠虽与游，卒不敢以异语犯焉。凡数月，浸于女熟，女亦若眷眷有意。一日，忠为酒所使，谓其女曰：“吾与子相从江渚舟楫间数月矣，吾甚动子之色，

① 胡有清：《文艺学论纲》，南京大学出版社1992年版，第216页。

独不知乎?”女曰:“吾之志亦然也。家有严尊,乃隐纶客也,常独钓湖上,尤好吟咏,子能为诗,以动其心,妾可终身奉君箕帚,不然,未可知也。”至暮举棹,扁舟入云水中。[①]

该篇叙述了钱忠遇仙女的故事。钱忠的“才”,体现在“少好学多闻”“尽日讽咏游赏”“惕意为诗”“以诗付女”等,他常与采莲女、拾翠女嬉戏追逐。在这些女子之间,他尤其喜欢一位貌美女子。这位女子的“貌”是“方及笄,垂螺浅黛,修眉丽目,宛然天质”。显然,他所喜欢的女子是天生丽质的美女。当然,这位女子对他“亦若眷眷有意”。可见,钱忠与这位仙女之间的情感是两相情愿,互相爱慕。

不过,这种爱美女的心理,在宋代著名文人黄庭坚心中也有体现。如《墨庄漫录》卷十《国香》:“山谷在荆州时,邻居一女子,闲静妍美,绰有态度,年方笄也。山谷殊叹息之,其家盖闾阎小民也。未几,嫁同里,而夫亦庸俗贫下,非其偶也。山谷因和荆南太守马瑊中玉《水仙花》诗,有云:‘淤泥解作白莲藕,粪壤能开黄玉花。可惜国香天不管,随缘流落小民家。’盖有感而作。”[②]文中的“山谷”,就是黄庭坚,黄庭坚字鲁直,号山谷道人,又号涪翁,以诗盛名,为江西派宗师。他对邻居家那位“闲静妍美,绰有态度”的成年女子表示出“叹息”,即赞叹,体现出爱美的心理。

宋代小说中的人间男子爱美好色,有时通过梦中得以体现出来。弗洛伊德说:“一切梦的共同特性第一就是睡眠。梦显然是睡眠中的心理生活,这个生活虽有些类似于醒的生活,而同时却又大有区别。”[③]不过,可以说人的隐秘心理能在梦中得以呈现。如《夷坚支志》甲卷第七《蔡筝娘》云:“陈道光,字不矜,南城人。自桂林罢官归,过洞庭,梦彩衣童子,自言是洞中龙子,奉命告君:‘勿食蒜韭及犬,后三年当有所遇。’及期六月,在河中幕府,沿檄如商州,道经蓝田,宿于蓝桥驿,梦向所见童子执节而来曰:‘仙子候君至。’遂导以行,到一处,峻崖峭壁。童以节扣石壁,闻铿然掣锁声。俄入洞户,栋宇华焕,金璧绚赫,佳花美木,世所未睹。稍进,抵中堂,望一丽女方笄岁,姿态缥缈,宛若神仙中人,正隐几写佛书,顾客至甚喜,

① [宋]刘斧:《青琐高议》,上海古籍出版社1983年版,第54页。

② [宋]张邦基、范公偁、张知甫著,孔凡礼点校:《墨庄漫录·过庭录·可书》,中华书局2002年版,第273—274页。

③ [奥]弗洛伊德:《精神分析引论》,高觉敷译,商务印书馆1984年版,第61页。

延相对席，谈词如云。陈乘间调之曰：‘独居闷乎？’笑曰：‘神圣无闷。’既而置酒同饮，累十觞，引生于室。”[①]这是一则蓝桥遗梦的故事。陈道光在蓝桥驿站梦中遇见“一丽女方笄岁，姿态缥缈，宛若神仙中人”，既而，调笑她。由此可见，梦中的陈道光贪慕“姿态缥缈”的美丽仙女，这是他爱慕美女的心理体现。又如惠洪的《冷斋夜话》卷八《梦游蓬莱》叙述了黄庭坚梦中迷恋仙女：

黄鲁直，元祐中昼卧蒲池寺。时新秋雨过，凉甚，梦与一道士褰衣升空而去，望见云涛际天。梦中问道士：“无舟不可济，且公安之？”道士曰：“与公游蓬莱。”即袜而履水。鲁直意欲无行，道士强要之。俄觉大风吹鬓，毛骨为战慄。道士曰：“且敛目。”唯闻足底声如万壑松风，有狗吠，开目不见道士，唯见宫殿，张开千门万户。鲁直徐入，有两玉人导升殿，主者降接之。见仙官执玉麈尾，仙女拥侍之，中有一女，方整琵琶。鲁直极爱其风韵，顾之，忘揖主者，主者色庄，故其诗曰：“试问琵琶可闻否，灵君色庄伎摇手。”顷与予同宿湘江舟中，亲为言之，与今《山谷集》语不同，盖后更易之耳。[②]

这则记载黄庭坚梦游蓬莱见到风韵女子的故事。结尾交代了黄庭坚亲口对惠洪说了梦游一事。黄庭坚的梦，是他的无意识心理的展现，诚如荣格说：“梦的优点在于它们是不自主的、自发的，其性质没有被任何有意识的目的所歪曲，因而是纯粹的无意识心理的产物。”[③]他还在《分析心理学与梦的诠释》中说：“梦是不由自主的心灵活动之一，所具有的意识不多不少，刚好够清醒状态时复制。在心灵的现象中，梦也许提供了最‘非理性的’事实。”[④]黄庭坚梦中迷恋宫殿中的一位“方整琵琶”的女仙，“极爱其风韵”，喜欢女仙的迷人姿态。黄庭坚的梦游，说明了文人内心深处、潜意识存在着迷恋美色的意识，而迷恋美女又可以视为男人的一种经久不息的情结。情结（complex）一词，荣格在《分析心理学与梦的诠释》中阐述梦的本质时多次运用它。“在荣格看来，情结是一种心象与意念的集合，其中具有一个源自

① ［宋］洪迈撰，何卓点校：《夷坚志》（第二册），中华书局1981年版，第762页。

② ［宋］惠洪、朱弁、吴沆著，陈新点校：《冷斋夜话·风月堂诗话·环溪诗话》，中华书局1988年版，第63页。

③ ［瑞士］荣格：《荣格文集》，冯川、苏克译，改革出版社1997年版，第91页。

④ ［瑞士］荣格：《分析心理学与梦的诠释》，杨梦茹译，上海三联书店2009年版，第131页。

原型的核心，并且具有某种特别的情绪基调。情结基本上是属于一种‘自主性’或‘自治性’的存在，它可以与我们的整体心理系统保持联系，但也会分裂、脱离甚至是独立。于是，情结的出现与消失，有着它自身的规律，往往不受我们意识的支配，甚至能够支配我们的意识自我。情结在无意识中形成与积累，当它逐渐膨胀到一定程度的时候，就有机会发作而表现为我们人格与自我的‘替代主角’。一旦情结被触发而产生其作用，不管人们是否意识到，情结总能对人们的心理和行为产生极具感情强度的影响，甚至是‘主导性’的作用；强烈的爱或恨，快乐或伤心，感激或愤怒等情绪，总是会伴随着情结的触及而发作；而这个时候，我们往往已经不能再理智地表现本来的自己，而是完全被情结所占据与控制。在这种意义上，情结类似于一种心理本能，触发后就按照它自身的固有规律来自动行事。于是，受某种情结所困的人，往往也就会表现出由那情结所支配的心理与行为。”①在宋代小说的人神婚恋遇合故事里，迷恋美女，不是个别的，而是男人的普遍的心理，具有集体性、普遍性。换而言之，爱美好色，不是一个男人的独特现象，而是普遍存在于男性身上，深深地烙印在男人的内心深处。所有男人都爱美女，而爱美女是封建社会里的男人被压抑到内心深处的欲望的表现。可以说，迷恋美女是自人类诞生以来男人普遍的一种挥之不去、经久不衰的情结。

其二，理学背景下的性欲望或者性意识。

宋代的理学（即道学）思想深刻地影响了宋人的婚恋观念。宋代理学家强调礼，如张载《经学理窟·礼乐》说：“盖礼之原在心，礼者圣人之成法也，除了礼天下更无道矣。欲养民当自井田始，治民则教化刑罚俱不出于礼外。”②“礼”是用来规范人们的语言、行为。理学家倡导“天理”，反对“人欲”（私欲），把“天理”与“人欲”（私欲）对立起来，如：《河南程氏遗书》卷第十五：“视听言动，非理不为，即是礼，礼即是理也。不是天理，便是私欲。人虽有意于为善，亦是非礼。无人欲即皆天理。”③卷第二十四：“人心私欲，故危殆。道心天理，故精微。灭私欲则天理明矣。”④“人心”，是“私欲”；“道心”，是“天理”。“人心”与“道心”对立，就

---

① 申荷永：《荣格与分析心理学》，中国人民大学出版社2012年版，第72—73页。

② ［宋］张载著，章锡琛点校：《张载集》，中华书局1978年版，第264页。

③ 《二程集》（上册），第144页。

④ 《二程集》（上册），第312页。

是"人欲"(私欲)与"天理"对立。南宋集礼教之大成的理学大师朱熹在《孟子集注》卷五《滕文公章句上》注曰:"天理人欲,不容并立。"[①]《朱子语类》卷十二:"圣贤千言万语只是明天理,灭人欲。天理明,自不消讲学。"[②]类似的说法还有《朱子语类》卷十三:"圣贤千言万语只是教人明天理,绝己私。"[③]朱熹多次将"天理"与"人欲"对立而言,他说:"人之一心,天理存则人欲亡,人欲胜则天理灭。未有天理人欲夹杂者。学者须要于此体认省察之。"[④]"人只有个天理人欲,此胜则彼退,彼胜则此退,无中立不进退之理。凡人不进便退也。"[⑤]"凡一事便有两端:是底即天理之公,非底乃人欲之私。"[⑥]朱熹说的"天理",是人的基本的生活要求,也包含了封建礼教、封建伦理道德。程颐所谓的"天理","既是二程哲学的最高本体,亦是社会道德伦理的最高原则以及真、善、美的理想境界"[⑦]。朱熹说的"人欲",就是不符合"天理"的过度欲望,超出了人的基本需求欲望,如私欲、贪欲、淫欲等。但是,程颐说:"甚矣欲之害人也。人之为不善,欲诱之也。诱之而弗知,则至于天理灭而不知反。故目则欲色,耳则欲声,以至鼻则欲香,口则欲味,体则欲安,此皆有以使之也。然则何以窒其欲?曰思而已矣。学莫贵于思,唯思为能窒欲。"[⑧]程颐认为"人之为不善",是因为"欲"(私欲)引诱,他把目、耳、鼻、口、体的基本需要,都归结为与"天理"对立的"人欲"。显而易见,程氏所要灭的"人欲"是包括色在内的一切欲望。不过,宋代理学家提出"存天理,灭人欲",要求人们必须遵守封建礼教、伦理道德。在当时现实社会中,"父母之命,媒妁之言",男女婚姻无自由可谈。若是自主婚姻,自由相爱,那就违反了封建礼教,一定会受到家长反对。然而,男女之间自由自在的情欲在当时现实生活中不可能实现,却在宋代小说中体现出来。在宋代小说涉及人神(仙)婚恋遇合故事中,男性表现出明显的性

---

① [宋]朱熹撰,徐德明校点:《四书章句集注》,上海古籍出版社、安徽教育出版社2001年版,第298页。

② [宋]黄士毅编,徐时仪、杨艳汇校:《朱子语类汇校》(壹),上海古籍出版社2014年版,第231页。下引该书仅注明书名及页码。

③ 《朱子语类汇校》(壹),第240页。

④ 《朱子语类汇校》(壹),第241页。

⑤ 《朱子语类汇校》(壹),第242页。

⑥ 《朱子语类汇校》(壹),第243页。

⑦ 张立文:《宋明理学研究》,中国人民大学出版社1985年版,第363页。

⑧ 《二程集》(上册),第319页。

欲望，如《青琐高议》前集卷六《温泉记》云：

童引俞升殿，左右赞拜，仙赐坐。俞偷视仙，高髻堆云，凤钗横玉，艳服霞衣，琼环瑶佩，鸾姿凤骨，仙格清莹。俞精神眩惑，情意恐惧，虚己危坐，莫敢出言。仙笑为俞曰："君无惧，吾召子无他意，欲少询子人间一两事耳。"仙子曰："骊山所题之诗甚佳。"俞避席俛谢。仙子乃命其浴。仙乃入御浴，汤影沉沉，甃摇龙凤。仙去衣先入浴，俞视若莲浮碧沼，玉泛甘泉，俞思意荡。俞因以手拂水，沸热不可近。仙笑命左右别具汤沐，侍者进金盆，为俞解衣入浴。仙与俞相去数步耳，一童以水沃仙，一童以水沃俞。俞白仙曰："俞尘骨凡体，幸遇上仙，似有宿契，然何故不得共沐？"仙曰："尔未有今日之分。"浴已，次第取服。……不久玉漏递响，宝灯阑珊，侍者报仙曰："鼓已三敲。"仙乃命撤去杯皿，与俞对榻寝。俞情思荡摇，不能禁。俞曰："召之来，不与之合，此系乎俞命之寡眇也。他物弗望，愿得共榻，以接佳话，虽死为幸。"仙笑曰："吾有爱子心，子有私吾意，宿契未合，终不可得。"俞乃欲升仙榻，足不可引，若有万觔系之。仙曰："子固无今日分。"俞乃就南榻，与仙对卧而语。不久鸡唱，烟中月沉，户外侍者促俞起。俞泣下别。①

从上述引文可知，人间男子张俞的性欲望或者性意识是非常明显的。仙女的外貌是"高髻堆云，凤钗横玉，艳服霞衣，琼环瑶佩，鸾姿凤骨，仙格清莹"。这样美丽的仙女触动了张俞的心理欲望，激起了他好色的性欲望。张俞见到美丽的太真仙妃沐浴，"若莲浮碧沼，玉泛甘泉"，竟然"思意荡"。后来在与仙女对榻而寝，"情思荡摇，不能禁"，表达了"愿得共榻，以接佳话，虽死为幸"的愿望。尽管最终张俞与仙女之间没有云雨之欢，但是他在与仙女相会的整个过程中表现出主动的性欲望。

在人间男子与神女的恋情故事中，还有神女处于主动的地位，而有被动性欲的是人间男子。如《夷坚丙志》卷第十八《星宫金钥》云："甲志载建昌某氏紫姑神事，同县李氏亦奉之甚谨。一子未娶，每见美女子往来家间，遂与狎昵，时对席饮酒，烹羊击鲜，莫知所从致。……女子犹能来，经旬日，谓曰：'在此非乐处，盍

① ［宋］刘斧：《青琐高议》，上海古籍出版社1983年版，第65—66页。

一往吾家乎？’即携手出外，高马文舆，导从已具。”[①]在遇合过程中，美女子大胆、主动，这在现实社会里是很难出现的，却在小说中一再演绎。另有人间女子与男神的恋情中，男神处于主动地位，如《夷坚丁志》卷第二十《陈巫女》云：

> 南城士人于仲德，为子斫纳妇陈氏。陈世为巫，女在家时，尝许以事神，既嫁，神日日来惑蛊之。每至，必一犬踔跃前导，陈则盛饰入室以须。众皆见犬不见人，逾时始去。于氏以为挠，召道士奏章告天，陈稍苏，自言：“比苦心志罔罔，不忆人事，唯觉在朱门洞户宫室之中，服饰供帐，华丽焕好，一美男子如贵人，相与燕处。如是甚久，其母忽怒，呼谓子曰：‘不合留妇人于此，今上天有命，汝将奈何？盍以平日所积钱为自脱计？’子亦甚惧，遽云：‘急遣归！’自尔复常。”于氏父子计，以妇本巫家，故为神所扰，不若及其无恙时善遣之。遂令归父母家，竟复使为巫。[②]

文中的“美男子”就是男神。陈氏女已嫁人，“神日日来惑蛊之”，就是说神主动前来与陈氏女遇合。又《夷坚支甲》卷第一《五郎君》云：“河中市人刘庠，娶郑氏女，以色称。庠不能治生，贫悴落魄，唯日从其侣饮酒。郑饥寒寂寞，日夕咨怨，忽病肌热，昏冥不知人，后虽少愈，但独处一室，默坐不语，遇庠辄切齿折辱。庠郁郁不聊，委而远去。郑掩关洁身，而常常若与人私语。家众穴隙潜窥，无所睹。久之，庠归舍，入房见金帛钱绮盈室，问所从得，郑曰：‘数月以来，每至更深，必有一少年来，自称五郎君，与我寝处，诸物皆其所与，不敢隐也。’”[③]貌美的郑氏女与自称五郎君的少年男神演绎了一场人神遇合故事。在以上诸例中，神女貌美，男神也貌美年轻，人间女子如郑氏女也以貌出名（“以色称”）。可以说，貌美是引起男女情欲性爱的前提条件。

值得注意的是，人间男子与神（仙）女的情缘遇合，在当时现实社会中是荒诞不经，却在梦中得以实现。如《茅亭客话》卷四《勾生》云：“益州大圣慈寺，开元中兴创，周回廊庑，皆累朝名画，冠于坤维。东廊有维摩居士堂，盖有唐李洪度所画，

---

① ［宋］洪迈撰，何卓点校：《夷坚志》（第二册），中华书局1981年版，第515页。
② ［宋］洪迈撰，何卓点校：《夷坚志》（第二册），中华书局1981年版，第708页。
③ ［宋］洪迈撰，何卓点校：《夷坚志》（第二册），中华书局1981年版，第717页。

其笔妙绝。时值中元日，士庶游寺，有三少年俱善音律，因至此，指天女所合乐，云是《霓裳羽衣曲》第二叠头第一拍也。其中勾生者，即云：‘某不爱乐，但娶得妻如抱筝天女足矣。’遂将壁画者项上掐一片土吞之为戏，既而各退归。勾生是夜梦在维摩堂内，见一女子，明丽绝代，光彩溢目，引生于窗下狎昵。因是每夜忽就生所止，或在寺宇中，缱绻逌月余。生舅氏范处士者，见生神志痴散，似为妖气所侵，或云服符药，设醮拜章除之，始得生，父母颔之。其夜，天女对生歔欷不自胜，曰：‘妾本是帝释侍者，仰思慕不夺君愿，托以神契。君今疑妾，妾不可住。君亦不必服诸符药，妾亦不欲忘情。’于衣带中解玉琴爪一对曰：‘聊为思念之物，君宜保爱之，自此永诀。’生捧之无言酬答，但彼此呜咽而已。既去，生自是日渐羸瘠，不逾月而卒。玉琴爪其家收得，至顺寇时方失之。壁画天女，至今项上指甲痕尚存焉。”[①]少年勾生的梦，是他白天的心理活动的延伸，在白天无法实现的愿望却在梦中实现了。他在梦中见到“明丽绝代，光彩溢目”的一女子（壁画天女）主动前来“引生于窗下狎昵”“或在寺宇中，缱绻逌月余”。奥地利心理学家弗洛伊德在分析梦时，说过这样的话：“它本身也常可为一种潜意识欲望的满足；假使你们把梦看成梦的工作的产物，则舍欲望满足之外就不再有其他意义了。所以梦必不仅为决心、警告的表示，而且决心或其他，在梦内常借助于潜意识欲望而译成原始的形式，而译成的结果则适为那一欲望的满足。总之，欲望的满足，这一特性才是梦的主要性质；其他成分则可有可无。”[②]梦是一副安慰剂。一个人的欲望，在现实生活中不能得到满足，有时就会通过梦得以实现。少年勾生有“娶得妻如抱筝天女”那样的想法，白天绝对无法实现，就在梦中完成了。这个故事说明了宋代男人在封建礼教、伦理道德的束缚下被压抑的性欲望在梦中得到了满足，获得了心理补偿。

综上所述，宋代小说中的人神（仙）婚恋遇合故事继承了宋前小说的传统题材，大多是编纂者改编、摘抄前人的作品，甚至是记录他人的讲述而成，很少是作者自己创作。这些故事显示了宋代男人的爱美好色及理学背景下的性欲望或者性意识等文化蕴含。

---

① ［宋］黄休复著，李梦生校点：《茅亭客话》，见《宋元笔记小说大观》（第一册），上海古籍出版社2007年版，第423页。

② ［奥］弗洛伊德：《精神分析引论》，高觉敷译，商务印书馆1984年版，第190页。

从赤壁之战看《三国演义》“因文生事”的叙事原则

王前程

内容摘要：中国古代历史小说的经典之作《三国演义》，既遵循史家“实录”精神，客观记述汉末三国历史的基本走向和重大事件的历史结局，但又严重背离史家理性叙史的传统，而遵循文学“因文生事”叙事原则，在再现三国历史进程中大量加工、虚构故事细节，重塑三国英雄形象，表达爱憎情感和审美倾向，充分显示了跌宕起伏、生动曲折、情趣盎然的宏大叙事艺术。而赤壁之战则是体现小说这一基本创作原则与叙事艺术的经典范例。

关键词：《三国演义》　因文生事　赤壁之战　重塑形象　叙事艺术

金圣叹在《读第五才子书法》一文中曾明确指出史书与叙事文学在创作原则上的差异性：“《史记》是以文运事，《水浒》是因文生事。以文运事，是先有事生成如此如此，却要算计出一篇文字来。虽是史公高才，也毕竟是吃苦事。因文生事即不然，只是顺着笔性去，削高补低都由我。”[①]他认为司马迁作《史记》遵循的叙史原则是“以文运事”，即如何用文字来记述历史实事，亦即“实录”精神，强调理性地叙述历史，“事”为中心，“文”服务于“事”；施耐庵作《水浒传》遵循的原则是“因文生事”，“文”即作品主旨（主题思想、艺术形象），“事”即事件（故事情节），“文”为中心，“事”服务于“文”，“事”因“文”而

作者简介：王前程，三峡大学文学与传媒学院教授，主要研究中国古代小说戏曲和三国文化。

① 朱一玄、刘毓忱编：《水浒传资料汇编》，南开大学出版社2002年版，第219页。

生（虚构、生造）。

作为中国古代严格意义上的历史小说，《三国志通俗演义》（以下简称《三国演义》）以三国历史为题材，不可能像纯粹小说《水浒传》那样“削高补低都由我”，任意虚构、生造历史事件。然而历史小说的实质毕竟是小说，作家罗贯中既遵循史家“实录”精神，客观真实地记述了汉末三国历史的基本走向和重大事件的历史结局，又严重背离史家理性叙史的传统，在再现三国历史过程中大量加工、生造故事细节，重塑三国英雄形象，表达个人情感倾向。赤壁之战是三国时期奠定三国历史基本格局最关键的“三大战役”之一，罗贯中对这场关键性战役做了浓墨重彩的描述，气势宏伟，场景壮观，情节曲折有致，充分体现了《三国演义》在“实录”前提下的“因文生事”的创作原则与叙事技巧。

一、夸大规模以突显战争的重要性

建安十三年（208）七月，曹操南征荆州，荆州牧刘琮投降，刘备率残部逃至江夏郡鄂县；同年十二月间，孙权、刘备联手在赤壁一带击溃曹军，曹操退守南郡江陵，是为赤壁之战。《三国演义》在卷之九和卷之十中，以长达十七节的篇幅来叙述此战，如实地记录了这场著名战役发生的历史时间和历史结局，而对双方参战军队数量、统兵将帅和战场范围的叙述，罗贯中则明显使用了文学夸饰之笔。

其一，夸张参战人数。作者描写东吴集团三万余人、蜀汉集团六七千人参加了赤壁之战的前线作战，基本符合史籍所载。但小说《刘玄德败走夏口》一节记述曹操参战人马为“马步水军八十三万，诈呼一百万”①。曹军八十三万之数源自《三国志·吴主传》注引《江表传》：“曹公与权书曰：‘近者奉辞伐罪，旄麾南指，刘琮束手。今治水军八十万众，方与将军会猎于吴。’权得书以示群臣，莫不响震失色。”②整个曹魏集团的军队未必有八十万众，这显然是曹操虚张声势的说法，目的

① ［明］罗贯中：《三国志通俗演义》，上海古籍出版社1980年版，第418页。本文所引小说原文均见此书。

② ［西晋］陈寿：《三国志》卷六十七，裴松之注本，中华书局2000年版，第827页。下引该书仅注明书名、卷数及页码。

是让东吴君臣“响震失色”。实际上，曹操用于赤壁之战的总兵力远低于八十万。《三国志·诸葛恪传》载诸葛恪作“论”曰：“北方都定之后，操率三十万众来向荆州。”[①]诸葛恪是吴国陆逊死后执掌军权的著名大将军，“论”是古代常用于讨论军国大事的一种公文，所言不可以随意虚夸，诸葛恪说曹操南征荆州的总兵力为三十万是可信的，其投入赤壁之战前线的军队不过在二十万上下。罗贯中十分清楚曹操军队的实际数量，但曹操“八十万众”的虚张声势正是小说创作的需要，用来夸饰魏、蜀、吴三大集团之间的一场大决战则恰到好处。

其二，扩大战场空间。《刘玄德败走夏口》一节叙述曹操八十三万大军进军赤壁云：“水陆并进，船骑双行，沿江而来，西连荆、峡，东接蕲、黄，连络寨栅三百余里。”罗贯中为元末明初人，常常杂用古地名和今地名，所言“荆、峡”，指荆州（今湖北荆州市）、峡州（今湖北宜昌市）；“蕲、黄”指蕲州（今湖北蕲春县）、黄州（今湖北黄冈市黄州区）。小说叙述曹军前锋进至黄州、蕲州一带，军营绵延三百余里（相当于今二百二十余里），而后军尚在峡州、荆州一带，从峡州至蕲州水路约一千四百里，其战场范围之广令人震撼。唐宋以来，对于赤壁古战场的具体方位多存歧义，影响最大的是“蒲圻赤壁说”与“黄州赤壁说”。无论赤壁之战发生在蒲圻赤壁，还是发生在黄州赤壁，其作战空间跨度不会超过两百里，因为冷兵器时代士卒行军、粮草运输十分艰难，战场过于辽阔则不利于机动作战。然而，《三国演义》则综合了这两种说法，先将鄂州西山、樊口一带（均在今湖北鄂州市市区）作为孙、刘联军的大本营，再将黄州三江口（今湖北黄州西至武汉新洲南一带）、黄州赤壁等地作为双方激战之地，后又将蒲圻赤壁江北岸的乌林（今湖北洪湖市境内）、华容道（今湖北监利市境内）等地作为孙、刘联军火烧营寨和伏击曹军的阵地，还将位于江陵西北二百余里的夷陵道（今湖北宜昌市至远安县、当阳市一带的驿道）作为曹兵逃亡之路，使整个赤壁大战的战场绵延一千余里。战役规模之巨大，战场空间之广袤，实属名副其实的三国大战。

其三，增加名将名士参战。小说《曹孟德横槊赋诗》《曹操三江调水军》《周公瑾赤壁鏖兵》等节叙述曹魏集团参加赤壁之战的著名人物有曹操、徐庶、程昱、荀攸、贾诩、刘馥、张辽、张郃、于禁、徐晃、乐进、李典、许褚、夏侯渊、夏侯惇、曹洪、文聘、臧霸、蔡瑁、张允、毛玠、吕虔，等等；东吴集团参加赤壁之战的著

① 《三国志》卷六十四，第1057—1058页。

名人物有孙权、周瑜、鲁肃、张昭、庞统、阚泽、程普、黄盖、韩当、甘宁、太史慈、吕蒙、凌统、董袭、潘璋、周泰、蒋钦、徐盛、丁奉、陈武、陆逊，等等；蜀汉集团参加赤壁之战的著名人物有刘备、诸葛亮、关羽、张飞、赵云、刘封、糜竺、糜芳、刘琦，等等。可见几乎所有著名的三国霸主、战将、谋士都出现在小说赤壁大战的战争舞台上，赤壁大战是一场名副其实的“群英会”。但是，徐庶、张辽、张郃、于禁、夏侯渊、曹洪、蔡瑁、臧霸、毛玠、阚泽、董袭、潘璋、徐盛、蒋钦、陆逊等名将名士参加赤壁之战在魏晋原始史籍里找不到任何文字记录，他们在赤壁战场上冲锋陷阵，多半源于作家的“拉入”。如张辽、张郃、于禁、徐晃、乐进号称曹操“五大名将”，乐进、徐晃二人跟随曹操南征荆州于史有载。而在曹操南征荆州期间，张辽、张郃、于禁三名大将则在扬州庐江郡灊县（今安徽霍山县东北）天柱山一带征讨陈兰、梅成等反叛者，天柱山位于大别山东北麓，张辽等大将负有清剿叛军、安定地方和镇守边关的重任，不大可能跨越大别山脉到荆州江夏郡来参加赤壁之战。而陆逊是吴国后期名震天下的大都督，晚年还做过丞相，以陆逊之声望，如果他果真参加了赤壁之战，即使没有发挥重大作用，史籍亦应留下记录。事实上，赤壁之战时陆逊尚未显名，以孙权“账下右部督”之职屯驻芜湖县（今安徽芜湖市），距离赤壁大战战场足有两千里之遥。

更有甚者，罗贯中还让部分已经死去的名将名士“起死回生”，再在赤壁之战中现身露面。如《曹孟德横槊赋诗》一节叙述赤壁大战前夕，曹操置酒设乐于楼船之上，大会士众。曹操即兴赋诗《短歌行》，横槊而歌，众人应和，气氛欢畅。而扬州刺史刘馥挺身指出“月明星稀，乌鹊南飞；绕树三匝，何枝可依”之词乃是“不吉之言”，结果被勃然大怒的曹操当场刺死。按《三国志·刘馥传》载：曹操举荐刘馥出任扬州刺史，驻守合肥，负责东南防务。刘馥到合肥之后，立学校，广屯田，兴修水利，政绩突出，颇富声望，深得曹操信赖。“又高为城垒，多积木石，编作草苫数千万枚，益贮鱼膏数千斛，为战守备。建安十三卒。孙权率十万众攻围合肥城百余日，时天连雨，城欲崩，于是以苫蓑覆之，夜燃脂照城外，视贼所作而为备，贼以破走。扬州士民益追思之。”[①]刘馥病逝与赤壁之战发生于同一年，但其死亡时间应早于赤壁之战数月，因为该年十二月孙权为配合赤壁之战，亲率十万大军围攻合肥，结果刘馥生前所作的战备在艰难的合肥守卫战中发挥了关键性作用，使合肥广大军士百姓“益追思

① 《三国志》卷十五，第349页。

之”。罗贯中让名士刘馥起死回生在赤壁之战中再死一次，意在借此表现曹操的专横残暴和妄杀贤才，也预示了曹军败走赤壁的结局。起死回生的还有东吴名将太史慈。《三国志·太史慈传》载曰：“年四十一，建安十一年卒。”[①]这明确记载太史慈死于赤壁之战之前两年（206年），而小说不仅写周瑜令他在群英会的酒宴上做监酒官，还让太史慈率三千人马“直奔黄州地界，断曹操合肥接应之兵”。

毫无疑问，罗贯中以夸饰之笔渲染敌我双方参战人数之众多、夸张战场空间之广袤，又刻意将大批名将名士“拉入”赤壁大战的战场之中，其目的是突显此次战争的重要性、关键性和战争场景的宏大气势，以引起广大读者阅读的惊悚感，体现了鲜明的“因文生事”的创作意图。

二、加工史料以增强情节的戏剧性

《三国演义》由宋元讲史话本发展而来。宋元时期的“话本”是供民间说话艺人使用的底本，即不完善的粗糙的脚本，而非读者阅读的案头文学。“早期白话小说被称之为‘平话’或‘话本’。这些作品或者是口头文学的记录本，或者是为口头文学创作演出的脚本。……也就是说，早期的‘平话’或‘话本’主要是供演出所用，当然，一旦把它们刊印，也就具备了供人阅读的功能。”[②]由此可见，中国第一部章回小说《三国演义》是由杰出作家在宋元口头文学基础上进行整合而成并加以刊印的。而口头文学的主要形式是演说（演唱），无论是宋元讲述故事的说话（说书）艺术，还是化妆表演的戏剧艺术，都力求声情并茂、曲折动人。《三国演义》明显保留了若干宋元口头文学的叙事特征，如常常设置悬念、追求情节戏剧性、穿插诗词曲赋评说人事或写景、演出者（叙述者）现身独白，等等，在赤壁之战的描写中均有集中的体现。这里仅讨论故事情节的戏剧性问题。

小说叙事的戏剧性是指矛盾冲突集中，情节曲折多变，故事富于情趣，具有出人意料或激动人心的性质。《三国演义》中的赤壁之战包含了若干斗智斗勇的英雄故事，大多表现出了鲜明的戏剧性，而这些戏剧性很强的故事又多半出自作家罗贯中的加工和虚构。

---

① 《三国志》卷四十九，第880页。

② 王平：《中国古代小说叙事研究》，河北人民出版社2001年版，第31页。

（一）情节的曲折性

赤壁之战中联军实施火攻的成功，连环计起到了重要作用。小说《群英会瑜智蒋干》等节叙述愚蠢的名士蒋干向曹操自告奋勇前往江南劝降同窗好友周郎，结果反被周瑜用反间计除掉了曹操水军都督蔡瑁、张允。《庞统进献连环计》等节又写蒋干再来江南周瑜大营以探吴军虚实，周瑜假意责怪蒋干前次不辞而别而态度十分冷淡，将他送至西山庵中。不料蒋干在庵外不远处草屋里窥见庞统读孙吴之书，相识之后问庞统何以居此僻静之地，庞统故意说被周瑜忌才冷落所致。蒋干喜出望外，即刻将他带至江北，引荐于曹操，庞统由此献上连环计（用铁链连接大批战船以消除北方士卒晕船之弊）。庞统为了不让曹操疑心，特向曹操讨要榜文保证庞氏家族人丁安全，还郑重叮嘱曹操渡江后不要乱杀无辜百姓，曹操一一答应庞统的要求。行文至此，本以为连环计会大功告成，岂料庞统正准备乘小船南渡时，岸边一人快步上前，一把扯住庞统说："你好大胆！黄盖用苦肉计，阚泽下诈降书，你又来献连环计：只恐烧不尽绝！你们把出这等毒手来，只好瞒曹操也，须瞒我不得！"几句话把庞统吓得"魂飞魄散"，以为前功尽弃而大祸临头。谁知来者是刘备最初的军师徐庶，原来曹操为得到徐庶，将其老母接到许昌，使孝子徐庶方寸大乱，只得离开刘备归顺曹操，而徐庶感刘备知遇之恩，加之徐母自杀身亡，使徐庶暗自发誓终身不为曹操出谋划策，故而尽管他早已识破苦肉计、诈降书、连环计等计策，但始终不肯向曹操说破。庞统心中一块沉重的石头终于落下。而徐庶此时又向庞统提出了一个要求：给他指明一条脱身之策，以免大军一到玉石俱焚。庞统"向徐庶耳边略说数句"，徐庶大笑而拜，当晚密遣近人去各军营中散布谣言："西凉州韩遂、马超谋反，杀奔许都来"。在曹操将信将疑、心有所忧时，徐庶便乘机提出愿前往散关"把住隘口"，曹操即刻派遣徐庶统领臧霸三千马步军星夜前往散关以防西凉兵东进，徐庶成功脱身。在不足两千字的篇幅中，假读书、连环计、脱身计等妙计一气呵成，因而显得曲折多变，一环扣一环，动人心弦。

其实，历史上确有蒋干劝降周瑜之举，徐庶也确实因老母被曹操俘获而离开刘备。但历史人物蒋干是一位聪明沉稳的名士，能言善辩，他与周瑜并非同窗而是同乡，大约在赤壁之战前两年（即建安十一年），蒋干曾受曹操嘱托到宫亭湖（今江西鄱阳湖，时周瑜镇守此地）一带劝降周瑜，见其难以游说，便不失风度地辞别北归，向曹操如实汇报了情况，并无赤壁之战中两次愚蠢的江南之行。史籍只记载了徐庶北归后在曹魏集团官至右中郎将、御史中丞，亦无徐庶发誓不为曹操出谋划策之说。而据《三国志·马超传》载：赤壁之战时马超之父马腾刚刚被曹操召到许昌，“征为卫尉，以超为偏将军，封都亭侯，领腾部曲”[①]。此时马超等人背反曹操的可能性不大，马超、韩遂起兵反叛曹操是在建安十六年（211），即赤壁之战三年之后。可见，连环计、脱身计等故事主要源自作者的加工改造。

对于华容道故事的艺术加工同样明显。《三国志·武帝纪》注引《山阳公载记》曰：“公船舰为备所烧，引军从华容道步归，遇泥泞，道不通，天又大风，悉使羸兵负草填之，骑乃得过。羸兵为人马所蹈藉，陷泥中，死者甚众。军既得出，公大喜，诸将问之，公曰：‘刘备，吾俦也。但得计少晚；向使早放火，吾徒无类矣。’备寻放火而无所及。”[②]华容道即华容县（辖今湖北潜江市、监利市等地）通往江陵等地的驿道，华容县属于古云梦泽逐渐萎缩而形成的低湿平原沼泽区，芦苇杂草丛生，遇到风雨天气，道路泥泞难行，如果敌人追来发起火攻，后果将不堪设想。但曹操果断下令羸弱兵士割草铺路，让骑兵、步兵主力迅速通过，终使刘备追兵放火一无所得。而小说《曹操败走华容道》等节不仅不受史实约束，还打破客观地形地貌的限制，将有惊无险的平原沼泽地撤退战写成了一场一波三折的山地伏击战：先写曹操带着残兵败将来到乌林一处“树木丛杂，山川险峻”之地，被预先埋伏此处的赵云杀得人仰马翻；接着，描写曹操夺命逃到路窄山陡的葫芦口，又被预先埋伏的张飞杀得落荒而逃；最后逃至“地窄路险，坑坎难行”的华容道，结果一头钻进了关羽布设的口袋，若非关羽陡生怜悯之心，曹操必将在劫难逃。显然，罗贯中巧妙地加工改造“曹操败走华容道”故事，意在营造紧张的气氛、曲折惊险的场景，以增强读者的惊悚感和阅读兴趣。

（二）故事的趣味性

战争是残酷恐怖的，常常令人产生惧战厌战情绪，叙述战争历史的文学很难摆脱压抑的紧张感和恐怖感，但《三国演义》却将战争作为三国英雄激情表演的人生舞台，面对强悍的敌人，英雄豪杰们毫无畏惧，迎难而上，在激烈的斗争中展现其非凡的智慧、胆识与勇力。作者常常在紧张的战争气氛中穿插一些表现英雄聪明智

① 《三国志》卷三十六，第701页。

② 《三国志》卷一，第22页。

慧的轻松有趣的故事。众所熟知的“草船借箭”故事正是如此：赤壁大战在即的紧张时刻，诸葛亮在长江大雾之夜，邀请鲁肃一同乘船驶向曹营水寨，一边轻松淡定地“酌酒取乐”，一边让草船士卒擂鼓呐喊佯装攻击曹营。曹操惧怕雾中有埋伏，不敢出击，只得下令岸上万余弓弩手向呐喊声处一齐放箭。诸葛亮则悠然下令让草船在江中转悠以便船体两面受箭，最后在大雾即将散尽之时满载箭凯旋，不费一兵一卒便为孙刘联军“借来”十万支箭。故事不仅表现了诸葛亮的雅士风流，更显示了诸葛亮非凡的智慧和胆识，轻松而雅致，充满趣味性。而历史上的“借箭”并非孔明所为，亦非发生于赤壁之战中。《三国志·吴主传》注引《魏略》载：建安十八年（213）魏吴两军在濡须（今安徽境内）一带对峙，“权乘大船来观军，公使弓弩乱发，箭着其船，船偏重将覆，权因回船，复以一面受箭，箭均船平，乃还”①。孙权冒险接近曹营水寨观察军情，遭到曹军弓弩齐发，船板中箭过多而失重倾斜，为了使船只平衡，孙权下令调转船头，以使大船另一面受箭，待大船平衡后成功返回，孙权的聪明大胆可见一斑。小说为了突显智慧之星诸葛亮的神机妙算，移花接木将五年后的事件提前至赤壁之战时，将孙权的无心“借箭”改为诸葛亮有意利用长江大雾“借箭”，从而显示了诸葛亮的杰出智慧，充分体现了罗贯中“因文生事”的叙事原则。

元人王仲文有杂剧《七星坛诸葛祭风》，《三国演义》卷十有《七星坛诸葛祭风》一节，尽管杂剧作品不存，但不难推知罗贯中对元杂剧的戏剧性的继承。小说《黄盖献计破曹操》《庞统进献连环计》等节先叙述周瑜请诸葛亮来商议破敌良策，二人约好暗自写在手掌上，“周瑜先出掌中字，孔明视之，乃一‘火’字也。孔明亦出手中字，与周瑜视之，亦是‘火’字。因此皆大笑而揩之”。然后叙述周瑜完成苦肉计、诈降书、连环计等绝妙计策令曹操一步步堕入陷阱。接着《曹操三江调水军》《七星坛诸葛祭风》等节叙述曹操在连锁战船解决士卒晕船后，扬扬自得，以为一切准备就绪，消灭孙刘之战即将打响；而周瑜更是踌躇满志，亲自登上山顶，遥望江北水面，喜看韩当、周泰小试牛刀，砍杀曹营末将焦触、张南。然而，“周瑜正观之际，忽狂风大作，下观江水，奔涛拍岸。一阵风过，刮旗角于周瑜脸上。瑜猛然想起一事上心，大叫一声，往后便倒，口吐鲜血。诸将大惊，急急救时，不省人事”。原来，对江北曹营实施火攻需要东南风相助，而隆冬季节常刮西北风，火攻

① 《三国志》卷四十七，第828页。

反会焚烧吴船。周瑜突然病倒在床，吴军上下一片惊慌，左右动问，难知病因。诸葛亮闻知，飘然前往周瑜帐中，面带笑容开出十六字“秘方”：“欲破曹公，宜用火攻；万事俱备，只欠东风。”周瑜见之大惊失色，心中暗赞道：“孔明真神人也！早已知吾心间之事！”于是，自然引发了周瑜拜请诸葛亮祭东风的神奇故事：孔明说：“可于南屏山筑一台，名曰‘七星坛’，……亮于上作用，借三日三夜东南大风，助都督用兵。”果然，“渐渐近三更时分，忽听得风声起，旗幡动转。瑜出帐，观旗脚竟飘西北。”整个故事写得轻松自如，富于喜剧色彩，丝毫不见战争的恐怖气息，在轻松诙谐的故事中充分展现了诸葛亮“呼风唤雨”的神秘莫测之术。这显然不是真实历史，《三国志·周瑜传》注引《江表传》确有赤壁之战开战之日“东南风急”[①]的记载，但隆冬季节江面偶起东南风，本属自然现象，不过是被熟悉长江水文和南方气候特征的东吴水军充分利用了而已，与诸葛亮绝无关联。罗贯中采用民间传闻，描写诸葛亮轻松制敌，祭来东南风助周瑜大破曹兵，大大突出了诸葛亮在赤壁之战中所发挥的关键性作用。

三、虚构故事以重塑三国英雄形象

尽管史书记述的历史与原生态的历史存在着一定距离，史家的情感态度也不可能完全被隐藏，但尽最大努力客观理性地记述历史事件和历史人物的言行而不作主观推想，依然是史书叙事的基本特征。而历史小说不以理性色彩见长，在叙述历史人物和历史事件时常常显露出鲜明的爱憎情感和审美倾向，并为此不惜虚构故事或借题发挥以重塑历史人物形象。《三国演义》所描写的赤壁之战，最典型地体现了历史小说的这种创作宗旨，几乎所有参战的核心人物形象都被不同程度地进行了一番“改头换面”。

（一）好色、平庸、专横的曹操

历史人物曹操是一位卓越的政治家、军事家和诗人，罗贯中并未抹杀这一点，在叙述曹操与董卓、吕布、袁术、袁绍等豪强争霸的过程中，多半以肯定赞赏的笔触评价曹操，塑造曹操杀伐决断、深谋远虑的奸雄形象；而在叙述曹操与刘备争斗

① 《三国志》卷五十四，第934页。

过程中，又秉持“拥刘反曹贬吴”的基本倾向，对于曹操等人则常常予以贬低甚至丑化。

曹操曾在邺城（今河北邯郸市临漳县境内）建铜雀台，铜雀台固然是曹操与宾客饮酒赋诗、歌舞欢乐之地，但也是曹操处理政务、讲武习兵的处所。《三国志·武帝纪》载建安十五年（210）春，曹操下求贤令：“今天下得无有被褐怀玉而钓于渭滨者乎？又得无盗嫂受金而未遇无知者乎？二三子其佐我明扬仄陋，唯才是举，吾得而用之。”[①]同年冬建铜雀台，颇有以此招揽天下人才的意味。而《三国演义》之《诸葛亮智说周瑜》一节则将铜雀台建造时间提前至赤壁之战前的建安十二年（207），然后通过诸葛亮之口虚构曹操建造铜雀台是为了实现平生一大誓愿：“愿得江东二桥，置于铜雀台，以为晚年之乐，虽死无恨矣！”《曹孟德横槊赋诗》一节又叙曹操亲口对诸将宣称：“昔日桥大老与吾至契，托二女欲令侍吾。吾视之，皆有国色，不料被孙策、周瑜之所娶。吾新构铜雀台于漳水之上，今得江南，定娶二桥，置之台上，以足吾愿也。”作为封建统治者，曹操好色不假，但曹操之知己桥大老（即曾做东汉太尉的桥玄）与曹操素不相识的江东桥公（大桥、小桥之父；毛本《三国演义》作“乔国老”，不确）并非一人，曹操岂有夺回桥玄二女之理？作者通过虚构故事将曹操塑造成了一个地道的好色之徒，令其站在道德审判台上。

小说《群英会瑜智蒋干》等节叙述曹操任命荆州降将蔡瑁、张允为水军正副都督，蔡、张二人深知水战奥妙，为周瑜所忌。周瑜略施“反间计”，以一封与蔡瑁私相勾通的假信函骗过蒋干，而蒋干将假信函交给曹操，曹操立刻处斩了蔡瑁、张允，不仅表现了蒋干智商的低下，更显露了曹操的平庸愚蠢。曹操任命蔡瑁为水军都督之事不见记载，小说所写“反间计”显系虚构。晚清学者卢弼《三国志集解》卷六注引《襄阳耆旧传》云：“瑁少为魏武所亲。刘琮之败，武帝造其家，入瑁私室，呼见其妻子。”[②]可见曹操与蔡瑁少小相识，关系十分亲近，不大可能轻易被曹操无情斩首。罗贯中借此无中生有之事贬低曹操智商、抨击曹操专横残暴的意图非常明显。前文所述曹操横槊赋诗、怒刺刘馥的故事，同样意在显露曹操恶德。作者通过系列虚构故事对曹操形象进行重塑，将曹操缺点加以放大，实际上包含了对赤壁之战成败的分析评判，形象地告诉读者：腐败好色、愚蠢昏庸、专横跋扈正是曹

① 《三国志》卷一，第23页。

② ［清］卢弼：《三国志集解》卷二，中华书局1982年版，第226页。

操兵败赤壁的主要原因。

（二）平淡无奇的刘备与义重如山的关羽

历史上刘备号称“枭雄”，无论是赤壁之战中攻击曹操，还是南郡争夺战中进攻曹仁，刘备都是蜀汉集团的核心人物和功臣。《三国志·先主传》载曰：“权遣周瑜、程普等水军数万，与先主并力，与曹公战于赤壁，大破之，焚其舟船。先主与吴军水陆并进，追至南郡。”[①]又《三国志·鲁肃传》注引《吴书》记载关羽反驳鲁肃争三郡云：“乌林之役，左将军身在行间，寝不脱介，勠力破魏，岂得徒劳，无一块壤，而足下来欲收地邪？”[②]又《周瑜传》注引《吴录》载：“备谓瑜云：‘仁守江陵城，城中粮多，足为疾害。使张益德将千人随卿，卿分二千人追我，相为从夏水截仁后，仁闻吾入必走。’瑜以二千人益之。”[③]这些记载充分说明左将军刘备在联军作战中不辞辛劳，身先士卒，勇敢拼杀，功勋卓著，而且有主见，有军事头脑，其建议得到了联军统帅周瑜的首肯和采纳。

史籍没有明确记载关羽在赤壁之战中的踪迹，但关羽的地位和作用不可低估。诸葛亮战前劝说孙权建立联盟时说：“豫州军虽败于长坂，今战士还者及关羽水军精甲万人。”[④]诸葛亮特别提及关羽水军，说明关羽所部实为蜀军精锐，应是蜀军参加赤壁之战的主力之一。南郡争夺战中，周瑜采纳了刘备从夏水进入汉水截断曹仁后路的建议，而统率这支深入敌后的水军主将恰恰是关羽。《三国志·李通传》载：“刘备与周瑜围曹仁于江陵，别遣关羽绝北道。通率众击之，下马拔鹿角入围，且战且前，以迎仁军，勇冠诸将。”[⑤]《三国志·徐晃传》亦载：“与满宠讨关羽于汉津，与曹仁击周瑜于江陵。”[⑥]这两处记录表明：关羽水军深入汉水作战之后，曹仁深为忌惮，下令李通诸将率部增援江陵，又派徐晃、满宠等人在汉津一带阻击关羽水军北上，以解除江陵的后顾之忧，足见关羽在联军作战中积极主动、勇敢顽强，发挥了显著的作用。

---

① 《三国志》卷三十二，第654页。

② 《三国志》卷五十四，第940页。

③ 《三国志》卷五十四，第934页。

④ 《三国志》卷三十五，第680页。

⑤ 《三国志》卷十八，第400—401页。

⑥ 《三国志》卷十七，第396页。

但《三国演义》有意淡化刘备、关羽对赤壁之战的卓越贡献，他们的功勋甚至不如赵云、张飞。刘备在赤壁之战中的突出表现是对军师诸葛亮言听计从，唯一一次正面出场是被周瑜骗去见面，对身后埋伏五十名刀斧手而浑然不觉，若非关羽行坐不离，则“吾主休矣”。罗贯中描写刘备平淡无奇，不是为了贬低刘备，因为刘备主要以宽厚“仁君”形象出现于作品中，赤壁战场上的平淡无奇无损于其仁君形象。同样，关羽在赤壁之战中亦无丝毫建树，但罗贯中却特意安排了一场“关云长义释曹操”的重头戏：曹操败走南郡，先后遭到赵云、张飞两支精兵伏击，已是人困马乏、狼狈不堪，结果又在华容道遇上关羽五百校刀手拦住去路，曹操只得采纳程昱建议，以情动人乞求关羽网开一面：“云长是个义重如山之人，……思起五关斩将放他之恩，如何不动心？……张辽纵马而至。云长见了，亦动故旧之心，长叹一声，并皆放之。”显然，罗贯中虚构故事是为了突显关羽的天下义士风范。讲义气、重恩情是一种传统美德，在患难中显得尤为珍贵。关羽私放曹操，违反军令，无功有过，却体现了高尚的道德人格，正如毛评本《三国演义》赋诗所赞：“拚将一死酬知己，致令千秋仰义名。”

（三）多智忌才的周瑜与料事如神的诸葛亮

历史上周瑜是坚定的抗曹派代表人物，是赤壁之战的最大功臣，自然受到作家罗贯中的充分肯定和赞扬，但他同时又是坚定的排刘派代表人物，因而又被罗贯中大加贬抑。于是，在《三国演义》中周瑜既是一个志向远大、谋略出众的军事统帅，同时又是一个肆意破坏吴蜀联盟关系的阴谋家，他多次设计图谋陷害诸葛亮、刘备，如聚铁山劫粮、谋杀刘备、限令造箭、追杀孔明，等等。更可笑的是，周瑜私心严重，心胸特别狭隘，他见诸葛亮一眼看穿反间计等计策，便大怒道：“若留此人，那里显我！吾决意斩之！”（《诸葛亮计伏周瑜》）一个心胸狭隘、缺乏大局观念的忌才小人形象跃然纸上。《三国志·周瑜传》说周瑜“性度恢廓，大率为得人”①，《江表传》载蒋干说周瑜“雅量高致”②，与小说人物周瑜存在着较大差异。周瑜忌才故事大多出自作家的艺术虚构，这是小说“拥刘反曹贬孙”的基本思想倾向所致。从历史角度看，周瑜形象的重塑有悖于史家的“实录”精神，但从文学欣赏角度看，

① 《三国志》卷五十四，第935页。

② 《三国志》卷五十四，第935页。

周瑜集忌才小人与聪明统帅于一身，性格外露，气质鲜明，依然给读者留下了十分深刻的印象。

毫无疑问，在赤壁之战中，诸葛亮形象的重塑最为显著。历史上诸葛亮不过是吴蜀联盟的牵线人，他以务实的态度向孙权全面而准确地分析了曹操南征荆州的客观形势，有力地促进了孙刘联盟的建立，但总体而言，诸葛亮在赤壁之战中所起的历史作用是十分有限的。作为东吴能征善战、风流倜傥的军事统帅，周瑜并没有把年轻的白面书生诸葛亮放在眼里，那时的诸葛亮实不足以引起周瑜的忌妒。

然而，《三国演义》却在这场生死大战中将诸葛亮塑造成一位举足轻重、光芒四射的智慧之神：第一，聪明过人。他善于察言观色，针对不同对象采取不同的应对方法。对于老实厚道、亲近蜀汉的鲁肃，则常以实话相告；对于心高气傲、犹豫不决的孙权，则以激将法为主；对于足智多谋、心胸狭窄的周瑜，则软硬兼施与之周旋。第二，高度自信，善于应变。诸葛亮独自身处杀机四伏、复杂多变的吴营，刘备忧心忡忡，诸葛亮则自信道：“某虽居虎口，安然如泰山。”（《周瑜三江战曹操》）其高度的自信心源自渊博的学识。他见多识广，精通天文地理，敢立军令状前往曹营“借箭”，对鲁肃宣称：“凡为将者，不通天文，不识地理，不知军情，不晓阴阳，不看阵图，不明兵势，乃庸才也。亮三日前，算定今日大雾，因此敢取巧而办之。”（《诸葛亮计伏周瑜》）事实上，自信机智的诸葛亮确实在吴营中得心应手、安若泰山。第三，智慧超群，料事如神。军事实力是决定战争胜负的重要因素，但谋略智慧更是决定战争结局的关键因素，这是罗贯中最基本的战争理念。因此，《三国演义》特别强调斗智斗勇，特别推崇军事将帅们的谋略较量，大量的“妙计”故事均由此而生。曹操、周瑜、鲁肃、庞统、徐庶、诸葛亮等谋略高手均现身于赤壁之战，“群英会”“草船借箭”“苦肉计”“诈降书”“连环计”“火攻策”等斗智故事精彩纷呈，周瑜骗蒋干、孔明饮酒借箭、周瑜打黄盖、曹操审问阚泽、庞统设陷阱、徐庶一语点破连环计等情节惊心动魄，全面展现了三国英雄非凡的智慧和胆识。而在所有施展谋略智慧的高手中，诸葛亮又显得异常出类拔萃。他联合周瑜与曹操斗智斗勇，同时又处处提防周瑜。周瑜所有打击曹操的妙计均逃不过他的法眼，周瑜一次次图谋他的阴招又都被他一次次轻松化解。最后，运筹帷幄、料事如神的诸葛亮让周瑜心服口服，诚心拜请诸葛亮祭来东南风，一举取得了赤壁之战的全胜。历史上周瑜无疑是打败曹操的第一功臣，而罗贯中则通过大量虚构故事来突显诸葛亮举足轻重的特殊作用，让赤壁之战几乎成为周瑜、诸葛亮表演非凡智慧谋略的专场，而诸葛亮则成为这一著名战争舞台上激情表演的真正主角。

总之，罗贯中以史家“实录”笔法叙述了三国历史的基本走向和三国事件的基本结局，但又遵循“因文生事”的文学创作原则，以夸饰想象之笔加工史实、虚构故事、重塑历史人物形象，显示了跌宕起伏、生动曲折、情趣盎然的宏大叙事艺术，从而使《三国演义》成为中国古代历史小说的经典之作，而赤壁之战则是体现这一基本创作原则与叙事艺术的经典范例。

简论《金瓶梅》描摹笔法

——以文本中正月初一的细节描写为中心

曾庆雨

内容摘要：《金瓶梅》细节描写的笔法主要是描摹。一部好的叙事文本的成立，不论是整体故事构成的设计预设，还是对人物形象的刻画，对情节线索的铺叙，对场景空间的勾勒，等等，均不能离开描摹细节这一要点。《金瓶梅》中描写第一个正月初一，以宋惠莲制作“美味猪头肉”为内容；第二个正月初一以人际应酬往复为内容。叙事视点的移动，不仅是构思完整性的体现，也是作者不同于之前小说写作的笔法特点的体现。《金瓶梅》的文学经典性，除现实内容之外，具体到写作时的笔法运用得当，亦是文本成功的重要因素。

关键词：《金瓶梅》　细节描摹　视点移动　笔法运用

鲁迅在《中国小说史略》中对《金瓶梅》的写作特点用了这样几个词汇：“条畅”“曲折”“刻露而尽相”“幽伏而含讥”“一时并写两面”，加之“使之相形，变幻之情，随在显见”。这些写作的特性，奠定了《金瓶梅》成为我国古代经典小说的重要物理性（即语言操控性）基础。鲁迅首言“诸‘世情书’中，《金瓶梅》最有名”，更有“然《金瓶梅》作者能文”[①]一语，让这部小说荣获“世情小说”第一家之冠。

作者简介：曾庆雨，云南民族大学教授，硕士研究生导师。长期从事“中国古代文学史”和“明清小说研究”课程教学工作。

① 鲁迅：《鲁迅全集》（第9册），人民文学出版社1993年版，第180、183页。

所谓“条畅”一评，因对鲁迅所读版本并不清晰，故无从判定所指是“词话本”还是“崇祯本”。而针对词话本与崇祯本语言表述孰优孰劣问题，即可参看台湾学者胡衍南教授的观点：“崇祯本固然在精简文字，流畅叙事方面收到不少效果，但同时也牺牲了细节带来的感官魅力。”①据此可知，条畅的语言与细节的书写并不完全一致。很显然，崇祯本为了语言的条畅，删削了大量富有感性的细节描写。关于这一点，胡教授做过十分详尽的对比分析，在此不赘述。

本文以词话本为研究对象②，从文本具体事件的细节描写，来谈谈《金瓶梅》中的细节书写所带来的感官魅力。

一

《金瓶梅》以善写家庭生活为著，除了风花雪月的情爱床笫，更有家居美饰、锦衣美食的细腻描绘。作者在设计上，十分注意细节的适宜性安置。情节在随着主人公西门庆人生好运连连，步步高升后，西门府的家境日旺。西门大官人由于步入官场，也迅速过上了财源滚滚、美女环侍的幸福生活。而西门庆人生出现的每一次登高进阶的变化轨迹，都跟随着丰富的细腻笔触，通过点滴描绘而完成。在整部《金瓶梅词话》中，这种细腻的细节填充俯拾即是，即便是笔墨有限的事件讲述，也因具有细节书写的细腻而形成了宽大的涵盖场力，这种阅读体验大多是依赖描摹的笔法实现的。

描摹一词，原指绘画的笔法。这一词条释为：“如实写出或画出人物或事物的形象。”③这当然是精练的阐释，倘若描与摹分开来看，描，于画主要是轮廓的勾勒，于叙事文本则具有过程的讲述性质。摹，则不论画、著，指的都是对观照对象反映出来的相似性，强调的是可触可感，逼真生动。文学文本的描摹技法，是细节描写最常见的普遍笔法，往往都是通过陈述的方式完成。

在《金瓶梅词话》（以下简称《金瓶梅》）中，有关节日描写最多的是上元节，即通常说的元宵灯节。反而对在现实生活中特别重要，很讲究家庭地位级别分明的大年夜家宴聚会，用笔实在太少。在许多繁杂的日常生活事件讲述中，会很隆重地

---

① 胡衍南：《〈金瓶梅〉崇祯本改写词话本饮食男女细节研究》，《台湾师范大学学报》2019年64卷第2期。

② 本文所引《金瓶梅词话》资料均出自人民文学出版社1987年版。

③ 辞海编辑委员会：《辞海》（缩印本），上海辞书出版社1980年版，第698页。

陈列出各种吃食的大年三十年夜，以及最热闹最具仪式感的正月初一日的描写，所占篇幅很有限。正月初一这一节令的讲述，在百回之中仅仅占两回的篇幅，这个比例对现实生活中，人们熟知的正月初一过大年的民俗重头戏而言，实在太不匹配。不过细看这两回中的讲述，倒能用上当下的一个网络熟语来形容：干货满满。文本中两次写到的正月第一天，有着不同的展示侧重面。

第一次写到的正月初一，在小说第二十三回：《玉箫观风赛月房　金莲窃听藏春坞》。作者很具体地描写了这年的正月初一，西门府里各色人等的活动和具体的场景。且看开始的叙述：

> 话说一日腊尽阳回，新正佳节。西门庆贺节不在家，吴月娘往吴大妗子家去了。午间，孟玉楼、潘金莲都在李瓶儿房里下棋。玉楼道："咱每今日赌什么好？"潘金莲道："咱每人三盘，赌五钱银子东道。三钱买金华酒儿，那二钱买个猪头来，教来旺媳妇子烧猪头咱每吃。只说他会烧的好猪头，只用一根柴禾儿，烧的稀烂。"

从此段叙述可知，在"新正佳节"即正月初一这天，西门庆出门去向他人送"贺节"应酬。这是当今还在延续的民俗之一，只是此风俗南北稍有差异，西南地域中有"大年初一不出门"的习惯，但北方大多地方依旧遵从初一拜年的习俗。

西门庆此时初入官场不久，这新年的酬酢当是十分要紧的大事。文中虽未提及西门庆送礼环节，但不言而喻，"贺节"的礼品那是必不可少的，也是读者可以脑补的隐蔽讲述。开篇交代了西门庆"贺节不在家"，接着又说吴月娘去走亲戚，也不在家。这就特别点明，此时西门府主家的正房老婆吴月娘是可以出去走娘家亲戚的。这一笔不是为了凸显吴月娘正房老婆的家庭地位特权，而是特别表明吴月娘具有一定的社会人脉关系，反衬留守府中的小妾们，她们大多是无亲可走、社会人脉比较凋敝之人。即便像孟玉楼这样商贾之家出身，还有个经商的弟弟在，但也因行商不定，就算是年节时下，也不太可能尽情走动。这一笔交代还要说明的是，此回讲述的空间是西门内府，讲述的主体对象是西门府中的小妾们。

故事写豪门富家中重大节日的情形，刻意避开了寻常热闹的话语和场景渲染，而选取了一个非常有趣的情景片段。这些留守西门府中的小妾们，为了打发这重大节庆日里的无聊时光，她们各自寻找乐子。以孟玉楼为首，潘金莲、李瓶儿参与的正月初一居家娱乐活动项目是下棋。这听上去很不俗，想那唐宋华章中，书写过多少名媛佳人的棋艺精湛，以衬托其无比的蕙质兰心。只是这《金瓶梅》终究市井眼光，把这雅致的下棋一事，赋予太过俗气的内容。孟玉楼等三人的下棋，只是为了设置一个小小的赌局。从孟玉楼和潘金莲的对话可知，西门府中的小赌是经常上演的娱乐项目，这倒也很符合“小赌怡情”的世俗美学定义。当然，赌钱娱乐是节日家庭娱乐中最有吸引力的聚合方式，也是最能体现光阴无聊的打发思路。毕竟，赌博是人的天性之一，不仅无可厚非，反是写得很具有现实感的笔触。

这次赌博的结果，最富有的李瓶儿输了，拿出了五钱银子，按照潘金莲设计的赌规，用这钱“买了一坛子金华酒儿，一个猪首，连四只蹄子”，让家仆宋惠莲给烧出了一道后来流传几百年的经典菜肴——宋惠莲烧猪头肉。就这道菜，作者漫不经心地展示了他对描摹式书写的运笔功力，给人以“现场目睹”的感同身受，这种细节的精致，堪称中国古典小说写作的模范。

且看作者对这道美味佳肴制作全过程的具体“描摹”：

第一步：洗净。“舀了一锅水，把那猪首、蹄子剃刷干净。”

少沾厨艺者都知道，这是对肉食制作之初必做的规范动作。即首先要剃(毛)和刷(皮)，这样才能完成洗净食材的要求。在工序上的顺序讲述是很准确的，先剃后刷，不可反之。

第二步：暖灶炉、糟食材。“只用的一根长柴安在灶内，用一大碗油酱，并茴香大料拌着停当。”

作者这段描写貌似详尽，其实并未把美味制作的密钥说出来。何以见得？柴火入灶，灶上有何安放？难道是烧空气吗？油酱，是个啥物什？曾经有人写文，言：宋惠莲烧猪头肉，用了鲜美的酱油浸泡。懂一点烹饪的都会为此说发笑。若在阅读时也以为是用了鲜酱油浸泡，只能说明是个十指不沾厨房料的小主儿，油酱、酱油傻傻分不清。因为油酱是用清油烧热，后放入所选酱料，拌炒出香味后的一种佐料，油料分量要多过酱料至少三分之一，这叫油酱。油酱是专门为糟腌肉类食物准备的，而酱油的功用十分常见，毋庸赘言。由是可知，油酱与酱油，绝不是字面排列前后的顺序关系，而是根本不同材质的制作。换言之，油酱和酱油就没有半点的关联性。

接下来的茴香没什么悬念，但是大料一词则蕴含丰富的内容。按照家传厨艺习得常识，大料的标准配方是：八角、茴香、花椒、卤桂皮、胡椒、薄荷、姜皮、月桂叶。兰陵笑笑生为什么把茴香单独列出来，而后又再写大料呢？这就是细节描摹时的小机关。茴香单列，是为了强调宋惠莲烧猪头肉所用的茴香是新鲜的，以区别后文大料中的干制茴香。用笔不仅细腻，而且明显是“吃货”本色的无意识表现，显现出对美食用料的挑剔和制作过程的精细性追求。这时候的阅读，方显出内行的门道与外行的热闹相并行的旨趣。

到此不妨冒昧地来还原一下小说中宋惠莲制作这道美味猪头肉的详细操作过程，让大多不近庖厨的文士们凑凑趣，也请大厨行家们品评一二。

宋惠莲首先用“长柴”入灶，灶上的热锅里放够所需清油，根据喜欢的口味把酱料放入热油中拌炒成“油酱”，然后用蒸锅上灶蒸着，并把清香的新鲜茴香菜备好，再用大料和油酱糟腌猪头和蹄子，待蒸锅滚烫，油酱和大料糟腌的食料也入味了，便放入新鲜茴香，“上下锡古子扣定”。上灶再蒸，“那消一个时辰，把个猪头烧的皮脱肉化，香喷喷五味俱全”。

宋惠莲所用的“锡古子”是何神器？据《黄辞》释义：“有合缝盖子的锡锅，上下相合圆形如鼓，应作‘锡鼓子’，现在已经淘汰。”据本人所知，云、贵、川方言中，“古子”（鼓子）一词，专指盛食物的圆形器皿，其状为“鼓形”，材质有土陶、搪瓷、不锈钢、铝、锡等。以锡为材质的“锡古子”，具有传热快，不透气的特点，不妨理解为明代出产的焖烧锅一类。所以，当李瓶儿品尝着“稀烂”的美味猪头肉，好奇地问宋惠莲：“真个你用一根柴禾儿？”宋惠莲则回答：“不瞒娘每说，还消不得一根柴禾儿哩。若是一根柴禾儿，就烧的脱了骨。”显然，这里有个不起眼的梗儿，读者大多被晃过眼去了。这个梗儿便是作者用了个“烧”字遮蔽了个“焖”字，使得后来无数的厨盲们把猪头“烧”成了炭头，而被“烧”字忽悠到的人士中，也不乏专业大厨。

对这段描摹的功效小结一下就知道，百年的美味菜肴“宋惠莲烧猪头肉”制作的要点是：食材洗净，长火不熄，油酱大料，糟腌入味，蒸锅热滚，茴香用鲜，透蒸适时，加姜蒜碟。而吃货笑笑生特意强调：一定要佐以金华酒！

这段令人印象深刻的美味制作描述，虽说有作者炫才的意思在，只是这“炫”是为了人物形象刻画、情节铺陈推进而为，与后来才子佳人小说中为炫才而谄诗的乏味之“炫”，情趣大异。

详细描述宋惠莲烧制猪头肉，作者串连前后情节线索的意图是明显的。宋惠莲在进西门府之前，她的丈夫蒋聪是一个大厨，因与人口角被杀死。宋惠莲通过西门府的家仆来旺为夫申了冤，后嫁来旺，进西门府做了仆妇。通过写宋惠莲一道猪头肉的制作，一方面说明宋惠莲得到了蒋聪厨艺的真传，难怪西门庆把她从给全府人做饭的大厨房，调入到只为西门庆、吴月娘做特供食物的小厨房时，西门府里的六房妻妾并没有多想，包括擅长查风追月的潘金莲，甚至没有感觉任何的不妥。另一方面，把宋惠莲好卖弄小聪明的性格特征，用小荷才露尖尖角的描画方式，透露出了一点点端倪。另外一点，宋惠莲与孙雪娥在厨艺上的区别，在这道猪头肉的制作中，显现出家庭日常饭食制作与高大上的酒楼美食的巨大不同。这为后来宋惠莲与孙雪娥爆发激烈矛盾冲突，预留了一个合理的心理铺垫。

通过细腻、细微的细节捕捉，以无关情节起伏和人物矛盾行为的“闲笔”运用，一点点堆砌出宋惠莲这一人物的个性特征之一端。这是此节中主要的一个内容。《金瓶梅》中这样细小的层层描摹片段不在少数，这与之前的其他章回小说相较，体现出了小说书写技巧的极大进步。

二

小说中写到的第二个正月初一，在第七十八回《西门庆两战林太太　吴月娘玩灯请蓝氏》中。此回注重过程的讲述，从年三十晚写到初一全天的活动，笔墨详尽。且看：

> 看看到年除之日，窗梅痕月，檐雪滚风，竹爆千门万户，家家贴春胜，处处挂桃符。西门庆烧纸，又到于李瓶儿房，灵前祭奠已毕，置酒于后堂，合家大小月娘等，李娇儿、孟玉楼、潘金莲、孙雪娥、西门大姐，并女婿陈经济，都递了酒，两旁列坐。先是春梅、迎春、玉箫、兰香、如意儿五个磕头，然后小玉、绣春、小鸾儿、元宵儿、中秋儿、秋菊磕头。其次者来昭妻一丈青惠庆、来保妻惠祥、来兴妻惠秀、来爵妻惠元，一般儿四个家人媳妇磕头，然后才是王经、春鸿、玳安、平安、来安、棋童儿、琴童儿、画童儿、来昭儿子铁棍儿、来保儿子僧宝儿、来兴女孩儿年儿来磕头。西门庆与吴月娘俱有手帕汗巾银钱赏赐。
>
> 到次日，重和元年新正月元旦，西门庆早起，冠冕，穿大红，天地上炷了香，烧了纸，吃了点心，备马，就出去拜巡按，贺节去了。月娘与众妇人早起来施朱付粉，插花插翠，锦裙绣袄，罗袜弓鞋，妆点妖娆，打扮可喜，都来后边月娘房内，厮见行礼。
>
> 那平安儿与该日节级在门首接拜帖，上门簿，答应往来官长士夫。玳安与王

经穿着新衣裳，新靴新帽，在门首踢毽子儿，放炮煒，又嗑瓜子儿，袖香桶儿，戴闹蛾儿。众伙计主管，门下底人，伺候见节者，不计其数，都是陈经济一人在前边客位管待。后边大厅，摆设锦绣桌席，单管待亲朋；花园卷棚，放下毡帏暖帘，铺陈锦裀绣毯，兽炭火盆，放着十桌，都是销金桌帏，妆花椅垫，盘装果品，瓶插金花，筵开玳瑁，专一留待士大夫官长。约晌午间，西门庆往府县拜了人回来，刚下马，招宣府王三官儿衣巾，有四五个人跟随，就来拜。到厅上拜了西门庆四双八拜，然后请吴月娘出来见。西门庆请到后边，与月娘见了，出来前厅留坐。才拿起酒来吃了一盏，只见何千户来拜。西门庆就教陈经济管待陪王三官儿，他便往卷棚内陪何千户坐去了。王三官吃了一回，告辞起身，陈经济送出大门，上马而去。落后又是荆都监、云指挥、乔大户，皆络绎而至。

此时的西门庆已经是清河县衙门里的一把手，把持着一方地域的治安刑事大权，集司法刑侦办案于一身。他不仅大肆行贿受贿，更是在衙门各项事务上一手遮天。他把自己的大舅子，吴月娘的大哥给安插进了“本衙”，还把他那些市井混混的手下小兄弟安置到了县衙机构“公干”，吃上了皇粮。换句话说，西门庆把自己沾亲带故的人都变成了大明王朝的公务员，西门庆在衙门里既给自己安插了打手和耳目，又给自己赢得了政绩和恭维。故而，这年的大年初一已经不同以往，可谓是风光无限。

年三十这天，府里人循例“贴春胜”（旧俗剪彩为戏，或为妇人首饰，称为春胜）、“挂桃符”（从大周朝始，小民有在桃木板上画神像、写神名，悬挂大门、卧房门两侧，以镇邪驱鬼，祈福纳祥，称此为桃符），好一派热闹景象。西门庆此时是闹中取静，在纸祭苍天厚土之后，倒没忘记去花园六房，给已死去的李瓶儿烧了陌纸若干，算是寄托哀思之祭。

下午，阖府人聚在后院，开始了年夜饭的开餐仪式。小说在笔法上注重全程仪式过程的讲述，细写府中各色人等拜节的出场顺序，把那丰盛的年夜饭吃食内容全都给省了，而不厌其烦地写西门府“后边大厅”的各种陈设，铺排出不同空间的家私物件样式，以及使用的功能范畴。这看似碎屑无章，与情节矛盾发展无关的闲适之笔，给读者带来的感受却很要紧。这是具体写出西门庆发达后的状态，这看似琐碎的笔触，最能具体显现出作者设定的人物时段。因为，看一个人是否发达，经济实力如何，最直观的就是看这个人的消费能力，这是古今中外概莫能外的衡量标准。

“有钱就能消费”的误识一直在限制大多数普通人的想象力。要知道所谓的消费，并不指对生活必需品不用讨价还价的购买能力，而是指对奢侈品概不还价的购买实力。然而，人类的奢侈品是什么？如果仅仅理解为一般人买不起的高价品就是奢侈品，那只能说看到的是奢侈品的最初级样子，而不是本质。奢侈品往往是审美大过实用，虚置大过刚需的物件儿。可就是这样的奢侈品消费，由于与人的认知范畴和审美情趣息息相关，与原生家庭的生长教养层次紧密相连，奢侈品消费便成为一种无意识的文化层次表现。在物质富有的前提下，对消费对象选择的差异性，即最能分辨出暴发户土豪与世家豪门贵族之间难以逾越的分界。

所以，西门庆的发达，充分体现在府中庭院充满各个角落里的名贵家具和高档陈设，作者正是通过西门府后厅场景的描画和空间的摹写，增强了人们对暴发户西门庆的清晰认知。“销金”的桌帷，“妆花”的椅垫，“盘装”的果品，“瓶插”的金花，貌似高档奢侈，实则俗不可耐。

作者放弃形而下的美食描述，而注重强调西门府过年时节的家庭仪式感，以此来凸显西门庆在官场上有了大幅度的提升后，西门府的家庭生活也就告别了那种慵懒无聊和琐碎低俗，而表现出的是符合官员威仪的家庭排场和讲究。这明显是一种具有对比性的创作思路。

再看作者对“新正月元旦”这天的铺陈：

> 西门庆一大早祭天拜地后，一身簇新去给比自己级别高的巡按大人拜年贺节，送礼交际。吴月娘已不似从前要出门走亲，而是在自己房里精心打扮，花枝招展，等着家人、外戚来给她拜年贺节，俨然一副官太太的做派。
>
> 果然，西门府门前车水马龙，家丁和仆童们迎来送往。最忙碌的人要数女婿陈经济了，幸好他是京官之家长大的孩子，总是见过点世面的，不至于手足无措，乱了规矩。到得晌午，西门府里的各种接待布局已经全部到位，从后院大厅到前庭花园，可谓一派富丽堂皇。西门庆也回到了家中，继续着他收受礼品红包的程序。

拜节的人“皆络绎而至”，流水般涌来。这西门官人、月娘太太不再是那些年总出门走亲，给人拜年，访问送礼的光景了。此时已是正了位的西门提刑大官人门前，乌泱泱拜年送礼的车队，这些都是官低位微的“公干”者，就着这新年首日，来给长官和他的太太表孝心的。细细描述这一幕，可不是为了说明人生风水可以轮流打转，而是突出官场的生涯是芝麻开花节节高。

文本中这次车水马龙，应接不暇的正月初一描写，对应的是西门庆很快精竭而亡。就像这节日里的烟花一样，熄灭在最绚烂的那一刻。显然，放弃对觥筹交错、锦瑟夜宴的着笔，选择对凌乱细碎应酬场景的详叙，这恰好证明整体构思的缜密性。极盛而衰，祸福相依的中国式人生哲学观，深深蕴含其中。通过这些不完整的场景碎片，文本在构思上对人物故事的前后关联有着完整预设性，可谓得到了充分的体现。这种以闲写要、以小写大、以偏写正、以次写主的笔法运用，《金瓶梅》为后来各类题材小说的写作，提供了一个很好的范式。清代的《红楼梦》无疑是这类笔法运用最好的代表作品。仅以此看，很难想象《金瓶梅》对文本建构机理的思考是出自多人想法不断改进而成的说法能够成立，也难以认可《金瓶梅》出于老儒村学之手。

本回的开端是由西门庆入衙门做官入手，顺理成章地把市井宵小的行藏稳稳地嵌入了明镜高悬的官场做派之中。作者把官场即江湖，朝堂亦市井的指代意蕴通过空间转换的方式含蓄表达了出来。随着写西门庆的官做大了，他的铺子项目也多了起来，他带给区域开发的经济利益增加了，他的好名声也风传了。他家的亭台楼阁大花园兴建了，他家的锦衣美食丰富了，他要关照的女子有些应接不暇了，他的官场应酬已经太过丰富了。西门庆表面的丰盈生活，令人艳羡不已，实则内里的龌龊不堪，小可毁了身家性命，大则乱了朝纲，灭了社稷江山。

西门庆为民时为祸为乱，不过是从下往上的啮噬，朝堂的一点点公义足以震慑，不足为虑。西门庆为官主事后，贪赃枉法，损毁朝纲。官场用人的劣币逐良币形态，这从上往下的滥权无度，犹如那洪水猛兽般，祸害着一方黎民百姓。这是小说版的“苛政猛于虎”，也是《金瓶梅》最大的写实主旨。由此可见，那些伤风败俗的“男风女月”艳情故事，不过是为龌龊张本罢了。

综上所述，通过对《金瓶梅》细节描写的笔法简析可知，一部好的叙事文本的成立，不论是对整体故事构成的设计预设，还是对人物形象的刻画，对情节线索的铺叙，对场景空间的勾勒，等等，均不能离开描摹细节这一要点。《金瓶梅》中的第一个正月初一，以宋惠莲制作“美味猪头肉”为内容；第二个正月初一以人际应酬往复为内容。叙事视点的移动，正是构思上的完整性体现。对两个不同时期的同一个节庆日的讲述，又正好反映出作者不同于之前小说写作的笔法特点。这也说明，《金瓶梅》的经典性除了主题内容之外，还应该看到，具体写作时的笔法运用是成功的重要因素。由此可见，《金瓶梅》个人创作意志表现出的明显痕迹。

《歧路灯》与明史

杜贵晨

内容提要：李绿园著《歧路灯》是清乾隆朝的小说，虽总体假托明代历史以写其当代，但也确实写了或涉及明史的一些事实。具体说其假托的时代为明嘉靖一朝，涉及或具体描写的历史事件有“大礼议”“内臣监军”与“廷杖之法”，嘉靖崇道教及其影响，以及有关倭寇的背景与起因的描写等。这些内容在为小说“教子”主题服务的同时，也是对明史的反思。在李绿园看来，明嘉靖朝或也可以说历代倭患是不适宜的“海禁”政策和内政腐败祸延于中日关系的结果，主要责任不在日本，而在于明朝的“闭关锁国”和太监们居中盘剥。这与陈懋恒、萧春雷等说都有所不同。所以虽小说家言，也可备明代倭寇史研究的参考。

关键词：《歧路灯》　嘉靖　“大礼议”　倭寇

李绿园《歧路灯》是清乾隆朝的小说，写明嘉靖朝事，比照学者论《儒林外史》，也是一部“假托明代”①的小说。这样一部清朝人写的托于明朝背景的小说，当然不同于清朝人写他当代的小说。但是，按照意大利学者克罗齐“一切历史都是当代史”的著名推断，也可以说“一切历史小说都是当代小说”，更不用说只是把时代背景托于某个前朝的小说，其思想倾向、感情内涵、艺术形式，根本上必然是当代的了。

虽然如此，作品所托某个前朝的历史框架也并非毫无意义。尤其构成这一框架

作者简介：杜贵晨，山东师范大学文学院教授、博士生导师。

① 杜贵晨：《〈儒林外史〉假托明代论》，《中国人民大学学报》2000年第1期。

的，也有人物、故事甚至真实的人与事，以及作者对其所写这些历史之人与事的褒贬议论。从而自“假托”的历史背景而言，这样的小说一定程度上也是历史的演义。如《儒林外史》叙事，几乎以整个明代为“文运”的背景，涉及王冕、宁王、高启等历史人物，和对明太祖、永乐二帝的评价等内容，就不能以普通当代小说的内容看待，而应当认为是吴敬梓作为一位清朝的小说家对明代历史的反映与评价了。

李绿园《歧路灯》也是如此，它一方面有对明代历史的反映与评价，另一方面深受清初以来多种学术文化思潮的影响，尤其是乾嘉学风的浸润，在文本内容与风格上有显著的明清历史文化特点。

一、《歧路灯》托于明嘉靖一朝

《歧路灯》写谭绍闻一人一家之事，不像《儒林外史》写“文运”时间跨度大，托于几乎整个明代，而只及于嘉靖一朝。

《歧路灯》叙事于嘉靖朝，纪年多不具体，有年份可助于编年者仅三处。一是第九回写“柏永龄明君臣大义”说：

> 柏公引着孝移到东书房，乃是一个敞院。中间一株高一丈太湖石，石案一张，磁绣墩四个。进了书房，上面一个八分书“陆舫”匾，右边写“嘉靖癸亥”，左边写“蜀都杨慎”。其余不必细述，只淡雅清幽四字，便尽其概。[①]

“嘉靖癸亥”是嘉靖四十二年（1563）。据此则柏公书房的匾题即使墨迹未干，最早也是谭孝移拜访柏公的当年所题。换言之，第九回写谭孝移被举贤良方正在京候选，已是嘉靖四十二年以后的事了。

但至第二十九回，写谭绍闻被皮匠的老婆诱使进屋看当票说：

> 绍闻未免有嫌疑之心，不肯进去。那女人笑道：“左右是大叔的房子，大叔就不看看那屋里戏箱，不怕俺偷了？”绍闻进院子，坐在一只小凳上。说：“拿

① ［清］李绿园著，栾星校注：《歧路灯》（上册），中州书画社1980年版，第96页。下引该书仅注明书名及页码。

票儿我看。”妇人便在身旁取了两张小票儿。绍闻看了，乃是嘉靖二十年正月的。妇人说：“算算利钱。”绍闻道：“一年零五个月了。”起身就走。[1]

当票算利钱自然是算到当天，那么当票“乃是嘉靖二十年正月的”，加上“一年零五个月”，就是嘉靖二十一年六月。换言之第二十九回所叙为嘉靖二十一年（1542）六月事，等于从“嘉靖癸亥”的四十二年倒退了二十一年，显然时序错乱了。

《歧路灯》叙事编年比较靠谱或说可以作为讨论基础的，是第九十二回写谭绍衣向侄儿篑初说《灵宝遗编》：

道台道：“彼一时，原是下书请修家谱，这遗稿还未曾见。你爷爷到丹徒，是嘉靖元年，这是嘉靖三年才刻的。你看序文上年月，就知道了。”[2]

这也就是说，《歧路灯》第一回开篇叙事写谭孝移“念先泽千里伸孝思”是嘉靖元年（1522）岁在壬午。因此，虽然先前两处叙事时序错乱了，但全书从嘉靖元年写起，到最后同在嘉靖一朝给了谭家儿孙“洞房花烛”“金榜题名”的美满结局，《歧路灯》叙事整个地托于明嘉靖一朝就是很清楚的了。从而《歧路灯》对明代历史文化的反映，也就集中于明嘉靖一朝，有关几件大事都涉及了。

二、“大礼议”

“大礼议”即议“大礼”，具体指嘉靖朝给嘉靖之父兴献王加皇帝尊号的讨论，《歧路灯》中称“大礼重案”。

这要从嘉靖皇帝的即位说起。明孝宗死后传位长子明武宗，即正德皇帝朱厚照。朱厚照也算是一个有本事的人，杀伐决断，诛刘瑾，平安化王、宁王之乱，曾亲自指挥应州大捷。但他也荒淫无道，嬉游无度，三十一岁死于其专为享乐的豹房。由于身后无子，皇太后从东阁大学士杨廷和等议，迎立武宗的从弟兴献王朱祐杬世子朱厚熜入继大统，是为世宗嘉靖皇帝。

---

① 《歧路灯》（上册），第266—267页。

② 《歧路灯》（下册），第864页。

这看起来“兄终弟及”，古已有之。但是朱厚熜与朱厚照毕竟不是一个父亲。所以朱厚熜虽然继武宗做了皇帝，却不想以武宗的父亲孝宗为自己的父亲。但是，又没有儿子是皇帝为君，老子是藩王为臣的道理，所以嘉靖刚继位几天，就一心要给他爹送一个皇帝的尊号。《明鉴》卷五《武宗毅皇帝》载：“时帝继位，甫六日，诏议兴献王主祀及尊称。”张璁等支持嘉靖崇隆本生，以孝宗为皇伯考，兴献王为皇考，但杨廷和等主张嘉靖应以武宗之父孝宗为父，以本生兴献王为皇叔父。结果嘉靖大怒曰：“父母若是互易耶？再议！”而杨廷和等仍坚执其说，以致嘉靖皇帝气得向皇太后表示，自己宁肯不做这个皇帝，也不能改认孝宗为父，如果不能给自己的父亲也弄个皇帝的名分，他就不做这个皇帝了。但与大多数朝臣意见相持不下，嘉靖又初继位，尚待抓权巩固地位，这件事就拖延下来。

到了嘉靖三年，又有南京刑部主事桂萼揣摩嘉靖的心思，提起再议“请改称孝宗曰皇伯考，兴献王为皇考”云云，遂又引起礼部尚书汪俊等会文武群臣二百五十余人的集体反对。而此时嘉靖皇位已固，坚持不让，先后使杨廷和、汪俊去职，而修撰杨慎与张衍庆等亦请罢归，旋以召会群僚哭阙极谏。嘉靖震怒，先后逮朝官二百余人下狱，杨慎被发配云南，“孟春等待罪，越数日，为首者戍边。四品以上夺俸，五品以下予杖。编修王相等十有六人杖死。自是衣冠丧气，璁、萼等势益张”。

这就是明史上著名的“大礼议”。“大礼议”使拥立嘉靖入继大统，却反对“改称孝宗曰皇伯考，兴献王为皇考”的东阁大学士杨廷和一派势力被彻底清除。杨慎是杨廷和之子。字用修，号升庵等。生于明孝宗弘治元年（1488），卒于明嘉靖三十八年（1559）。四川新都（今成都市新都区）人，祖籍庐陵。明代著名文学家，三才子之首。正德六年（1511）状元及第，官翰林院修撰，参与编修《武宗实录》。武宗微行出居庸关，上疏抗谏。世宗继位，复为翰林修撰，任经筵讲官。嘉靖三年（1524），谪戍于云南永昌卫。曾率家奴助平寻甸安铨、武定凤朝文叛乱。此后屡往返于四川、云南等地。嘉靖三十八年（1559），卒于戍所，年七十二。所以，上引《歧路灯》写“嘉靖癸亥”即嘉靖四十二年（1563）杨慎已去世四年，根本不可能还有为柏公书房题匾的事情发生。

这应当是作者李绿园失考。然而绿园于此事本不为考证，而是要借柏公之口表达对明史上此一大案的看法。一是批评当时“哭阙”诸臣不体嘉靖帝孝心，迂执“继统”之说，又行为太过。书中写道：

> 孝移再为致谢，因指匾上杨慎名子说道："可惜这升庵先生，一个少年翰撰，将来位列台鼎，堂构前休，如今在云南受苦。或者将来圣恩赐还，也未定得。"柏公道："只怕不能了。说起这宗大礼重案，令人寒心！当日哭阙一事，做的太猛。你想万岁爷自安陆入继大统，一心要崇隆本生，这也是天理人情之至。为臣子者，自当仰体万岁爷的渊衷，为甚的迫切激烈，万万不容？即如咱士庶之家，长门乏嗣，次门承继，如次门赡了长门家产，就把次门的生身父母疏远起来，这事行也不行？彼一时我部里少宰何大人，讳孟春，倡议叩阙泣谏，这升庵先生便说：'仗节死义，正在今日！'为什么说出一个死字，岂不太骤？若是宋光宗不朝重华宫，那是子忘其父矣，臣子中有引裾垂涕而谏者，有流血披面而谏者，传之史册，谁能议其过当？若目今万岁爷追崇兴献王爷这个事则当斟酌，务使之情理两协，骤然二百二十人哭声震天，这万岁爷如何肯依他呢？总之，'帝王以孝治天下，而帝王即以安天下为孝'，这两句是千古不磨的。若必执继统之说，称孝宗爷为考，这万岁爷必要避位回安陆府守藩，一发弄的不好了。总之，当日各大人胸中先有个'激'字，进奏日又有个'戆'字，哭阙时直是一个'劫'字，受廷杖、窜远方，却又有个'怼'字。请问老先生，君父之前，这四个字那一个使得？"孝移一句也不敢答。[①]

二是从历史上继统的经验和儒家伦理批评"哭阙"诸臣既不识时务，又有悖纲常：

> 柏公又道："夏家以传子为统，殷家以弟及为常——共是十一个兄终弟及。若是这几位大人老先生，当太庚、雍己、河亶甲、盘庚诸君之时，定执今日这个意见，殷家一朝四百年也争执不明白，那还顾得治天下哩。况洪武七年，御制《孝慈录》刊行天下，云：'子为父母，庶子为其生母，皆斩衰三年。人情所安，即天理所在。'此煌煌天语也。若拘于嫡庶之说，则齐王之子，其傅何为之请数月之丧矣？"[②]

三是批评"哭阙"诸臣只顾邀个人之名，却置"人君"于不仁之地，有悖于

---

① 《歧路灯》（上册），第96—97页。

② 《歧路灯》（上册），第97—98页。

"忠孝"：

柏公又说道："人臣进谏，原是要君上无过。若是任意激烈起来，只管自己为刚直名臣，却添人君以愎谏之名，于心安乎不安？倘若再遇别事，人君早防备臣下聒噪，这'廷杖发边'四个字，当其未曾开口之先，天威早已安排下成见，是连后来别人进谏之路，也替他塞断，于事可乎不可？"少停，又说道："老朽一向在忠孝两个字上，略有个见解，爽利对老先生说说。罗仲素云：'天下无不是的父母。'以老朽看来，大舜心中并无这八个字，其心只有'父母'两个字，但觉到二老跟前，着实亲热，即俗语所谓'亲的没法儿'是也。韩昌黎云：'天王明圣兮，臣罪当诛。'这九个字，都说到文王心窝里。文王只知天王命己为西伯，却自己与天王毫无稗补，心中总是不安。千年后却被韩退之说出。这话，不知是也不是。"孝移听到此处，不觉暗赞道："这老先生真个是贤人而隐于下位者。"[①]

柏公这番议论，以"孝"为本，肯定了嘉靖坚持以兴献王为父崇隆本生的立场与原则，否定了孟春、升庵等人"哭阙"劫谏的做法，完全站在了嘉靖皇帝一边。这也正是李绿园《读史二十四首》之第二十二所表达的意思，该诗云：

嘉靖大礼狱，狱起承天府。藩臣不可跻其君，天子必当尊其父。天性之际安可诬，礼反所生岂虚语？哭声震阙用劫谏，满腔愤怼毋乃卤。[②]

《歧路灯》写"大礼议"直接的目的，虽是借为谭孝移辞官回家和死去退出故事的由头，但同时也是他对明史上这一大案的关注，代表了清中叶一部分学者对这一历史事件的看法。今天看来，"大礼议"一方面是新君嘉靖继位与以杨廷和为代表的武宗旧臣势力争夺权力的斗争，最后以嘉靖一方完胜结局，巩固了新君嘉靖的地位，为其后皇权政治秩序的恢复与有限革新打下了基础；另一方面"大礼议"过程中随着杨廷和等一派人被一个个清除，逐渐加强起来的嘉靖个人的集权和执政小圈子，使绝对的权力导致绝对的腐败，议礼派"以片言致通显"，朝廷官员看到逢迎君主

① 《歧路灯》(上册)，第98页。

② 栾星编著：《〈歧路灯〉研究资料》，中州书画社1982年版，第80页。

带来的好处，于是望风希旨、阿谀奉承渐以盛行，加以嘉靖皇帝笃信道教，日夜焚修，遂使其执政后期，政治败坏，即《歧路灯》第十回写谭孝移所谓："将来在上之人，必至大受其祸，履霜坚冰已有兆矣。"

但是，若更进一步看，"大礼议"虽系嘉靖下诏廷议，但杨廷和等大臣也应该明白，一方面事关嘉靖以孝为本，崇隆其父，廷议只不过走个程序，根本不会允许否定他的旨意；另一方面这完全是皇帝的家事，于治国理政实为细枝末节，无论嘉靖皇帝或诸大臣，倘能以"安天下"为首要，则本可以存而不论，或折中缓行，使其影响降到最低。而考虑到皇帝的"面子"，为天下大计，客观上也许"哭阙"之臣让一步为好。然而这些人替皇帝操心太过，又急于显得像个"忠臣"，竟在这种仅为装点门面的事上大弄起来，搅得嘉靖朝开局一副好牌越打越烂，大明王朝从此加速走向衰落。

由此可见，如果议"大礼"遇上的是五代的冯道，或嘉靖后期的徐阶，或者李绿园的清乾隆朝做官"多磕头，少说话"的曹振镛则必不会如此，而结果也不会比这类"忠臣"的"哭阙"更坏。《红楼梦》第三十六回写贾宝玉笑道：

> "人谁不死，只要死的好。那些个须眉浊物，只知道文死谏，武死战，这二死是大丈夫死名死节。竟何如不死的好！必定有昏君他方谏，他只顾邀名，猛拚一死，将来弃君于何地！必定有刀兵他方战，猛拚一死，他只顾图汗马之名，将来弃国于何地！所以这皆非正死。"袭人道："忠臣良将，出于不得已他才死。"宝玉道："那武将不过仗血气之勇，疏谋少略，他自己无能，送了性命，这难道也是不得已！那文官更不可比武官了，他念两句书污在心里，若朝廷少有疵瑕，他就胡谈乱劝，只顾他邀忠烈之名，浊气一涌，即时拚死，这难道也是不得已！还要知道，那朝廷是受命于天，他不圣不仁，那天也断不把这万几重任与他了。可知那些死的都是沽名，并不知大义。比如我此时若果有造化，该死于此时的，趁你们在，我就死了，再能够你们哭我的眼泪流成大河，把我的尸首漂起来，送到那鸦雀不到的幽僻之处，随风化了，自此再不要托生为人，就是我死的得时了。"①

---

① ［清］曹雪芹、高鹗：《红楼梦》，中国艺术研究院红楼梦研究所校注，人民文学出版社1982年版，第493页。

以此与上引《歧路灯》写柏公所言相较，岂不可以惊奇地发现，二者在反对臣子去做“哭阙”之类的“劫谏”精神上是完全一致的。溯源似可以上至《孟子·万章上》论“百里奚自鬻于秦养牲者”有曰：“百里奚，虞人也。晋人以垂棘之璧与屈产之乘，假道于虞以伐虢。宫之奇谏，百里奚不谏。知虞公之不可谏而去，……不可谏而不谏，可谓不智乎？知虞公之将亡而先去之，不可谓不智也。”但是，《红楼梦》《歧路灯》用上引《孟子》文义，却是一心为了皇上，就不够高明了。

“大礼议”影响到科举，甚至最终导致八股文体制的改变。商衍鎏《清代科举考试述录及有关著作》中载：

明人篇末用大结，可及时事，世宗嘉靖二十二年癸卯叶经巡按山东，作乡试“无为而治者，其舜也与夫何为哉，恭己正南面而已矣”（［校注］《论语·卫灵公》）题程文，大结内有“继体之君，未尝无可承之法，但德非至圣，未免作聪明以乱旧章”等语，世宗见之大怒，以为讥讪，逮讯毙于杖下。按语并不急切，而意亦空论，竟触时君之暴威。自后皆草率从事，而不肖之徒，又每于此暗藏关节，至清康熙时悬为厉禁，而大结遂废。[①]

这里说“继体之君”不能“作聪明以乱旧章”云云，就涉嫌冒犯嘉靖坚执尊本生兴献王为先皇的“大礼”，结果送了性命。

《歧路灯》中就反映了“大礼议”对科举的这一严重影响，却是从另一角度，即第一〇二回写娄朴会试，邵肩齐考官阅卷：

到了三场第五道策上，说包孝肃贤处，……皇上前日经筵说：“宋臣合肥包拯，独得以孝为谥，是古来严正之臣，未有不孝于亲而能骨鲠者。”圣意隐隐，盖谓哭阙之臣，不以孝侍君上，而徒博敢谏之名以沽直的意思。这是策问的所以然。举人卷子中有窥及此者，文字少可将就，即便取中，以便进呈。[②]

① 商衍鎏著，商志𩡝校注：《清代科举考试述录及有关著作》，百花文艺出版社2004年版，第249页。

② 《歧路灯》（下册），第951—952页。

此意明显是会试卷子中，只要稍有顺着嘉靖皇上崇隆本生的表达，又写得像篇文章，就可以取中进呈，并最有希望殿试成进士。嘉靖朝“大礼议”之影响时政，恰似“风乍起，吹皱一池春水”。

三、“内臣监军”与“廷杖之法”

除“大礼议”之外，《歧路灯》写到明嘉靖弊政还有“阉寺”和“廷杖之法”，第十回有云：

> 孝移移近潜斋道：“年来阅邸钞，向来海疆不靖。近日倭寇骚动的狠，沿海一带州县，如嘉兴、海盐、桐乡，俱被荼毒。……目今料朝中必有挑拨人员，兵前听用之举，若说弟有心规避，这效命疆场，弟所不惮，此情固可见信于兄；但行兵自有主将，而必用内臣监军，弟则实难屈膝。此其隐衷一也。况弟即做官，未必能升擢，万一做起去了，遇见大事，若知而不言，不惟负君，亦负了先父命名忠弼之意；若以言获罪，全不怕杀头，却怕的是廷杖——这个廷杖之法，未免损士气而伤国体。况且言官无状，往往触怒皇上，昨年因议大礼，廷杖者竟至一百八十人。虽武宗时舒殿撰谏阻南巡之事，也不过此。又有四五位科道，为参奏汪太宰，俱行罢斥。内中有位冯道长讳恩者，为人忠正，天下闻名，老兄想也是知道的，所言尤为直切，独被遣戍。背后听的人说，这个太宰汪鋐，奸邪异常，宠任无比。当九卿在阙门会讯冯公之时，仍命汪某在首班秉笔，因冯公面斥其奸，汪鋐竟下座亲批其颊。像这等光景，忠义何存？将来在上之人，必至大受其祸，履霜坚冰已有兆矣。此其隐衷二也。①

这里写谭孝移所议“内臣（阉寺）监军”与“廷杖之法”，以及太宰汪鋐折辱御史冯恩都是明史事实，目的当然是推动中心情节发展。但是一如前述所写柏公论“大礼议”事，其作为全书叙事之有机部分的同时，也是对明嘉靖中实行的“内臣（阉寺）监军”与“廷杖之法”等乱军心、伤国体、损士气等弊政的历史反思。虽然这未必皆李绿园的独见，但是明朝亡国之际竟无多士大夫为之殉国，应该就是它从

① 《歧路灯》（上册），第104—106页。

来视臣下为草芥的酷政造成的，以至于二百余年后李绿园《歧路灯》写及这一段历史，还必使他的人物悻悻言以感叹之。

四、嘉靖崇道教及其影响

大约因为有正德皇帝穷极淫乐，三十一岁就在豹房中折腾死了的前车之鉴，嘉靖继位以后不那样折腾了，而是反其道求仙，招募方士，烧炼丹药，试验长生不老之术，并成为整个朝廷的大事。《歧路灯》第七回写道：

> 原来嘉靖之时，礼部是最忙的，先是议兴献皇帝的典礼，数年未决。继又办章圣皇太后葬事，先营大峪山，后又袝葬纯山。又兼此时，皇上崇方士邵元节，继又崇方士陶仲文，每日斋醮，草青词，撰祈文，都要翰林院、礼部办理。①

从而翰林院、礼部衙门，就成了嘉靖皇帝“每日斋醮”的办事机构，而“草青词，撰祈文”则成为嘉靖朝臣做官的基本功、升官的捷径、做大官的保障。李春芳、严讷、郭朴、袁炜等词臣，就均以“青词”邀宠，官至大学士，人称“青词宰相”。“青词宰相”成为后学的榜样，翰林院新进词臣便终日以青词为务，《歧路灯》也写到了这种情况。第七回写谭孝移拜访同乡好友翰林院戚公，遇上一位青年翰林濮阳公在座：

> 次日晨后，班役随路买了手本，孝移写了拜名，径上戚翰林寓处。班役领车到门首，投了手本。管门的说道：“内边会客哩，把老爷的帖收了，客去就请会。”岂知戚公看见同乡厚友的名帖，飞风出迎，只听得走的响，说道：“请！请！请！”一径接着，便拉住孝移袖口，口中说着“几时进京？”脚下已过了几重门限。上的厅来，孝移见厅上坐着一位青年官员，戚公便道：“这是复姓濮阳的太史老先生。”孝移忙为下礼，濮阳太史慢慢的答了半揖。这孝移方与戚公为礼。戚公让孝移坐了陪位。濮阳公问道：“这位尊姓？”戚公代答道：“这

① 《歧路灯》（上册），第77页。

是敝乡亲谭公，表字孝移。”濮阳公诺了两声，仍向戚公道：“适才没说完。我们衙门，向日前辈老先生馆课，不过是《昭明文选》上题目，《文苑英华》上典故。那些老先生们，好不便宜。如今添出草青词，这馆课大半是成仙入道的事。即如昨日，掌院出的是《东来紫气满函关》，即以题字为韵。向日也只说是老子骑牛过函关，昨晚查了一查，方知坐的是簿什么……什么车？”戚公向孝移道：“孝老说一说，是簿什么车？”这孝移天性谦恭，怎敢在太史公面前讲学问，俯躬答道：“不甚晓得。”这戚公见濮阳公光景，心中颇觉不耐，又向孝移道：“当日同窗时，你就是我行秘书，有疑必问，你宗宗儿说个元元本本。今久不见面，又不知如何博雅哩。的确老子所乘是什么车？”孝移踧踖答道：“像是簿畚之车。”濮阳公答道：“是了。”又问：“畚是个什么东西？”孝移道：“像是如今席棚子，不知是也不是？”濮阳公忽的站起身来，说道：“本欲畅谈聆教，争乃敝衙事忙，明日建醮，该速递青词稿。幸会，幸会。”一面说，一面走。二人起身相送。濮阳公辞了远客，单着戚公送出大门而去。①

接下写戚公对谭孝移抱怨“如这濮阳公，二十岁得了馆选，丰格清姿，资性聪明，真可谓木天隽望。不知怎的，专一学了个不甚礼人；不知人家早已不礼他”，固然有道理，但其实还有另一面，即这位青年濮阳公拜访戚公，本是因为“草青词”遇到这个“畚”字不懂来向戚公请教。他一心专注这个“畚”字，又确实“事忙，明日建醮，该速递青词稿”，时间有限，急切之间却有谭孝移来了打断，非其所愿，或不免心中怏怏，也就顾不上“礼人”了。所以他从谭孝移的话得到答案后，一句感谢的话不说，“忽的站起身来”辞去，实在也是因为“速递青词稿”的事逼人之甚，而不仅是由于“专一学了个不甚礼人”。“草青词”对于翰林院的影响之大，由此可见一斑。

由于嘉靖佞道，举世称之为“抡才大典”的科举也被“草青词”所绑架。第十回写娄潜斋初次会试被黜，就是因为“第三场策上，有两句云：‘汉武帝之崇方士，唐宪宗之饵丹药。’”两句话涉嫌触犯嘉靖皇帝的最爱，考官不敢荐，只好把他奉屈了；这又似乎他的家传，第一〇二回“书经房冤鬼拾卷”写娄潜斋儿子娄朴会试，邵考官阅卷，“三场俱佳，只此一句费解，且又有‘关节’字样”，想到“何此卷便扯到关节必到上去呢？况皇上此时，正草青词以祈永年，此卷内还有‘阎罗’二字，

① 《歧路灯》（上册），第70—72页。

万一触忌。严旨下来，考官何以当得起？这卷只得奉屈了”。虽然作者祭出了“冤鬼拾卷”的法宝，仍然成全娄朴中了进士，但是娄氏父子前后都因嘉靖皇帝尊崇道教的缘故被黜或几乎被黜，也可见嘉靖佞道致“草青词”一事对科举也有过很大影响，凡不能与皇帝癖好保持一致的，就是政治上不合格，只能名落孙山。

五、《歧路灯》中的抗倭描写

《歧路灯》中作为叙事背景同时是作者甚为关注的另一大历史事件，是嘉靖朝东南沿海的抗倭战事。有关描写虽集中于全书接近最后的部分，但着笔甚早，后亦时隐时现，贯串全书，在思想与艺术上都是全书重要侧面，都值得关注。

（一）“倭寇”之背景

《歧路灯》写及倭寇散见于八回书（第九、十、八十五、八十六、一〇二、一〇四、一〇五、一〇七回），共有三十七次，主要是作为谭绍闻父子叙事的背景内容出现，正面描写不多，但与谭孝移、谭绍闻父子及其一家命运关系重大。

第九、十两回叙述谭孝移举贤良方正在京候选，听闻东南倭寇犯边侵扰消息，遂生忧患之思，辞官“教子”之念。第九回写道：

> 孝移在读画轩上，每日翻阅塘务日送邸钞。似觉胸膈间，偶尔有一阵儿作楚。一杯热茶，吐得出两口嗳气，即觉舒坦些。忽一日阅至浙江奏疏，有倭寇猖獗，蹂躏海疆一本，乃是巡按御史欧珠和镇守太监梁瑶，联名同奏。心中有些闷怅。又觉胸膈间疼了一会儿。吃了一碗茶，已不能似旧日爽快。念及家事，虑潜斋开春来京，必要别请先生，王氏倘或乱拿主意，如何是好。心中闷帐，又添了几分。①

这里写谭孝移翻阅邸钞时感病、念家，特别是念及来年开春为儿子延师之事，同时为接下来进一步写辞官教子做铺垫。虽然谭孝移阅邸钞与感病、念家等并无直接关系，但心思缜密而又忧虑重重的谭孝移，却对邸钞报载倭寇蹂躏海疆之事十分

① 《歧路灯》（上册），第98—99页。

敏感，竟郁结成梦：

> 正当日中时候，闷闷睡在床上。想着要回祥符。猛然推被起身，径上河南大路而来。不知不觉到了邯郸地方。只见一个官儿设座路旁，交椅背后一个人掌一柄黄伞，似有等候之状。孝移行近其地，那官儿恭身来迎。彼此一揖，那官儿道："候之久矣，屈尊到此一歇，还要聆教。"孝移只得随那官儿进了厅。两个为礼坐下，孝移便问道："向未识荆，抖胆敬问尊姓？"那官儿道："下官姓卢，本郡范阳人也。"孝移道："老先生与清河、太原、荥阳、陇西，俱是海内望族，久仰之至。但未审垂青何意？"那官儿道："弟今叨蒙圣恩，付以平倭专阃。素闻老先生品望崇高，学问醇正，敬以参谋之位，虚左相待。倘蒙不弃，俟海氛清肃，启奏天廷，老先生定蒙显擢。弟目今得以便宜行事，倘欲厕卿贰，现有幞头象笏；欲专节钺，现有龙标金瓜。弟所已经，皆仕宦之捷径也。谨解南州高士之榻，无妨暂驻行旌。"孝移道："雅蒙台爱，岂敢自外。但文绣我所不愿，温饱志所弗存。况心中又有极不得已的家事，定要归里酌办。"那官儿见话头决绝，不便再强。孝移即要告辞，那官儿那里肯放，说道："现今煮饭已熟，恳暂留共此一餐。"孝移不肯，一揖而别，直赴祥符而来。到了家中，却不见人，只听有人说，端相公在后院书房里。孝移径至碧草轩。方进院门，咳嗽一声，只见大树折了一枝，落下一个人来。孝移急向前看，不是别人，却是儿子端福摔在地下。急以手摸唇鼻，已是气息全无。不觉放声号咷大哭，只说道："儿呀，你坑了我也！"①

上引写谭孝移如金批《水浒传》中惊噩梦般的情节，在《歧路灯》叙事中至少有四个意义：一是写谭孝移因邸钞上的倭寇消息，而想到自己若出仕有可能被派赴东南抗倭。二是自己出仕的途径，有可能是朝廷专委平倭的主官延他为随军参谋；三是谭孝移既不想做官，并且（梦中）已经在回家的路上，但他更怕的事情是才到家时，儿子却因玩耍从大树上折枝落下摔死了。这与其说是写谭孝移之梦，不如说是写谭孝移想到因倭寇之事而产生对个人生活影响的预感。这当然是他昼梦中的黄粱，况且谭孝移梦中不为做了官的卢生所动，似乎是荡开一笔的闲文。殊不知李绿

① 《歧路灯》（上册），第99—100页。

园《歧路灯》处处留心，笔笔有意，此似乎闲笔处，却是后文第十回写谭孝移对娄潜斋剖白辞官教子之两个“隐衷”的底蕴；四是至全书之接近大结局的第一〇四回《谭贡士筹兵烟火架　王督堂破敌普陀山》写谭绍衣：

自兵部回来，见了绍闻，说道：“贤弟呀，你我弟兄，不说套话。昨日陛见，皇上因浙江御史陈九德及裴绅奏论，日本国倭寇盘踞海岛，伺隙抢夺，海民之失业与儒生之失职者，潜为依附，出没不常。皇上特授我以浙江左布政使，命我以备寇、御敌、辑民三大事，与总兵俞大猷、汤克宽文武协恭，共绥地方。我想贤弟虽现在京师肄业，将来功名，尚在未定之间。我现今只身孤往，内边没个至亲帮手。贤弟正年壮，若肯随我去，效得一点功劳，建得一点勋业，我昨日已奏准皇上，许我密摺奏闻。将来贤弟可以得个官职，为报答国恩之阶，为恢宏家声之计。贤弟肯去么？”绍闻道：“为人臣者报国恩，为人子者振家声，此丈夫事也。愚弟受哥大人栽培，自愿多聆教益，或备笔札之需，或效奔走之劳，唯哥大人之命是从。”①

此后又写谭绍闻参战立功等，除以火箭破敌是谭孝移生前绝不会预料之外，其他几乎全部是上所引述谭孝移推托未就之“黄粱梦”的实现。从而在形成谭孝移父子命运的照应，以显谭绍闻善继父志之外，也使“倭寇”为《歧路灯》叙事中心和大结局的主要背景，成为不可或缺的内容。

（二）“倭寇”之起因

中国元明清三代，由日本人来华引起的“倭患”不断，有时非常严重，而以明嘉靖一朝最为激烈。百度百科《倭寇》条载倭寇的影响说：

自嘉靖三十一年（1552年）开始到嘉靖四十三年（1564年）基本结束的嘉靖倭乱，对东南沿海诸如浙江、江苏、福建以及广东等地造成毁灭性破坏，倭寇“破浙东、杭、嘉、湖、苏、松、常、镇、淮、扬至南通，州诸沿江郡县不下数百处，杀伤人民百余万。守土以丧地被逮，总师以失律受诛者无数”。倭寇所

① 《歧路灯》（下册），第967—968页。

过之处，“村市荡为邱墟”，庐室为之一空。明政府为平息倭乱也付出了惨重代价，10年间明政府频繁换将，仅参将以下武职而战死的就达107人，“军民之死，军需之费，不可胜纪”，“天下骚动，东南髓膏竭矣”。倭乱更引起了民众群体性心理恐慌，地方行政长官更是畏倭如虎，倭乱时期倭寇的强悍战力和武器精良也使得明军在其攻击面前不堪一击，屡战屡败，不仅助长了倭寇战胜明军的信心，而且进一步强化了倭乱时期明朝民众的恐慌心理。倭寇集团的侵扰同时也给琉球使团的来华和在华活动造成严重影响。①

所以，倭寇也是中、日、朝、韩关系研究的一大课题，而在许多问题上分歧甚大，例如关于倭寇的起因，陈懋恒《明代倭寇考略》认为起于日本海盗：

倭寇者，日本之海盗，起源于九州及山阴、山马二道，根据壹岐、对马二岛，侵掠亚洲大陆沿海地方，自元初日本北条氏执政时代，迄明中业蔓臣氏当国时代，寇掠三百余年。沿海千里，备受荼毒。中国史学家统称之曰倭寇。②

但是，近年却有学者否认有所谓“倭寇”，如萧春雷《倭寇，一个王朝的谎言？》认为：

更公允地说，明朝倭寇尤其是嘉靖时期的倭寇，乃是一场由残暴海禁而激起的中国沿海激烈民变和巨大动乱，而不是一场“外敌入侵”的战争。③

众说纷纭，至今不能有一个统一的认识，从而《歧路灯》的反映可资今人的参考。

《歧路灯》第十回中写倭患形成的原因道：

原其所始，总由日本修贡入中国，带有番货至内地，由市舶司太监掌之。这太监们那晓得朝廷柔远之道，其贪利无厌，百倍于平人，断断未有不秉权逞

① https://baidu.com/item/倭寇/290899?fr=aiaddin.

② 陈懋恒：《明代倭寇考略》，人民出版社1957年版，第2页。

③ 郭又惊（萧春雷）：《倭寇，一个王朝的谎言？》，《中国国家地理》2012年第2期。

威而虐及远人者。即令太监少知自敛，而且跟从之厮役，差使之胥皂，又决乎没一个好的。中土无业之民，失职之士，思借附外以偿夙志。如宋素卿、徐海，麻叶，皆附外之最著者，竟能名传京师；所宠之妓，如王翠翘、绿珠，亦皆雷灌于沿海将军督抚之耳，思贿之以得内应，则倭寇之虐焰滔天可知。看来日本之修贡，非不知来享来王之义，而导之悖逆者，中国之刁民也。贡人之带贩番货，不过以其所有，易其所无，思得中国之美产，以资其用，而必迫之窘之，使怀忿而至于攻劫者，阉寺之播毒也。总之阉寺得志，其势先立于不败之地，官僚之梗直者，若必抗之，则触祸；堨冗者，又必媚之以取容。今竟至于开边衅，而沿海半壁天为之不宁矣！①

李绿园不是明嘉靖人，更没有平倭的经历，他这样写只是个人或参考他人研究的结果，也因此可备为一家之言。从上引看李绿园认为“倭寇”形成的原因，总的是根源于日本来华外交（修贡）人员携带“番货”贸易的走私行为。但这仅是日本贡使个人的行为，而非国家指使，“日本之修贡，非不知来享来王之义”。而“贡人之带贩番货，不过以其所有，易其所无，思得中国之美产，以资其用”，也只是图利而已，并不一定导致形成“倭寇”和边患。把一个商贸活动激变为“倭患”的具体情节，一是明廷“市舶司太监”及其手下“胥皂”贪得无厌，对日本“贡人之带贩番货”者的盘剥；二是“中土无业之民，失职之士，思借附外以偿夙志”，也就是中国人里通外国推波助澜。虽然归根结底是“闭关锁国”的政策所致，但直接引起日本人对中国攻击的，却是贪贿无厌的阉寺，“而导之悖逆者，中国之刁民也”，“使怀忿而至于攻劫者，阉寺之播毒也”。

总之，在李绿园看来，明嘉靖朝或也可以说历代倭患是不适宜的“海禁”政策和内政腐败祸延于中日关系的结果，主要责任不在日本，而在于明朝的“闭关锁国”和太监们居中盘剥。这与陈懋恒、萧春雷等说都有所不同。所以虽小说家言，也可备明代倭寇史研究的参考。反而《歧路灯》写谭绍衣、绍闻兄弟参与平倭之役，并无多少特色，仅是一个为写谭绍闻家道复兴之以军功起家的跳板而已。

① 《歧路灯》（上册），第104—105页。

豆蔻梢头二月初

——从《红楼梦》到《知否，知否，应是绿肥红瘦》《花开春暖》的女主成长之路

胡　晴

内容提要：本文打破经典与非经典、古代与当代、原作与仿作、纸媒与网媒的疆域，以《红楼梦》和《知否，知否，应是绿肥红瘦》《花开春暖》三部小说中女主人公的成长环境、性格和命运为着眼点，通过对照比较其中异同，凸显其文本张力，借此探讨古今女性成长道路上的不同诉求和困惑。

关键词：红楼梦　知否　花开春暖　女性　成长

虽然与真正的成长小说有着差异，但《红楼梦》也被认为具有成长小说的特点[①]。不过，一般关注《红楼梦》中的成长主题，最受注目的人物是贾宝玉[②]，研究者更多地认为贾宝玉是整部小说成长主题的主要体现，而女主人公林黛玉则更多地作为宝玉成长中的重要一部分。其实，如果从林黛玉的角度进入小说，也可见一部闺

作者简介：胡晴，北京外国语大学博士研究生，中国艺术研究院红楼梦研究所副研究员、《红楼梦学刊》副主编。

① 参见薛海燕：《论〈红楼梦〉作为成长小说的思想价值及其叙事特征》，《红楼梦学刊》2009年第四辑。

② 此类型文章有张云《成长与死亡相伴——以贾宝玉的情感历程为视角》（《红楼梦学刊》2008年第四辑）、傅承洲《成长的烦恼和青春期叛逆——从年龄的角度看贾宝玉》（《江苏社会科学》2017年第2期）、刘莉莉《从“西昆体”到“长吉体”——由诗风的转变看贾宝玉的成长》（《红楼梦学刊》2019年第一辑）等。

阁女子成长史。林黛玉作为寄人篱下的孤女，作为作家赋予悲剧美感的人物形象，其成长的内在心理与外在表现兼具丰富性与独特性，非常值得深入讨论。笔者也注意到，当下网络古言小说中有大量模仿《红楼梦》的作品[①]，多以讲述女性成长历程为主线，可以与《红楼梦》中林黛玉的成长之路形成互文，让我们有机会比照古今小说中的女性成长之路，笔者选取了其中较为有代表性的两部作品——《知否，知否，应是绿肥红瘦》[②]（以下简称《知否》）和《花开春暖》[③]，结合林黛玉与另两位女主盛明兰、李晓暖的成长轨迹进行讨论，以期有所收获。

一、网络仿作与《红楼梦》的对看

《知否》与《花开春暖》都可算是典型的《红楼梦》网络仿作，《知否》开场就是盛纮母子的一番关于家宅治理的论战，红楼排场已清晰可见。环境描写是这样的，“盛老太太规矩极严，这番话说下来，满屋的丫头婆子竟没有半分声响”。盛老太太开口的语气恍然穿越回贾母数落贾政的场景：“我原是不管事的，也不想多嘴多舌惹人厌，你喜欢哪个都与我不相干，你房里的是是非非我也从不过问，可这几年你也越发逾礼了……”而盛老太太不便出口的言辞，就由身边服侍的房妈妈待为分说，服侍长辈的奴才比年轻的主子还有体面，这是明摆着的《红楼梦》传统。《知否》作者显然爱好古代文学，《红楼梦》等明清小说尤其是她摹写的范本，在每回文字后都会写一点读后感，其中关涉《红楼梦》的最多，足见热爱。作者在第一回末曾明言小说中女性的地位和内宅环境，是仿照明代来写的。参考的是《三言二拍》《金瓶梅》，还有《红楼梦》和《聊斋》等。不过《三言二拍》和《金瓶梅》是写市井，《聊斋》是关于花妖狐媚的故事，真正写女性写闺阁的还是《红楼梦》。《知否》的作者对内宅的解读，基本来自《红楼梦》，比如讲妾的贵贱，特意举例详解了袭人、平儿、赵姨娘三人身份的差异。

《花开春暖》亦是如此，前半部分，女主人公李晓暖每日与古家的兄弟姐妹一起上学游玩，晨昏定省，中秋时螃蟹宴，元宵时花灯会，颇有几分《红楼梦》中公子

① 参见胡晴：《此身虽异性长存——以检视网络文学中的〈红楼梦〉仿作为主》，《百家评论》2019年第3期。

② 参见晋江文学城：http：//www.jjwxc.net/onebook.php？ novelid=931329。

③ 参见起点中文网：https：//m.qidian.com/book/2023031。

小姐的日常风味。而李晓暖几个姊妹联手理家的情景，则大有探春理家的精明风范。更有趣的是，表面六岁的李晓暖颇懂风雅，知道雨水泡茶口感轻浮，仅次于梅花上的雪水，这分明是栊翠庵品茶时妙玉的说辞，暗笔一带，想来女主人公前世肯定是熟悉《红楼梦》这段情节的。可以说，从情节细节到人物设定、结构布局甚至叙述风格，这两部网络小说都能够清晰地让读者看到其中的红楼影子。

《红楼梦》的仿作与续书自《红楼梦》产生之后就随之而生，绵延不绝，而仿作与续书又有区别，仿作是另起炉灶，在小说的内容、结构、人物乃至艺术特色和细节上模仿《红楼梦》的作品，如鲁迅在《中国小说史略》中所说："尤其是在语言、结构诸方面要具有原著'神韵'，人物背景虽然与《红楼梦》不同，而'摹绘柔情，敷陈艳迹，精神所在，实无不同'。"[①]不过，总体来看，《红楼梦》的续书与仿作所得的评价历来都不高，续书被认为是"狗尾续貂"，仿作则被看作大多是"东施效颦"，均无法与《红楼梦》相提并论。

当下的网络仿作也不可能达到《红楼梦》的艺术高度，且大多质量平庸。但不可否认，其中诸多不管是着意模仿还是无意流露的相似性让《红楼梦》与这些网络仿作有着无法切断的文脉渊源，亦带来了《红楼梦》与网络仿作对话的可能与必要，其中所引发的思考不能仅仅从小说各自的水平去考量。《红楼梦》在产生之初，也是作为通俗流行读物而存在，有着较为广泛的传播，有人曾说"士大夫几于家有《红楼梦》一书"，有人记述见闻说在乾隆、嘉庆年间，京城人家案头都必备一本《红楼梦》，甚至有记载称《红楼梦》已经达到了"家弦户诵，妇竖皆知"的程度，也有笔记记载了因读红而痴迷殒命的痴男怨女[②]，这种影响力和粉丝效应与当下的爆红网文具有相似性。及至现在，《红楼梦》经受住时间的考验成就经典地位，在我们以《红楼梦》的经典性反观当下的非经典通俗文本时，也不应忘记《红楼梦》最初作为通俗文学读物的出发点，基于此，应给予网络文学更多的宽容和包容，同时，也正可通过不同时空下中国通俗流行文学的碰撞，去触摸不同的时代性脉动。因此，在观念上打破经典与非经典、古代与当代、原作与仿作、纸媒与网媒的疆域，让我们得以放宽了视野。既然《红楼梦》与网络仿作都关注女性，为"闺阁昭传"[③]，那么我

① 鲁迅：《中国小说史略》，中国文史出版社2002年版，第216页。

② 一粟编：《红楼梦卷》（第二册），中华书局1963年版，第347页。

③ 本文《红楼梦》原文均出自：《红楼梦》，人民文学出版社1982年版，后不再注。

们不妨从女性成长的角度入手，考察跨越了时空与文本的女性形象有怎样的同与不同，其中隐含着怎样的内在逻辑，以女主人公们由幼年长成少女阶段为主要研究时段，观照女性成长的诉说。

二、林黛玉、盛明兰、李晓暖三位女主人公人物设定的似与不似

由于仿作的着意模仿，三位女性形象的出身经历有着很多相似之处。首先，三个人都是孤女的身份，林黛玉是官家嫡女，幼年丧母再丧父；盛明兰是庶女，姨娘死于内宅斗争，父亲偏心淡漠，与孤女无异；李晓暖是赶考举子家的女孩，父母双双死于瘟疫。再有，三个人都寄人篱下，依赖长辈护佑，林黛玉寄居外祖母家，衣食住行都仰赖舅家供给，身份地位的维系主要在于外祖母贾母的疼惜怜爱；盛明兰丧母后，嫡母不慈，父亲无视，处境凄凉，后来养在嫡祖母身边得到庇护；李晓暖双亲逝去后衣食无着，被连宗的远亲古家收养，得到了古家老太太的青睐，待她一如亲生孙女，得到了表小姐的尊荣体面。另外，三个人都有青梅竹马一起成长的少年，陪伴黛玉的是全家心尖上的宝贝贾宝玉，明兰的白月光是小公爷齐衡，晓暖的童年伙伴是古家独子古箫。虽然初恋美好纯净，但这些青梅竹马无一例外地没有与女主成就姻缘，书写了一段或大或小的婚恋悲剧。

在这样高度雷同的相似性之下，三个女孩子在读者心目中最终形成的整体印象却又具有相当的差异性，这与作者对人物具体的性格呈现有关。林黛玉是才华横溢的清高少女，敏感多思又体弱多病，她的一生短暂而充满遗憾，其中关于爱情的怅惘与婚姻的无着是她悲剧的最主要部分，她是其中悲剧色彩最浓重的女主人公，同时也最具审美价值。盛明兰表面懵懂软糯，内心通透坚韧，李晓暖则更加泼辣有心机。盛明兰和李晓暖并非束手束脚的古代闺秀，作者借助穿越的手法，赋予了她们现代独立女性的灵魂，晓暖为了生存能够下河摸鱼偷贡品，也能够伏低做小装温顺，明兰在娇憨的壳子里是个学法律见惯世态的律政佳人。下面从三个方面细看三人的各自特色：

（一）对待身份

林黛玉的客居意识非常强烈，贵为千金小姐却父母早丧，外祖母虽然疼爱但终究不似父母，在舅舅家也不能如自己家一样随心所欲。这也造成了林黛玉两方面的

表现，一方面事事小心，“步步留心，时时在意，不肯轻易多说一句话，多行一步路，唯恐被人耻笑了他去”。一方面敏感尖刻，比如著名的宫花事件，比如因史湘云说她像戏子而怄气，林黛玉的表现显然气度不够，其背后是寄人篱下的自矜自保。

由身份尴尬而生出的悲叹，并不足为外人道，所以“泪自不干”是林黛玉的常态，对身份的感知也大大超于常人。宝玉挨打，府中女眷上自贾母，下至各房姐妹都去轮番探视，黛玉自然而然就会“想起有父母的人的好处来，早又泪珠满面”。第四十九回，薛宝琴、邢岫烟和李纹、李绮联袂进京，齐聚贾府，热闹非凡，黛玉想到“众人皆有亲戚，独自己孤单，无个亲眷，不免又去垂泪”。与宝玉拌嘴后去怡红院寻宝玉，结果被晴雯误关在门外，林黛玉本待争辩，却最终左右思虑，想的还是自己的身份处境，“虽说是舅母家如同自己家一样，到底是客边，如今父母双亡，无依无靠，现在他家依栖。如今认真淘气，也觉没趣”。

黛玉有这些思虑，并非故作矫情，她虽然敏感多思，但所思所虑都是有的放矢。她与宝钗说的一番话，道出自己客居的艰难：“你如何比我，你又有母亲，又有哥哥，这里又有买卖地土，家里又仍旧有房有地。你不过是亲戚的情分，白住了这里，一应大小事情，又不沾他们一文半个，要走就走了。我是一无所有，吃穿用度，一草一纸，皆是和他们家的姑娘一样，那起小人岂有不多嫌的。”所以宝钗建议黛玉喝燕窝粥，并顾虑了黛玉不能自主的处境从自家送来材料，黛玉非常感激，不仅因为燕窝，更因为宝钗体贴出了她客居的难处。

另一个能体贴黛玉难处的人，就是宝玉。宝钗给黛玉送燕窝这件事的后续是宝玉跟贾母透露了意思，然后凤姐马上就开始给黛玉送燕窝了。这件事通过宝玉与紫鹃的对话侧面描写出来，宝玉说：“我想着宝姐姐也是客中，既吃燕窝，又不可间断，若只管和他要，也太托实。虽不便和太太要，我已经在老太太跟前略露了个风声，只怕老太太和凤姐姐说了。我告诉他的，竟没告诉完。如今我听见一日给你们一两燕窝，这也就完了。”紫鹃说：“原来是你说了，这又多谢你费心。我们正疑惑老太太怎么忽然想起来，叫人每一日送一两燕窝来呢？这就是了。”从二人的对话可以看出，贾宝玉对黛玉确实关爱至深，事事不关心的“富贵闲人”愿意为黛玉做到如此无微不至，而且这样的小事多年以来应该是做了不少，从另一个角度看，则是黛玉在这个家中的处境确实有种种为难，一两燕窝都需要这样左思右想难以周全，所以“一年三百六十日，风刀霜剑严相逼”。从这种意义上说并非夸张，林黛玉的客居身份确实让她遭受着无形无声的慢待和脸色，日复一日说不出口的苦楚往往更伤人。

相比之下，盛明兰和李晓暖最初则是旁观者的心态，现代人乍然进入古代，人生发生翻天覆地的改变，最初的反应都是拒绝接受，随着时间的流逝，二人逐渐由最初的消极淡漠而渐次融入生活，投入感情，但始终保持着一份旁观者的疏离感。

明兰借着身体有病，不说不笑地木然了很多天，其间，她经历了古代内宅的嫡庶大战，失去生母，深感人情冷暖，再然后又是嫡姐出嫁，受宠的嫡姐在自己的婚事上，没有任何发言权，古代女人婚前婚后的可悲处境都明确地表现了出来。盛明兰前世很有主见，为了追求自由自主的人生，为了奔前程可以去支边吃苦，可在看过了身边的世界后，也只能含着泪不甘心地告别前世的自己，告诉自己只能甘心，接受这个女人无法独立自主的社会。在佛像前默默流泪后，她开始接受了自己的身份，而且马上有了透彻的认识“她既没有实力派的姨娘做生母，又不是嫡母所出，她将来在盛府的地位会很微妙的，她这次投胎实在是鸡肋，比差的要好些，比好的又差些，比上很不足，比下却没余出多少”。虽然这样的认知让明兰沮丧，但她还是能够认清现实，非常聪明地趋利避害。《知否》中也有送绢花的情节，而且婆子也是都给别的姊妹送完才给明兰，明兰还特意问了是不是先给了四姐姐和五姐姐，得知两位姐姐都有了她才欣然接受，这段显然是对《红楼梦》情节的模仿与反转，显出明兰与黛玉截然不同的处事风格。明兰明确知道自己想要什么，“来这世上一遭，本就是要好好过日子的”，因此被称赞“淡泊，明净，豁达”。李晓暖的思想过程更为简单，留在古家，成为表小姐与古家的少爷小姐同起同坐后，她非常清醒自己的不同，常说的是知足，一再告诫自己身边人，不要轻易表现不满招惹是非，“就是比这个差上十倍去，我都满足得没半分挑剔处”。李晓暖初到古家，古夫人并没有像对待自己子女一样给李晓暖安排早上进补的燕窝粥，还是李老夫人问起，才给李晓暖屋里送去，而且送去的燕窝也是次等的，李晓暖身边的丫鬟心中不忿，都被她压服住。李晓暖认识得很清楚：“我是老祖宗捡来的野丫头，是依附古家求个暖饱的孤女，这身份变不了，别的也都跟着变不了，再说，如今这日子，没哪一处不好，人哪，要知足，心比天高，就只能命比纸薄。”所以她不要求古夫人一视同仁，也不在乎下人势利轻视，对于不太如意的处境坦然处之。不难看出，这段燕窝粥的故事又和黛玉喝燕窝粥的内容有着明显的互文。

而明兰与晓暖的故事显然在黛玉故事前文本的基础上，附加了后来者的诠释和演绎，这样的变化首先让我们看到了网文作者对于林黛玉表现的不认同，其次则明确表达了网文作者认为怎样的处理才是正确的方式，再然后，则是网文作者的表达显然并不仅代表个人发声，其中附加了社会群体起码是很大一部分网文读者的心声，是一种社会价值观的体现。

（二）对待生活

林黛玉是多层次而矛盾的性格，既有诗意多才的一面，也颇具风趣诙谐，虽然悲观伤怀是她性格的主调，但也通晓人情，了解俗务。林黛玉有名士般出尘的风骨才华，读书作诗是她发挥才能寄托情感的最主要方式，也是她的生活常态，而这一点又显然与当时对闺阁女子的要求不一致，显得她与众不同。也难怪，刘姥姥看了黛玉的潇湘馆说这不像小姐的绣房，竟比上等的书房还好，而袭人也要淡淡地吐槽林黛玉不爱做针线活。虽然如薛宝钗所说，女孩子读书识字最怕移了性情，只该做些针黹纺织之事，但是林黛玉始终把诗歌作为自己的正经事业，姐妹们诗社集会都可以见到她积极的身影，香菱学诗她亦认真耐心地教导，她更是以共情通感的方式发现生活的诗意、抒发自身的情感，创作了葬花吟、桃花行、柳絮词等众多充满自况意味的作品。

因为年幼即经历离丧，常年客居，黛玉对于聚散离合有着超于常人的感知，“人有聚就有散，聚时喜欢，到散时岂不清冷？既清冷则生伤感，所以不如倒是不聚的好”。因此她养成孤僻好静的脾性，总有众人欢娱独自戚戚的作态，不肯投入欢乐，性格中的抑郁气质很鲜明，因此有时也确实不够讨喜，甚至有些不合时宜。比如，芦雪庵烧鹿肉，众美欢畅投入，林黛玉偏在旁戏谑，“那里找这一群花子去！罢了，罢了，今日芦雪庵遭劫，生生被云丫头作践了。我为芦雪庵一大哭！”惹得湘云冷笑反驳。寿怡红群芳开夜宴，众女孩难得无拘无束，连管家的探春都喝酒行令玩得痛快，林黛玉却要泼冷水：“你们日日说人夜聚饮博，今儿我们自己也如此，以后怎么说人。”林黛玉的“孤高自许、目下无尘”，是一种无法与周围环境和解的自我保护，充满着矛盾纠结，既怀着渴望被接纳的期待又害怕被伤害，既自矜孤独又渴望同伴，正如她以诗句自道，“孤标傲世偕谁隐”。

当然，林黛玉在姐妹相处中并非一味不合群，她的高才情、伶俐的口齿也是让人又爱又恨，与史湘云等伙伴虽然偶有口角，但基本是相得的。而且林黛玉一旦敞开心扉，待人也是极赤诚热切的，比如小说后半，她对薛宝钗放下猜疑，更感念薛姨妈对自己的疼爱照抚，与宝钗、宝琴直以姐妹相称。黛玉对身边的人也是极好的，紫鹃能够赤胆忠心为她，是因为黛玉对待她好。小说也不止一次写林黛玉给院子里的小丫头发钱，给仆妇婆子发赏钱，出手大方。黛玉的院子里只有雪雁和王嬷嬷是从南边家里带来的，其余仆从都是贾府分配的，但黛玉的院子并没什么飞短流长，反而是宝玉院子的莺莺燕燕争讼不断。可见，黛玉也并不是心中没有成算之人，约束下人管理门户的能力，应该是好的。小说也侧面写了，黛玉并非不通庶务，只是没有立场多管。她与宝玉谈论起探春管家，很懂得其中宽严进退、事务艰难，“你家三丫头倒是个乖人。虽然叫他管些事，也倒一步不肯多走，差不多的人，就早作起威福来了”。又说“咱们也太费了。我虽不管事，心里每常闲了，替他们一算，出的多，进的少，如今若不省俭，必致后手不接”。

盛明兰和李晓暖在各自的家中都得到了一个相同的评价——可人疼。在一群厉害的夫人小妾姐妹中能够得到这样的定评，是要付出极大努力的。明兰在复杂的环境生存，与祖母共同生活在寿安堂的几年是可以娇憨自在的日子，但肆意扮演小女孩的日子很快就过去了，没有人能为她遮风挡雨一辈子。于是，一方面，她偶尔揭下软包子的面具，团结直肠子的嫡姐，智斗频频挑衅的庶姐，寸土不让又晓以利害，还要着手整治自己的院子暮苍斋，把各个房头派来的眼线能打发的打发，能收服的收服，让各方都晓得她的手段不敢轻易欺辱。另一方面，明兰继续动心忍性，姐妹团战，她就算靠边站也要一起陪着挨板子以示义气；远道而来的大伯多给了她新鲜样式的金锞子，转过头就要拿出来分给姐妹，以免她们气不平。李晓暖从来到古家就看透自己的处境，派到身边的丫鬟傲气不服主，她要磨着性子收服，自己院子的下人本是好意想着自己屋里的针线自己做，省得麻烦针线房，结果这个提议却引出了裁撤针线房的决定，也连带得罪了针线房里的人，这个教训让李晓暖再次深深认识到，在这个家里自己要万分谨慎，一个随意就可能让自己陷入麻烦。

盛明兰和李晓暖选择兴趣爱好并不能从心所欲，她们所学所做都是为了能够更好地适应生存。盛明兰在学习上早就有了算计，“作为一个深闺女子，诗词歌赋琴棋书画样样皆精，到底有什么用？她又不能拿读书当饭吃，因为她考不了科举。还是在贵族子弟中博个才女的名声？”因此明兰既不像庶姐用功于琴棋书画，也不像嫡姐致力于管家算账，明兰努力的方向是女红，她的想法非常实际：“不论读书太好或者理财太精都可能会被这个社会诟病，只有女红，保险又安全，既可以获得好名声，将来有个万一也算有一技傍身。”李晓暖在诗书学习上很有天赋，但她没有吟风弄月，而是爱看各种杂书丰富见闻，甚至看邸报了解时事，因为古夫人柔弱，她和古家两个姐姐早早就跟着学习管家理事，帮助李老夫人打理店铺，她还时时关心古箫的学习，变着法子引导古箫改善学习方法，鼓励古箫学画，因势利导开发他的特长，甚至帮忙分析古箫的文章路数与考场局势，帮他在科举道路上更为顺遂。她的这份用心和帮助，李老夫人都看在眼里，而且深为认同。这两个人都在用心经营着自己在古代的生活，符合古代的生存法则，小心翼翼，求一个安稳。

（三）对待婚姻爱情

林黛玉的爱情悲剧是《红楼梦》中重要的一部分，也是感人至深的一部分，对于其中的纠葛不同的人会有不同的解读。王昆仑说，“宝钗在解决婚姻，黛玉在进行恋爱”[①]。对爱情的天然的渴望与对礼法的遵循不断拉扯着林黛玉，她走出了安全范围，但并不能突破太远。她“并不孜孜以求超越自然与社会的秩序，她不打算扩大可能性的界限，也不想重新调整价值观，她满足于拘束在其原有疆界与法律维持不变的世界中来展现她的反叛。”[②]林黛玉的价值取向一如她为人的一贯诗性洒脱的特性，具有随意性。贾宝玉为什么视林黛玉为知己呢?“这是因为，林黛玉从不曾劝谏他去走什么仕途经济学问之路，对他背离传统价值的‘无事忙’的人生态度不问不闻听之任之的缘故。和林黛玉在一起，尽管小儿女感情纠葛不断，但在如何做男人这一点上，没有压迫感。她带给他一种宽松空气。”[③]所以宝玉挨打后，她也会心疼地劝说“可都改了吧！”与宝玉的坚决不改不同，林黛玉并没有执着于反叛，她更多的还是个在恋爱的女孩子而已。

宝黛二人在恋爱初期，曾经有过各种试探，种种争吵，也正因为如此，阖府上下对二人的感情都有所察觉。他们的姻缘也曾经有过希望，一度黛玉也被认定为内定的宝二奶奶人选，因此才有了王熙凤拿吃茶典故来凑趣黛玉、宝玉二人。不过，宝玉在表达心迹方面或许主动坦荡，但在争取婚姻方面无能软弱，没能给黛玉一点实质性的抚慰。走过了恋爱早期的试探、吵闹、猜忌、排他等各种情绪化阶段，林黛玉的情绪趋于稳定。林黛玉确实更看重感情，但她也试图把恋爱转化成为世俗接受的婚姻，故意远着宝玉，待人越来越和气慷慨，与宝钗等人和睦相处，庶务上也有了计较。可是，当时的社会环境下对于一个女孩子来说，实在是太艰难。这层窗

① 王昆仑：《红楼梦人物论》，团结出版社2002年版，第195页。

② 刘敬圻：《林黛玉永恒价值再探讨》，《求是学刊》1996年第5期，第64页。

③ 刘敬圻：《林黛玉永恒价值再探讨》，《求是学刊》1996年第5期，第62页。

户纸终究一直没有人去捅破，“父母早逝，虽有铭心刻骨之言，无人为我主张”是黛玉最深刻的痛苦。深知黛玉心事的紫鹃甚至为此求薛姨妈去老太太面前保媒，而终究不了了之。小说后半，黛玉身体日渐衰颓，红颜薄命之叹日重，“你我虽为知己，但恐自不能久待，你纵为我知己，奈我薄命何”。而最后，虽然小说前八十回没有写到黛玉的结局，但续书对于黛玉结局的描写基本秉承了原作的基调，绝望之下，黛玉必死无疑。

如《知否》作者所说：“古代女孩人生的第一要务就是嫁人成亲，然后相夫教子，终老一生，在这之前所有学习，女红，算账，管家，理事，甚至读书写字，都是为了这一终极目标而做的准备。”盛明兰从穿越而来就见识了大宅院里女子你死我活的斗争，对女子的婚嫁处境有深深的不满，也依然保有着独立自主的婚姻观，“若有人逼我嫁个烂人，我也非得挣个鱼死网破不可！”老家的远房表姐淑兰和离的故事，长姐华兰艰难的求子之路，闺中好友嫣然被论亲对象的外室找上门来逼迫羞辱，一件件事情教育着明兰。与齐衡青梅竹马的恋爱，因为身份悬殊而不了了之，“他在人群中央，众星拱月；而她在冷僻角落，独自芬芳”。明兰说看一个人要看最低处，顾廷烨的最低处，明兰是见过的，响马一样的大胡子，打马游街的浪荡子，明兰都能接受。齐衡的最低处，明兰永远不能见到，是不忍。也许青梅竹马的感情，总是缺少白头到老的成色。明兰放弃了不切实际的爱情理想，只想找个合适自己的人好好地过日子，但贺弘文欲娶表妹为侧室的事实，让她放弃了一生一世一双人的执念。所以她嫁给顾廷烨的时候，已经没有太多少女的迷梦，丈夫身份显贵，内宅关系复杂，上有继婆婆及族中各色长辈，下有小妾和外室留下的子女。她收起心中妄想，照顾庶子女，管理内宅，“贤惠”起来。同样，作为一个穿越而来具有现代灵魂的女性，李晓暖在婚姻爱情上头脑冷静，不敢有半分行差踏错，在得知古家二小姐思慕外男后大惊失色，极力劝导阻止。她对自己人生的规划也非常简单，不求富不求贵，不过想着日子能够随心适意些，最好就在风光优美的上里镇，做个温柔贤惠的管家娘子，安安稳稳求个善终。她也许曾经对自小细心呵护的古箫有过几分真心，可惜古夫人并不属意于她，而软弱的古箫也终究辜负了她，最后嫁给程恪她也并不失望，她坚信嫁给谁自己都能过得好。这两个人的夫婿，都不能算作良配，女方都是被动的，甚至是被算计的，顾廷烨有外室小妾，程恪最初只想让李晓暖做通房妾室，这与两位女主孤苦的出身有莫大关系，更因为当时男性对女性普遍的轻视。

综上，《知否》和《花开春暖》中两位女主虽然表面设定与《红楼梦》中的林黛玉有诸多相似，但细究起来，两位女主与林黛玉的做法和观念往往背道而驰，尤其是对《红楼梦》中相似情节的模仿和改写，明确地显示出了林黛玉故事前文本对《知否》与《花开春暖》的强烈影响，而其中大异其趣的改写则强调两位女主与黛玉人生选择与价值观的差异。如克里斯蒂娃所指出“互文引语从来都不是纯洁的、清白的、直接的，它总是被改变的、被曲解的、被位移的、被凝缩的，总是为了适应言说主体的价值体系而经过编辑的”①。

三、女性成长的古今困境

通过三位女主人公的各方面表现，我们看到了相似的处境、相似的渴望和追求，也看到了截然不同的个性与命运。带来这些差异的，或许是经典与通俗读物的区别，或许是作者创作宗旨的差异，也或许是不同时代社会背景的影响，无论如何，其中所反映的是不同时代女性成长道路上所面临的种种困境与痛苦，其中又具有某种共性。

从作者创作的意图来看，在林黛玉的人生中，作者更着意凸显其诗性的悲剧性的一面。《红楼梦》作者从一开始就立意打破才子佳人的俗套，写作具有更震撼性、艺术性的悲剧。在塑造人物方面，也力图打破窠臼，林黛玉这个人物形象不同于同时代小说中面目模糊才高貌美的闺中小姐，寄予了作者对理想人格“情情”的呈现。也因此，林黛玉的生活更接近于诗意的栖居，她的生存危机并没有那么明显直白地呈现出来，我们从不曾担心她吃不饱穿不暖，也不担心她会遭受简单粗暴的慢待委屈。曹雪芹对林黛玉这个人的设定基调就是悲剧性的，在小说开头的神话楔子已经预设了泪尽而亡的结局。林黛玉对爱情的追求纯美浪漫又痛苦无望，而她最终的夭折将人生定格在最美好的桃李年华，不必承受嫁人生子其后人间烟火的搓磨。如此结局让读者伤感叹惋又隐隐感觉这是对林黛玉最好的安排，早逝保护了这个少女诗性纯粹不食人间烟火的美好特质，干干净净来去，不染尘埃。而当代网文则更注重世俗性的一面，女主们生活中所面对的矛盾冲突激烈而难堪，让她们不得不抛弃单纯懵懂，尽快去适应去生存，尤其在婚姻爱情上更加需要理智冷静的衡量。而且，作者为了适应读者阅读网文的基本心里期待，都会给小说一个美好的结局，即使女

① 参见陈永国：《互文性》，《外国文学》2003年第1期，第79页。

主无一例外地收获知心爱人与圆满人生并非那么合情合理的安排，也还是会给女主这样一个充满希望的结局。客观来讲，这也体现了《知否》与《花开春暖》作为类型化的通俗网络文学，与经典性的文学作品《红楼梦》之间不可逾越的鸿沟。

从人物的社会环境来看，林黛玉自幼所受到的教导，是封建淑女式的，在她日渐长大的过程中，也在向社会公认的标准靠拢，所以有研究者认为，林黛玉最初是宝玉的同路人，但后期逐渐转化为宝钗的同归者①，在价值取向上发生了转变，这种转变有着内在合理性。不过，当时的社会环境给林黛玉的选择非常少，她的哀怨、无奈与对贾家的依附就更多地来自环境的限制。她的任性、她的宁折不弯是不愿随俗而变，也是没有太多选择的一种痛苦表达而已。而盛明兰、李晓暖的独立自立，则主要是由于受到现代文明的教育。林黛玉所经历的彷徨痛苦她们也都感受到了，只不过比林黛玉更有准备，也更实际现实。而且，即使具有独立自主的自觉意识，两个女主还是纷纷向现实低头，屈从世俗、屈从男权，这正是女性面对生活的困境。盛明兰说别人的伤心痛苦，自然是不如自己开心快活来得更紧要一些，李晓暖一再告诉自己要知足，是智慧也是无奈。

而从更深层来看，盛明兰与李晓暖虽在古代内宅，她们反映的还是当下女性尤其是年轻女性的心理状态，反映她们的焦虑与追求。这两部小说的女性视角不等于女性主义，《知否》和《花开春暖》甚至都不是典型意义上的女强文，盛明兰和李晓暖所追求的，无非是做乖巧善解人意的妻子，辅助丈夫，赢得家庭地位。她们所传递的价值观是传统而保守的，甚至是退步的。女性囿于内宅，一辈辈消耗着青春和智慧，循环往复，无止无息。她们所面对的是日常生活的琐碎繁杂与人际关系的尖锐紧绷，男人们海阔天空，女性却只能在小小天地中挣扎，无论姐妹之间，母女之间，婆媳之间还是主仆之间，普遍互相警惕倾轧，缺少同性之间的同情同理和互助互爱。《知否》中有段话对女孩一生的成长描述非常形象，"长大是痛苦的过程，成熟是不得已的选择，如果可以，哪个女孩不愿意一辈子骄傲明媚地做公主，人非草木，哪个女子又不希冀幸福的婚姻，没必要矫情地假装淡定和不在乎。可世事如刀，一刀一刀摧折女孩的无邪天真，磨圆了棱角，销毁了志气，成为一个面目模糊的妇人，珠翠环绕，穿锦着缎，安排妾室的生活起居，照管庶子庶女的婚姻嫁娶，里里外外一大家子的忙乎，最后被高高供奉在家族的体面上，成为千篇一律的符号"。

① 参见周蕙：《林黛玉别论》，《文学遗产》1988年第3期，第86页。

这段话虽然是对古代女性成长的解读，却反映着古今女性共同的悲哀，我们不可想象林黛玉结婚生子是什么样的画面，即使如愿嫁给宝玉就能够避免从珍珠变成鱼眼珠子的结局吗？现在女性获得了相对的独立自主，就真的已经逃脱了千百年来套在女性成长中千篇一律的框架吗？其实，我们看到现实中女性大多还是背负着相似的命运，艰辛度过一生。

再有，盛明兰和李晓暖对待爱情的态度都是被动疏离的，她们对爱情有萌动有渴望，但又都压抑自己的情感需求，为了追求内心所谓的安稳而放弃对爱情的执着，主要表现就是按照社会要求塑造自身，遵循父母长辈的安排。这样的表现值得玩味，这种自保、淡漠与无情，是对爱情缺乏安全感的表现，真实地折射了现实女性的情感心理。再有，作品中男性角色的失位与符号化，也是当代女性心理的投射。小说中的丈夫更多地旁观妻子的操劳与挣扎，妻子对丈夫也不乏揣摩和利用，双方的关系像盟友而非夫妻。虽然为了不让女性读者失望，作者最终安排了夫妻和谐的大团圆结局，但真正能做到与否，连作者自己都不敢下结论。千篇一律的现世安稳、幸福安康，殊途同归的情深不移、白首同心，让我们看到了女性读者群体对真情与圆满的渴望。而男性形象的对立设置，比如青梅竹马的暖男与浪子回头的霸总的并峙也是女性心中理想形象的投射，是一种补偿性的安排。我们可以看到，在婚恋关系中，女性对自身地位和男性表现的双重失望。

由此，我们反观数百年前的林黛玉形象，会发现，当下女性的成长选择并没有比林黛玉进步，我们认为林黛玉在处理人际关系时犯了错误，导致自身的不幸，所以网文中的盛明兰、李晓暖都自觉不自觉地以林黛玉的行为为参照，反其道而行之，务求做一个随分从时的人，摆脱林黛玉的悲剧；我们认为林黛玉在爱情上的执着犯了大忌，直接导致了她的魂销香断，所以盛明兰、李晓暖都放下了对爱情的执念，遵从社会规则、长辈安排，理智冷静地经营自己的感情生活。这样，网文中的女主人公们貌似获得了更平顺更成功的现世生活，但是我们发现，在内心深处，在底色上，盛明兰和李晓暖一样并不幸福，甚至失去了林黛玉执着表达自我的任情任性，失去了敢于爱的真情多情，失去了大部分的自我。《麦田里的守望者》中说：“不成熟的人，其标志在于他可以为了一个理想崇高地去死；成熟的人，其标志在于他可以为了一个理想谦卑地活下来。”在逐渐长大中告别天真，走入成人世界，经过挣扎，逐渐懂得怎样在失去理想光彩的复杂世界中生存，对一些人来说，这是迈向成熟的关键一步，但对另一些人来说，则是幻灭的开始。

在以《红楼梦》与《知否》《花开春暖》为对象，由女性成长而展开的文本细读中，笔者发现，无论改写或是误解误读都造成了强大的文本张力，最终导向是社会价值观层面的思考，这也是文学讨论的题中应有之意。这些成长的难题，林黛玉与盛明兰、李晓暖都曾面对，也有着各自不同的选择，封建淑女也可以任情任性，独立女性还在经营自保，是非对错则见仁见智，难有定评。文学是生活的提炼升华，其中既有梦想照进现实，也有生活真实的样子，我们可以从中看到问题，进行思考，汲取力量，至于最终的答案还需要自己来给出。

清代题红诗文学批评价值新论

杨绪容

内容提要：《红楼梦》的问世与盛行，促成了一个新的诗歌类型——“题红诗”，亦且具有特殊的文学批评价值。在版本方面，早于程甲本之前，乾隆间富察明义和宋鸣琼各已题咏过一个足本《红楼梦》。在人物情节批评方面，离《红楼梦》问世时间越近的题红诗，其认识越接近于《红楼梦》原文；离《红楼梦》问世时间越远的题红诗，其认识便逐渐脱离《红楼梦》原文，譬如让林黛玉取代贾宝玉而成为《红楼梦》的核心人物。在文学史定位方面，乾隆嘉庆间诗人杨芳灿把《天雨花弹词》《红楼梦平话》并称“南花北梦”，视为当时小说之代表作；道光间江西女诗人范淑不仅把《红楼梦》视为说部中翘楚，还从学术史角度肯定《红楼梦》与经史诸子经典《庄子》《离骚》《左传》《史记》具有同等价值；清末丘逢甲谓《红楼梦》“绝世情文出稗官”，已视之为中国小说史上的最高峰。

关键词：清代题红诗　文学批评　足本《红楼梦》小说史价值

自《红楼梦》问世以来，直至清末，品题、鉴赏与评论《红楼梦》的诗歌大量涌现，同时还被各种文集、诗话收录，或被作为佳话而声口相传，在诗歌创作、传播与批评各领域都被视为一种特定的诗歌类型。清代“题红诗”在文体类型上属于诗歌，在功能性质上属于文学批评。《红楼梦》是古代小说的翘楚，清

本文为2015年度国家社会科学基金重大项目《中国诗歌叙事传统研究》（15ZDB067）、2018年度国家社科基金重大招标项目“明清戏曲评点整理与研究”（18ZDA252）阶段性成果。

作者简介：杨绪容，上海大学文学院教授、博士生导师，主要从事中国古代、近代文学研究。

代“题红诗”自然成为热门话题。由清至今，学术界对“题红诗”的文学价值颇为关注，对其特殊的文学批评价值则颇为忽视甚或故意遮蔽。本文拟对此问题展开专门讨论。

一、早期题红诗所叙程甲本之前的足本“《红楼梦》”

胡适等人早就注意到，乾隆间富察明义的诗集《绿烟琐窗集》里中有《题〈红楼梦〉》七言绝句二十首。明义字我斋，属满洲镶黄旗富察氏，傅恒二兄傅清之子、明仁胞弟，长期担任清代内务府上驷院侍卫。明义《题〈红楼梦〉》的诗学价值或许有限，但作为“现在已然发现的正面提到《红楼梦》的最早资料”[①]，对后世研究《红楼梦》的传播与批评甚为重要。

明义《题〈红楼梦〉》七言绝句二十首的主要文献价值在于：其问世时间早于程伟元高鹗的排印本（以下简称“程高本”，含乾隆五十六年（1791）的“程甲本”及次年的“程乙本”），所题咏的人物情节有异于程高本《红楼梦》，或出于程高本《红楼梦》八十回后者。

该组诗中有关于书名的特殊信息。前有小序云：

> 曹子雪芹，出所撰红楼梦一部，备记风月繁华之盛。盖其先人为江宁织府，其所谓大观园者，即今之随园故址。惜其书未传，世鲜知者，余见其钞本焉。[②]

据该序所言，《红楼梦》为世袭江宁织造之后曹雪芹所撰；内容是“风月繁华”；大观园即随园；当时尚无刻本，明义所见为抄本。这些内容乃为古今人所熟知。但其中有特别之处，就是抄本的名称不是“《石头记》”，而是“《红楼梦》”。而我们一般的认识是，“《红楼梦》”之名出于程高本，而抄本皆题“《石头记》”。

该组诗中还有关于人物的特殊信息。明义《题〈红楼梦〉》中第八首得注意。其文曰：“帘栊悄悄控金钩，不识多人何处游。留得小红独坐在，笑教开镜与梳

---

① 周汝昌：《红楼梦新证》，人民文学出版社1976年版，第1067页。

② ［清］富察明义：《题〈红楼梦〉》，见朱一玄编：《红楼梦资料汇编》，南开大学出版社2001年版，第25—27页。下引明义诗同此。

头。”一般研究者都注意到，明义诗叙宝玉为独自守屋的小红篦头，而在今本《红楼梦》正文却换作麝月。学术界一般将“小红”“麝月”之别视为误笔。而在笔者看来，这是大有意味的。曹雪芹自言先后五次增删《红楼梦》，脂砚斋评语谓雪芹死时尚未终稿①。笔者在这里提出一个假设：明义所读《红楼梦》抄本中确系小红而非麝月。该抄本应是曹雪芹“增删五次”之未定稿，只是未知是第几稿。小红本名红玉，与《红楼梦》中其他人名中含“玉”字者，都与宝黛这“两个玉儿”关系密切。有可能在《红楼梦》五稿之某稿中，小红是最终见证宝玉潦倒并安慰他的人②，故特为预叙宝玉为之篦头事。而在曹雪芹后来的改本以及程高本中，麝月是在宝玉出家后与宝钗一起抚育其子的人，故特为预叙宝玉为之篦头事。

该组诗中还有一些关于八十回后故事情节的特殊信息。具体而言，这组《题〈红楼梦〉》绝句的后三首所咏人物情节多在今本八十回之后。

其第十八首云：

伤心一首《葬花词》，似谶成真自不知；
安得返魂香一缕，起卿沉痼续红丝。

其中叙及林黛玉病死，贾宝玉凭吊，并忆及黛玉葬花词之谶。其事见于今本《红楼梦》第九十八回《苦绛珠魂归离恨天，病神瑛泪洒相思地》、第二十七回《滴翠亭杨妃戏彩蝶，埋香冢飞燕泣残红》等。

其第十九首云：

莫问金姻与玉缘，聚如春梦散如烟；
石归山下无灵气，总使能言亦枉然。

---

① ［清］曹雪芹《红楼梦》第一回正文道：“后因曹雪芹于悼红轩中披阅十载，增删五次，纂成目录，分出章回。”甲戌本《石头记》第一回有一则眉批：“能解者方有辛酸之泪，哭成此书。壬午除夕，书未成，芹为泪尽而逝。余尝哭芹，泪亦待尽。每意觅青埂峰再问石兄，余不遇獭头和尚何？怅怅！”

② 庚辰本《石头记》第二十回眉批：“茜雪至《狱神庙》方呈正文。袭人正文标目曰《花袭人有始有终》，余只见有一次誊清时，与《狱神庙慰宝玉》等五、六稿被借阅者迷失。叹叹！丁亥夏，畸笏叟。”甲戌本、庚辰本第二十六回眉批：“《狱神庙》回有茜雪、红玉一大回文字，惜迷失无稿。叹叹！丁亥夏，畸笏叟。”

其中叙及金玉姻缘离散，顽石复归青梗峰。其事见于今本《红楼梦》第一百十九回《中乡魁宝玉却尘缘，沐皇恩贾家延世泽》、第一百二十回《甄士隐详说太虚情，贾雨村归结红楼梦》等。

其第二十首云：

> 馔玉炊金未几春，王孙瘦损骨嶙峋；
> 青蛾红粉归何处，惭愧当年石季伦。

其中叙及宝玉出家、众女失散的结局，似乎还隐含了对袭人嫁给蒋玉菡的讽刺。其事见于今本《红楼梦》第一百二十回《甄士隐详说太虚情，贾雨村归结红楼梦》等。

明义《题〈红楼梦〉》组诗出现的时间明确早于程高本。其证据之一是：明义《绿烟琐窗集》的刊行时间要早于程甲本出世的乾隆五十六年（1791）。周汝昌先生据明义我斋所叙人事，推断《绿烟琐窗集》是“大致集中于乾隆三十五年至四十年（1770—1775）这一阶段的作品，而《题〈红楼梦〉》绝句就夹在这些诗中间”，推定“《题红楼梦》绝句，往早说，可能是乾隆三十五年或稍前的作品，往至晚说，也绝不会是四十六年以后的作品：离曹雪芹去世才不过五六年到十五六年之间的光景，下距程伟元、高鹗续书刊板（乾隆五十六、五十七年），却还有足足十年至二十年的光景”[①]。其证据之二是：袁枚《随园诗话》卷二收录明义《绿烟琐窗集》的时间明确早于程高本。袁枚云：

> 康熙间，曹练亭为江宁织造，……其子雪芹撰《红楼梦》一部，备记风月繁华之盛。明我斋读而羡之。当时红楼中有某校书尤艳。我斋题云：“病容憔悴胜桃花，午汗潮回热转加。犹恐意中人看出，强言今日较差些。”“威仪棣棣若山河，应把风流夺绮罗。不似小家拘束态，笑时偏少默时多。”[②]

韩进廉据袁氏《随园诗话》卷三“余年二十三，馆今相国稽公家，教其幼子承

① 周汝昌：《红楼梦新证》，《附录之七“惭愧当年石季伦”——最早的题红诗》（该文日期署为“一九五四年六月”），人民文学出版社1976年版，第1072页。

② ［清］袁枚：《随园诗话》卷二，清乾隆五十五年（1790）刻本，复旦大学图书馆藏本。

谦，今四十三年矣”的话推算，明义《题〈红楼梦〉》绝句至晚写于乾隆四十六年（1781）[①]。郑幸考定，《随园诗话》以北京大学图书馆所藏乾隆五十五年隋园家刻本为今存最早刊本，其“初刻初印本”则当更早出现[②]。这些证据表明，在乾隆五十六年（1791）的程甲本之前，已有首尾完整、与今传程高本一百二十回本故事结局大体相近的《红楼梦》抄本，尽管尚不能确定是否为一百二十回。

在程甲本之前，还有一位女诗人宋鸣琼写过题红诗。鸣琼字婉仙，江西奉新人，为九江教授（府学学官）宋五仁之第三女，涂建萱之妻，卒于嘉庆七年（1802）。作《味雪轩诗草》一卷，最早有乾隆五十六年（1791）刊本，后又有嘉庆八年世思堂刊本、宋氏家刻《心铁石斋集》等本，蔡殿齐《国朝闺阁诗钞》第六册亦收录。其中收有《题〈红楼梦〉》四绝句，有云：

病躯那惜泪如珠，镇日颦眉付感吁。
千载香魂随劫去，更无人觅葬花锄。
欲吐还茹恨与怜，随形逐影总非缘。
自来独木无连理，甘露何曾洒大千？
幻境空空托幻身，傍徨无计渡迷津。
断除只有鸳鸯剑，万缕千丝索解人。[③]

诗中所叙黛玉病死、宝黛缘空、宝玉出家等情节都在今本《红楼梦》八十回之后，

① 韩进廉指出，袁枚生于康熙五十五年（1716）丙申，二十三岁作馆时是乾隆三年（1738），四十三年后（即乾隆四十六年）编卷三时，明义的诗在卷二中即予编入，因而明义题诗之年不能晚于乾隆四十六年。参见韩进廉：《红学史话》（五），《河北师范大学学报》（哲学社会科学版）1979年第2期。

② 郑幸指出，“随园刻书活动主要集中在乾隆三十九年（1774）至嘉庆元年（1796）之间，共刻书十七种。其中可考得初刻时间的有十二种：……《随园诗话》（乾隆五十五年刻本，郑幸文中谓之甲本）、《随园诗话补遗》（乾隆五十七年刻本）”。郑幸又云：“袁枚曾有《余所梓尺牍诗话被三省翻板近闻仓山全集亦有翻者戏作一首》，此诗作于乾隆五十六年（1791），其时《随园诗话》家刻本正编刻成不过一年，《补遗》部分甚至尚未开雕。而从诗歌标题看，《诗话》实际被翻刻的时间还要更早，很可能是家刻本甫一问世就遭到了坊间的翻刻。”参见郑幸：《从〈随园诗话〉早期家刻本看涉红史料真伪问题》，《红楼梦学刊》2013年第三辑，第22页。

③ ［清］宋鸣琼：《味雪轩诗稿》，见蔡殿齐：《国朝闺阁诗钞》，嫏嬛别馆本，道光二十六年（1844）刊本。

主要见于第九十七回《林黛玉焚稿断痴情 薛宝钗出闺成大礼》、第一百十九回《中乡魁宝玉却尘缘 沐皇恩贾家延世泽》等。而叙宝玉渡迷津遇尤三姐以生前所获柳湘莲订婚聘物鸳鸯剑斩断尘缘事，见于今传《红楼梦》第一百十六回，写道：

宝玉只道是问别人，又怕被人追赶，只得踉跄而逃。正走时，只见一人手提宝剑迎面拦住说："那里走！"吓得宝玉惊惶无措。仗着胆抬头一看，却不是别人，就是尤三姐。宝玉见了，略定些神，央告道："姐姐，怎么你也来逼起我来了？"那人道："你们弟兄没有一个好人：败人名节，破人婚姻。今儿你到这里，是不饶你的了！"宝玉听去话头不好，正自着急，只听后面有人叫道："姐姐快快拦住，不要放他走了。"尤三姐道："我奉妃子之命等候已久，今儿见了，必定要一剑斩断你的尘缘！"宝玉听了，益发着忙，又不懂这些话到底是什么意思，只得回头要跑。①

宋鸣琼诗与近于《红楼梦》尾声的第一百十六回都有"鸳鸯剑斩断尘缘"之文意。这表明，宋鸣琼所题咏之《红楼梦》是首尾完整的，接近于今传一百二十回本。

另有证据表明，在程高本之前已有一百二十回本《红楼梦》传世。乾隆间周春《阅〈红楼梦〉随笔》中的《〈红楼梦〉记》写道：

乾隆庚戌秋，杨畹耕语余云："雁隅以重价购钞本两部：一为《石头记》，八十回；一为《红楼梦》，一百二十回，微有异同。……壬子冬，知吴门坊间已开雕矣。兹苕估以新刻本来，方阅其全。……"②

据此可知，雁隅（杨嗣曾）在乾隆庚戌（五十五年，1790）已购得一部一百廿回的《红楼梦》抄本，杨畹耕所见壬子（乾隆五十七年，1792）冬吴门坊间开雕者应即程高本。

半个世纪之前，周汝昌先生在《〈红楼梦〉新证》一书中已关注到富察明义、宋

① ［清］曹雪芹：《红楼梦》，乾隆五十六年辛亥（1791）萃文书屋木活字本，沈阳出版社2011年影印本。

② ［清］周春：《〈红楼梦〉记》，见朱一玄编：《红楼梦资料汇编》，南开大学出版社2001年版，第565页。

鸣琼的题红诗，但他心中存着后四十回为高鹗“伪续”[1]的先入之见，便不能正视这些诗歌的文献价值。本文则从正面理解这些题红诗所述《红楼梦》后四十回信息，并据此基本肯定程高本后四十回也大体出于曹雪芹原稿，但不知是曹雪芹“增删五次”之某稿。

二、清代题红诗中的人物情节批评及其倾向

题红诗有不同的文体分类。从形式上看，一类为单诗，一类为组诗。上引明义《题〈红楼梦〉》七言绝句二十首、宋鸣琼《题〈红楼梦〉》四绝句都是组诗。从内容上看，一类用于品题人物，一类用于品题事件或情节。而在事实上人物与事件是密不可分的。

上述乾隆中期明义《题〈红楼梦〉》七言绝句组诗二十首，吟咏《红楼梦》中多人，各占首数不同。分别是：其三叙宝玉访潇湘馆问病（第五十七回）、其四咏宝钗扑蝶（第二十七回）、其五叙宝玉遣晴雯送帕（第三十四回）、其六咏宝玉踢袭人与晴雯撕扇子等事（第三十一回）、其七叙宝玉梦游“太虚幻境”与初进园时作《四时即景诗》等事（第五回、第二十三回）、其八写小红独自守屋宝，玉为其篦头事（第二十四回，今本《红楼梦》正文中作麝月）、其九写袭人与宝玉换系“茜香罗”汗巾事（第二十八回）、其十写元夕宝玉回房闻鸳鸯、袭人谈心不忍进门打搅（第五十四回），第十一首叙金钏死后玉钏送莲叶羹（第三十五回）、第十二首写玉钏亲尝莲叶羹（第三十五回）、第十三首写“寿怡红群芳开夜宴”与芳官醉卧宝玉怀中事（第六十三回）、第十四首写黛玉题帕后发热面如桃花场景（第三十四回）、第十五首写凤姐（概叙王熙凤的性格情态，不指具体事件）、第十六首写晴雯屈死宝玉作《芙蓉女儿诔》（第七十八回）、第十七首追叙黛玉初进荣国府与宝玉同室而居（第三回）、第十八首写黛玉病死宝黛爱情幻灭并悟及黛玉葬花之谶（第七十八回、第二十七回）、第十九首写“金玉姻缘”离散而顽石复归青梗峰（第一百二十回）、第二十首写宝玉出家而众女失散（第一百二十回）。这组诗歌在情节上大体能够前后相贯，所咏基本是“风月繁华”之事，只有三首例外。其第十五首“威仪棣棣若山河，

① 周汝昌：《红楼梦新证》，《附录之八“试磨奚墨为刊删”——最早的题红诗之二》（该文完稿日期署为“一九六三年九月五日”），人民文学出版社1976年版，第1077页。

还把风流夺绮罗。不似小家拘束态，笑时偏少默时多”描述凤姐嬉笑怒骂显露于外，威仪风流胜过男子，这是她一生行事的概括。还有开头两首诗分别题咏大观园和怡红院，其实也以人事描写为主。如第一首以“春风秋月总关情”为大观园写照，还特别叙及贵妃省亲宝玉作“怡红快绿”诗；第二首题怡红院中“斗娇娥”“笑语和”，也都更突出人事。总之，这二十首组诗寄寓了明义对《红楼梦》主要人物与经典情节的认识。其中咏宝玉的诗数量最多，其次是林黛玉，再次是宝钗、袭人、晴雯、玉钏等。所涉情节有：宝玉梦游太虚幻境、黛玉葬花、宝钗扑蝶、晴雯赠帕、晴雯撕扇、玉钏尝羹、宝玉撰《芙蓉女儿诔》、黛玉病死、金玉缘散、宝玉出家等。如以人物事件出现的频率来判定其重要性，明义诗以宝玉为最核心人物，其余人物的主次关系也大体符合今存一百二十回本《红楼梦》的倾向。

有的题红组诗，吟咏《红楼梦》中多人，每人各占一首。嘉庆道光之间，由杨翠岩首倡，何左卿、杨雪椒、曾少坡和之于后，撰成《〈红楼梦〉戏咏》律诗六十首就属此类。如何左卿咏《香菱》云：

早年掌上惜曹娥，不信来因落爱河。
强系茑梦连理少，戏拈兰蕙并头多。
北风语细飘裙带，夜月诗成逐睡魔。
且伴小姑居处好，让他崔嫂占沙哥。[①]

该诗前两联概叙香菱因早年被拐而痛失父母之爱，成年后嫁与薛蟠为妾的人生经历；后两联叙香菱冬夜吟诗、受丈夫打骂、正妻妒恨而与小姑薛宝钗伴宿等重要情节。

杨雪椒咏《李纨》云：

大家风范出名门，一曲离鸾早断魂。
花到老梅偏有韵，人如仙李总无言。
春闺牛耳尊诗眼，夏课熊丸印泪痕。
毕竟谢庭生玉树，书声镫影稻香邨。

① ［清］杨翠岩等：《〈红楼梦〉戏咏》，民国元年（1912）古田甘联浩刊本，藏福建图书馆善本部。下引何左卿、杨雪椒、曾少坡等人诗同此。

该诗前两联概叙李纨出生于名门之家，青春早寡，而晚年享福；后两联特叙李纨春闺诗社执牛耳、夏夜课子、儿子苦读成才等事。

曾少坡咏《宝玉》云：

绝顶聪明绝等痴，生生死死一情丝。
因缘幻处伤心易，粉黛丛中撒手迟。
册记已窥无语秘，榜花犹折最高枝。
卷单行脚从今去，忆否香闺说偈时。

该诗前两联概叙宝玉毕生痴情于黛玉，因黛玉亡故而姻缘成空；后两联特叙宝玉游太虚幻境看秘册、中举、出家，与黛玉说“立足境”偈等事。

《〈红楼梦〉戏咏》所咏内容还有湘云醉眠、王熙凤聪明误、晴雯断甲、宝钗成婚、黛玉焚稿、妙玉遭劫、鸳鸯拒婚并殉葬、平儿救巧姐、袭人嫁蒋玉菡等，大体代表了《红楼梦》中的重要人物及其典型事件。《〈红楼梦〉戏咏》律诗六十首流传甚广，有多种写本和单行本流传于世。平步青《霞外攟屑》收录其书，赞之“皆钩心斗角，脱手弹丸”，自称“尤爱少坡咏宝、黛、凤、妙、鸳、平、香、晴、袭九首之耐讽也”①。

有的题红组诗以事物为中心，乾隆道光之际湖北诗人刘珊（字海树）《〈红楼梦〉小说八韵诗》②即属此类。其中《断指甲》云：

断筝银甲卸，残线翠裘孤。
笋折麻姑爪，桃香细骨臞。
鸾靴搔不着，鸿雪印全诬。

“断指甲”事见于今本《红楼梦》第七十七回，叙晴雯临死，见宝玉探望，卸甲相送。宝玉回想其病中手补雀金裘，颇感人生之幻灭。海树《〈红楼梦〉小说八韵诗》

---

① ［清］平步青：《霞外攟屑》卷八下《眠云舸酿说》（下），民国六年（1917）刻香雪崦丛书本。

② 刘珊，字海树，卒于道光四年即公元1824年，享年四十六岁。刘珊生平事迹详见贺亚先《刘珊〈红楼梦小说八韵〉的写作年代及史料价值》，《黄冈师范学院学报》2002年第4期，第32页。

中的其他诗，如《冷香丸》题薛宝钗冷香丸，并香菱受宝钗哥嫂嫉恨之事；《东风压西风》叙黛玉与袭人论妻妾之道，事见今本《红楼梦》第八十二回；《芙蓉女儿诔》叙宝玉悼念晴雯事，事见今本第七十八回。

陆继辂对刘珊诗评价甚高。其《合肥学舍札记》卷一摘录了数首刘珊《〈红楼梦〉小说八韵诗》，序云："海树诗，清于云伯，艳于梅史。尝以迎候长官，一夕成《〈红楼梦〉小说八韵诗》二十首。余惜其无可著录，为摘记数联。""云伯"或指陈文述，"梅史"或指查揆，并为当时诗坛名宿，陆继辂将三人类比，大有拔高海树之意。刘珊卒后，陆继辂为作《颍州知府刘君墓志铭》，说明两家交情甚好。

还有把特定人物与事件相联系的组诗，即合人与事而题咏者。道光间女诗人张秀端的《〈红楼〉四咏》[1]就是如此。如其《宝钗扑蝶》云：

沁芳桥畔好春光，莺自和鸣草自芳。
高下蝶随飞絮舞，娉婷人爱绕花忙。
苔痕狼藉弓鞋湿，扇影轻盈宝串香。
细语喃喃留小步，树阴浓翠欲沾裳。

描绘出鸟语花香，蝶随絮舞，人绕花行的美丽境界。再如《湘云眠茵》"上颊酒浓眉黛蹙，压肩香重鬓云偏"，咏湘云醉卧花丛之美艳；《晴雯补裘》"灯畔容颜愁惨淡，眼前刀翦泪辛酸"，咏晴雯病补雀金裘之艰辛；《黛玉葬花》"未必红颜皆薄命，顿教黄土也生香"，咏黛玉灵魂之高洁。

倪鸿《桐阴清话》揭示出张秀端《〈红楼〉四咏》乃诗社参赛作品，云：

蒲田鹾商吴氏，大开诗社，以《红楼梦》事分得四题。各以七律咏之，卷以万计。糊名易书，延番禺洪日厓孝廉应晃评阅，如乡会试之例。取得黄星洲等百余人，各酬以缣帛珍玩。先是，番禺张兰士女史卷已录第一。及开榜，主人以女子压卷，恐招物议，遂以黄卷易之。其实黄诗本不及张也。[2]

① 笔者注：张秀端，字兰士，番禺人，生活于嘉庆道光年间。张维屏次女，钱邦彦之妻。有《碧梧楼诗词钞》。

② ［清］倪鸿：《桐阴清话》卷八，清同治十三年（1874）刻本。

《桐阴清话》记录了一次以《红楼梦》为题而规模庞大的诗歌比赛，参赛者有张秀端、黄星洲等优秀诗人，称得上是题红诗史乃至《红楼梦》传播史上的一大盛事。

综上，在清代乾隆、嘉庆时期，题红诗对《红楼梦》中心人物与经典情节的认识，与曹雪芹原文大体相符。但随着《红楼梦》传播时间越久，题红诗逐渐出现一些微妙的变化，主要是对林黛玉的品题越来越多。特别是女性诗人更倾向于让林黛玉取代贾宝玉而成为最为核心的人物形象。

嘉道年间，孙荪意有《衍波词》二卷，有《贺新凉·题〈红楼梦〉传奇》云：

> 情到深于此。竟甘心，为他肠断，为他身死。梦醒红楼人不见，帘影摇风惊起。漫赢得，新愁如水。知有前身因果在，愿今生滴尽相思泪。频唤取，颦儿字。
>
> 潇湘馆外春余几。衬苔衣，残痕一片，断红紫零。飘泊东风怜薄命，多少惜花心事。忍重忆，"葬侬"句子。归去瑶台尘境杳，又争知，此恨能消未？怕依旧，锁峨翠。①

该词单题林黛玉，叙及其相思洒泪、撰葬花词、为情而死、死后成仙等情节。其情感深婉，声文浏亮，具有很高的艺术价值。

同光年间，苏州才女葛蕙生倚《念奴娇》为其师邹弢（号"潇湘馆侍者"）题《潇湘侍立图》云：

> 红尘小谪，恨今生，误了玉京仙宇。回首红楼当日梦，勾起柔情千缕。汲水浇花，添香拨火，十二钗曾聚。万竿修竹，潇湘风景如许。我亦惋惜颦卿，《葬花》诗句，血泪拼红雨。名士多愁工寄托，拼为佳人辛苦。痴忆茫茫，空花草草，且自调鹦鹉。问谁相与？回肠转出凄楚。②

该词咏邹弢对《红楼梦》的痴爱与品评，单拈出林黛玉代表"十二钗"，涉及潇湘馆洒泪、葬花诗句等内容。

清末湖州女诗人徐畹兰有《偶书〈石头记〉后》七绝句，全部吟咏林黛玉，与

---

① ［清］孙荪意：《贻砚斋诗稿》四卷附《衍波词》二卷，与高颖楼《额粉庵集》合刻本，嘉庆二十四年（1819）刻本。

② ［清］邹弢：《三借庐赘谭》卷三"诗余双璧"条，清光绪《申报馆丛书·余集》本。

“分人分事”有所不同。兹略摘两首：

情天同是谪仙人，两小无猜镇日亲。
记否碧纱厨里事，欢呼卿字作颦颦。（其一）
梨花落尽不成春，梦里重来恐未真。
漫道玉郎真薄幸，空门遁迹为何人？（其七）[①]

前诗叙宝黛两小无猜、同居一室的情景，后诗叙黛玉逝后，宝玉梦寻不遇，最终为她出家。

晚清题红诗越来越以林黛玉形象为中心，笔者认为这种现象可以概言之“林黛玉热”。晚清诗人和批评家还明确关注过这一现象。邱炜萲（字菽园）受亡妻王阿玖《偶阅〈红楼梦〉有咏》的感发，撰《〈红楼梦〉分韵》绝句一百首，其中有咏黛玉二首，其一：“天下谁不爱颦儿？忙杀曹家笔一枝。洛浦湘江均缥缈，感甄何地莫陈思。”[②]该诗不仅揭示出林黛玉形象受天下人的普遍喜爱的事实，还把她视为曹雪芹《红楼梦》中最重要的代表性人物[③]。

综上，题红诗对曹雪芹《红楼梦》人物情节的批评大致反映出一个倾向，即离《红楼梦》问世时间越近，其认识越接近于《红楼梦》原文；离《红楼梦》问世时间稍后，其认识便逐渐脱离《红楼梦》原文，主要是让林黛玉逐渐成为题红诗的焦点人物。

① ［清］徐畹兰：《鬘华室诗选》，载《香艳丛书》六集，宣统二年（1910）刊本。

② 邱菽园：《〈红楼梦〉绝句》，国家图书馆藏本。亦见载于［新加坡］王力坚：《清代才媛红楼题咏的型态分类及其文化意涵》，《江西师范大学学报》2012年第5期，第54页；李奎：《新加坡〈星报〉〈天南新报〉所载“红学”资料述略》，《红楼梦学刊》2014年第2期。

③ 清末民初女小说家喻血轮（1892—1966）也曾述及《红楼梦》读者对林黛玉的特别偏爱。她在《林黛玉笔记》卷上开篇自注其创作缘起云：“《红楼梦》，人人爱读之书也。而读《红楼梦》者，未有不爱惜林黛玉，盖黛玉实为书中第一可怜人也。”喻血轮：《林黛玉笔记》卷上，华文出版社1994年版。

三、清代题红诗的思想艺术批评

（一）对《红楼梦》主题的认识

清代题红诗主要从以下几个方面概括了《红楼梦》主题。

一种是爱情悲剧论。这类作品一般都会首先肯定宝黛之至情至爱。乾隆诗人沈赤然曾撰《曹雪芹〈红楼梦〉题词》四首，其二云：

两小何曾割臂盟，几年怜我我怜卿。
徒知漆已投胶固，岂料花偏接木生。
心血吐干情未断，骨灰飞尽恨难平。
痴郎犹自寻前约，空馆萧萧竹叶声。①

该诗叙宝黛两小无猜却未谐连理，黛玉泪尽而亡，宝玉去潇湘馆凭吊，表达了宝黛对爱情的执着与坚贞。再如前引孙荪意《贺新凉·题〈红楼梦〉传奇》“情到深于此。竟甘心，为他肠断，为他身死”歌咏了林黛玉超越生死之爱情。同光派重要诗人樊增祥作《石甫属题张梦晋〈山茶梅花卷子〉卷为伯熙所赠以石甫为梦晋后身也》，诗云：

《石头记》里有情痴，梦绕红楼觉后疑。
井水寻常行处有，最消魂是纳兰词。②

石甫即与樊增祥并称“两雄”的易顺鼎。梦晋即明朝张灵的字。易顺鼎自称张梦晋后身，或称贾宝玉化身，又曾以纳兰容若自方。樊增祥把易顺鼎比作贾宝玉，以“情痴”相形容，凸显了《红楼梦》深情之主旨。

自然而然地，诗人的目光随即会从“爱情”聚焦到“悲剧”上面。沈赤然《曹雪芹〈红楼梦〉题词》其三云：

---

① ［清］沈赤然：《五研斋诗文钞》诗钞卷十三《青鞋集》，清嘉庆刻增修本。下引沈赤然诗同此。
② ［清］樊增祥：《樊山续集》卷十二《西京酬唱集》，清光绪二十八年西安臬署刻本。

仙草神瑛事太奇，妄言妄听未须疑。
如何骨出心摇日，永绝枝连蒂并时。
独寝既教幽梦隔，游仙又见画帘垂。
不知作者缘何恨，缺陷长留万古悲。

叙黛玉病死后，宝玉梦寻黛玉魂魄而未得（事见今第一百〇九回），重游太虚幻境寻访黛玉之灵仅得一见（事见今第一百十六回），尾联突出了《红楼梦》作者对宝黛爱情幻灭的无限悲恨。沈赤然甚至不能接受宝黛爱情悲剧结局，表达了“重写”《红楼梦》的愿望。其四云：

月老红绳只笔间，试磨奚墨为刊删。
良缘合让林先薛，国色难分燕与环。
万里云霄春得意，一庭兰玉昼长闲。
逍遥宝笈琅函侧，同蹑青鸾过海山。

他提出了特殊的钗黛优劣论。“良缘合让林先薛，国色难分燕与环”，意思是说宝黛皆“国色”，但良缘还该首选黛玉，看来诗人更倾向于让“有情人终成眷属”。

一种是“色空”观。

嘉道间张船山之妹张淑徽有《和次女采芝〈读《红楼梦》偶作〉韵》一首，诗云：

奇才有意惜风流，真假分明笔自由。
色界原空终有尽，情魔不着本无愁。
良缘仍照钗分股，妙谛应教石点头。
梦短梦长浑是梦，几人如此读《红楼》。

诗中把宝黛爱情视为“情魔”，把《红楼梦》视为佛家主张“色界原空”的现身说法，具有如晋朝道生法师令顽石点头之“妙谛”，可知作者怀着较为彻底的色空观念。作者进一步突出人生如梦的虚幻感，引人置身“红楼”之外以观其“梦”，从而自觉保持对“良缘”的清醒态度。该诗艺术水平较高，流传较广，王蕴章谓之

“拈花微笑，神在个中”[①]。

持“色空”观的诗人大都喜欢把《红楼梦》与禅宗相联系。晚清萧棣香有《题〈红楼梦〉百美词卷》诗四首，其一云：

> 新词合谱《满庭芳》，玉色金声各擅扬。
> 箧里有花皆芍药，楼中无牒不鸳鸯。
> 描将眉影诗成史，领得头衔骨是香。
> 试向禅宗参一转，未须四壁画《西厢》。[②]

该诗明确把《红楼梦》看成参禅悟道之书，强调不必如老僧“四壁画《西厢》”事[③]，通过《红楼梦》也可体悟禅机。

清末孙宝瑄曾作《戏题〈石头记〉绝句》云：

> 读书观海几春秋，胜友相招最上头。
> 从此华严开脑界，黄粱不梦梦红楼。[④]

该诗把《红楼梦》比作“华严经”，倡导对“色空”的“顿悟”。孙宝瑄还把该诗录入其“日记”中，可见其重视程度。

不少题红诗倾向于将“情”与“空”并举。道、咸之间的一位满族女诗人扈斯哈里氏有题红诗数首。其《阅〈葬花词〉有感》谓“葬花人自具深情”，突出了“情”的主题。其《观〈红楼梦〉有感》：“真假何须辩论详，斯言渺渺又茫茫。繁华好是云频幻，富贵无非梦一场。仙草多情成怨女，石头有幸作才郎。红楼未卜今

---

① ［清］王蕴章：《然脂余韵》卷三，民国间刻本。

② 萧棣香诗未见传本。该诗引自邹弢《三借庐赘谭》卷五“萧棣香”条，清光绪《申报馆丛书·余集》本。

③ ［明］冯梦龙《古今谭概·佻达部》第十一“僧壁画《西厢》”条云：“丘琼山过一寺，见四壁俱画《西厢》，曰：‘空门安得有此？’僧曰：‘老僧从此悟禅。’丘问：‘何处悟？’答曰：‘是“怎当他临去秋波那一转”。’”明刻本。［明］张岱《快园道古》卷四亦收录该故事，参见高学安、佘德余点校：《张岱著作集》本，浙江古籍出版社2013年版。

④ ［清］孙宝瑄：《忘山庐日记》“光绪二十八年（1902）十月十三日”条，钞本。

何处？荒址寒烟怅夕阳”[①]突出了“空”的主题。

咸同间湖北底层诗人汪引抚（字兰屏）有《养云山房诗存》一卷[②]，其中《读〈红楼梦〉》七律云：

珊珊瘦骨黯魂销，泪雨频生满镜潮。
一寸柔肠千种恨，不堪长度可怜宵。
回首红楼一梦中，者番长谢绮罗蘩。
凭谁一喝当头棒？打破疑团色是空。[③]

该诗从黛玉泪尽而逝，宝玉被师父当头棒喝醒而出家，强化了“情”与“空”的双重意义。

（二）对《红楼梦》的文学史定位

《红楼梦》问世不久，就有诗人论之为中国小说之翘楚。乾嘉文坛名家杨芳灿高度评价《红楼梦》，视之为当时小说的代表。其言见于清末著名经学家、文学家俞樾《偶于吴蔗农孝廉处借小书数种观之漫赋一律》，诗云：

老去深知精力孱，旧时学业半从删。
拚将暮史朝经力，都付南花北梦间。
往日虚名真自误，异时俗论莫相讪。
骊山女纪文君传，拟辟名山山外山。[④]

俞樾在“南花北梦”句后注云：“杨蓉裳以《天雨花弹词》《红楼梦平话》并称，谓之‘南花北梦’。”蓉裳是杨芳灿的字，他把《天雨花弹词》《红楼梦平话》并称“南

① ［清］扈斯哈里：《绣余小草》卷二，光绪二十二年刊本，又光绪二十九年石印本，第6、7页。

② ［清］丁宿章在《湖北诗征传略》中介绍汪引抚云：“布衣蔬食，不求仕进，而嗜诗成癖，苦吟半世，名不出于乡里。求得遗稿数纸，即摘而录之。”丁宿章《湖北诗征传略》卷十六，清光绪七年孝感丁氏泾北草堂刻本。

③ ［清］汪引抚：《养云山房诗存》一卷，汉口利华印务局1932年刊本。

④ ［清］俞樾：《春在堂诗编》庚辛编，清光绪二十五年刻《春在堂全书》本。

花北梦”，视为当时小说之代表作。今人一般认为，《红楼梦》是中国古代小说中最杰出的代表，显然比《天雨花》的文学价值更高。如此看来，杨芳灿的认识还略显保守，但他在《红楼梦》问世不久就高度肯定了它的文学价值，是很有文学史眼光的。该诗同时揭示了《红楼梦》对俞樾本人的影响。俞樾在诗后又注云：“余拟以《史》《汉》所载骊山女事为《骊山女纪》，即世传骊山老母也。又以今世祀梓潼文昌帝君，谓即高眹礼殿碑之梓潼文君，拟撰《梓潼文君传》。然亦徒存其说而已。”这就是说，正是以《天雨花》《红楼梦》为代表的优秀小说的流行，以及杨芳灿辈的推举，改变了俞樾本人的人生轨迹，促使他从专治经史转向小说创作，逐步从一个经学大师变为文学巨匠。

道光间江西女诗人范淑《题直侯所评〈红楼梦〉传奇》，中云：“说部可怜谁敢伍，庄骚左史同千古！”[①]范淑把说部中的《红楼梦》与经史诸子经典《庄子》《离骚》《左传》《史记》相提并论，其眼光已超越文学史，而放眼于整个中国文化史、学术史来探讨《红楼梦》的价值。明代自李贽以来，一些眼光新锐的文学批评家总拿小说戏曲中的杰作与经史子集中的经典相比附，旨在提升小说戏曲等通俗文学的价值。范淑在《红楼梦》传世未久便将其特别标举为中国小说之最高峰，在文学批评史上是颇值得关注的。

（三）综合的批评

被梁启超誉为“诗界革命之巨子”的近代著名诗人丘逢甲（1864—1912），曾作《〈红楼梦〉绝句题词为菽园孝廉作》八首，是综合批评《红楼梦》的代表性诗作。“菽园孝廉”即邱菽园（1874—1941）自号星洲寓公，名炜萲，光绪举人。福建海澄县（今厦门）人，20世纪前期新加坡的富侨、著名报人和诗人。其主要著作含诗集、笔记各两部：《丘菽园居士诗集》《啸虹生诗钞》《菽园赘谈》《五百石洞天挥麈》。邱菽园是推动《红楼梦》传入新加坡的“主要领导者”[②]，他在1898年夏发表一组《〈红楼梦〉绝句》，一时和者甚众。丘逢甲八首和诗依次如下：

不是怡红是悼红，笔头点鬼论原公。美人香草湘累感，都付愁珠怨玉中。

---

① ［清］范元亨《问园遗稿》、［清］范淑《忆秋轩诗钞》合刻本，光绪十七年（1891）刊本。

② 李奎：《〈红楼梦〉在新加坡的报刊传播浅析》，《华西语文学刊》第十一辑，2015年第1期。

假语村言事竟传，三生公案一情禅。石头路滑闲拈出，竖拂重开色界天。

判白批红彩笔忙，玉溪楚雨笑荒唐。楼台弹指分明见，又费词人梦一场。

补天无计奈情何，聊著闲评托艳歌。青埂峰头一方石，撩人儿女泪痕多。

离离芳草长愁根，残雪空林怆梦痕。唤起香魂听说法，满天花雨大观园。

传奇奇绝效颦难，绝世情文出稗官。付与才人同赞叹，人间休作谤书看。

次第香名费递排，春风消息透吟怀。虚无册子饶褒贬，重话金陵十二钗。

莫向痴人说假真，梦中幻境又翻新。五云捧出游仙笔，从此曹唐有替人。①

该组绝句从多个方面对《红楼梦》做了分析和评价。在题材方面："补天无计奈情何，聊著闲评托艳歌"，指出《红楼梦》是专注于"情"的"艳歌"，即爱情小说。在主题方面："不是怡红是悼红"，"美人香草湘累感，都付愁珠怨玉中"，突出了爱情悲剧论；"五云捧出游仙笔，从此曹唐有替人"，突出了色空论。诗中把《红楼梦》比作"游仙诗"，认为《红楼梦》的作者是晚唐著名游仙诗人曹唐的优秀继承人。而曹唐的游仙诗融入了浓厚的爱情色彩，暗寓《红楼梦》的"情"与"空"论。表达"色空"论的诗句还有："假语村言事竟传，三生公案一情禅"，把《红楼梦》中宝黛三世情缘喻为参禅；"唤起香魂听说法，满天花雨大观园"，把大观园比喻为诸天为赞叹佛祖说法之功德而散花如雨之道场。在艺术方面："虚无册子饶褒贬"，"莫向痴人说假真，梦中幻境又翻新"，指出《红楼梦》在笔法上是真与幻、虚与实的结合。在文学史地位方面："绝世情文出稗官"，指出《红楼梦》是"情"与"文"的"双绝"，是中国小说史上的最高峰，表达了对《红楼梦》思想艺术的高度称赞。此外，还有针对评点的题诗"判白批红彩笔忙，玉溪楚雨笑荒唐。楼台弹指分明见，又费词人梦一场"揭示了《红楼梦》评点的细致与明晰。

丘逢甲《岭云海日楼诗钞》在上述八首题红诗之后，附有其三弟丘崧甫同时所作诗一首云：

五十首诗如贯珠，二十五人如可呼。笔端有泪向公子，悲歌感慨倾城姝。眼中忽幻荣宁府，梦破情天石难补。开编如闻奈何许，吾为若歌若楚舞。潇湘

① ［清］丘逢甲：《岭云海日楼诗钞·选外集》，民国二年（1913）刻本。该诗原载［新加坡］《天南新报》1898年7月16日。

妃子诚绝伦，化影疑作芙蓉神。就中乃有蘅芜君，令我太息颦儿颦。以丕为兄有弟植，宝妹妹尤秀而特。枕霞旧友蕉下客，红楼之才此极则。大观何必真有园，稻香何必真有村。借花葬影月葬魂，濛濛春梦留春痕。岂无册中羼名者，王邢以降风斯下。世间不少薄命人，安得君诗遍传写。娥眉谣诼古所伤，岂知遇合关彼苍。与君试窥作者意，绛珠还泪非荒唐。吁嗟乎！孝文好贤贾谊陨，光武中兴冯衍窘。屈平去国楚命短，韩渥辞朝唐祚尽。美人命薄才子同，古往今来皆梦中。英雄末路且仙佛，不独伤心是悼红。①

诗中前面大半为人物批评，“笔端有泪向公子，悲歌感慨倾城姝”，总叙《红楼梦》中青春儿女。“潇湘妃子诚绝伦，化影疑作芙蓉神。就中乃有蘅芜君，令我太息颦儿颦。以丕为兄有弟植，宝妹妹尤秀而特。枕霞旧友蕉下客，红楼之才此极则”对黛玉、宝钗、宝琴、湘云均予赞美，而又各有次第，侧重于黛玉之神、宝钗之杰、宝琴之秀、湘云之才。“大观何必真有园，稻香何必真有村”，“绛珠还泪非荒唐”，论《红楼梦》真幻虚实笔法的对立互补。“梦破情天石难补”把宝玉与补情天之石的意象联系起来，深刻揭示了《红楼梦》的爱情悲剧。这些意见与乃兄丘逢甲《〈红楼梦〉绝句题词为菽园孝廉作》八首的倾向大体相近。而其诗结句却突破了乃兄“不是怡红是悼红”的意见，写道：“孝文好贤贾谊陨，光武中兴冯衍窘。屈平去国楚命短，韩渥辞朝唐祚尽。美人命薄才子同，古往今来皆梦中。英雄末路且仙佛，不独伤心是悼红。”丘崧甫指出，《红楼梦》不仅是爱情悲剧，而是“古往今来”“美人命薄”“英雄末路”人生悲剧的写照。

① ［清］丘崧甫诗一首，载丘逢甲《岭云海日楼诗钞·选外集》，民国二年（1913）刻本。

论明清西湖小说语言本土化的表现与作用

胡海义　吴　琦

内容摘要：西湖小说是中国古代小说史上唯一以地域命名者，以浓郁的地域色彩独树一帜，具有非常重要的文学地理与地域文化研究价值。其地域书写与空间构建的重要方式就是小说语言的本土化。明清西湖小说语言富有杭州风情和生活气息，大量的方言俗语直接源于杭州百姓日常交流的口头语言，通俗质朴、浅显易懂却意味深长，尤其善于利用发音给外地人造成误解，达到诙谐幽默的喜剧效果。明清西湖小说语言本土化使人物对话生动活泼，突出人物的个性；增强读者对西湖小说的亲切感与认同感，使读者更加喜爱西湖小说；表现作者对越曲吴调的喜爱，展现地域文化的深厚底蕴。

关键词：西湖小说　语言　本土化　表现　作用

一、“西湖小说”及其语言本土化

相比诗文词史上有众多以地域命名的流派如江西诗派、竟陵派、桐城派、浙西词派、常州词派等，及以地域命名的诗文词集如《沅湘耆旧集》《会稽掇英总集》《成都文类》《中州乐府》等，“西湖小说”可谓中国古代小说史上唯一以地域命名者。

湖南省社科成果评审委项目：古代西湖小说与文学地理研究（XSP18YBZ026）。

作者简介：胡海义，湖南师范大学文学院教授，主要从事古代小说研究。吴琦，湖南师范大学文学院2018级硕士研究生。

关于这一概念的最早出处，学界一般认为是史学家谈迁在清顺治十一年（1654）最早提出的[①]。这其实还可以追溯到明代崇祯年间，湖海士为周清原的小说集《西湖二集》作序云："清原唯唯而去，逾时而以《西湖说》见示……"[②]此处"以《西湖说》见示"照应后文的"以小说见"，《西湖说》之"说"显然是指小说。"西湖说"应当是"西湖小说"被无心脱落或有意简省的结果，因此，"西湖小说"概念的最早出处可以追溯至此。到了清代顺治年间，谈迁才正式提出了完整的"西湖小说"概念，其《北游录》载："壬辰，观西河堰书肆，值杭人周清源（原），云虞德园先生门人也。尝撰西湖小说。噫！施耐庵岂足法哉！"[③]此处的"西湖小说"与湖海士称呼的《西湖说》一样，特指周清原以"西湖"命名的小说集。

明代流行一种观点，认为施耐庵是杭州人，如高儒《百川书志》著录："《忠义水浒传》一百卷，钱塘施耐庵的本，罗贯中编次。"[④]郎瑛《七修类稿》称《水浒传》"乃杭人罗本贯中所编……钱塘施耐庵的本"[⑤]，胡应麟《少室山房笔丛》记载："武林施某所编《水浒传》，特为盛行。"[⑥]崇祯年间，雄飞馆将《水浒传》与《三国演义》合刻的《英雄谱》也署为"钱塘施耐庵编辑"。《水浒传》残存杭州方言的诸多痕迹，宋代杭州的勾栏瓦肆孕育出一系列早期的水浒故事，"征方腊"故事发生地就在西湖及杭州。谈迁作为杭州籍史学家[⑦]，将前辈"乡贤"施耐庵和《水浒传》作为褒扬同乡周清原和西湖小说的参照，而非选择史家更关注的《三国演义》

---

① 刘勇强：《晚明"西湖小说"之源流与背景》，见陈平原等编：《晚明与晚清：历史传承与文化创新》，湖北教育出版社2002年版，第389页。孙旭：《西湖小说与话本小说的文人化》，《明清小说研究》2003年第2期，第19页。

② ［明］湖海士：《西湖二集序》，《西湖二集》附录，周楞伽整理，人民文学出版社1999年版，第566页。

③ ［清］谈迁：《北游录》卷三《纪邮上》，中华书局1960年版，第65页。

④ ［明］高儒：《百川书志》卷六《史·野史》，《百川书志·古今书刻》合订本，古典文学出版社1957年版，第82页。

⑤ ［明］郎瑛：《七修类稿》卷二十三《辩证类·三国宋江演义》，上海书店出版社2009年版，第246页。

⑥ ［明］胡应麟：《少室山房笔丛》卷四十一《庄岳委谈下》，中华书局1958年版，第571页。

⑦ 谈迁是海宁人。海宁在唐武德七年（624）并入钱塘县，五代属吴越国杭州，北宋属两浙路杭州，南宋属临安府，元贞元年（1295）升盐官州，天历二年（1329）改名海宁州，属杭州路。明洪武二年（1369）降格为海宁县，属杭州府，在清乾隆三十八年（1773）复升为州。可见，海宁在历史上长期（包括谈迁所处的明末清初时期）隶属于杭州。

之类的历史小说，显然是着眼于作品相同的作者籍贯和地域因素。谈迁的史家眼光和地域意识启发我们在两点连线的基础上再延展及面，引出一个长久未被关注的庞大的西湖小说家群体，以及薪火相传的西湖小说创作。宋代至清末活跃着数十位好以“西湖”为名号的小说家，如西湖渔隐、西湖墨浪子、醉西湖心月主人、西湖义士、西湖野臣等；还有大量小说以西湖命名，如宋元时期诞生了《西湖三塔记》《绿窗新话·邢凤遇西湖水仙》《夷坚志·西湖女子》等，尤其是明清时期，涌现出《西湖一集》《西湖二集》《西湖佳话》《西湖拾遗》《西湖遗事》《新西湖佳话》等诸多明确标示“西湖”的小说集。历代还有很多小说虽然未在篇名上明示西湖，但也是西湖小说的重要组成部分，如南朝的《续齐谐记·徐秋夫治鬼病》，明清小说集《剪灯新话》、“三言二拍”、《无声戏》《虞初新志》中的诸多篇目，还有《麴头陀传》《鸳鸯配》《醋葫芦》《集咏楼》《学究新谈》等众多章回小说，生生不息。一些西湖小说还被传至日本和朝鲜，如日本文化二年（1805）诞生了日文刊本《通俗西湖佳话》。

我们根据中国古代小说史上的“西湖”现象，在谈迁和湖海士的认识基础上，将西湖小说界定为以杭州西湖为重要的故事发生地，且出现西湖场景的小说。我们十分注重西湖场景的因素，是因为在文化史上，古人非常注重西湖作为杭州的地理标志和象征意义，如苏轼强调“杭州之有西湖，如人之有眉目”①。唯有如此，才能更全面、真切地反映小说史对西湖与小说关系的观照和认同，帮助我们认识杭州西湖在中国古代小说史上的特殊地位和深远影响，从而发掘西湖小说的地理空间要素，及其在文学地理与地域文学研究中的重要价值。

陈寅恪先生指出：“苟今世之编著文学史者，能尽取当时诸文人之作品，考定时间先后，空间离合，而总汇于一书，如史家之长编之所为，则其间必有启发。”②文学史书写与文学研究应该着眼于特定的时空，将“时间先后”与“空间离合”两相融合。英国著名文化地理学家迈克·克朗也认为：“地理学与文学同是关于地区和空间的写作，都具有非常重要的意义。”③然而，由于“编年史”书写的强烈情结与强大惯性，传统的文学研究过于偏重单向线性的时间维度，“我们过去

① ［宋］苏轼：《杭州乞度牒开西湖状》，见《苏轼文集》卷三十，中华书局1986年版，第864页。

② 陈寅恪：《元白诗笺证稿》，生活·读书·新知三联书店2001年版，第9页。

③ ［英］迈克·克朗：《文化地理学》，杨淑华等译，南京大学出版社2007年版，第40页。

基本上都是侧重从时间维度研究文学，对空间维度重视不够”①。因此，蒋寅先生认为“文学的地域性研究逐渐成为学界关注的热点问题，将文学视为发生在一定空间场域中的现象，成为一个考察文学问题的新视角”②，地理空间维度被认为能带来视角、方法和理论革新的重要因素而备受关注。明清西湖小说以鲜明的地域特色在中国古代小说史上独树一帜，它的地域书写与空间构建尤其令人瞩目。这种书写与建构的重要方式就是运用本土化的小说语言。文学是语言的艺术，文学作品的地理空间要素都是以语言为载体的，“语言在文学作品的地理空间建构中起着至关重要的作用”③。明清西湖小说有意识地追求语言本土化，适当使用方言，增强了作品的地域色彩，正如蒋寅先生所说：“一个地域的人们基于某种文化认同——种姓、方言、风土、产业及在此基础上形成的价值观和荣誉感，出于对地域文化共同体的历史的求知欲，会有意识地运用一些手段来建构和描写传统。”④明清西湖小说语言本土化给读者带来了强烈的场景现场感、感情归属感与文化认同感，具有非常重要的研究价值。本文讨论明清西湖小说语言本土化的具体表现与主要作用，以探究其地域书写与空间构建的重要意义。

二、明清西湖小说语言本土化的具体表现

明清西湖小说在地域文化的浸染下，运用本土化的语言是其地域书写与空间构建的重要手段。潘建国先生认为：“乡音（并非仅指作家的出生地方言，也包括作家长期生活地方言）及其与乡音相对应的思维方式，是浸透作家血液之中的文化基因，即便在他以通语或官话编创小说之际，也会不自觉地流于笔端。”⑤在明清西湖小说中，方言有时会无意识地流淌而出，就如《醋葫芦》第二回总评所说：“每于急语中，忽入以方言，酷肖杭人口吻。”⑥杭州的方言在南宋受到北方移民的深刻影响，

① 杨义：《重绘中国文学地图的方法论问题》，《学术研究》2007年第9期，第129页。

② 蒋寅：《一种更真实的人地关系与文学生态——中国古代流寓文学刍论》，《中国文化研究》2012年第3期（秋之卷），第19页。

③ 曾大兴：《文学地理学概论》，商务印书馆2017年版，第172页。

④ 蒋寅：《清代诗学与地域文学传统的建构》，《中国社会科学》2003年第5期，第171页。

⑤ 潘建国：《方言与古代白话小说》，《北京大学学报》（哲社版）2008年第2期，第112页。

⑥ ［明］西子湖伏雌教主：《醋葫芦》，上海古籍出版社“古本小说集成”本1985年版，第62页。

形成了一种混合型方言，在吴语区非常独特。明清西湖小说中的语言带有鲜明的杭州本土化色彩，大量运用杭州方言、俗语与民歌，富有地域风情与生活气息。其具体表现如下：

第一，明清西湖小说的语言富有杭州风情和生活气息。其大量使用直接源于杭州百姓日常生活的方言、俗语和民间歌谣，生动鲜活地记录了这座城市的精神面貌与风土人情。即便是经过小说作者的提炼加工，或是在作品流传中几经改编，它们依然在不同程度上保留着原汁原味，在时过境迁中并未褪去本色。即使是只言片语，也能感受到昔日杭州的生活面貌和时代特色，点点滴滴中可见一个丰富鲜活、色彩斑斓的世界。参照鲍士杰编《杭州方言词典》（江苏教育出版社1998年版）、闵家骥等编《简明吴方言词典》（上海辞书出版社1986年版），我们发现明清西湖小说大量运用杭州方言词汇，试举几例便可略见一斑：

（一）名词

1. 买农具家生。（《喻世明言》第二十六卷《沈小官一鸟害七命》）

家生：家具。

2. 当时有一个破落户，叫做王酒酒，专一在街市上帮闲打哄……（《警世通言》第三十三卷《乔彦杰一妾破家》）

破落户：地痞无赖。

（二）动词

1. 一个后生朋友，唤了一只游船，拉了闻人生往杭州耍子，就便往西溪看梅花。（《初刻拍案惊奇》第三十四卷《闻人生野战翠浮庵》）

耍子：游乐、玩耍。

2. 从来只有男家求女，那里有女家求男？休的推逊则个！（《西湖二集》第十卷《徐君宝节义双圆》）

休的推逊则个：不要再拒绝了。

（三）形容词

1. 到是越晏些越好。（醒世恒言》第三卷《卖油郎独占花魁》）

晏：晚、迟。

2. 凡事胡芦提过去。（《醋葫芦》第九回）

胡芦提：糊里糊涂。

（四）副词

1. 忒没正经了。

忒：太。（《麴头陀传》第二十一则）

2. 也是合当有事。

合当：恰巧。（《型世言》第二十六回《吴郎妄意院中花　奸棍巧施云里手》）

（五）代词

1. 你辈见侬底欢喜。（《西湖二集》第一卷《吴越王再世索江山》）

侬：我。

2. 怎么恁地说？（《鸳鸯配》第九回）

恁地：这样。

许多杭州方言词汇源远流长，如“家生”早在南宋吴自牧的《梦粱录》中就有记载：“家生动事如桌、凳、凉床、交椅……”[①]“破落户”，据明代田汝成《西湖游览志余·委巷丛谈》载，在杭州，“撒泼无赖者，谓之‘破落户’”[②]。这一称呼早在南宋潜说友编纂的《咸淳临安志》中就已出现：“绍兴二十三年四月甲戌，上谓大臣曰：‘近令临安府收捕破落户，编置外州，本为民间除害……’”[③]这些方言词汇一直活跃在杭州人的日常口语中，具有强大的生命力。

还有一些方言词汇体现出杭州话在吴语区的独特性。如“侬”是吴语中最具代表性的特征字之一，在古吴语和现代吴语中有四种意思：你、我、他、人。上海、宁波、绍兴等地表示“你”，南部吴语区表示“人”[④]。西湖小说当中则是指“我”，如《西湖二集》第一卷《吴越王再世索江山》中，钱镠用乡音所唱“你辈见侬底欢喜”中的“侬”是指“我”。《西湖二集》第二十三卷《救金鲤海龙王报德》中，杨铁崖所作《西湖竹枝词》诗句“楼船无柁是郎意，断桥无柱是侬心”，“侬”也是指“我”。

明清西湖小说还大量引用富有杭州风情和生活气息的俗语。如《西湖二集》第十六卷《月下老错配本属前缘》中：

① ［宋］吴自牧：《梦粱录》卷十四“外郡行祠”，浙江人民出版社1980年版，第121页。

② ［明］田汝成：《西湖游览志余》卷二十五，上海古籍出版社1980年版，第454页。

③ ［宋］潜说友：《咸淳临安志》卷八九“纪事”，《宋元浙江方志集成》（第3册），杭州出版社2009年版，第1428页。

④ 闵家骥等：《简明吴方言词典》，上海辞书出版社1986年版，第174页。

> 只因他的父母又是蠢愚之人，——杭州俗语道："飞来峰的老鸦，专一啄石头的东西。"——听了皮气球之言，信以为真，并不疑心皮气球是惯一要说谎之人，即时应允。[①]

飞来峰又名灵鹫峰，《西湖游览志》载："飞来峰，界乎灵隐、天竺两山之间……怪石森立，青苍玉削，若骇豹蹲狮，笔卓剑植，衡从偃仰，益玩益奇。"[②]其怪石嶙峋，形状如鸟，张翼欲飞，惟妙惟肖，是西湖畔的一大名胜景观。飞来峰尽管形似老鸦，却是一只展翅不能飞、专一啄石头的石鸦与死鸦，并无生命的活力。小说引用俗语"飞来峰的老鸦，专一啄石头的东西"来比喻朱淑真的父母，嘲笑这对杭州小市民愚昧、昏庸，轻信无赖亲戚"皮气球"的哄骗，将才貌双全的朱淑真嫁给目不识丁、长相畸形的"金怪物"，葬送了女儿一生的幸福。以西湖名胜来比喻杭州市民，生动贴切，易于理解，且富有地域色彩。朱淑真所嫁非人，整日愁眉泪眼、悲苦哀怨，最后郁郁而终。父母按照杭州风俗，不仅将其尸骨火化投于西湖断桥之下，而且烧掉她生前所作的大部分诗词，仅存的百分之一被名士辑为《断肠集》，"朱淑真之名方才惊天动地，人人叹息其薄命。至今杭州俗语道：'大瓦巷怨气冲天者'此也"。朱淑真住在大瓦巷，这条俗语将杭州地名、人物与典故组合而成，别具特色。《喻世明言》第二十二卷《木绵庵郑虎臣报冤》中："常言道：'三姑六婆，嫌少争多。'那媒婆最是爱钱的，多许了她几贯谢礼，就玉成其事了。"[③]这句谚语形象地刻画了市井婆子贪婪无度与见利妄为的形象，富有市井生活气息。又如《醋葫芦》第七回中，都氏拷问翠苔，恶狠狠地骂道："小贱人，'买干鱼放生，兀自不知死活！'还不跪着！你与老员外做的好事！"[④]放生是杭州一种浓厚的习俗，西湖上有专门的放生池，买活鱼放生乃是善举。但"买干鱼放生"，不管鱼的死活，显然达不到放生的目的。都氏骂婢女翠苔"买干鱼放生"，是指责她胆大妄为，不顾自己的死活。引用与杭州习俗相关的民谚俗语，富有生活气息和地域风情。

西湖小说中的民歌同样富有越地特色与生活气息。《吕氏春秋·遇合篇》载：

---

① ［明］周清原著，周楞伽整理：《西湖二集》，人民文学出版社1999年版，第266页。

② ［明］田汝成：《西湖游览志余》卷十，上海古籍出版社1980年版，第125页。

③ ［明］冯梦龙著，许政扬校注：《喻世明言》，人民文学出版社1958年版，第329页。

④ ［明］西子湖伏雌教主：《醋葫芦》，上海古籍出版社"古本小说集成"本1985年版，第235页。

"客有以吹籁见越王者，羽角宫徵不谬，越王不善。为野音而反善之。"[①]越王对韵律谨严的中原曲调不感兴趣，却喜欢生动活泼、富有地域风情的越地"野音"。越地民歌丰富多彩，"挂枝儿"就是其中的典型。它是兴起于晚明的时调小曲，冯梦龙辑评《挂枝儿》十卷，"不问南北，不问男女，不问老幼良贱，人人习之，亦人人喜听之，以至刊布成帙，举世传诵，沁人心腑"[②]。此调尤以吴越为胜。这些民歌也被西湖小说采用。如《醒世恒言》第三卷《卖油郎独占花魁》引用了四首"西湖上子弟编出的《挂枝儿》"，如第一首的主题是"单道那花魁娘子的好处"：

> 小娘中，谁似得王美儿的标致，又会写，又会画，又会做诗，吹弹歌舞都余事。常把西湖比西子，就是西子比他也还不如。那个有福的汤着他身儿，也情愿一个死。[③]

这些《挂枝儿》喜欢用"儿"字，这是杭州方言的一大特点。"杭州话属吴语，可是文白异读的字较少（如'问味'声母只读V-，不读M-），儿尾词很发达……"[④]，而且不同于北方方言中的"儿化"音，杭州话的"儿"自成音节，也不同于其他吴语片区的"儿"音[⑤]。此外，这首《挂枝儿》多用短句，节奏明快，曲调欢畅，用反问来加强王美儿的超群才貌，又用西湖、西施等越地名胜与名人来对比映衬，彰显王美儿的巨大魅力。《型世言》第二十六回《吴郎妄意院中花　奸棍巧施云里手》中，街坊里编了一首《挂枝儿》来讽刺吴朝奉极臭极吝，唱道："吴朝奉，你本来极臭极吝。人一文，你便当做百文。又谁知，落了烟花阱。人又不得得，没了七十金。又惹了官司也，着甚么要紧。"[⑥]这些来自民间自编自唱的歌谣，明快欢畅、俚俗质朴、生动形象、妙趣横生，充满了地域风情和生活气息。

端午节赛龙舟是一大盛事，但各地风俗的渊源和状况不同。据南北朝梁代宗懔《荆楚岁时记》杜公瞻注云："斯又东吴之俗，事在子胥，不关屈平也。《越地传》

① ［战国］吕不韦：《吕氏春秋》卷十四《孝行览》，上海古籍出版社1989年版，第111页。

② ［明］沈德符：《万历野获编》卷二十五"时尚小令"，中华书局1959年版，第647页。

③ ［明］冯梦龙著，严敦易校注：《醒世恒言》，人民文学出版社1956年版，第37页。

④ 袁家骅等：《汉语方言概要》，文字改革出版社1989年版，第57页。

⑤ 鲍士杰：《杭州方言词典》，江苏教育出版社1998年版，第19页。

⑥ ［明］陆人龙：《型世言》，上海古籍出版社"古本小说集成"本1994年版，第1134页。

云，起于越王勾践，不可详矣”[1]，认为吴、越两地龙舟竞渡的纪念对象不是屈原，而是伍子胥和勾践。杭州的龙舟竞渡可能受纪念越王勾践卧薪尝胆、操练水军的本土影响，五色龙舟及所唱龙棹歌颇有特色。如《麴头陀传》第三则中：

> 第一队：青龙头尾，口中喷出百道青烟，青旗、青幔、青号衣，青金抹额上插孔雀金翎一根，手执青鳞划楫，口唱青龙棹歌。歌曰："青龙头，青龙尾，龙船斗胜天欢喜。海门潮起映天青，雨顺风调收白米。"

第二队至第五队依次是黄、赤、白、黑等四色龙棹歌：

> 龙头黄，龙尾黄，龙鳞灿烂耀天光。今日江中多快乐，愿祝君王万寿长。
> 龙头赤，龙尾赤，龙船划出天颜悦。大家齐声发棹歌，讨得赏来养老婆。
> 龙头白，龙尾白，五谷丰登太平日。大家齐声发棹歌，上下军民同欢悦。
> 黑龙头，黑龙尾，国泰民安天下喜。大家齐声发棹歌，黑云卷尽紫云开。[2]

据《隋书·地理志》载，楚地竞渡纪念屈原的缘由和情景为："屈原以五月望日赴汨罗，土人追至洞庭不见，湖大船小，莫得济者，乃歌曰：'何由得渡湖？'因尔鼓棹争归，竞会亭上，习以相传，为竞渡之戏。其迅楫齐驰，棹歌乱响，喧振水陆，观者如云，诸郡率然。"[3]两相比较，富有越地特色的五色龙棹歌没有空洞的说教和刻板的宗教仪式感，在幽默诙谐的调侃中表达了杭州人乐观、朴素、实在的生活情趣，敬天、自足、向善的生活哲学与丰收、太平、幸福的生活理想。

第二，通俗质朴、生动隽永。这些方言俗语直接源于杭州百姓日常交流的口头语言，通俗质朴、不加雕饰、浅显易懂却意味深长；对社会生活的概括精到允当，刻画入木三分，批判鞭辟入里；在浅显通俗中见深刻隽永，在明白晓畅中显生动形象。《西湖游览志余·委巷丛谈》说吴歌虽以苏州为佳，但杭州的民歌俗谚"往往

① ［南朝］宗懔著，宋金龙校注：《荆楚岁时记》二十二"舟楫竞渡，采杂药"，山西人民出版社1987年版，第49页。

② ［清］西湖香婴居士著，于文藻校点：《麴头陀传》，人民文学出版社1999年版，第135页。

③ ［唐］魏征等：《隋书》卷三一，中华书局1973年版，第897页。

得诗人之体”[①]。这在西湖小说当中有更加生动的体现，如《喻世明言》第二十九卷《月明和尚度柳翠》中，月明和尚得知玉通禅师因犯色戒而羞愧圆寂，这位得道高僧在感叹时并未引征深奥难懂的佛经禅语，而是采用一句市井俗语：“阿婆立脚跟不牢，不免又去做媳妇。”[②]这句生活俗谚的语境、语义与玉通禅师沾染红尘孽缘的故事相契合，通俗、生动而又深刻地表达了对他的惋惜之情。《醋葫芦》第九回中，成珪与周智正为官司焦头烂额，衙役指点迷津说：“二位员外，都不必慌。古人说得好：‘天大官司，磨大银子。’成员外巨万家计，拼得用些银子，怕有何事做不出来？”[③]这句谚语以“天大”与“磨大”，“官司”与“银子”作比，直观浅显而又生动形象，深刻揭露了官场黑暗与司法腐败。又如《西湖二集》第二十卷《巧妓佐夫成名》中，妓女曹妙哥在谈论科举与官场的一席话中，连用三条俗语：“一日卖得三担假，三日卖不得一担真”，“有钱进士，没眼试官”与“混浊不分鲢共鲤”[④]，都是与市井买卖相关，通俗易懂、生动形象而又深刻精辟地揭露了科场与官场的黑暗腐朽，使秀才吴尔知猛然醒悟。此类例子在西湖小说中十分常见，不胜枚举。

第三，诙谐幽默。西湖小说作者使用方言俗语时，善于利用发音给外地人造成误解，达到诙谐幽默的喜剧效果。如《醋葫芦》第九回中，都氏为了严防丈夫成珪有外遇，每天在他的生殖器上盖印验收。有次出了差错，夫妻便吵闹起来。恰逢一位名叫胡芦提的长官路过，都氏拦轿禀告说：“丈夫与周智私造了一颗假印，打在子梗上边，希图走漏精水，以是瞒着妇人……”胡芦提是个外地人，“到任未久，不谙乡音”，加上昏庸糊涂，办事粗暴简单，小说用杭州方言词将他取名为“胡芦提”，意思是糊里糊涂。这位糊涂官将都氏所言误听为“假印打在紫梗上边，希图走漏精税”[⑤]。偷税漏税触犯了法律，成珪与朋友周智因此被抓去刑讯逼供。在对质如何用紫梗逃税时，都氏称“子梗原在裤子里”，被胡芦提误解为“紫梗在铺子里”。阴差阳错，差役恰巧在成珪的解库里搜出十担紫梗草药。几经周折，这位糊涂官最后

---

① ［明］田汝成：《西湖游览志余》卷二十五，上海古籍出版社1980年版，第447页。

② ［明］冯梦龙著，许政扬校注：《喻世明言》，人民文学出版社1958年版，第432页。

③ ［明］西子湖伏雌教主：《醋葫芦》，上海古籍出版社“古本小说集成”本1985年版，第269页。

④ ［明］周清原著，周楞伽整理：《西湖二集》，人民文学出版社1999年版，第333—334页。

⑤ ［明］西子湖伏雌教主：《醋葫芦》，上海古籍出版社“古本小说集成”本1985年版，第286页。

将其判为“成珪私贩紫草，欺匿国家税课”[1]。因方言误解造成诉讼刑讯，一场闹腾让人忍俊不禁。

《西湖二集》第十四卷《邢君瑞五载幽期》描述了杭州清明节戴柳枝的风俗，有俗语流行：“清明不戴柳，红颜成皓首。”可是小孩子顽皮，方言发音也不准，读成“清明不戴柳，死去变黄狗”，带有诙谐取笑的意味。《西湖二集》第四卷《愚郡守玉殿生春》中，作者在解释“赵雄恁般呆夯，却是为何”时，引用临安街上的孩童在除夕夜绕街唱的《卖呆歌》：“那《卖呆歌》甚为有趣道：‘卖痴呆，千贯卖汝痴，万贯卖汝呆，现卖尽多送，要赊随我来。’”[2]赵雄以为自己刚好碰上“卖呆”，小说称他“竟买了几百担，又赊了他几千担回去，所以做了墨屎的元帅、懵懵的祖师”。后来，赵雄赴京应举，小说称“临安人的口嘴好不轻薄”，纷纷唱歌嘲笑他。关于杭州人喜欢用俗语歌谣嘲笑别人的现象，《西湖游览志余》也说：“杭俗浮诞，轻誉而苟毁，道听途说，无复裁量……身质其疑，皎若目睹，譬之风焉，起无头而过无影，不可踪迹。故谚云：‘杭州风，会撮空，好和歹，立一宗。”’[3]赵雄歪打正着，居然中举，“没一个不笑话，又传出数句口号道：‘赵温叔，吃粉汤；盲试官，没眼眶。中出“天地玄”，笑倒满街坊！’”主考官听到后无地自容，“几乎羞死”。可见，杭州歌谣俗语诙谐幽默，具有很强的讽刺效果与舆论影响力。再如《醋葫芦》第六回中，成珪费尽周折，如愿以偿娶了小妾，西湖上立即流行一曲“莲花落”来打趣他。

> 又有那溜口少年们，和着啰啰连，打起莲花落，把成员外非赞非嘲，半真半假，又不像歌，又不像曲，打趣道：“员外尊庚六十年（啰啰连），今朝娶妾忒迟延（啰啰连啰哩连）。恭此身尽数苏牙雪（啰啰连连流啰），罗天大多应软似绵（啰啰连连流啰哩连啰）。这回纳宠赛神仙（啰啰连），是南极星辰归洞天（啰啰连啰哩连）。斑衣轮着老莱子（啰啰连连流啰），打拐儿公公撑一肩（啰啰连连流啰哩连啰）。也不要忒心欢（啰啰连），只恐老迈风的夫人滴溜酸（啰啰连连流啰）。昨宵才倒葡桃架（啰啰连连流啰），只怕明日生姜又晒干（啰啰

① ［明］西子湖伏雌教主：《醋葫芦》，上海古籍出版社“古本小说集成”本1985年版，第327页。

② ［明］周清原著，周楞伽整理：《西湖二集》，人民文学出版社1999年版，第61页。

③ ［明］田汝成：《西湖游览志余》卷二十五，上海古籍出版社1980年版，第448页。

连连流啰哩连啰）。成员外今朝若动手（啰啰连啰哩连），养个贤郎中状元（啰哩啰连哩啰连啰啰连）。”①

莲花落是一种曲艺表演艺术，以北方的太原莲花落和南方的绍兴莲花落为代表。西湖上流行的这首莲花落具有绍兴莲花落一韵到底的形式。独特之处是每句伴有大量的“啰啰连”式的衬字和声，朗朗上口，音乐节奏感更强。运用噱头是莲花落的重要技巧，这首更是巧妙设计故事情节，在矛盾冲突中展现喜剧场景，又用“葡萄架”“生姜”等日常生活物件来作比或帮助调笑。这种高超的“肉里噱”将噱头、笑料、故事和日常生活结合得紧密得体，趣味盎然。

三、明清西湖小说语言本土化的作用

胡适《海上花列传序》说：“方言的文学所以可贵，正因为方言最能表现人的神理。通俗的白话固然远胜于古文，但终不如方言能表现说话的人的神情口气……方言土话里的人物是自然流露的活人。”②明清西湖小说大量运用方言俗语和歌谣，深得其妙。其作用具体表现为：

（一）使人物语言生动活泼，突出人物的个性

臧懋循说：“人习其方言，事肖其本色。境无旁溢，语无外假。”③在西湖小说中，各色人物脱口而出富有地域色彩的方言俗语，符合他们的身份与性格特征，使人物形象更加丰满传神，显得惟妙惟肖、有血有肉。典耀《〈海上花列传〉整理后记》说：“可能除了方言，一切书面语言都很难把人物的神情表现得如此生动活泼。”④明清西湖小说颇有这种意味，如《醋葫芦》第二回中，都氏对前来帮助丈夫纳妾的说客周智破口大骂：

① ［明］西子湖伏雌教主：《醋葫芦》，上海古籍出版社“古本小说集成”本，第187—188页。

② 胡适：《海上花列传序》，见《胡适文集》（第四册），北京大学出版社1998年版，第408页。

③ ［明］臧懋循：《元曲选·序二》，中华书局1958年版，第4页。

④ 典耀：《〈海上花列传〉整理后记》，见曾朴撰：《海上花列传》卷末，人民文学出版社1982年版，第645页。

啊哟，周智，你不要忒过了分！你是我家五服里，还是五服外？人不识敬，鸟不詈弄。今日谁请你来做说客？我这里用你不着。苍蝇带鬼面，什么样大的脸皮！从来丈夫也十分怕我，不要失了体面去，恐不雅相！①

都氏脱口而出一大串方言俗语，符合这位生活在杭州市井中的商人家庭主妇的身份与口吻，也生动传神地表现出她泼辣凶悍、争强好胜的性格特征。所以，回末总评赞道："每于急语中，忽入以方言，酷肖杭人口吻。"②此类例子在《醋葫芦》中还有不少。另如《西湖二集》卷二十《巧妓佐夫成名》中，妓女曹妙哥谈论科举与官场内幕的一席话中，穿插"骨董"（咕嘟）、"清头"（交代明白）等大量方言词，连用"有钱进士，没眼试官"等数条俗语，还解释了杭州市语"打墙脚之法"，表现了这位久历风尘的青楼女子目光犀利、见多识广，对社会生活有着非常深刻、清醒的理解，所言振聋发聩，使秀才吴尔知"如梦初醒"，"拍手大叫"，自叹弗如。又如《醒世恒言》第三卷《卖油郎独占花魁》中，刘四妈谈论妓女假从良、苦从良、乐从良、趁好的从良、没奈何的从良、了从良、不了的从良，杂以方言俗语，妙语连珠，表现了这位婆子能言善辩、洞察世故的特点。这些方言俗语有助于营造特定的地域环境，使人物形象的个性特征愈加鲜明突出。

（二）增强读者对西湖小说的亲切感与认同感，使读者更加喜爱西湖小说

杭州历来是小说刊刻与消费的中心之一，市场广阔，需求旺盛。西湖小说大量出现与日常生活密切相关的杭州方言、俗语和歌谣，无疑会引起杭州人的强烈共鸣与西湖文化爱好者的浓厚兴趣，增强他们对西湖小说的亲切感与认同感。尽管时空距离已经遥远，但我们至今还是能够感受到本土化语言所具有的强大魅力，由此带给读者的审美享受与文化认同。如《西湖二集》第一卷《吴越王再世索江山》中，钱王衣锦还乡，设宴款待父老乡亲：

钱王乘一时酒兴歌道："三节还乡挂锦衣，吴越一王驷马归。天明明兮爱日辉，百岁荏苒兮会时稀。"钱王歌毕，这些父老都不解其意……钱王觉得欢意不

① ［明］西子湖伏雌教主：《醋葫芦》，上海古籍出版社"古本小说集成"本，第58—59页。
② ［明］西子湖伏雌教主：《醋葫芦》，上海古籍出版社"古本小说集成"本，第62页。

洽，遂换了吴音唱个歌儿道："你辈见侬底欢喜，别是一般滋味子，长在我侬心子里。"歌完，举座赓和，叫笑振席，满座都有金银彩缎酬谢。[①]

钱王用文言与方言歌唱助兴，出现了截然不同的两种效果。第一次所唱诗句虽然模仿汉高祖刘邦还乡所唱《大风歌》，希图展示一代雄主的胸襟、气概与对时空的深刻感受。但过于高深的主题与文雅的词句让乡人难以理解，而且"兮"音是楚歌楚调的流风余韵，让父老乡亲感到陌生，在隔阂与拘谨中当然"欢意不洽"。钱王尽管身居高位、雄霸一方，但浓厚的乡土情结让他迅速意识到场面冷清的症结所在，于是马上放下套话与架子，回乡入俗，用乡音土调唱起本地歌谣，没了"兮"字，多了本土的"侬"音。因此，"举座赓和，叫笑振席"。方言乡音使父老乡亲产生了强烈的亲切感与认同感。小说读者也能有同样的感受，引起强烈的共鸣。

除了杭州方言、俗语与歌谣的魅力外，明清西湖小说对杭州旧地名特别是日常游湖所经线路的记载和描述，同样能唤起人们强烈的亲切感与认同感。如《警世通言》第二十八卷《白娘子永镇雷峰塔》中，许宣游湖的路线是：

许宣离了铺中，入寿安坊、花市街，过井亭桥，往清河街后钱塘门，行石函桥，过放生碑，径到保叔塔寺……别了和尚，离寺迤逦闲走，过西宁桥、孤山路、四圣观，来看林和靖坟，到六一泉闲走……走出四圣观来寻船……这老儿扶许宣下船，离了岸，摇近丰乐楼来。[②]

《醋葫芦》第二回中，成珪一行游湖进香的路线是：

四座肩舆，十六只快脚，一溜风出了涌金门外，来到柳州亭畔……便把船儿摇拢，众皆走上，稍公摇动，不一刻已到了金沙滩，依先乘轿，吩咐大船等候，不在话下，不觉来到九里松，转过黑观音堂，便是集庆禅院……已进了飞来峰，转过灵隐寺侧，便是成氏祖茔……他们来到岳坟……俱到船中。艄子撑出湖中，安童先备了午饭吃过……不觉金乌西坠，玉兔东升，将次船泊岸来，

① ［明］周清原著，周楞伽整理：《西湖二集》，人民文学出版社1999年版，第12—13页。

② ［明］冯梦龙著，顾学颉校注：《警世通言》，人民文学出版社1956年版，第401—402页。

一齐起身。[①]

《警世通言》第十四卷《一窟鬼癞道人除怪》中，吴洪清明出游的路线是：

取路过万松岭，出今时净慈寺里……出那酒店，取路来苏公堤上……南新路口讨一只船，直到毛家步上岸，迤逦过玉泉龙井……下那岭去，行过一里，到了坟头……上驰献岭来……来到野墓园……一程离了钱塘门，取今时景灵宫贡院前，过梅家桥，到白雁池……离了白雁池，取路归到州桥下……[②]

运河上的众多桥梁、西湖畔的诸多名胜、杭州城里的许多老地名，耳熟能详。连缀而成的一系列游览路线是杭州人无数次走过的，轻车熟路。值得注意的是小说还在有变动的旧地名旁用“今时某处”加以说明，如《麹头陀传》第十五则中有“回首至今有四佛庵即其故址”的注释，《西湖二集》第十二卷《吹凤箫女诱东墙》末尾补充说：“至今西湖上名为凤箫佳会者此也。”[③]把虚构的传说与现实的老地名联系起来，在今昔对比中重游故地，让熟悉的“老地方”唤起了本地读者的生活经验，勾起美好的陈年往事或游湖记忆。即使是外地读者，也能在阅读中身临其境，跟随小说的引导神游西湖，也会产生强烈的亲切感与认同感。

（三）表现作者对越曲吴调的喜爱，显示出地域文化的深厚底蕴

吴越曲调渗入明清西湖小说当中，烙上地域文化的鲜明印记，焕发出独特的魅力神韵和地域风情。如《西湖二集》第一卷《吴越王再世索江山》中，钱王的妃嫔每年要回临安扫墓，“钱王以书遗妃嫔道：‘陌上花开，可缓缓归矣！’又未尝不风流也。吴人因此便用其语为歌，含思宛转，听之凄然。杭人遂传为《陌上歌》。后来苏东坡易其词为《清平调》三首”[④]。用吴越曲调来歌唱钱王的名句，原汁原味，“含思宛转”，具有强烈的艺术感染力，带来了“听之凄然”的深切共鸣。因此，杭

① ［明］西子湖伏雌教主：《醋葫芦》，上海古籍出版社“古本小说集成”本，第36—61页。

② ［明］冯梦龙：《警世通言》，严敦易校注，人民文学出版社1956年版，第182—187页。

③ ［明］周清原著，周楞伽整理：《西湖二集》，人民文学出版社1999年版，第210页。

④ ［明］周清原著，周楞伽整理：《西湖二集》，人民文学出版社1999年版，第14页。

州人广为传唱《陌上歌》，甚至引起苏东坡的兴趣，将其改作《清平调》三首，可见其强大的艺术魅力与深厚的文化积淀。又如《西湖二集》第十三卷《张彩莲隔年冤报》中有一首杭州人传唱的《数九歌》：

> 杭州人每以冬至后数“九”：一九二九，相唤不出手。三九二十七，篱头吹觱篥。四九三十六，夜眠如鹭宿。五九四十五，太阳开门户。六九五十四，贫儿争意气。七九六十三，布衲两头担。八九七十二，猫狗寻阴地。九九八十一，犁耙一齐出。[①]

“数九”又称冬九九，是一种民间节气的表述形式。从冬至数起，表示天气寒冷的程度。这首《数九歌》生动有趣。一九二九寒气逼人，以致熟人见面都不敢伸手作揖，只好打声招呼；三九最冷，篱笆被寒风刮得像吹觱篥一样发出高亢的声响；四九依然太冷，睡觉时像鹭鸶鸟一样把头缩起来；五九时候，暖阳普照，各家纷纷打开大门；到了六九，衣着单薄的贫穷孩子也可以随意出来溜达；七九过后，布衣穿在身上感觉太热，只好脱了下来；八九时候，热得猫狗寻找阴凉角落降温纳凉；九九之后，犁耙下地，农耕开始，热火朝天。这首歌谣通俗易懂，将节气、气候等天文地理知识及其对生活生产的影响落实在典型场景当中，生动形象，幽默滑稽，颇具生活情趣。《数九歌》见于元末明初人陆泳《吴下田家志》，明代徐光启《农政全书》，刘侗、于奕正《帝京景物略》也有转引，可见它的深远影响。

总之，明清西湖小说作者在创作中对杭州方言、俗语与歌谣信手拈来，挥洒自如，显示出他们把本土化的语言融入小说创作的强烈爱好与积极态度。以杭州本土化的语言来诉说西湖风情和杭州民众的悲欢离合，原汁原味，富有艺术魅力，加强了西湖小说的地域空间因素之书写建构，在中国古代小说史与方言史上都具有重要研究价值。

---

① ［明］周清原著，周楞伽整理：《西湖二集》，人民文学出版社1999年版，第217页。

文字游戏与叙事写人

——略论中国古代小说特殊语言的运用

石　麟

内容摘要：古代小说的语言，主要分为叙述语言和人物语言两大部分。然而，这两大部分之中，都有一种特殊语言：或以传统诗歌来为书中人物“代言”，或用小曲、酒令等俗文学方式来叙述故事，甚至用象形文字、双关手法来包装下流的描写对象。这些特殊语言的运用，一方面使小说作品变得更为生动活泼，另一方面，又可以产生常规语言很难达到的奇特效用和审美效果。

关键词：小说语言　文字游戏　叙事写人　奇特效果

李渔有言：“各洗尊眸，看演这出无声戏。”（《十二楼·拂云楼》第四回）[①]这种观点，对小说创作语言方面的要求极高。戏曲是一门综合艺术，小说相对于戏曲而言，综合性不是那么强，它只是“纸上春台”的无声戏。然而，如果仅仅从书面语言的角度出发，小说在各种文体之中却是最具综合性的。诚如林钝翁在《姑妄言》卷二十四的卷前总评中所言：“此部书内，或诗、或词、或赋、或赞、或四六句、或对偶句、或长短句、或叠字句、或用韵、或不用韵，虽是打油，然而较诸小说中，无一不备。”[②]

作者简介：石麟，湖北师范大学文学院教授，主要从事中国古代小说和传统文化研究。

① ［清］李渔：《十二楼》，人民文学出版社1986年版，第148页。

② ［清］曹去晶：《姑妄言》，中国文联出版公司1999年版，第1208页。

那么，上述这些特殊语言，甚至某些文字游戏，在中国古代小说作者那儿是怎样做到为叙事写人服务的呢？

一

我们首先来看传统诗歌是怎样为叙事写人服务的。为了更好地说明这个问题，这里所列举的传统诗歌主要不是指作者直接描写或褒贬人物的作品，而是作者代书中人物所写的“作品”。

这种“代言”的诗歌，如果达到高级状态就是“诗如其人”，而不是“千人一腔”。据笔者所知，较早通过书中人物诗作表现其性格心境的是唐代传奇作家牛僧孺，他在《周秦行纪》中“拟作”了薄太后、王明妃、戚夫人、杨贵妃、潘妃、绿珠以及男主人公的“诗作”。

> 太后诗曰：“月寝花宫得奉君，至今犹愧管夫人。汉家旧是笙歌处，烟草几经秋复春。”王嫱诗曰：“雪里穹庐不见春，汉衣虽旧泪痕新。如今最恨毛延寿，爱把丹青错画人。”戚夫人诗曰：“自别汉宫休楚舞，不能妆粉恨君王。无金岂得迎商叟，吕氏何曾畏木强。”太真诗曰：“金钗堕地别君王，红泪流珠满御床。云雨马嵬分散后，骊宫不复舞霓裳。”潘妃诗曰：“秋月春风几度归，江山犹是业宫非。东昏旧作莲花地，空想曾披金缕衣。”再三邀余作诗，余不得辞，遂应命作诗曰：“香风引到大罗天，月地云阶拜洞仙。共道人间惆怅事，不知今夕是何年。”……绿珠乃谢而作诗曰：“此日人非昔日人，笛声空怨赵王伦。红残翠碎花楼下，金谷千年更不春。”①

明末“虞初体”小说选本《虞初志》亦选了这篇《周秦行纪》，于此处有汤若士评：“后诗凄惨，中带风流；王诗忼慷，中带懊恨；戚诗似戏似真，有无穷含意；太真诗如山阳之笛，凄恻动人；潘诗如清江细柳，縠纹自生；僧孺诗则骨清态逸，而其写情酸楚处，如子夜闻商弦，令人肃然而起；绿诗字字俱涕，比诸作更觉凄清。”②也

① ［宋］李昉等：《太平广记》，中华书局1961年版，第4019—4020页。

② ［明］佚名：《虞初志》卷三，北京市中国书店1985年版，第2—3页。

就是说，牛僧孺的拟作达到了诗如其人的境地。

文言短篇小说之王《聊斋志异》中也有这方面的例子，如《连琐》篇："杨于畏，移居泗水之滨。……忽墙外有人吟曰：'玄夜凄风却倒吹，流萤惹草复沾帏。'……乃隔壁而续之曰：'幽情苦绪何人见？翠袖单寒月上时。'"冯镇峦评鬼女连琐诗曰："诗有鬼气。"但明伦评二人诗曰："孤寂如鹜，幽恨如绵，十四字已是写足；杨之续句，特从空处发其余意耳。"[①]

至于章回小说，这方面的例子就更多了。如《三国志通俗演义》中汉少帝刘辨的五言诗句："嫩草绿凝烟，袅袅双飞燕。洛水一条青，陌上人呼羡。……"（卷之一）[②]见双燕之自由，回顾自己被拘禁的惨景，汉少帝以诗句表白当时心境。无独有偶，魏武帝的后裔曹髦竟又重蹈汉少帝覆辙，为司马氏所困，于是这位"高贵乡公"写了一首《潜龙》诗，其心境与汉少帝几无二致："伤哉龙受困，不能跃深渊。上不飞天汉，下不见于田。……"（卷二十三）[③]当然，最令人感伤的还是《三国演义》第七十九回曹植的"七步诗"，诗云："煮豆燃豆萁，豆在釜中泣。本是同根生，相煎何太急！"毛宗冈此处夹批："四句诗赛过一篇求通亲亲表，闻之安得不泪！"[④]所有这些，都是书中人物的处境、心境与作者代拟诗歌的意境高度统一的范例。

《水浒传》第五十回，写勾栏女子白秀英念了一首定场诗："新鸟啾啾旧鸟归，老羊羸瘦小羊肥。人生衣食真难事，不及鸳鸯处处飞！"金圣叹此处夹批："一二句刺入雷横耳，第三句刺入合棚众人耳，到第四句忽然转到自家身上，显出与知县相好。只四句诗，便将一回情事罗撮出来，才子妙笔，有一无两。"[⑤]这首定场诗，不仅写人，而且叙事，"可知一支笔作千百支用"（甲戌本《石头记》第七回朱笔夹批）[⑥]。

《续英烈传》中也有这方面的生动例证。该书第一回写明太祖向皇孙背诵已逝太子的新月诗："昨夜严滩失钓钩，是谁移上碧云头？虽然未得团圆相，也有清光遍九

① ［清］蒲松龄：《聊斋志异会校会注会评本》，上海古籍出版社1978年版，第331页。
② ［明］罗贯中：《三国志通俗演义》，上海古籍出版社1980年版，第38页。
③ ［明］罗贯中：《三国志通俗演义》，上海古籍出版社1980年版，第1103页。
④ ［明］罗贯中、［清］毛宗冈：《全图绣像三国演义》，内蒙古人民出版社1981年版，第784页。
⑤ 陈曦钟、侯忠义、鲁玉川：《水浒传会评本》，北京大学出版社1981年版，第934页。
⑥ ［清］曹雪芹：《脂砚斋甲戌抄阅再评石头记》，上海古籍出版社1985年版，第100页。

州。”太孙随即信口长吟一绝：“谁将玉甲指，掐破青天痕。影落江湖里，蛟龙不敢吞。”明太祖听了，“虽亦喜其风雅，但觉气象近于文人”①。这样一首“拟作”，竟然定下了皇太孙的性格基调。

诸如此类，还有很多。《东周列国志》第九十四回写宋康王强迫韩冯妻息氏入宫从己，息氏不从，作诗明志。蔡元放对此诗连连作批：“鸟有雌雄，不逐凤凰。妾是庶人，（自道本色，妙。）不乐宋王。（扫兴，真是妙歌。）”②《女仙外史》之御阳子尝题南阳诸葛草庐诗二首，其二云：“徒步中山起，艰难帝业迟。英雄方角胜，僭据各乘时。天限三分势，人嗟六出师。先生遗憾在，杜老莫题诗。”③对此诗，再衵批曰：“御阳子以武侯为千古以上之知己，武侯亦以御阳为千载以下之知己，二公均有心事。要知武侯之遇先主，御阳子之遇月君，皆是知己中之有微歉者。夫以盖世之才，尽瘁终身，而事业皆半途而废，精诚相格，宜乎娓娓言之不倦欤！”④

章回小说中，最能以“代言”的诗词歌赋表达书中人物性格心理的当然还是《红楼梦》。林黛玉的《葬花吟》是诗、人、花三者合一，特别符合潇湘妃子及其浓烈的诗人气质。庚辰本第二十七回此处有朱笔眉批：“余读《葬花吟》凡三阅，其凄楚感慨，令人身世两忘，举笔再四，不能加批。”⑤薛宝钗之所作则与黛玉大相径庭，庚辰本第三十七回叙其《白海棠》诗句：“珍重芳姿昼掩门。”旋即有墨笔夹批：“宝钗诗全是自写身分，讽刺时事，只以品行为先，才技为末，纤巧流荡之词，绮靡秾艳之语，一洗皆尽，非不能也，屑而不为也。”⑥其他诸钗的诗作均乃如此：诗如其人。最好笑的是王熙凤，她本大俗人一个，却也能捣鼓出句把“好诗”。

凤姐儿笑道：“我想下雪必刮北风。昨夜听见了一夜的北风，我有了一句，就是‘一夜北风紧’，可使得？”众人听了，都相视笑道：“这句虽粗，不见底下的，这正是会作诗的起法。不但好，而且留了多少地步与后人。就是这句为

① ［明］空谷道人：《续英烈传》，宝文堂书店1986年版，第5页。
② ［明］冯梦龙：《东周列国志》，人民文学出版社1955年版，第717页。
③ ［清］吕熊：《女仙外史》，百花文艺出版社1985年版，第823页。
④ ［清］吕熊：《女仙外史》，百花文艺出版社1985年版，第826—827页。
⑤ ［清］曹雪芹：《脂砚斋重评石头记庚辰校本》，作家出版社2006年版，第543页。
⑥ ［清］曹雪芹：《脂砚斋重评石头记庚辰校本》，作家出版社2006年版，第679页。

首，稻香老农快写上续下去。”（第五十回）[①]

拟话本小说中也有这方面的例证。如《珍珠舶》有一位新进之士奉旨完婚，扬扬得意之情在一首七律的字里行间显露出来：“春风游遍曲江时，三十功名尚未迟。漫道文章空白首，已随鹓鹭向丹墀。金灯赐娶重膺宠，绮阁催妆拟赋诗。寄语嫦娥休企望，好留翠黛画双眉。”（卷二第三回）[②]对这首踌躇满志的“代言”之作，幻庵居士行间批：“一时得意，诗亦流丽可喜。”[③]

像上述这些以传统诗歌来写人叙事的例子，在中国古代小说中可谓不胜枚举。然其中之佼佼者，必须是精确的“代言”，即根据小说作品中某一人物特定的出身、教养、地位、身份、处境来量身定做“作品”。只有这样，才能达到人物特殊语言的最高水平：“人有其声口。”（金圣叹《水浒传序三》）[④]

二

除了传统诗歌以外，古代小说中还有很多通过“俗文学”方式来写人叙事者，这样的独特语言，同样能达到雅俗共赏的绝佳效果。

《红楼梦》第二十八回写贾宝玉等人听妓女云儿唱小曲：“两个冤家，都难丢下，想着你来又记望着他。两个人形容俊俏，都难描画。想昨宵幽期私订在荼蘼架，一个偷情，一个寻拿。拿住了三曹对案我也无回话。”甲戌本此处有朱批：“此唱一曲，为直刺宝玉。”[⑤]其实，这种小曲早在明代小说中就有了：“俏冤家，你当初缠我怎的？到今日又丢我怎的？丢我时顿忘了缠我意。缠我又丢我，丢我去缠谁？似你这般丢人也，少不得也有人来丢了你！”（《二刻拍案惊奇》卷十四）[⑥]当然，“二拍”中这支小曲与《红楼梦》中那支的情调还是有些区别的，这说明《红楼梦》的创作在继承前提下的变异。但在稍后的《蜃楼志全传》中，却有《红

① ［清］曹雪芹、高鹗：《红楼梦》，人民文学出版社1982年版，第686页。

② ［清］徐震：《珍珠舶》，江苏古籍出版社1993年版，第48页。

③ ［清］徐震：《珍珠舶》，江苏古籍出版社1993年版，第56页。

④ 陈曦钟、侯忠义、鲁玉川：《水浒传会评本》，北京大学出版社1981年版，第9页。

⑤ ［清］曹雪芹：《脂砚斋甲戌抄阅再评石头记》，上海古籍出版社1985年版，第234页。

⑥ ［明］凌濛初：《二刻拍案惊奇》，中州古籍出版社1996年版，第157页。

楼梦》直接影响下的另一支小曲："两个冤家，一般儿风流潇洒，奴爱着你，又恋着他。想昨宵幽期，暗订在西轩下，一个偷情，一个巡查。查着了，奴实难回话。……"（第十四回）[①]

拟话本小说中还有一种带蒜酪遗风的小曲，对某些丑恶的人和事进行了辛辣的嘲讽。如《载花船》中商调过曲《黄莺儿》："貂珰班恁豪，奉皇恩，赐紫袍，尚方在握夸荣耀。聘贤良要骁，访材能更麃，原来单取龟如犦。语儿曹，龟身养大，胜似读书高。"[②]这支小曲，对武则天派宫女访壮阳美男子于市井的丑恶行为进行了辛辣嘲讽。更妙的是《鼓掌绝尘》第二十六回，有一套《十供养》的曲子，通过十样寻常物件骂尽社会诸色，如其中之一："这面镜子，好象如今说谎的人。无形无影没正经，一朝对着真人面，这张丑脸见了眼睁睁。"[③]

小曲之外，酒令也经常被小说作家用来塑造人物。这方面，《红楼梦》及其续书仿作大放异彩。仅以"女儿令"为例，《红楼梦》中的呆霸王薛蟠"所作"就令人忍俊不禁，请看"甲戌本"原文带脂批：

> 薛蟠登时急的眼睛铃铛一般，瞪了半日，才说道："女儿悲——"又咳嗽了两声，（朱笔侧批：受过此急者，大都不止呆兄一人耳。）说道："女儿悲，嫁了个男人是乌龟。"众人听了都大笑起来。（朱笔眉批：此段与《金瓶梅》内西门庆、应伯爵在李桂姐家饮酒一回对看，未知孰家生动活泼？）薛蟠道："笑什么，难道我说的不是？一个女儿嫁了汉子，要当忘八，他怎么不伤心呢？"众人笑的湾腰说道："你说的狠是，快说底下的。"薛蟠瞪了瞪眼，说道："女儿愁——"说了这句，又不言语了。众人道："怎么愁？"薛蟠道："女儿愁，绣房撺出个大马猴。"众人呵呵笑道："该罚，该罚！这句更不通，先还可恕。"（朱笔侧批：不愁，一笑。）说着便要斟酒。宝玉笑道："押韵就好。"薛蟠道："令官都准了，你们闹什么？"众人听说，方罢了。云儿笑道："下两句越发难说了，我替你说罢。"薛蟠道："胡说！当真的我就没好的了！听我说罢：女儿喜，洞房花烛朝慵起。"众人听了，都诧异道："这句何其太韵？"薛蟠又道："女儿

① ［清］庾岭劳人：《蜃楼志全传》，百花文艺出版社1987年版，第177页。

② ［明］西泠狂者：《载花船》，长江文艺出版社1993年版，第117页。

③ ［明］金木散人：《鼓掌绝尘》，春风文艺出版社1985年版，第295页。

乐，一根毛毛往里戳。”（朱笔侧批：有前韵句，故有是句。）[①]

薛蟠的性格，就通过这一个小小的酒令得到了成功的状写。更引人注目的是，这个细节描写居然被《红楼梦》的续书和仿作“复制”或“变异”多次。首先看《秦续红楼梦》第二十四卷所写：“薛蟠便先咳嗽了一声，打扫净了嗓子，说道：‘佳人死，房中丢下个小孩子。’众人听了，笑道：‘这也很是的，就这样说罢。’薛蟠又道：‘佳人生，依旧嫌我是个楞头青。’众人又笑道：‘这也不错。’薛蟠又道：‘佳人去，丈母娘来找女婿。’……薛蟠道：‘佳人来，’说了半晌，自己也笑道：‘这两个月的经水又没见他来。’”[②]当然，这种“克隆”《红楼梦》的薛蟠的“女儿令”，在生动性方面是远远不及原著的，但也算对得住呆霸王的基本性格。有趣的是，《红楼梦》之仿作《蜃楼志全传》，里面有一个人物叫春才（谐音蠢材），简直就是薛蟠的嫡系儿孙，而且他也说了“女儿令”，不过只说“女儿怕、女儿喜”两句。请看春才杰作：“春才道：‘女儿怕，肚里私胎栲栳大。’又指着笑官道：‘女儿喜，嫁个丈夫好像你。’”（第五回）[③]更有甚者，在晚清小说《兰花梦奇传》中，这种“女儿令”又被发展为更复杂的模式：

> 银屏道：“我见《红楼梦》上宝玉行的那个《女儿悲》的令，倒还有趣，我们何不照样也说几个顽顽？”宝林道：“很好。”银屏道：“他是悲愁喜乐四字，我想仄声念在口里不好，不如将喜乐换做娇痴，再添上女儿颦、女儿羞，都是平韵，念起来铿铿锵锵，才入调呢！姐姐以为如何？”（第二十一回）[④]

一个小小的“女儿令”，竟然被小说家们玩得花样翻新！但无论如何，这些作品都不同程度地塑造了人物或推动了故事情节。

还有将曲牌连在一起，以一种文字游戏来叙事写人的。如《拍案惊奇》卷二十：“［粉孩儿］对对挑灯，［七娘子］双双执扇。观看的是［风检才］、［麻婆子］，夸

① ［清］曹雪芹：《脂砚斋甲戌抄阅再评石头记》，上海古籍出版社1985年版，第237页。
② ［清］秦子忱：《秦续红楼梦》，春风文艺出版社1985年版，第357页。
③ ［清］庾岭劳人：《蜃楼志全传》，百花文艺出版社1987年版，第57页。
④ ［清］吟梅山人：《兰花梦奇传》，齐鲁书社1990年版，第137页。

称道［鹊桥仙］并进［小蓬莱］；伏侍的是［好姐姐］、［柳青娘］，帮衬道［贺新郎］同入［销金帐］。做娇客的磨枪备箭，岂宜重问［后庭花］？做新妇的半喜还忧，此夜定然［川拨棹］。［脱布衫］时欢未艾，［花心动］处喜非常。”[①]一连串的曲牌连缀，戏谑的是新婚夫妻。再如《许真君旌阳宫斩妖传》(《铁树记》)第三回：“你看这个娃子：头剃得光光乍，江儿水泪汪汪。红衫儿遮不住刮地风，驻云飞望不见香柳娘。却好似离母的雏嫩嫩黄莺儿，又好似失乳的孤单单山坡羊。哭皇天一声声断人肠，浑不是要孩子儿模样。”[②]曲牌而外，连在一起的还有中药名：

> 这小姐生得面如红花，眉如青黛，并不用皂角擦洗、天花粉傅面，黑簇簇的云鬓何首乌，狭窄窄的金莲香白芷，轻盈盈的一捻三棱腰。头上戴几朵颤巍巍的金银花，衣上系一条大黄紫菀的鸳鸯绦。滑石作肌，沉香作体，上有那豆蔻含胎，朱砂表色，正是十七岁当归之年。怎奈得这一位使君子、聪明的远志，隔窗诗句酬和，拨动了一点桃仁之念，禁不住羌活起来。只恐怕知母防闲，特央请吴二娘这枝甘草，做个木通，说与这花木瓜。怎知这秀才心性芡实，便就一味麦门冬，急切里做了王不留行，过了百部。懊恨得胸中怀着酸枣仁，口里吃着黄连，喉咙头塞着桔梗。看了那写诗句的蒿本，心心念念的相思子，好一似蒺藜刺体，全蝎钩身。渐渐的病得川芎，只得贝着母亲，暗地里吞乌药丸子。总之，医相思没药，谁人肯传与槟榔，做得个大茴香，挽回着车前子，驾了连翘，瞒了防风，鸳鸯被底。漫漫肉苁蓉，搓摩那一对小乳香，渐渐做了蟾酥，真是个一腔仙灵脾。(《西湖二集·吹凤箫女诱东墙》)[③]

这么长的一支曲子，通篇都是中草药的名目，而且与一位貌美如花的小姐丝丝入扣。周清源玩起文字游戏来，真可以算得上炉火纯青。然而，这种写法并非始于周某，也不会终于周氏，在他前前后后，还有不少近似的例证。如《咒枣记》第二回，写曹氏产子：“十月将期，只见大大的杜仲，小小的人参，萨员外却着令刘寄奴把乌头上取吊了金银花，乳香前解下了海带，将大腹皮揉了几揉，则见麦门冬大开。须

---

① ［明］凌濛初：《拍案惊奇》，中州古籍出版社1996年版，第205页。

② ［明］邓志谟：《铁树记》，华夏出版社1995年版，第284页。

③ ［明］周清源：《西湖二集》，浙江人民出版社1981年版，第234—235页。

臾之间，产下个丁香子来。”[①]再如《铁树记》第三回写一位十八岁的妙龄女郎：“面搽着白净净钟乳粉，发梳着黑悠悠何首乌。金银花娇的插鬓稀疏，甜蜜蜜露一双丁香奶乳。嫩尖尖良姜手指，光溜溜滑石皮肤。欲嫁槟榔作丈夫，试问取寿高高贝母。”[②]

此类文字游戏写人叙事，贵在“巧”，必须恰切，恰到好处方才妙不可言。

三

其实，通过文字游戏来写人叙事的高妙境界还不在上述两类，而在于一种更特殊的遣词造句。其效果则是以美丽包装下流。之所以如此，实在是因为人类生存于世，最基本的要求就是食欲与性欲，所谓“食色，性也”[③]。饕餮之事，在古代小说中可以肆无忌惮地写，但两性之间那点事，古人写起来可就要遮遮掩掩，“犹抱琵琶半遮面”了。

笔者孤陋寡闻，所知最先以美丽包装下流的并非小说，而是宋玉《高唐赋》中写楚襄王与巫山神女交合的一段话：“旦为朝云，暮为行雨。朝朝暮暮，阳台之下。”[④]从此，“云雨”就成为男女性交的美丽包装。中国古代小说中，涉及“云雨”者，至少有《水浒传》《金瓶梅》《封神演义》《东游记》《隋炀帝艳史》《禅真逸史》《禅真后史》《三宝太监西洋记通俗演义》《包公案》《梼杌闲评》《醒世姻缘传》《杜骗新书》《樵史通俗演义》《醋葫芦》《肉蒲团》《浓情快史》《闹花丛》《金兰筏》《咒枣记》《金云翘传》《姑妄言》《炎凉岸》《水浒后传》《说岳全传》《后水浒传》《麟儿报》《定情人》《英云梦》《锦香亭》《两交婚》《醒名花》《画图缘》《飞花艳想》《归莲梦》《争春园》《玉楼春》《女仙外史》《隋唐演义》《飞龙全传》《野叟曝言》《绿野仙踪》《蝴蝶媒》《薛刚反唐》《红楼梦》《红楼幻梦》《红楼梦补》《绮楼重梦》《五美缘全传》《女开科传》《济公全传》《五虎平西》《后三国石珠演义》《梁武帝演义》《狐狸缘全传》《绘芳录》《蜃楼志》《龙图公案》《合浦珠》《玉燕姻缘全传》《儿女英雄传》

① 肖枫、陈景华：《中华孤本小说》，中国戏剧出版社2002年版，第1695页。

② ［明］邓志谟：《铁树记》，华夏出版社1995年版，第285页。

③ ［宋］朱熹：《四书章句集注·孟子集注》，见《景印文渊阁四库全书》（第197册），台湾商务印书馆1962年版，第167页。

④ ［南朝梁］萧统：《昭明文选》，中州古籍出版社1990年版，第249页。

《彭公案》《续济公传》《岭南逸史》《瑶华传》《碧玉楼》《空空幻》《婆罗岸全传》《绿牡丹》《七剑十三侠》《金台全传》《警富新书》《枕上晨钟》《蜃楼外史》《大汉三合明珠宝剑全传》《赛花铃》《山水情》《蕉叶帕》《跻云楼》《风流悟》《雷峰塔奇传》《天豹图》《花月痕》《九尾龟》《永庆升平前传》《永庆升平后传》《小奇酸志》《于公案》《新世鸿勋》《升仙传》《九尾狐》《海上尘天影》《引凤箫》《守宫砂》《海国春秋》《冷眼观》《清平山堂话本》《喻世明言》《警世通言》《醒世恒言》《初刻拍案惊奇》《二刻拍案惊奇》《型世言》《西湖二集》《珍珠舶》《连城璧》《十二楼》《欢喜冤家》《贪欣误》《醉醒石》《笔梨园》《生绡剪》《一片情》《八洞天》《剪灯新话》《剪灯余话》《花神三妙传》《刘生觅莲记》《寻访雅集》《痴婆子传》《艳异编》《聊斋志异》《新齐谐》《续新齐谐》《夜谭随录》《谐铎》《益智录》《夜雨秋灯录》，等等。

“云雨”之外，男女性交的隐语还有很多，在不同的小说作品中都有自己独特的“说法”。《水浒传》第三十二回宋江道：“但凡好汉犯了‘溜骨髓’三个字的，（芥眉：这个病原是骨髓里带来的，若不犯着他，世出世间何事不可做。）好生惹人耻笑。”[①]括号中所谓“芥眉”，指的是芥子园刻本的眉批。在《白牡丹》中，也有相似的说法：“杀人放火乃是英雄本色，为何想这撒骨髓的勾当？”（第二十一回）[②]甚至老年恩爱夫妻也要给性生活以美丽的戏谑：“有一个人家，老夫妻两口儿，春秋虽高，爱情甚笃。每日更阑人静，辄以金花插银瓶一语，为敦伦暗号。”（《冷眼观》第二十三回）[③]这“金花插银瓶”比“溜骨髓”“撒骨髓”要雅了许多，但更雅的还在唐人传奇小说张鷟《游仙窟》中：

> 须臾之间，有一婢名琴心，亦有姿首，到下官处，时复偷眼看，十娘欲似不快。……五嫂遂咏曰：“新华发两树，分香遍一林；迎风转细影，向日动轻阴。戏蜂时隐见，飞蝶远追寻。承闻欲采摘，若个动君心？”下官谓：“为性贪多，欲两华俱采。”五嫂答曰：“暂游双树下，遥见两枝芳；向日俱翻影，迎风并散香。戏蝶扶丹萼，游蜂入紫房。人今总摘取，各著一边厢。”五嫂曰：“张

① 陈曦钟、侯忠义、鲁玉川：《水浒传会评本》，北京大学出版社1981年版，第604页。

② ［清］洪琮：《白牡丹》，山西人民出版社1993年版，第131页。

③ 阿英：《晚清文学丛钞·小说四卷》，中华书局1961年版，第254页。

郎太贪生，一箭射两垛。”十娘则谓曰：“遮三不得一，觅两都卢失。”[①]

此处所谓“新华”“戏蜂”“飞蝶”“丹萼”“欲两华俱采”“一箭射两垛”，等等，都是男女之间性关系的隐语。这一段写的就是下官企图将妓女十娘和丫鬟琴心一箭双雕同时占有的心理、行为。

对于男女之性器，古代小说也有隐语表达之。男性性器美称为“箫”，女性性器则称之为“眼”。进而言之，“品箫”这种优雅的音乐行为，就用来指代女人吮吸男性性器。这方面的例子很多，如《金瓶梅》第七十三回回目有言：“潘金莲不愤忆吹箫”，张竹坡此回回前批云：“夫吹箫之忆，直透内室乞恩时，故金莲不愤也。”[②]在具体描写中，该书多次涉及“品箫”，如第十回、第十七回、第六十七回等，此不赘引。其他小说也多有这种描写，如：“碧莲此时欲火烧身。只向百顺亲嘴，又用手戏弄其物，却不与他云雨。便马上爬在身上，双手捧定那话，在口里吞放品箫。”(《碧玉楼》第八回)[③]“口弄月箫，宛似清流吹竹。唇沾精液，还同赛外啖酥。”(《载阳堂意外缘》第十二回)[④]“‘夜夜吹箫品玉竹’。痴珠笑道：‘你说个品箫还好。’”(《花月痕》第三十一回)[⑤]“潘金莲品箫、未央生卷舌的戏文儿，你演过么？”(《海上尘天影》第三十二章)[⑥]

相对于优雅的“品箫”而言，对女性性器的表达就更为露骨一些：“入眼”“破眼”。这又分为两种情况，一是直截了当，如《欢喜冤家》第四回《香菜根乔妆奸命妇》写道：

邱妈道：“夫人，此物官女带得几件而来，我因常有相厚的寡居偶然留歇，那夜不曾拿在身边，扫了他的兴，所以日后紧紧带了走的。”夫人道：“无人在

---

① 李格非、吴志达：《唐五代传奇集》，中州古籍出版社1997年版，第25页。

② ［明］兰陵笑笑生：《张竹坡批评第一奇书金瓶梅》，齐鲁书社1987年版，第1122页。

③ ［清］竹溪修正山人：《碧玉楼》，见《明清艳情禁毁小说精粹》，远方出版社1998年版，第347页。

④ 侯忠义、李勤学：《中国古代珍稀本小说续》(第十一册)，春风文艺出版社1997年版，第308页。

⑤ ［清］魏秀仁：《花月痕》，人民文学出版社1982年版，第260页。

⑥ ［清］邹弢：《海上尘天影》，百花洲文艺出版社1993年版，第530页。

此，你借我一看，怎生模样一件东西能会作怪。”邱妈道：“夫人，此物古怪，有两不可看：白日里罪过不可看，灯火之前罪过又不可看。”夫人笑道：“终不能入人之眼了。”邱妈笑道：“惯会入人之眼。”夫人道：“我讲的是眼目之眼。”邱妈道：“我也晓得，故意逗着此要的，……”①

与之基本相同的还有《谐佳丽》第三回：“净海亦笑道：‘贯能入人之眼。’夫人道：‘我说的是眼目之眼。’净海道：‘我晓得也！故意逗着作要。’”②两书相较，《欢喜冤家》稍早，因此，应该是《谐佳丽》模仿《欢喜冤家》。第二种情况是借助围棋术语的“破眼”“点眼”来指代女性性器。如“这里幸得小姐斜飞一着，不然几被秦相公破了眼。”（《梅兰佳话》第二十九段）③再如：“我今天替哥哥代印，来点你这只眼！”（《兰花梦奇传》第二十一回）④

以上这些文字游戏实际上已经涉及“双关”手法，如果是男女性器一起描写，那就更得“双关”到象形文字了。且看下面这段：

周三笑道：“写个‘吕’字就是文明外国礼了。”月峰娇嗔道：“你们到底没出息，我便是好好儿的中国人，怎犯着学他们的文明礼款写‘吕’字，我‘吕’字不高兴写的，要是写一个中国人的‘中’字倒不好吗？”筱岑、周三大喝起采来。……喝采已罢，筱岑道：“这‘中’字写起来只怕样儿不好看，何也呢？你写的一个‘口’字写的很小，我写的一个‘|’字非凡之长，敢是不相称吗？”月峰一披嘴道：“瞎说！不要‘中’字写不成，倒写成了一个‘山’字。”周三大拍其掌道：“妙极了，这个‘山’字如何想出来的呢。”月峰道：“乐不可极，我们喝酒罢！”于是喝着酒。（《商界现形记》第七回）⑤

这里的“吕”就是亲嘴，以此类推，“中”字、“山”字指的什么，读者自可揣摩。还有更下流的，包装也更华丽。前面引过《蜃楼志全传》第十四回中那名歌妓说唱

① ［明］西湖渔隐主人：《欢喜冤家》，春风文艺出版社1989年版，第75—76页。
② 佚名：《中国艳情孤本小说》卷三，内蒙古人民出版社1999年版，第9页。
③ ［清］曹梧冈：《梅兰佳话》，江西人民出版社1989年版，第126页。
④ ［清］吟梅山人：《兰花梦奇传》，齐鲁书社1990年版，第136页。
⑤ ［清］云间天赘生：《商界现形记》，上海古籍出版社1991年版，第52—53页。

的小曲，最后还有几句："吃一杯品字茶，嬲字生花，介字抽斜，两冤家依奴和了罢！"[①]这里的"品""嬲""介"三字，都是性关系中两男共一女的"象形文字"。

古时候，除了男女之间的异性交流之外，还有所谓"男风"，亦即很下流的同性恋。那种被凌辱的男子，或谓娈童，或谓戏子。在有些小说中，又有人叫他们"兔子"。如《绘芳录》第二十九回写道："鲁鹏听了，亦大怒骂道：'反了，反了！而今兔子比谁还大。……难道王爷为一个兔崽子反来恶识爷么？'"[②]这种性关系本来就很不正常了，但还有更令人作呕的场景。一个名叫次襄的男人，为了勾引一个美男子文英成为自己的"兔子"，竟然让自己的妻子去勾引文英。更有甚者，当他在边上偷看到妻子与兔子苟合时，忍不住冲了进去，于是，发生了下面一幕：

> 一日次襄出门，闲步玩景。及回进书馆，不见文英。远听得内厢有人言语，又闻笑声吟吟，便悄悄潜步进房，把身闪在一边，见其妻与文英交合，看得动火，不由分说亦扒上床。三个一串，彼往此来，足足有两个时辰方止。(《闹花丛》第六回)[③]

这种龌龊不堪的场景，描写起来，还真得大费周章。作者仅仅用"三个一串，彼往此来"八个字，就达到可以意会，无须言传的效果。尤其是其中的"串"字，用象形文字的方式解决了费很多言辞方能解决的问题。

古代小说作家，就是这样用象形文字、双关手法来以美丽包装下流，就是这样用小曲、酒令等俗文学方式来叙述故事，就是这样以传统诗歌来给书中人物"代言"。如此方法多多，都体现了小说作家对特殊语言的随心所欲的运用；如此例证多多，都体现了优秀小说作家对文字游戏与写人叙事之关系的烂熟于胸。如果不能熟练掌握这些特殊语言，实在话，当一个小说家是不太够格的。

---

① ［清］庾岭劳人：《蜃楼志全传》，百花文艺出版社1987年版，第177页。

② ［清］西泠野樵：《绘芳录》，北京大学出版社1990年版，第344页。

③ ［明］姑苏痴情士笔，柯素莉点校：《闹花丛》，长江文艺出版社1993年版，第46页。

清末民初商界小说的叙事演变

——从《商界现形记》到《交易所现形记》

徐志平

内容摘要：本文先考察“商界”一词以及“商界小说”名称的发生，再从叙事题材与叙事结构两个方面，比较《商界现形记》与《交易所现形记》，以观察商界小说在清末民初的演变情形。《商界现形记》是晚清唯一以描写金融业为主要内容的商界小说，反映了当时社会的开公司热潮以及金融业纪律的建立。在叙事结构方面，它的“单一情节”结构比起《市声》的连缀式结构，往前走了一步。《交易所现形记》展示了由交易所带出的各种斗智、斗法的场面，商人勇于开创新的金融机构、公（工）会敢和理事会对抗，小职员敢发动罢工，以及因为交易所而造成的许多悲剧，这些题材都是全新的。《交易所现形记》掌握了新时代的写作题材，并且以检讨批判的态度进行创作，是颇为符合“现代性”意义的。它所运用的三线交错叙事结构，其严谨和巧妙，更远非晚清商界小说可以匹敌。从《商界现形记》到《交易所现形记》，叙事题材随着时代不断往前发展，叙事结构也愈来愈摆脱晚清“虽云长篇，颇同短制”的“集锦式”，情节更连贯，结构更缜密。中国近现代小说的叙事演变可能因不同类型小说的特质而有不同情况，本文仅对商界小说进行具体考察，以略窥近现代小说发展的一个面向，对于全面了解近现代小说叙事演变当有一定的帮助。

关键词：商界　叙事　清末民初　商界现形记　交易所现形记

作者简介：徐志平：台湾大学中文系博士，嘉义大学中文系教授。

一、前言

“商界”一词，如同“政界”“军界”“女界”等，是晚清才出现的新词汇。有学者认为，受到西方“合群”观念的影响，“国家这个政治共同体被想象为由各‘界’所组成的一个大的有机体，包括政界、绅界、商界、学界、兵界等。……正是合群观念的影响下，学界、商界、军界、政界、女界等登上历史舞台”①。“合群”的议题，乃严复、康有为率先提出，而由梁启超加以强化。张灏对此有深入研究，他认为：“作为合群思想的一个重要含义，即团结一致的团体精神的进一步发展，群指一个近代国家的公民对他的同胞怀有一种强烈的团结意识，以及具有组织公民社团的能力。”②王中江进一步加以阐释，认为梁启超所说的“合群”，“既包含着与传统社会有别的现代性的‘民族国家’意识，又包含着现代性的民间各种社团组织意识”③。

张之洞在光绪二十八年（1902）九月十六日曾作《札商务局创设商学商会》，开篇即提道：“照得商务实富国之基。泰西以商立国，有商学以考各物制法、各货销路、各国嗜好、各业衰旺；有商会以集思广益、互相联络，故能力厚旺，广设公司。……现欲挽回利权，亟应创设商学商会，以资启发。”④这段文字的意义在于，清末官员已明确认识到商业的重要性，并积极为改善商务做出各种努力。此外，文中还提到将在汉口创设商务学堂和商会公所，“将来商学有成，悉属货殖之通材；商会既广，自有众擎之美利”⑤。所谓“众擎之美利”即来自“合群”之效益。其后商学和商会逐渐成立，商业社团组织意识日益增强，“商界”的概念也渐渐成形。

“商界”概念既兴，“商界”一词开始出现在小说的书名及内文中，如1903年在

---

① 秦方：《新词汇、新世界：清末民初“女界”一词探析》，《清史研究》2014年11月第4期，第96页。

② ［美］张灏：《梁启超与中国思想的过渡1890—1907》，崔志海、葛夫平译，中央编译出版社2016年版，第117页。

③ 王中江：《进化主义原理、价值及世界秩序观——梁启超精神世界的基本观念》，《浙江学刊》2002年第4期，第33页。

④ 张之洞：《札商务局创设商学商会》，《张文襄公全集》第105卷，北京文华斋1928年版，第7—8页。

⑤《札商务局创设商学商会》，第8页。

《绣像小说》连载的《商界第一伟人戈布登轶事》[①]、1907年陈景韩（1878—1965）发表的《商界鬼蜮记》[②]。1908年，姬文出版的《市声》以一阕《贺新凉》开篇，接着道："这一首《贺新凉》词，是商界中一位忧时的豪杰填的。"还说他"有志做个商界伟人"[③]。1911年，《商界现形记》[④]一书出版。

不过虽然"商界"一词屡见，但"商界小说"这个名称则尚未出现。吴泽泉根据《新小说》《月月小说》《小说林》《中外小说林》整理了当时各杂志所标列的小说类型共有54种之多，除了一般常见的社会、历史、言情、家庭、政治、侦探、军事、教育等类型之外，更有法律、航海、国民、哲理、离奇、虚无党等比较罕见的类型，但无"商界小说"。[⑤]王钝根主编的前百期《礼拜六》，在所刊小说的题目上多数会标注类名，诸如伦理、哀情、言情、忏情、痴情、苦情、怨情、艳情、寓言、敌忾、爱国、写实、纪实、别裁、家庭、探奇、探险、滑稽、诙谐、讽世、警世、游戏、折狱、奇侠、任侠、勇武、节义、义侠、神怪、国家、学堂、理想、战事、实业、风俗实事、悲惨记事，等等，可谓琳琅满目，但同样也没有"商界小说"一目。其中比较接近"商界小说"的是第27期刘半农翻译的《橡皮傀儡》[⑥]，以及第86期署名"静江天放"的《橘林主人传》[⑦]，皆标为"实业小说"。此外，姬文的《市声》在李伯元主编的《绣像小说》刊载时，也标为"实业小说"。

范伯群（1931—2017）主编的《中国近现代通俗文学史》采用了"商界小说"一名，但未加以定义，只提到"以商业为题材的小说"，例如："晚清，以商业为题材的小说，数量不多。"又如："民国期间，专注商界的小说也并不多，有的小说涉及

① 此书为译著，译者是忧患余生，参见刘永文编：《晚清小说目录》，上海古籍出版社2008年版，第27页。

② 此书收入《中国近代小说大系》，百花洲文艺出版社1993年版，与《胡雪岩外传》《市声》合刊。

③ 姬文：《市声》，博远出版公司1984年版，第1页。

④ 云间天赘生：《商界现形记》，花山文艺出版社1990年版，又收入"上海滩与上海人丛书"，上海古籍出版社1991年版。依徐扶明所撰《前言》，《商界现形记》最早是在宣统三年（1911）由上海商业会社印行。

⑤ 参见吴泽泉：《中国近代小说观念研究》，中国社会科学出版社2014年版，第160—161页。

⑥ 王钝根主编：《礼拜六》第27期（合印本第3辑）2005年10月，第13—16页。该文为美国作家Edward Eggleston所著，译者署名为半侬。

⑦ 王钝根主编：《礼拜六》第86期（合印本第9辑）2005年10月，第9—13页。

商界，而并非纯粹的商业题材。”[①]可知该书以“商业题材”作为“商界小说”的基本条件。杨虹在《中国商界小说的类型特质及其文化意味》一文中，则以“反映商业经济活动为主要题材、以塑造商人形象为基本目的、彰显商业文化理性”[②]来定义“商界小说”。

本文采用“商界小说”一名，因为“商界”既可以指称“商业界”，也可以指称“商人界”，范围比“实业”“商业”更为宽泛些，也更为周延。但杨氏的定义稍觉缠夹，本文将其简化为：“反映‘商业活动’‘商人形象’‘商业及商人文化’的小说。”

依此定义，“商界小说”在明代已有不少。明代商人地位提高，不再居于四民之末，余英时说：“明代中叶以后，士与商之间确已不易清楚地划界线了。”而商人本身“也意识到他们的社会地位已足以与士人相抗衡了”[③]。因为这样的社会背景，在明代话本小说中，商人一跃成为“社会生活的新主角”[④]。从此以后，反映商业、商人生活的小说渐多，足以成为一种小说类型。而正如陈平原所言：“每种小说类型都有其区别于其他小说类型的基本叙事语法，而这种基本叙事语法又随时间推移而不断演进。”[⑤]

在晚清商界小说中，姬文的《市声》是比较受肯定的。阿英说：“历来写商人的小说是很少见的，在晚清，只有一部姬文的《市声》。”他对《商界现形记》评价不高，谓：“其他如《商界现形记》一类的著作，实际上是无足称的。”[⑥]邱绍雄对《市声》更是高度肯定，认为是“中国近代商贾小说的扛鼎之作”[⑦]。虽然《市声》颇受肯定，但题材较为庞杂，叙事结构“亦与同时期的其他谴责小说一样，全书是由许多可以独立成章的故事连缀而成，并没有一条完整的主线，贯串到底”[⑧]。而《商界现形记》是晚清唯一反映现代金融业的小说，和被称为“第一部中国现代金融业小

① 范伯群主编：《中国近现代通俗文学史》上卷，江苏教育出版社2010年版，第106、108页。

② 杨虹：《中国商界小说的类型特质及其文化意味》，《理论与创作》2010年总第137期，第46页。

③ 余英时：《中国近世宗教伦理与商人精神》，联经出版事业公司1987年版，第107、109页。

④ 欧阳代发：《话本小说史》，武汉出版社1994年版，第207页。

⑤ 陈平原：《千古文人侠客梦》，北京大学出版社2010年版，第169页。

⑥ 阿英：《晚清小说史》，天宇出版社1988年版，第67页。

⑦ 邱绍雄：《中国商贾小说史》，北京大学出版社2004年版，第283页。

⑧ 姬文：《市声·提要》，博远出版公司1984年版，目次前。

说”[①]的《交易所现形记》性质比较相近，比较具有可比性，因此本文选取这二部小说为研究对象，从叙事题材及结构两方面进行比较，以便对于清末民初商界小说的叙事演变情况获得较为具体的认识。

二、叙事题材之演变

（一）《商界现形记》的商业题材及其意义

范伯群主编的《中国近现代通俗文学史》认为《商界现形记》“是一部与商界无多大关系的拙劣中篇”[②]，《商界现形记》是否拙劣可以讨论，但说它“与商界无多大关系”恐非事实。

依据田若虹的考证，《商界现形记》的作者是清末民初著名的小说家陆士谔（1878—1944）。[③]田若虹提出了六项证明，其中最有力的当属第六项：“陆士谔先生曾在所撰之《新上海》《最近上海秘密史》中借主人公梅伯、子玖之口提及此书。”[④]查《最近上海秘密史》（又名《社会秘密史》）第十一回，子玖是这么说的：

> 云翔这句话是确的。他的小说，像《官场艳史》《官场新笑柄》《官场真面目》，都是阐发官场的病源。《商界现形记》就阐发商界病源了。《新上海》《上海滑头》等就阐发一般社会病源了。我读了他三十一种小说，偏颇的话倒一句没有见过。[⑤]

云翔是陆士谔的字，话中提到的《官场新笑柄》《官场真面目》《新上海》等小说确实都是陆士谔的著作，可证《商界现形记》必为陆士谔所撰无疑。

---

① 见江红蕉：《交易所现形记》，中国书店2015年版，封面及扉页。

② 范伯群主编：《中国近现代通俗文学史》，江苏教育出版社2010年版，第108页。

③ 田若虹：《陆士谔小说考论》，上海三联书店2005年版，第243页。下引该书仅注明书名及页码。

④ 《陆士谔小说考论》，第247页。

⑤ 陆士谔：《最近上海秘密史》，新新小说社1910年版，第十一回。按田若虹在引文下注出《最近上海秘密史》第一回，当为第十一回之误。

田若虹说："《商界现形记》与李伯元《市声》、吴趼人《发财秘诀》及托名大桥式羽著的《胡雪岩外传》皆为晚清反映商界活动的力作。阿英均收入《晚清小说丛钞·卷四》。"[①]其说有误，《市声》既非李伯元所撰，阿英的《晚清文学丛钞·小说四卷》（并非《晚清小说丛钞·卷四》）也未收录《商界现形记》（所收为：《冷眼观》《轰天雷》《雪岩外传》《孤臣碧血记》和《孤儿记》）。其实阿英的《晚清小说史》对《商界现形记》评价不高已如前述，阿英还说它是一部"极拙劣的书"，不过他也准确的指出，这部小说"描写的范围，不外是商场与妓院"[②]。

此处先不讨论《商界现形记》叙事手法的工拙，但从内容看，无论如何此书都不会像《中国近现代通俗文学史》所说的"与商界无多大关系"。

杨虹认为商界小说有三个"主导因素"，即经商求利、商海奔波、商场斗智，"它们的共同作用，构成了商界小说的叙事成规，决定了商界小说的类型特质"[③]。不过在笔者看来，她所列举的三个项目，比较像是小说的叙事题材。这三个题材虽然可以说是商界小说的"主导因素"，但不同时期各有侧重。早期（明清时期）偏重描写经商求利的过程以及商人为经商致富而奔波劳苦，商场斗智则更为近现代商界小说所重视。

《商界现形记》的主人公叫作周子言，他是一个上海商人。"他的行业忒多了，综而言之，只消有钱赚他就做。"[④]小说就从周子言想要开一家公司，跑去找他的朋友帮忙想公司的名字开始写起。

然而他想开的只是一个空头公司，并没有明确的经营项目。他求财的手段则是假借商业机密引一个叫作陈少鹤的钱庄少东投资，他再从中牟利。这里所谓的商业机密指的是载运煤油的商轮失事的消息，周子言自称拥有同行皆尚未知悉的"私家电报"。陈少鹤因此误以为运油船触礁，煤油必然看涨，"多买一箱就多发一注财"[⑤]，于是委托周子言大量收购。其实商轮失事新闻早有报道，并非周子言的"独门消息"，且该商轮并非专载煤油，所失煤油数量有限，未必影响油市。但陈少鹤受到周子言的误导，不惜重金，周子言于是大买特买，准备大赚一笔。

---

① 《陆士谔小说考论》，第243页。

② 阿英：《晚清小说史》，天宇出版社1988年版，第73页。

③ 杨虹：《中国商界小说的类型特质及其文化意味》，《理论与创作》2010年第137期，第51页。

④ 云间天赘生著：《商界现形记》，上海古籍出版社1991年版，第2页。下引该书仅注明书名及页码。

⑤ 《商界现形记》，第35页。

小说后半部的主要角色叫作马扁人，他一出场就被塑造成一个顶着绿帽，还跟老婆的外遇对象结为金兰的无耻之徒。在那位“金兰之好”离开之后，扁人落魄无依，来到上海，弄得山穷水尽，幸好遇到老友祁茂承。

祁茂承正打算办“仁实银行”，需要人手，于是重用马扁人。后来他们又找上一位叫作牛楚公的名士，由他出名，果然吸引不少“想发财的老官们”，又由于“五两银子便可以买一零股，二十股为一整股”，“那些小商人、小经纪着实高兴，都拿着辛苦钱凑出来，朝着祁茂承的腰袋里送。”[1]后来牛楚公建议不要办银行，不如“发办一个公司地步来得广阔，题目又觉堂皇。就是要办银行性质的营业，借着公司的名目也可做得”[2]。

“仁实公司”有24位具有选举权的大股东，花了二千多两银子装潢总部，并积极准备到“商部”去注册，确实是有模有样，而马扁人为了公司成立，募款集资、联络穿梭，还费尽心思想要钓“华艮心”这位富少上钩，确实也是“奔波劳苦”。马扁人的手段高明，不但吸引富人来存钱，更向贫民招手，“哪怕一个铜元一角小银都可送到公司中代为存贮，按月结发二分钱利息。譬如一个铜元长存三年，利上加利，到期便可以加倍，直有对本对利的好处。……于是乎大家去存放一角、两角、三元、四元的都有”[3]。马扁人算一算，第一个月就从贫户那里进账五六千两，而来自富户的则不止百倍，真可说是一网打尽。

接着他们还召开临时大会，讨论发行钞票事宜，本来已经在会议中通过了，不料他们指望的金主华艮心忽然离开，公司因此不支而倒闭，“累及了许多的人，商场上大失其信用，被外人耻笑”[4]。

由上可知：《商界现形记》所写的“经商求利”不是“经营商品”求利，而是透过虚假的“商业机密”或空头的“金融公司”；小说主人公的“商海奔波”，不是为了贩卖商品，而是为了设立金融机构而奔波；在“商场斗智”方面，不是写商业竞争或劳资两方的“斗争”，而是绞尽脑汁骗取其他商人或客户的财富。

《商界现形记》写商人、写金融活动，其写作题材符合“商界”小说的定义是毫无

① 《商界现形记》，第103页。

② 《商界现形记》，第104页。

③ 《商界现形记》，第121页。

④ 《商界现形记》，第122页。

疑问的。然而，小说反映的是投机商人以不正当的商业行为牟利的现实，再加上大量有关妓院、酒楼及烟馆的描写，难怪有学者认为："《商界现形记》现形了各种沉溺于勾栏花丛不思进取，只会坑蒙拐骗、冒险投机的商界鬼蜮，实属黑幕派小说。"[①]

其实《商界现形记》不但具有"黑幕派"的性质，也有不少"狭邪派"的成分。但即使如此，就一部出版于1911年的商界小说而言，在题材表现上它还是有几个值得一提的意义。

首先，小说反映了当时热衷于开公司的现象，严亚明指出："甲午战后至20世纪初，随着官督商办股份制企业制度弊端的充分暴露，政府经济政策向发展民办企业倾斜，民营股份制公司企业开始迅速发展，出现了创办私营公司的热潮。"[②]《商界现形记》正是开办私营公司热潮的反映。

其次，清廷于1904年颁布了第一部公司法《公司律》，来年又颁布《公司登记法》，这些法令得到社会的肯定，在五年之内便有272家公司申请注册，"大多数（272家中的153家）都是近代的股份有限公司"[③]。《商界现形记》对于公司注册表现出积极的态度，"这事情办起来非常之体面，直要禀请商部注册，各股东的名字一齐送到部里存记"[④]。"这个商部注册，是万万少不了的。"[⑤]仁实公司发行股票、公开召股、设置股东大会、选举职事人员（总董、总理、协理）、重要议案开会议决等，大体上已符合《公司律》的规范。

小说中有一个新旧金融业的对照，即仁实公司与陈少鹤家钱庄的对比。仁实公司受到法规的约束，股东不能独断独行；陈少鹤家的钱庄则不同，在父亲死后，他大肆挥霍，"老子死了还没终七哩，小老婆弄了五七个，银子十来万丢了"[⑥]。钱庄的老挡手见少主不听劝，气得卷铺盖而去，陈少鹤于是另聘善拍马屁的账房接替其职，任由自己拿钱庄的期票乱花。

钱庄"缺乏自我完善和自身积累的体制"，和银行比较，"一个（钱庄）重人情，

---

① 范晔：《本土视角与边缘维度——近代城市商业小说》，《都市文化研究》2013年第1期，第213页。

② 严亚明：《清末公司制企业的治理与监管》，《东方论坛》2004年第5期，第83页。

③ ［美］费正清、刘广京编：《剑桥中国晚清史》，中国社会科学院历史研究所编译室译，中国社会科学出版社1993年版，第513页。

④ 《商界现形记》，第102页。

⑤ 《商界现形记》，第113页。

⑥ 《商界现形记》，第15页。

一个（银行）重手续”，“钱庄最终竞争不过银行”。[①]在《商界现形记》创作出版前后，钱庄业还很发达，1908年上海一地的钱庄就有115家。[②]然而透过《商界现形记》对“钱庄”失序的描写，似乎预告了“钱庄”业的黄昏。

（二）《交易所现形记》的新兴题材及其现代性

江红蕉（1898—1972）所著的《交易所现形记》原载于1922年初至1923年末的《星期》杂志[③]，距离《商界现形记》出版隔了十一十二年。这十一十二年间上海的工商业和金融业有快速的发展，以上海为背景的商界小说自然也表现出不同的面貌。

上海工商业之所以在这期间发展快速，和第一次世界大战有关。第一次世界大战使得“列强忙于互相争斗，无暇东顾”，上海的工商业得到迅速发展的机会，“棉纺织、面粉、缫丝、卷烟、化妆品、皮革、火柴、机器等业发展尤为迅速。闻名遐迩的上海企业，很多是在此期间开办或得到发展的，如申新纺织厂、福新面粉厂、南洋兄弟烟草公司、先施公司、永安公司，等等，这种发展势头一直延续到20年代初”[④]。20世纪20年代初，正是《交易所现形记》在杂志上连载的时期。

工商业的发展需要资金周转，于是这段时间“新设银行也就如雨后春笋般地增多起来。其中著名的有：中国银行（1912年）、上海商业储蓄银行（1915年）、盐业银行（1915年）、金城银行（1917年）、大陆银行（1919年）、中国实业银行（1919年）、中南银行（1921年）等”[⑤]。

上述的公司多为股份有限公司，银行也大都发行股票，股票交易热火朝天，却一直苦于无制度可以依循，也欠缺固定的交易场所。1914年12月《证券交易所法》公布，1920年5月，经过多年筹划的上海华商证券交易所正式成立、同年7月上海证券物品交易所亦成立，“从此，上海证券物品交易所和上海华商证券交易所在上海证券市场并存且相互竞争的时期开始来临”[⑥]。由于这两间交易所发展迅速，股价飞涨，

① 洪葭管：《20世纪的上海金融》，上海人民出版社2004年版，第59、70页。

② 洪葭管：《20世纪的上海金融》，上海人民出版社2004年版，第58页。

③ 《交易所现形记》未见民初单行本，一直到20世纪末，汤哲生《交易所真相的探秘者——江红蕉》，南京出版社1994年版，才全文收录；2015年北京中国书店《中国历代商人白话小说》亦加以收录。

④ 张仲礼主编：《近代上海城市研究（1840—1949）》，上海人民出版社2014年版，第11—12页。

⑤ 洪葭管：《20世纪的上海金融》，上海人民出版社2004年版，第21—22页。

⑥ 刘逖等：《上海证券交易所史（1910—2010）》，上海人民出版社2010年版，第85页。

各行各业纷纷设立交易所，1921年9月上海已有交易所79家，年底更达到140家，终于引发“信交风潮”。

信交风潮爆发的原因，乃是“在暴利的引诱推动下，（资金）（括号内为笔者补）一齐涌向股票市场，不问缘由，盲目跟风。更有不少的人套用银行、钱庄信用，以小搏大，以虚带虚。狂热的股票投机，使市面资金遂感缺乏，1921年，钱银业为资金安全计，开始收缩资金，抽紧银根。投机者措手不及，资金周转不灵，告贷无门，破产者十之八九。累及效应，先是股票价格大跌，后是交易所、信托公司大量倒闭，‘信交风潮’由此破灭”①。

《礼拜六》杂志有不少反映此一风潮的小说，例如第123期署名“少兰”的《交易所之一幕》，开头便说：“近来上海投机事业最流行，最发财的，人人知道股票是最出风头了。而股票中尤以交易所的股票为首屈一指，因为那交易所好像那赌博场一般，往往一个穷措大进去混一混，顷刻之间团团变作富家翁。所以那些想发财的人趋之若鹜，把交易所当作金库一般，好像金钱可随时拾得的。岂知既然有了发财，那么金钱当真是天上落下来的不成，自然是那时运不济的拿出来了。于是倾家荡产的也有，丢掉性命的也有……”文中还描述了交易所内发生的一些怪象，并表达自己的忧心。②后来王钝根也发表《戏代交易所画策》，文中提道：“上海交易所自阴历九月后，渐趋末运。凡新发起者，初开幕者，均无帽子可抢，甚至有第一日开市而股票价已跌至票面以内者。于是一般发起人之手执大宗股票希图飞涨者，咸大失望。”③此文发表于1921年12月17日第140期，同期还刊载了李绣斧女士的《交易所竹枝词八首叠韵》，以及蝶庵的《一个考交易所的鬼》等文章。

周瘦鹃也在《礼拜六》发表了两篇和交易所投机失利有关的小说，一篇是124期的《代罪》，另一篇是126期的《旧约》。④这两篇小说以及前述有关交易所的文章，等于是当时交易所影响市民生活的实况报道，具有相当大的认识价值，可以提供研究“信交风潮”事件之参考。

以上便是《交易所现形记》的创作背景。

---

① 刘逖等：《上海证券交易所史（1910—2010）》，上海人民出版社2010年版，第92页。

② 王钝根编：《礼拜六》第123期（合印本第12辑），第7—12页。

③ 王钝根编：《礼拜六》第140期（合印本第13辑），第48页。

④ 王钝根编：《礼拜六》第124期，第1—8页；第126期，第1—8页。（皆收录在合印本第12辑）

小说从商界大佬开始筹备上海的第一个交易所写起，一直写到信交风潮发生，交易所纷纷倒闭为止，题材始终围绕着“交易所”，包括筹备的过程、股票交易的实况与弊端、交易所内部的钩心斗角、新闻界对交易所的勒索、不同交易所之间的纠葛，以及股票投机造成的社会事件，等等。可见其所反映并不局限于交易所本身，而是以交易所为中心，辐射了民国十年前后上海社会的种种面貌。孔庆东（1964— ）将它和包天笑（1876—1973）《上海春秋》、毕倚虹（1892—1926）《人间地狱》等相提并论，认为它们均表现出“大规模描写中国社会”的气魄[①]，此一说法是符合事实的。

从前述商界小说的三个关键题材来看，如同《商界现形记》《交易所现形记》也没有“经营商品求利”的描写，其“商海奔波”也是为了设立金融机构而奔波，两部小说最大的不同，在于“商场斗智”部分。《交易所现形记》中的斗智不再是“坑蒙拐骗”，而已经朝商业竞争及劳资斗法方向发展而更具现代性了。

小说中筹办上海第一个交易所的商人叫作郁谦伯，“他在上海所做的大小事业倒也着实不少，什么纱厂、麦粉厂、大商店、轮船公司、银行、保险、医院，以及慈善园、孤老院，都有他的份儿”[②]。但小说的重点不在于他的这些事业，而是他筹办交易所的过程及其引起的一连串社会效应。万事开头难，为了成立大家都不熟悉的交易所，他努力进行游说，“又因为立案很不容易，谦伯单为这事奔走了一年零三个月，用去了二十余万交际费、磨墨费、执笔费种种，才批着了一个‘准’字”[③]。可见他也有不少“奔波”，只是并非在“商海”中奔波罢了。

“商场斗智”才是《交易所现形记》最精彩的部分，“斗”就是“争胜”，小说一开始就表现出竞争性。当时上海只有日本人办的“取引所”，好处都被日本人拿走了。郁谦伯办“中国交易所”[④]的目的之一就是想和日本人竞争，他向众人表示：“我想发起一个交易所，一则来是平准市价，提倡实业；二则来就是有输赢，也是中国人与中国人赌，……也是挽回利权的一道。”[⑤]金耀基曾引用白兰克（C. E. Black）

① 孔庆东：《1921谁主浮沉》，重庆出版社2009年版，第156页。

② 江红蕉：《交易所现形记》，中国书店2015年版，第3页。本文引用此书皆采此一版本。下引该书仅注明书名及页码。

③《交易所现形记》，第22页。

④ 原作“支那交易所”，此依中国书店本。

⑤《交易所现形记》，第11页。

的术语，谓："中国的现代化是一种'防卫的现代化'。"[①]交易所的成立是中国金融业走向现代化的一大步，其动机则是为了不让日本人垄断证券市场，正反映了中国现代化的"防卫"性。

后来中国交易所的股票大涨，谦伯却感到忧心，道："我发起这交易所的本意，原以平准价格、流通货物为宗旨，现在却变了赌场，哪里是我意之中所想得到的么！"[②]可见郁谦伯是一个比较有理想、抱负的商人。杨虹认为包含《交易所现形记》的一批商界小说，对于近代历史上"民族工商业者在现代历史舞台上激情而悲壮的演出……有所展示"[③]，郁谦伯的表现确实有着"激情而悲壮"的成分，但这句话未必适用在小说中的其他商人身上。

中国交易所的成功，让不少人眼红，股票商祝锐夫于是积极发起"公债交易所"，打算"与中国交易所斗机诈，好决一雌雄"[④]。然而他思考"怎样与中国交易所对敌"[⑤]的动机在于攫取暴利，公债交易所筹备时就在属于公司的"公积股"和可以在市面上流通的"公募股"的分配上作文章，"公募股一少，大家没有如愿以偿，以为流通股极少，股价就可以日涨夜大，便钻头觅缝要买。我们待涨到一个相当价格就暗暗把公积股出松。公司便不费吹灰之力，可以大大赚一笔钱"[⑥]。公债交易所不想在公司经营和业务发展上和中国交易所"决一雌雄"[⑦]，股票还未上市就和股民们"斗机诈"，其纠纷不断，暴起暴落是很自然的结局。

整部小说最激烈的"斗争"即发生在公债交易所内部，斗争的双方是理事会和经纪人公会。斗争的导火线是35号经纪人发现账面上的错误向计算科要求更正，计算科长汪子文不认错，还认为经纪人态度不好，威胁要把他开除。查账之后，汪子文发现果然是自己科里的错，其实他只要认错更正就没事，但为了面子，故意刁难经纪人说账单上漏盖了场务科的章，请经纪人去补章回来他就改账。35号经纪人非

---

① 金耀基：《中国的现代化》，载《中国文明的现代转型》，广东人民出版社2016年版，第20页。

② 《交易所现形记》，第68页。

③ 杨虹：《现代性与中国商界小说的叙事沿革》，《上海商学院学报》2011年第5期，第47页。

④ 《交易所现形记》，第28页。

⑤ 《交易所现形记》，第29页。

⑥ 《交易所现形记》，第48页。

⑦ 第八回透过计算科长汪子文之口形容公债交易所说："这里各事都是因陋就简，气局很小，就像市场，在四马路租两幢店屋，装一只台，便开幕拍板起来了，真是草率非常。"第111页。

常生气，因为平常为了方便，这个章是可以省略的，于是向理事会抗议。理事长祝锐夫一溜烟跑了，常务理事何松涛站在汪子文这一边，也要求经纪人去补章，经纪人表面上答应，出去后却召集经纪人开临时会去了。

照规定经纪人公会会议必须有理事会的人列席，经纪人说他们是开谈话会，把理事会的人赶出去。会议的内容作者卖了关子，只写会后20号经纪人也去改账，而汪子文得了教训不再刁难，谁知便中了经纪人的计。等到开市，有三十几个经纪人联合“放空”（大量抛售向券商融券的股票逢低再买回赚取差价），造成股价大跌，只好停市。隔天这批经纪人纷纷来支取“差金”，会计科付不出这么多钱，出纳员只好向理事会求救。理事会无奈，只好把经纪人公会会长请来商量，会长态度强硬，提到为何35号经纪人改账要补章，20号却又不用？理事会被抓到小辫子，只好让步，同意差金照付，并将整顿计算科，但未来公会也不得再故意扰乱股市，这才平息了一场纠纷。

然而这件事情还没有结束，公司要汪子文离职，汪子文不满自己被牺牲，“难道就算被他们驱逐的不成，非得给一个反动力和他抵抗抵抗，才知道我汪子文不是好惹的”[①]。由于计算科的成员大多是他的学生，他们要求理事会留下汪子文不成，宣告全体罢工，造成三天停市，后来全部被开除。祝锐夫请了一批旧式做账房的人进来，勉强开市，错误百出，损失不小。

这一场经纪人公会与理事会之间的斗法，占了全书十四回中的整整两回，即七分之一的篇幅。劳资双方，尔虞我诈，最后以资方大败收场，还留下公司内部组织分裂的后遗症。所谓冰冻三尺，非一日之寒，公债交易所以攫取暴利为目标，不肯正派经营，垮台只是迟早的事。

后来陆续成立的半夜交易所、中国棉纱交易所、上海棉物交易所、上海麦粉交易所、亚洲杂粮交易所、中西证券交易所等，同样都是抱持“捞一票”的目的，后来全都倒闭收场，自是咎由自取。

无辜的却是无知的股民，小说描写在股市投机弄得债务缠身而自杀的有《平言报》经理朱铁铮的岳父，以及革命元老戴叔达，他们幸好获救，但也被逼到走投无路。朱铁铮一直在报纸上攻击中国交易所，希望从中讨一点好处，后来见到岳父的下场，“暗想自己还要去敲他们的竹杠，谁知却间接几乎丧了岳父的老命，不由得天

① 《交易所现形记》，第136—137页。

良发现，很是感触”[①]。然而感触归感触，他并没有改变做法，仍然继续找中国交易所的麻烦，直到被金钱收买为止。

其后医生金慈鸠、一位商业学堂即将毕业的学生，以及西医潘笏臣的妻子接二连三为了股票而丢掉性命。金慈鸠是吞鸦片自杀的，其他二人则是上吊，潘笏臣的妻子甚至是在交易所内，“紧在经纪人所立栏杆上缢了”[②]，其画面之悚人可以想象。就像书中人物对金慈鸠的批评：“你想象这样没用的人，怎能与交易所里油天滑地的商人角逐呢？”[③]的确，在汪洋股海中，一般百姓又怎么斗得过那些滑头商人呢？

《交易所现形记》也有对妓院和妓女的描写，但都会扣回股票交易这个主题，例如说妓女们“自从做着了交易所客人，真似接到了活财神一般”[④]，又如和妓女打情骂俏时在她的口袋里搜出“股款收据”[⑤]。小说最后写到交易所纷纷倒闭，各行各业受到影响，只有一些相关行业，如房主、木器店、水木作、漆匠、印刷店、律师、翻译等捞了一笔，但“大都用到窑子里去”，然而问那些“红倌人”，也都说“没有多一件首饰，也没积了些私房”[⑥]，大概也都放到股市去了。

其实喝花酒是当时商界现实的反映，祝锐夫曾说：“上海人都是如此，要是不吃花酒，连芝麻绿豆大的事情也不肯光顾，哪还肯你听你讲什么呢？”[⑦]对此，郁谦伯是不以为然的，他说：“你既有正事，何妨在一处正当的所在谈谈，何必一定要学上海人，遇到有正经事须到堂子里讲呢！”[⑧]谦伯是小说中具有正面形象的人物，作者实借其口，表达对于“在堂子里讲正经事”的不认同。

总之，和《商界现形记》相比，《交易所现形记》的妓院、妓女描写不但有照应主题的作用，而且是带着批判性的。

《交易所现形记》所展示的主要是一幕幕由交易所成立带出的各种斗智、斗法的场面，不但写实且富于开创性、叛逆性和批判性。有理想的商人勇于开创新的金融

① 《交易所现形记》，第39页。

② 《交易所现形记》，第185页。

③ 《交易所现形记》，第65页。

④ 《交易所现形记》，第97页。

⑤ 《交易所现形记》，第146页。

⑥ 《交易所现形记》，第188页。

⑦ 《交易所现形记》，第9页。

⑧ 《交易所现形记》，第8页。

机构、公会敢和理事会对抗，小职员敢为表达意愿而发动罢工，这些题材都是全新的，不可能在传统商界小说中出现。可见《交易所现形记》无论是创作意识或叙事题材，都相当具有现代性精神。

关于"现代性"，纪登斯在《现代性与自我认同》一书中提道："'现代性'大略等同于'工业化的世界'，……第二个维度是资本主义，它意指包含竞争性的产品市场和劳动力的商品化过程中的商品生产体系。"①他还说："现代性本质上是一种后传统秩序。"并指出三个现代性的动力，其第三个动力为"制度反思性"。②

前文提及《交易所现形记》创作的时代，正是上海工商业快速发展的时期。事实上，这个阶段也正是中国资本主义市场经济极度扩张的时期，尤其在上海。研究上海经济的学者指出："事实证明，近代上海城市经济是在外国资本主义经济的影响下发展起来的。"③资本主义的意识形态主要包括"私有财产""追求最大利润"，并且以"自由竞争"为其特色。④在《交易所现形记》中，"中国交易所"和"公债交易所"对"最大利润的追求"，以及两大交易所之间的竞争即充分显示其资本主义意识形态特性。

至于小说对于"交易所"成立过程的细写，以及对于建立制度化的努力，正是纪登斯所说的现代性中"制度反思性"的反映。赵一凡认为现代性的本性，"是要张扬一种彻底而无情的反思与批判精神"⑤。整体而言，《交易所现形记》的创作，是对当时以追求私利为目标的"交易所"的种种弊端，及其带来的祸害进行强烈的反思与批判。此外，对于传统商人喝花酒，以及在妓院谈生意的陋习也借人物之口提出质问与批判。

《交易所现形记》的题材表现出一种新时代的风貌，李欧梵说："这种生活在一个新时代的感觉，正如'五四'领袖陈独秀所大力宣扬的，界定了现代性的精

① ［英］安东尼·纪登斯：《现代性与自我认同：晚期现代性的自我与社会》，赵旭东、方文译，左岸文化2005年版，第43页。

② 《现代性与自我认同：晚期现代性的自我与社会》，第49页。

③ 张仲礼主编：《近代上海城市研究（1840—1949）》，上海人民出版社2014年版，第42页。

④ ［美］Donald Light，Jr. Suzanne Keller合著：《社会学》，林义男译，巨流图书公司1991年版，第423、424页。

⑤ 赵一凡：《现代性》，见赵一凡等：《西方文论关键词》，外语教学与研究出版社2006年版，第649页。

神。”[①]如上所述，《交易所现形记》体现的“现代性”精神，确实是相当明显的。

三、情节结构的演变

（一）《商界现形记》的单一情节结构与嵌套

捷克汉学家米列娜（Milena Doleželová-Velingerová，1932—2012）研究晚清小说的情节结构，提出了“连缀式”“循环式”“单一情节”三种类型。

“连缀式”是“各成一单元的短篇故事主题接二连三地出现，因主要行动角色的统一而贯穿全书的布局”[②]。《二十年目睹之怪现状》《老残游记》《孽海花》属于这一类型；《官场现形记》则属于“循环式小说”，该书“所有个别事件皆系循环周期而组织，每一个循环周期只含括特定的一群人物或是一小组的现场，而表现出世纪之交有关官场生活和活动的特别主题。……这些循环周期不仅逐渐揭开社会环境的真相，而且导致特定的结论”[③]。

至于单一情节小说，例如《恨海》，“主要故事不再是别人故事的总集，而是由自身发展出结局。因此即可能产生两种发展状况：第一、主要故事会变得首尾一贯，亦可赋予主角较细腻的心理刻划；第二、轶闻与非行动的静态事件出现的频率将会显著地减少”[④]。

本文“前言”曾经提到，《市声》的结构“是由许多可以独立成章的故事连缀而成”的，因此当属于“连缀式”。而《商界现形记》，则属于“单一情节”类型，它既不是各成单元的短篇故事接二连三出现，也不是一个一个周期循环故事的结合，而是首尾一贯的，的确如徐扶明在重印《商界现形记》的“前言”中所言：“此书在布局上，确实费过思考，有所借鉴，有所创新。”[⑤]

---

① ［美］李欧梵：《上海摩登：一种新都市文化在中国1930—1945》，毛尖译，三联书店2008年版，第51页。

② ［捷克］米列娜（Milena Doleželová-Velingerová）：《晚清小说中的情节结构类型》，谢碧霞译，见林明德编：《晚清小说研究》，联经出版事业公司1988年版，第518页。下引该书仅注明篇目及页码。

③ 《晚清小说中的情节结构类型》，第531—532页。

④ 《晚清小说中的情节结构类型》，第532页。

⑤ 云间天赘生：《商界现形记》，上海古籍出版社1991年版，第4页。

《商界现形记》运用了“倒叙手法”，不过不是《九命奇冤》那种，具有“一起之突兀”[①]效果的倒装，也就是“从中间开始”，使读者如“堕入五里雾中，茫不知其来由”[②]的倒装。比较像陈平原对周瘦鹃《西子湖底》的分析，是“借助倒装叙述讲述来扩大表现时空，实际上所述故事已不再只是片段，把现在场面的描写和过去事件的追忆拼合起来，小说仍然有完整的情节”[③]。《商界现形记》整个后半部（二集九回至十六回）是一个完整的“过去事件”，与前半部结合，情节一贯，仍然属于“单一情节”的叙事结构。

小说的主角叫周子言，钱庄少东陈少鹤是他想要骗取钱财的对象，“周子言诈骗陈少鹤”是为小说前半部的主旋律。周子言品格低劣，为了拉拢商界阔人而在堂子里摆酒请客，陈少鹤不满他巴结其他商人，故意不入席，还把周子言要好的妓女秋云叫到亭子间陪自己抽鸦片烟。周子言虽然受着委屈，但是心里盘算着：“陈少鹤你尽管儿高乐我的相好罢，不怕你不翻倒在我手掌之中。”[④]

之后陈少鹤决定娶秋云回家做妾，忠心耿耿的老挡手苦劝无效，愤而离开。这段情节看似离题，其实是为周子言进一步诈骗陈少鹤作铺垫。由于陈少鹤气走老挡手，换了一个少不更事的新手杜筱岑，周子言才有机可乘。周子言心里想道：“气运红起来直这样的顺溜，原想在陈少鹤身上哄个千儿八百的一票，彀了端午节的开支，也心满意足了，到底还虑着方老头儿从中作梗，少鹤也操不得全权，岂知老天方便，先给我调排开了，接续的又是这个杜筱岑，……如今既是我要交大运了……”[⑤]周子言的内在独白把陈少鹤娶妓女为妾的这段情节，拉回到“周子言诈骗陈少鹤”的主线上来。

接下来周子言双管齐下，一方面利用商轮触礁事件诱骗陈少鹤投资煤油，另一方面把新挡手杜筱岑带去嫖妓、玩戏子，无所不为。眼看骗局即将成功，不料

---

① 有关《九命奇冤》起首叙事之分析，可参考黄锦珠：《晚清时期小说观念之转变》，文史哲出版社1995年版，第354页。

② 语见梁启超：《〈十五小豪杰〉译后语》，原载《新民丛报》第二号（1902年），收入陈平原、夏晓虹编：《二十世纪中国小说理论资料》第一卷，北京大学出版社1989年版，第47页。

③ 陈平原：《中国现代小说的起点：清末民初小说研究》，北京大学出版社2005年版，第159页。下引该书仅注明书名及页码。

④ 《商界现形记》，第19页。

⑤ 《商界现形记》，第42页。

杀出“仁实公司”倒闭的事件，叙事至此暂时顿住，“初集”亦至此结束。“二集”（第九回）开始，改以仁实公司协理马扁人为主角，回头叙述仁实公司从成立到倒闭的经过。

由于小说没有刊完，没有交代周子言诈骗陈少鹤的结局。然而可以依据情节发展来推想，由于陈少鹤也是仁实公司的24名主要股东之一，仁实公司一倒，陈少鹤损失惨重，周子言的诈骗想必也就破局了。

经由上述分析，可知《商界现形记》确实具有前后一贯的完整情节。可惜的是，小说后半部倒叙部分的内容，出现了许多“跑题”的“嵌套”。

“嵌套”是法国学者茨维坦·托多罗夫提出的一种叙事手法，他说：

> 你方唱罢我登场，新面孔的登台亮相就是半路杀出个程咬金，他不仅要岔开前事，还会衍生出一个全新后事——一个解释新面孔的“我为何于斯”的故事。这种把新故事包在旧故事中的方法叫嵌套。[①]

这是托多罗夫是在分析《一千零一夜》时提出的，他还提出一个问题：“当被嵌入的故事比接纳它的故事还肢肥体硕之时，我们是否称其为跑题呢？”[②]就《一千零一夜》来说，嵌套是必需的，因为在那里，“叙事等于生存；没有叙事，则意味着死亡”[③]。然而一部近代小说，如果嵌入的部分过于多，的确会令读者产生“跑题”之感。在《商界现形记》，虽然嵌套的内容还不至于比接纳它的故事还要“肢肥体硕”，但“跑题”确实是颇为严重的。

“仁实公司”从成立到倒闭的过程，本身并不复杂。作者先介绍公司创办人马扁人和祁茂承，写完马扁人戴绿帽事，接写祁茂承吃软饭靠名伶余桂芳度日，并打算靠她的关系办银行。祁茂承还教马扁人用假珍珠骗了余桂芳一笔钱，要他装扮装扮去打点办银行的事。这些事件都还算是在“单一情节”之内，然而中间却插入一连串不相干的事件，作者还现身解释道：“为因这几天祁、马二公正在设法运动哩！

① ［法］茨维坦·托多罗夫：《散文诗学：叙事研究论文选》，侯应龙译，百花文艺出版社2011年版，第42页。下引该文仅注明书名及页码。

② 《散文诗学：叙事研究论文选》，第46页。

③ 《散文诗学：叙事研究论文选》，第47页。

还没有开办这个仁实可靠的大公司，端的没话可说，无语可谈。”[①]然而明明是追叙的事件，怎可能在作者叙事的当时，公司“还没有开办”？因此，所谓“没话可说，无语可谈”根本毫无道理。

但小说硬是嵌入完全和马扁人等无关的事件，即朱润江告金子和拐骗财产的官司。值日差役“海狗肾老大”带他们到茶馆调解，而为了一支被先占用的烟管，又花了三四页篇幅岔出去说陈老五诈骗乔养仁的事件，然后才接回来说海老大调解不成，官司还是打到随大令那里去。在审理过程中，又插叙随大令的三姨太和差人金和的私情，以及随大令年轻时吃过差人的亏因此痛恨差人的缘由。这一大段将近三回（全书才十六回）的内容，一个事件衍生出另一个事件，以“嵌套”的方式出现，而且全都“跑题”，和马扁人开公司完全无关。

王德威曾说：“对主题，晚清作家不是颂扬就是唾弃，不是夸大就是琐屑化，他们无法克制逾越体制的冲动，画蛇添足却还乐此不疲。”[②]《商界现形记》的叙事真的非常“琐屑化”，并充斥着“画蛇添足”的内容，这确实是它在叙事结构上的一大败笔。

不过《商界现形记》的单一情节结构，比起其他连缀式结构的《市声》，还是往前走了一步。正如前引米列娜所言，运用这样的情节结构可以让“主要故事会变得首尾一贯，亦可赋予主角较细腻的心理刻画”。《商界现形记》主要故事之首尾一贯已如前述，对于主角周子言的卑劣心理，刻画也颇为细腻。可惜的是，由于没能摆脱晚清小说的习气，仍有过多“跑题”的“嵌套”，致使米列娜所分析的单一情节小说的另一个可能发展，即“逸闻与非行动的静态事件出现的频率将会显著地减少”，简单讲就是减少不相干事件，此一面向，在《商界现形记》身上没有发展成功。

（二）《交易所现形记》三线交错的珠花式结构

首先用“珠花”来形容小说结构的是曾朴，他比较自己撰的《孽海花》和吴敬梓《儒林外史》的不同：“虽然同是连缀多数短篇成长篇的方式，然组织法彼此截然

---

① 《商界现形记》，第81—82页。

② ［美］王德威：《被压抑的现代性：晚清小说新论》，宋伟杰译，北京大学出版社2005年版，第47页。

不同。譬如穿珠，《儒林外史》等是直穿的，拿着一根线，穿一颗算一颗，一直穿到底，是一根珠练；我是蟠曲回旋着穿的，时收时放，东西交错，不离中心，是一朵珠花。”[①]不过陈平原认为《孽海花》毕竟也有“连缀多数短篇成长篇”的倾向，还算不上真正“东西交错，不离中心”的珠花式结构。陈平原说：

> 所谓“珠花式结构类型”，就是整部小说有个结构上的中心，有相对完整的故事或贯串始终的人物。或者说，追求长篇小说情节上的统一性，防止变成互不关联的片段的联缀。[②]

在陈平原看来，前文所说的“单一情节结构”也属于“珠花型结构”，这种结构，“用一人一事贯串始终”，“确实有向域外小说借鉴的意味”。他又进一步表示，以一人一事为中心固然容易做到结构严谨，却限制了小说的范围，“于是清末民初出现了一批一正一反、一主一从、一实一虚两条情节线纠结在一起的小说，借‘正线’‘主线’‘实线’来获得小说的整体感，而借‘反线’‘从线’‘虚线’来拓展小说的表现范围”[③]。

《交易所现形记》既不是“连缀多数短篇成长篇”，也不是以一人一事贯串始终的“单一情节结构”，但也不是两线纠结，而是更复杂的三线交错的珠花式结构。小说中的三条线各自构成一个“叙事单元”，此处所谓叙事单元，参考金健人之说，指的是：“创作材料在作者心目中自然形成的团结，是若干个场面或若干个细节的集合体。”[④]创作材料如何能够在作者心目中形成团？首先作者要有一个明确的中心思想，其次需要高超的组织能力。金健人说：“中、长篇小说必定由若干个以上的叙事单元连接而成，这些叙事单元必定都不能单一地在因果关系上自足，也就是说，它们相互间只有互补才能构成完整的因果链。”[⑤]《交易所现形记》的中心思想为暴露交易所黑暗，使其中的种种丑态“现形”，三线交错进行的方式，从不同面向挖掘交易所弊端，的确可收到互补之效。

---

① 曾朴：《修改后要说的几句话》，《孽海花》修改本，真善美书店1928年版。

② 《中国现代小说的起点：清末民初小说研究》，第130页。

③ 《中国现代小说的起点：清末民初小说研究》，第133页。

④ 金健人：《小说结构美学》，木铎出版社1988年版，第174页。

⑤ 金健人：《小说结构美学》，木铎出版社1988年版，第182页。

三个叙事单元依序是中国交易所、公债交易所和中西交易所的起落过程。中国交易所草创之后，公债交易所继起以“与中国交易所敌对”，中西交易所则是一批在交易所或相关银行任职的成员，利用公余之暇筹办的。中国交易所的问题在于创办人本身外行，只能抄袭日本取引所的章程，因此出现漏洞，一个日本浪人放假消息炒股，即造成股市大乱，还害死一个医生；公债交易所内部经营出问题，造成理事会和经纪人公会之间的对立；至于中西交易所，因为发起人比较有经验，又请到一个负责的年轻人叫詹步丹的来筹划，很上轨道，却因发起者各怀私心，劳心劳力的詹步丹没有得到想要的位置，愤而辞职，公司业务开始走下坡路，发起人中的两个又在内部多空交战，终于不支倒地。

这三条线是交错进行的，《平言报》敲诈中国交易所事件、中国交易所成立后理事长原来经营的华大保险公司发生的内讧，以及交易所接二连三造成的不幸，这些情节，不断穿梭在公债交易所筹设的过程之中。而中国交易所财源——大华银行的经理，偷偷跑去参与公债交易所的发起，后来跳槽成为公债交易所的常务理事，等于投向敌营。至于筹划中西交易所的劳志刚和白新可，都是中国交易所的常务理事，鲍立三是日本取引所的仲买人，又是中国交易所筹备时所员养成所的教员，关系错综复杂。

当中西交易所因为詹步丹离职而业务走下坡路时，中国交易所发生了“通花风潮”（把通州棉花抛盘），以及用本公司资本收购“本所股”股票事件，后面这个事件被省议员知道，“在省议会提议，要禁止交易所”。股市是禁不起风吹草动的，中国交易所崩盘，中西交易所立刻受到波及，劳志刚和白新可虽然力图挽救，终究未能使其起死回生。

从中国交易所可见交易所草创之难，以及制度不完善所滋生的弊端；从公债交易所可见只知牟利、不用心经营造成的内部对立；从中西交易所可见即使有好的规划，如果人谋不臧，终不免于危亡。三条线揭发了交易所不同方面的黑暗面，而这些不同面向交织出民国十年“信交风潮”的真相。

范伯群认为：“（《交易所现形记》）这部小说的优点在于‘忠实记录’，缺点也在于仅仅是‘忠实记录’。与茅盾的《子夜》相比，它没有像吴荪甫这样生动形象的典型人物。这是小说的弱点。”[①] 从欠缺典型人物这一面来看，此一评论是恰当的，

① 范伯群主编：《中国近现代通俗文学史》，江苏教育出版社2010年版，第111页。

不过说它仅仅是“忠实纪录”却不免评价过低。孔庆东说：“十年以后，茅盾的《子夜》轰动一时，书中空头多头之战是‘吴赵斗法’的核心，但若论描写之翔实深入，实在尚不敌《交易所现形记》。”[①]“翔实深入”比“忠实纪录”评价要高一点，但还不足以说明《交易所现形记》三线交错叙事结构之巧妙。

四、结语

本文先考察“商界”一词以及“商界小说”名称的发生，再从叙事题材与叙事结构两个面向，选择性质较为相近的《商界现形记》与《交易所现形记》进行比较，以观察商界小说在清末民初的演变情形。

《商界现形记》是晚清唯一以描写金融业为主要内容的商界小说，反映了当时社会的开公司热潮以及金融业纪律的建立，可惜掺杂了太多揭黑和狭邪性质的内容，让它遭来负评。在叙事结构方面，虽然有不少“跑题”的“嵌套”，但它的“单一情节”结构比起《市声》的连缀式结构，还是往前走了一步。

《交易所现形记》展示了一幕幕由交易所成立带出的各种斗智、斗法的场面，有理想的商人勇于开创新的金融机构、公会敢和理事会对抗，小职员敢发动罢工，以及因为交易所而造成的许多悲剧，这些题材都是全新的，不可能在传统商界小说中出现。《交易所现形记》掌握了新时代的写作题材，并且以检讨批判的态度进行创作，是颇为符合“现代性”意义的。至于它所运用的三线交错叙事结构，其严谨和巧妙，更远非晚清商界小说所能匹敌。

从《商界现形记》到《交易所现形记》，叙事题材随着时代不断往前发展，叙事结构也愈来愈摆脱晚清“虽云长篇，颇同短制”的“集锦式”[②]，情节更一贯，结构更缜密。

中国近现代小说的叙事演变可能因不同类型小说的特质而有不同情况，本文仅对商界小说进行具体考察，以略窥近现代小说发展的一个面向，对于全面了解近现代小说叙事演变当有一定的帮助。

---

① 孔庆东：《1921谁主浮沉》，重庆出版社2009年版，第159页。

② 《中国现代小说的起点：清末民初小说研究》，第137页。

海外语境与现代小说叙事语言的成熟

黄万华

内容提要：中国现代小说的一个重要起点是晚清陈季同1890年在法国出版的中篇小说《黄衫客传奇》。《黄衫客传奇》既充分汲取西方现代小说营养，又不割断与中国古典诗语的联系，不仅显示出“中国与海外”的小说新格局，而且以语言（文体）的寻求开启了中国文学现代性。五四时期，盛成的旅欧创作，通过对故乡记忆中的生活口语的感受、体验，建构他的语言原乡，安放他的异域心灵，其叙事对民间性深层次话语的开掘，指向了中国现代小说最重要的语言资源。战后旅欧的程抱一，在世界性语言哲学的背景下，系统地发见中国古典诗语资源，融汇中国传统绘画、史传、抒情等艺术因素，其小说叙事语言成为反映人生命“大开”历程的存在。20世纪80年代后新移民文学背景下，高行健小说“语言流”的成功呈现，标志了海外语境中汉语叙事语言“瓜熟蒂落”。陈、盛、程、高并非独立的个案，而是包含海外语境中现代小说叙事语言成熟的文学史线索。中西文化交流中语言意识的自觉和艺术境界的提升，离散境遇中语言原乡的建构和汉语潜能的开掘，无功利写作环境中多种语言资源的发掘和不同艺术因素的交汇，都使得海外语境中小说创作始终拓展其语言世界，不断赢得小说叙事语言的成熟。

关键词：海外语境　陈季同　盛成　程抱一　高行健　小说语言

晚清民初的文学变革，将小说推向文坛的“中心”，成为中国现代文学史发生的重要事件。1890年，陈季同在法国出版的中篇小说《黄衫客传奇》被严家炎主编

作者简介：黄万华，山东大学文学院教授。

的《20世纪中国文学史》作为全书第一个作品专节，被视为中国现代文学诞生的一个重要起点，这让我们将视线投向海外语境中的中国（华人）小说创作，海外语境中现代小说叙事语言成熟的文学史线索也由此显露。

这里所言“海外语境中的创作”是指作品创作目的、产生过程、传播影响等都不同于我们所熟知的如郁达夫、巴金、老舍等有海外经历的作家创作的海外背景的作品，“海外”成为其作品创作、传播最重要的语境。

这大致有两类情况。一是晚清后不同时期，中国文化人较长时间居留海外并创作，其写作动机往往并非参与中国国内的思想启蒙、变革救亡等社会潮流，创作常常发生在跨文化对话之中，作品面向海外读者，世界由此了解中国现当代文学的发生、发展，其中文版本返回中国，参与中国现当代文学的进程，如晚清陈季同、五四时期盛成、20世纪三四十年代林语堂、熊式一等。二是第一代移民中加入外国国籍的，从身份而言，已属于居留国少数族裔文学，但其前期创作往往完成于中国，加入外国国籍后，继续用汉语创作，或用双语创作，以居留国语言创作的作品以中文版本进入中文读者的文学生活，影响、参与中国现当代文学进程，如战后程抱一，20世纪80年代后高行健、哈金等。他们的作品都可以视为中国的“旅外文学”。本文以旅欧作家的小说创作为对象，考察海外语境中现代小说语言的发展、成熟。

一

晚清著名小说翻译家曾朴称赞陈季同“中国的诗词固然挥洒自如，法文的作品更是出色”①。陈季同旅法写作时，白话文革命在中国远未发生。从陈季同留存的诗集《学贾吟》（1896）看，他精通的汉语写作还是文言体，其旧体诗文显示出“高度的文学修养”②。后来的五四文学革命中，包括鲁迅在内的先驱者，大多取欧化的白话文，其中重要原因是语言作为人的思维、人的存在的基本状态，欧化的白话文更好地承担了五四思想启蒙的重任，但与中国古典诗语的联系并未得到重视。陈季同选择用法文创作，固然出于向法国读者传播中华文化的需要。然而，他的法文写作，

① 曾朴：《孽海花》，上海古籍出版社1980年版，第313页。

② 陈季同著，沈岩校注：《清代陈季同〈学贾吟〉手稿校注·序二》，国家图书馆出版社2011年版，第4页。

确实避免了文言文体表达现代启蒙性可能发生的窘境，也适应汉语的现代语体尚未成熟的情况。更重要的是，陈季同认为中、法“两种语言没有任何共同之处”[①]，正是语言的陌生性，使陈季同通过法文学习这一“缓慢而渐进的教育，逐渐理解那个时代知识”，成为一种“逐渐启蒙的过程”，避免了“突然闯入同一领域者”“在精神上受到强烈的冲击和地震般震撼”而“头晕目眩”。[②]这种情况是非常有利于陈季同在近代西方强势文化环境中接纳现代启蒙观念而又不割断与中华文化传统的联系。特别值得关注的是，陈季同所接纳的法语，已经是一种“言文一致”的现代法语，母语世界仍然是文言文体的陈季同获得了一个不逊于现代中文表达的世界，非常成功地向西方世界传达中国的声音。而他法文小说的语言内在呼应了日后五四文学革命的白话文主张，这种法文小说被译成中文，其中华文化的内容显得那样丰沛，叙事语言的诗意也格外丰盈。

陈季同的小说创作有一种非常自觉的现代意识，那就是在与法国文化界的广泛交流中意识到不可有文学上的“狂妄自大，自命为独一无二的文学之邦”，“非奋力前进，不能竞存”[③]，由此产生了中国文学“要勉力的”是“不要局于一国的文学，嚣然自足，该推广参加世界的文学”的强烈愿望，为此，“非把我们文学上相传的习惯改革不可，不但成见要破除，连方式都要变换”。正是这样一种意识，使陈季同自觉突破中国文学“只守定诗古文词的几种体格，做发抒思想情绪的正鹄，领域很狭”的传统，进入到西方“重视”而“我们又鄙夷不屑”的“小说戏曲”领域。[④]他翻译的法国小说《卓舒及马格利》[⑤]是“中国人翻译的第一部法文长篇小说”[⑥]。这种意识无疑使他创作的小说当列入中国最早的现代小说。陈季同的小说当时虽未在中国国内产生影响，但欧洲读者正是通过他的小说得以知道一种现代小说在古老中国诞生（《黄衫客传奇》的问世当年在法国、欧洲产生的影响极其广泛、强烈，翌年4月，陈季同即成为法国《画刊》杂志的封面人物）。就是说，陈季同的小说向世界宣告了一种新的中国文学的诞生，也让日后的中国现代文学史得以发现19世纪末的中国

① ［清］陈季同：《巴黎印象记》，段映红译，广西师范大学出版社2006年版，第59页。

② ［清］陈季同：《中国人的戏剧》，李华川、凌敏译，广西师范大学出版社2006年版，第3页。

③ 曾朴：《曾先生答书》，见胡适：《胡适文存》，华文出版社2013年版，第504页。

④ 曾朴：《曾先生答书》，见胡适：《胡适文存》，华文出版社2013年版，第505页。

⑤ 此小说连载于1897年10月至1898年3月的《求是报》2至12期。

⑥ 李华川：《晚清一个外交官的文化历程》，北京大学出版社2004年版，第116页。

作家在小说叙事上开拓的新局面。

陈季同当年曾经谈到小说“这类文学在中国并不太受重视”，他甚至不了解“小说是什么”。然而，他从法国读者引发的“文学哲学高论”中明白，小说就是用“千差万别”的“形式”重新处理“过去发生在缓慢的驿车上的故事”（陈季同《巴黎印象记·阅览室》）。《黄衫客传奇》就是陈季同用新形式处理《霍小玉传》这一唐代传奇故事。陈季同十分钟爱，甚至偏爱中国古典文化，但在海外语境的写作中，他又自觉意识到“民族自尊心”可能导致对中国文化传统的“美化”，也意识到不能仅仅出于“明显的爱国主义”而向西方展示“非常好的中国事物”①。他创作《黄衫客传奇》，仍以传播中国文化为己任，所以对4000余字的《霍小玉传》进行了大幅度的改写，在300多页的《黄衫客传奇》中，原本负情的李益被描绘成痴情而善良的读书人，他最终“从身体的折磨和精神的痛苦中解脱出来”，如中国最美好的传说“梁祝”那样，与他挚爱的小玉相会于另一个世界。这样的改写，显然是要让西方读者感受到“东方世界”美好的人情。然而，这样的改写也面临如何处理《霍小玉传》提供的情节的难题，即如何使李益始终未背叛小玉却又造成小玉含恨身亡的情节合情而可信。陈季同解决难题的方法是化用西方文学的心理剖析艺术，小说的核心情节处理为李益复杂的心理活动。例如，李益抱着坚定不移的心志返家说服母亲同意他与小玉结缘，却陷入了奉母命而成婚的绝境，这一转折性情节就完成于防不胜防、急转直下的心理活动中。他母亲先是“温柔、平和”，“要使他陶醉在母爱之中，被母亲的体贴所包围”；随后，在祖宗牌位前，母亲忽然变得冷若冰霜，狂怒地呼唤“祖先”和“惩戒我们罪孽的神明”，要他屈从，让他“大脑停止转动”，“不知自己身在何处”；猝不及防之际，他又被母亲推入“布置周密，实施的也非常出色”的婚礼大厅，他在“噩梦”般的“朦胧”中，“好像有另一个像自己的人”完成着婚礼。场景在主人公的种种感觉、幻觉中转换，人物心理的激烈变动与人物性格丝丝入扣，悲剧性的情节与人物悲剧性的心理分析相互推进，使得这一“微不足道的情感故事”饱含了人性的感人力量。

陈季同在将《霍小玉传》中的负心人改写成《黄衫客传奇》中陷入困境的有情人时，已经自觉进入到了现代小说的心理剖析和悲剧刻画。《黄衫客传奇》第一节就写到了游湖弈棋中，表兄崔允明对李益一针见血地指出，他的内心始终处于“想要

① ［清］陈季同：《吾国》，李华川译，广西师范大学出版社2006年版，第120页。

而又放弃”的冲突中，使得他处处“决定向右走”，但“最终却选择了向左走”，不断地“陷入与自我的斗争之中”。整部小说所展现的，确是李益“在与自我的斗争中度过一生”，他“高贵慷慨的性格也包含软弱和惰性的成分”。他被母亲逼婚后，也还想回到小玉身边，但对“名誉扫地、背井离乡、隐姓埋名、居无定所、违背法律与道义”等后果的思虑又不断阻断了他回到小玉身边的决心。在他平静而忙碌地履行公务的生活中，内心无时无刻不是狂风暴雨，折磨着李益自己，也祸及他无辜的妻子。于是，这一讲述男女情爱的故事，成了主人公“内心阻碍决断”的故事，也成为包括李益母亲、妻子等在内的中国伦理悲剧。尤其是李益母亲形象的呈现，陈季同原先在向法国人介绍中华文化传统时，对“父母之命”的婚姻是完全肯定的。然而，当他在《黄衫客传奇》中从心理分析的角度展开时，李益母亲对儿子“我爱你胜过爱自己”的行动动机得以充分呈现，她无法接受小玉，是因为小玉“她母亲只是一个侍妾，出身卑微”，当儿子“在天子身旁跻身高位之时，这个姑娘不可能被人们接受”，“她不配享我们的宗祠！但你配得上名字刻在祖宗的神主旁边。会有一天……也有我的位置”，母亲的心灵被牢牢禁锢在家族荣耀的枷锁中；同时，李益对亲生母亲的切身感受也让这种“在中国”无人能“不顾及无所不在、无时不在的母亲的意志”的悲剧得以深刻呈现，李益在理性上无法抗衡母亲的意志，甚至会认同母亲的说法、做法，然而，恰恰是在他昏迷中，在他的深层意识中，母亲成了“一个怪物，一个追逐他、啃啮他的心的吸血鬼”，封建家族伦理摧残了作为个体的青年男女的爱情。小说所涉及的，无论是心理活动的内容、心理分析的方法，还是人物悲剧的命运，在中国文学中都前所未有，而其细腻、深入，在日后中国现代文学中得到呼应。

当年，罗曼·罗兰曾称陈季同的写作、演讲“非常之法国化，却更具中国味”[①]。其“法国化”自然在于陈季同进入了法文世界，充分发挥了法语的力量。他在少年求学时期，就“渐悟法文之优美”，后翻译西学著作时，“目视西书，手挥汉文，顷刻数纸”[②]，在中、法文中出入自如。旅居法国期间，法国社会舆论普遍认为“他用法语讲话和写作都极为风趣”[③]，缩短了与法国读者、听众的距离。而其

① ［法］罗曼·罗兰1889年2月18日的日记，转引自［清］陈季同《吾国》，扉页。

② ［清］陈季同：《中国人自画像》，陈豪译，金城出版社2010年版，第267页。

③ 李华川：《晚清一个外交官的文化历程》，北京大学出版社2004年版，第34页。

“中国味”，不仅在于他讲述的是中国人事，更在于他的语言风格。陈季同在巴黎曾为法国作家潘若思讲述中国广东江湖传奇的长篇小说《珠江传奇》作序，尤其赞扬潘若思作为一位法国作家，却“于中华风土、律法、政治、教化颇能详焉”，其小说，又能“虚中写实，幻里传真”，“使阅者如历中土，如履羊城”；而作者能做到这一点，是因为作者讲述中国（东方），“不杂己意”，而能“设身处地”，“善体人情”，“使中西文字融会贯通”。陈季同甚至为此发出“谁谓天下非一家哉”的感叹[①]。而当他向欧洲读者讲述中国故事时，他也会设身处地从接收者的角度思考如何讲述自己国家的传统，追求“中西文字融会贯通”。例如，陈季同向欧洲民众介绍中国风俗密切联系着“我们对于家庭及其起源——爱——的独特观念”，就是这样一种讲述。当陈季同给予“爱”最“本色的定义”“爱就是爱”时，他显然体会到拥有另一种文化的法国人要理解中国人观念中的“爱”的难度。如何向法国人说明“爱”是中国社会最重要的结构——家庭——的“起源”？陈季同找到了法国人最熟悉的一个词“aimer”，“尽管有着时间的间隔和风俗的变迁，这个词在所有语法书中都是第一个”，表达的“是第一个人的第一声鸣唱，他心中的第一声呐喊”，而“既然爱是人类精神的特征和最优异的才能，它就是思想的第一召唤”。然而，“法文的aimer，英文的love，德文的lieben”，这些“表示爱的幸福的词”尚未“表达出爱的本义”，而中国人“祖先所创造的语言，通过一种表意文字、一种象征意义使我们理解爱的含义”。陈季同告诉欧洲人，汉字中最早的一个表达“爱”的含义的字是作为动词的“好”，“有两个符号组成，第一个符号表示女性，第二个表示孩子”，“女和子的组合这一微妙、神奇的表达方式”，揭示了中国人所理解的“爱”的本义：中国社会的基础是古人所谓“五伦”，它使得不同成员能和谐相处，而“女性处于五伦的核心”，对夫君和孩子的爱“来自天性”，使家庭有了坚固的纽带，也“使国家繁荣昌盛”。毫无疑问，中国女性不同于西方女性，然而，“大家彼此都是夏娃的女儿”，都有这种“需要听从本能的安排”的“爱”。至此，陈季同几乎与法国人一样感同身受地理解“爱”，他举出中国古诗、法国诗人对中国古诗的改写、自己的“拟古”诗作、法国历史中众多“被人热恋和欣赏”的女性等众多生动例证，展示“真爱”是“在灵魂深处刻着自然的情感，而这种情感又完全出自天然”。[②]

---

① 李华川：《晚清一个外交官的文化历程》，北京大学出版社2004年版，第193页。

② ［清］陈季同：《吾国》，李华川译，广西师范大学出版社2006年版，第18—40页。

正是这样一种“中西文字融会贯通”，使陈季同小说的叙事语言浸染在古典汉语的诗意中，这与欧化白话文小说割裂与古典诗语联系的情况不同。《黄衫客传奇》中，从李益第一次去城东金山岛寺院见小玉时，他所见松林红瓦充满生命的“愉悦”，到最终蓝天暖阳下，李益随小玉飘然而去，每一个场景都有着丰盈的抒情意味，令人想到中国古典文学“超文类的抒情传统”。例如《霍小玉传》中只出现了一次的“黄衫客”，其来历不清；而在《黄衫客传奇》中清楚交代他为霍小玉家族的“保护神”，且出现了四次，每次出现，都是在男女主人公命运转折的关键时刻，以人物梦境般的感觉（幻觉）发生，呈现出主人公的内心世界。李益与小玉初次见面时，画幅上栩栩如生的黄衫客以柔和而悲伤的目光注视着李益，而小玉母亲郑夫人的笑语“如果对不起小玉，他会找您算账的”，连同画像让李益心里隐隐“可怕”，在暗示男女主人公的悲剧命运中，表明李益一开始内心就陷入了个人爱情与家族伦理的矛盾冲突中。李益回家，被迫成婚之际，恍惚中又见到黄衫客那张“曾经微笑着的面容凝结着可怕的怨恨”，并用弓箭瞄向自己，让李益猛然意识到自己的软弱、惰性已铸成大错，无法摆脱悲惨的结局。小玉得知李益背弃誓言，一度对李益充满怨恨，她小睡中，见到黄衫客带来李益，豁然打开心扉，临终前与情人和解。而此时李益仿佛又看到黄衫客，引领他来到郑府，终于在小玉离世之际见到了她。黄衫客最后一次出现，是在“妈妈失去了孩子，丈夫失去了爱妻”的最悲痛时刻，“太阳将一大块白云变成平缓的银色山峰”，李益幻觉中看到“黄衫客从天上飘然而落，小玉跟他在一起”，李益在小玉温情款款的微笑中随之而去，两人无法在现实中冲破封建伦理的阻隔，但心灵终于在另一个世界相会。黄衫客形象的虚幻性，来自男女主人公内心的情感追求和生活想象，这种中国古典抒情意味也散发出西方读者熟悉的命运神秘感和生活的梦幻气息。

陈季同是在中国古典诗语与现代法文“相遇”的思维中完成《黄衫客传奇》的，中西文化交流的自觉意识决定了他对古典汉语诗意的保存和对现代法文资源的汲取。《黄衫客传奇》以主人公心灵的历程来结构全篇，人物的心理刻画、悲剧命运都在意象丰富、描绘精细的语言中完成，远远超过了同时期的中国小说，其中文译本语言的优美、典雅尽管有着译者创造力的因素，但译者也认为是陈季同的原著提供了五四前后难得一见的小说佳作。中国现代小说，就是在《黄衫客传奇》既充分汲取西方现代小说营养，又不割断与中国古典诗语联系中拉开了序幕，不仅显示出“中国与海外”的文学新格局，而且以语言（文体）的寻求开启了中国文学现代性。

二

五四时期至20世纪30年代是中国现代小说形成、发展的重要时期，我们可以把目光投向陈季同的一位后继者，1919年末留学法国，前后旅居欧洲长达20余年的盛成，他称得上是第一位双语写作产生重要影响的作家。盛成出身于传统士人家庭，浸染古典文化甚深。而与陈季同不同的是，他已经投身于辛亥革命、五四运动，乃至创建共产主义组织的潮流。他曾被称为“辛亥革命三童子”之一，孙中山就任临时大总统时以“读书不忘革命，革命不忘读书”之言慰勉于他。[①]1919年，他是北京长辛店工人领袖，在北京等地直接参与了“五四”到“六三”的爱国运动，之后又以“五四运动嫡系的延续”勤工俭学[②]的身份来到欧洲，并投入欧洲工人运动。这一切，都发生在他写作之前，其作品让人看到古典与五四双重传统的影响，即在吸取中外古典传统的境遇中寻求五四开启的“人的解放”的道路。

我们首先关注到的，是盛成的第一部作品长篇纪实小说《我的母亲》。就其在欧洲产生的影响而言，《我的母亲》显然是五四后影响最大的一部作品。《我的母亲》用法文写成，1928年在巴黎出版，当时法国最负盛名的作家、法兰西学院院士瓦乃理（Paul Valery，今译瓦雷里）被曾任法国总理的著名学者班乐卫称为“一字千金”[③]，却为《我的母亲》作长篇《引言》，称《我的母亲》以一种“最高最上的情感”在“吾人”（欧洲人）面前“宣传中国民族的文化”，是一部“令吾人去敬爱吾人素来所漠视、所轻视、所仇视、所嘲弄之事物”的作品[④]。作品出版后，一版再版，发行达百万册，法国《世界报》《巴黎时报》《欧洲杂志》等数十种报刊，《纽约时报》等国际性媒体，罗曼·罗兰、萧伯纳、居里夫人、比利时作家梅特林等知名人士，都撰文给予好评，评论文章有20种文字之多。《我的母亲》被译成16种语言，

---

① 许宗元：《盛成教授与〈盛成文集〉》，见盛成：《盛成文集·纪实文学卷》，安徽文艺出版社1998年版，第351页。

② 盛成：《海外工读十年纪实》，见《盛成文集·纪实文学卷》，安徽文艺出版社1998年版，第144页。

③ 盛成：《汉学家庭》，见《盛成文集》，北京语言文化大学出版社1997年版，第368页。

④ ［法］瓦乃理：《引言》（1928），见盛成：《盛成文集·纪实文学卷·我的母亲·引言》，安徽文艺出版社1998年版，第8页。

一些章节被收入法国中小学课本，《我的母亲》迄今仍是法国高校文科必读名著。1935年，由盛成自己执笔的《我的母亲》中文版在上海出版，书内有章太炎所题《盛母郭太夫人》、徐悲鸿所作《盛母像》和马相伯、齐白石等五人分别作的《像赞》，《像赞》称赞此书作为“子之文”，所写“母之德”，皆为“动人之性，沸人之血”[1]。

《我的母亲》第一、二章《仪征塔》《浣纱女》，描述故乡仪征的地貌、人物，以仪征塔之诗味、浣纱女之忠烈，表达自己何以为“我的母亲”立传的初衷：“中国的家族制度，向重父系，不重母系”，然而，晚近人类学、近代生物学，都揭示了“母系遗传力之有”“母系遗传力之强”；数千年历史所呈现的“中华民族万寿无疆的佳兆”“无一非天性中之至情”，而“我的母亲，是人中至情者！”[2]此处无论是从近代科学出发，去看待女性，还是立足个人感受，深切怀念母亲，都突破中国家族制度的历史局限，以经受了五四洗礼的胸襟和视野来为母亲立传。

当年盛成写作《我的母亲》之前，曾去拜访瓦雷里，瓦雷里对他说过两句话：“我生平极爱写实的作品。”“不要用华丽的文章来写，愈真率愈妙！”[3]同陈季同一样，盛成有极为自觉的跨文化意识，他写《我的母亲》，是要“拿一位最可爱而最柔和的母亲，来在人类面前做全民族的代表”，以“我的母亲”写出“中国的本来面目”[4]，让欧洲民众由此了解中国的历史和现实。瓦雷里的话语显然极大影响了《我的母亲》叙事语言的风格。加上盛成母系家族乃仪征学派，家学传统都“传到我的母亲身上，成了天性。自然我的母亲，是平、实、精、详的一个人”[5]，《我的母亲》也就以平实朴正的语言写出母亲的天性和经历。

《我的母亲》的叙事口语化、生活化，民间性强。整部纪实小说记叙母亲的一生时，有个中心意象——“返魂梅”，那本是仪征东门外淮堤庵里一棵一本五干、两度复活的千年古梅，每年早春，雪里开花，香闻数里。而母亲就是“一个庄严、慷慨、

---

① 许静仁：《像赞》，见盛成：《盛成文集·纪实文学卷》，安徽文艺出版社1998年版，插页8。

② 参见盛成：《我的母亲》，《盛成文集·纪实文学卷》，安徽文艺出版社1998年版，第5—6页。下引该书仅注明篇名及页码。

③ 盛成：《海外工读十年纪实》，上海中华书局1932年版，第52页。

④《引言》，第2—3页。

⑤《我的母亲》，第13页。

八面玲珑、婆娑浑沌之浣纱女的返魂梅”①。《我的母亲》述及母亲的生活时，就用母亲的亲口述说，鲜活地呈现了生命力顽强的“返魂梅”形象。例如，母亲述说她丧母之后，被父亲强令裹脚三年的“童子牢”生活，这样讲述她在疼痛难耐中的心情：“有时我将这对足，放在我双手之中。它们都是同胞手足，同年同月同日同时生的。现在手哥哥，一天一天的长大，心理也不变。足妹妹，一天一天的萎小，心理天天变。世间事，真是有幸有不幸！手哥哥有时，怜惜足妹妹……可是足妹妹是暗暗地哭，使手哥哥见不到，觉不着。实在说一句：我的母亲死的时候，我都不觉着这万般的苦痛！”由此，母亲年幼时渴望“梅儿自然长，花儿自然放”的心愿淋漓尽致地呈现出来，稚真话语成为对“弯枝”“曲本”的封建礼教摧残女性，无视生命的自然成长的有力控诉。通观全书，“返魂梅”处处映现出母亲在“做人”心愿中极其强韧的生命力，反封建、尊人性的五四精神在日常化叙事中得到鲜明表现。

《我的母亲》叙事最显著的特点，是作者写母亲的柔笔将三方面的人事活泼直率地交织在一起：一是晚清风云变幻中的政治变革，慈禧太后、袁世凯、张勋等政治人物的沉浮，往往用“活而率的笔意”就生动点染出来，从而展现中国自鸦片战争以来50年的历史；二是母亲一家的家事，礼仪习俗、风土人情，在起起伏伏而从不断绝的日常生活中延续，中国的人情世故得以真率地呈现；三是盛成兄弟的成长，身处变革年代，年轻人的心热切向往新的生活、新的世界……而将这三方面融成亲切回忆的，是母亲的挚爱和强韧的生命力。《我的母亲》不仅“以母氏口中所述极琐屑极细微之家庭痛苦，表现中国人之风尚与情性”，而且“常借家事喻国事，而又隐切世界各国之一切政治”，其“精心妙绪”②当年就受到高度赞誉。母亲平素对子女所言往往是以妇人持家之言喻天下治国之理。例如，母亲说得最多的是“忍”：“死是易事，忍是难事”，“做烈妇易，做寡妇难，做寡妇，教子成人尤难！”，“我每天过日子，好像爬刀山”，“可是刀山有顶，这日子甚么时候，才能完咧？我指望你们成人，我就忍下去。”，“君子之身，可大可小。丈夫之志，能屈能伸”，如果“人家欺我孤儿寡妇，把我的头砍下地，我都不能承受的。”……③“忍”之古训，在

① 《我的母亲》，第14页。

② 万叶：《中国少年海外立志者之成功史》，《上海时报》1928年7月27日，转引自盛成：《海外工读十年纪实》，中华书局1932年版，第265页。

③ 《我的母亲》，第138页。

母亲艰难持家的生涯中生发出强韧的生命力，成为一种生命哲学、一种顽强的生命意识。中国传统的家庭结构，使得母亲日常要承受的最大压力来自“我”的祖母，“礼教到衰落的时候，是上不尽其职，而下尽其职”，所以“我祖母可以不要三从，我母亲却要谨守四德”。面对祖母不近情理的行为，“我的母亲，反跪在她面前，请她恕她初次”。然而，母亲的“忍”，是为了把子女抚养成人，她内心刚强，绝不屈从恶势力的压迫。1905年，西太后下谕，停止科举，遣员出洋考察各国宪政后，新思潮在民间如火如荼，“禁烟”“天足”等民间运动蒸蒸日上，家里也受到社会新思潮的冲击。外祖、年哥和“我”都决心做新人物，尽管我们当时只懂得空空洞洞的几个新名词，而祖母开口就说我们是“学洋鬼子”，于是“天天同我们冲突”。母亲则“极力斡旋于新旧两种潮流之间，自然，她受到两方面的抨击”。然而，当年哥的革命言论“遭了土豪劣绅之忌”，祖母被人欺骗，家产被人趁火打劫之时，“知文识字的祖母，不知道如何办法”，母亲成了“我们家中唯一有办法的人”。她认定“欺人孤儿寡妇，玩弄无知之人”，是“社会的罪恶”，“绝不让他一步！”当时是清王朝刚被推翻的“青黄不接的革命时代”，大清律例似乎已无效，而“民国律例不曾规定”，社会恶势力趁此“尽其欺侮凌辱之能事”，就连“年哥和我”都感叹，“能革清朝皇帝的龙命，独无法来革恶社会的狗命”。母亲却有胆有识，既抱有“拼一个你死我活”的决心，又坚持“革命世界，更要说理”，挺身闯公堂，占衙门，硬生生让恶势力败下阵去。此时的家事国事，都指向了对人的尊严、对社会的公平的维护和追求；母亲以一个中国传统妇人朴真的家事回应了晚清民初风起云涌的社会变革。

盛成的母亲1931年去世，葬于仪征西门外青山，《我的母亲》终结一章题为《青山训》，记录了母亲生前对儿女常说的话，共86条。这些“家训”饱含慈母爱意，更引导子女成人做事，将整部作品的叙事推向高潮。《青山训》中，母亲曾发问：“何以有许多知书识字的人，往往会误了自己的子女，弄成新不新，旧不旧；高不成，低不就！”这一发问，恰是母亲含辛茹苦抚养子女中日夜思虑的。而在《青山训》中，她也回答了这一问题。她对子女费尽心力照料，“家里这几年来，弄得山穷水尽”，“把好的让你们，好让你们成人，做大事”，然而，“你们下代的事，你们自己作主”。“我服事上人，仍依老规矩。我待你们，依新规矩，只要你们把新规矩告诉我，我都依着去行。”这样一种母亲胸怀，足以让子女在新旧变革的年代把握自己，造福社会。在五四前后那个时代风云变化多端的年代，母亲常说：“你们现在以为我不懂国家大事，国家还不是同人家一样，得人就好，不得人就坏么。”“私争私斗，不顾大局，如何得见太平世界。”“我没有私亲、没有私产、没有私见，所以我对得起天地鬼神，还有甚么对不起你们。”这些朴素见解包含的真知灼见，恰恰是日后儿女们报效国家、社会的久远之道。而母亲的为人处事，又有力地引导着儿女们投入五四新潮：“做人要做仁人！要做君子人！”“饿肚子的人，给他饭吃。”“受苦的人，拿心去安慰他。”“我遇着苦人，才能谈到一起。”[①]一个生活在传统中的母亲，其朴真的人生观却如此应合五四的变革主张。整部《我的母亲》在这样一种“母训”中结束，也是将叙事语言的民间口语化、生活性充分发挥了。

民间性深层次话语的开掘，始终是中国现代小说最重要的语言资源。而在海外语境中的创作，叙事语言的民间口语化，往往联系着作家语言原乡的建构，作家会通过对故乡记忆中的生活口语的感受、体验，建构他的语言原乡，安放他的异域心灵。而保持民间语言的原汁原味，创作方法上，往往一是让人物回归到最原朴的层面，让人物始终以最素朴无饰的方式生活，摆脱“官话”的一切影响，其善良、强韧、从容、乐观等，都不作为宣扬的理想人格，而是作为有如民族初民似的生存品格展开；二是沉潜至人物内心，找到人物单纯而丰富、素朴而深厚的话语方式，少有的简约，剔除了一切赘余，通篇是人物最单纯也最本真的言语、动作。人物也就全然由地方习俗熏陶出来。盛成写《我的母亲》的处境和本意，无疑都强化了上述动机和做法，1928年的《我的母亲》，呈现了海外语境中的中国小说看重、开掘叙事语言的民间资源的努力。

三

为了辨识海外语境中小说叙事语言发展的连续性，我们继续把考察小说语言的目光投向战后的欧洲。第二次世界大战结束后，中国恢复了留学、旅居欧洲的状况，一批中国学子、文化人士陆续赴欧，而随着中国大陆战事的再次兴起以及随后政权的更替、社会制度的变化，一些旅欧者难以返回中国，他们开始在欧洲定居下来。虽然东西方冷战意识形态激烈对峙，但欧洲思想界，各种思潮激荡，新的学派不断涌现，在哲学背景上，则发生了从认识哲学向认识语言哲学的转换。作为思考、表

① 《我的母亲》，第138页。

达和陈述本质的语言成为哲学思考的中心，哲学体系从知识的体系转变为确定和发现意义的活动体系。在此背景下，结构主义在法国兴起，这种以语言结构的分析为基础，探讨人类文化如何受语言结构影响，其范围包括典章制度、神话体系、文学创作、社会建制等的学说直接影响了旅欧作家对汉语的认识。日后成为法兰西学院唯一的亚裔院士的程抱一（1948年旅居法国至今）就认为结构主义作为一种“真有价值的意念”“已逐步化入人类的精神形成中”，“作为方法论成为人文科学研究中的有机部分”。[①]他最初在法国有影响的著述，就是运用结构主义，结合唐诗研究汉语的《中国诗语言》（1977）。例如，他分析汉字在字形和语音层面、语法层面、意象层面的表意功能时，分别以王维《辛夷坞》、王维《终南别业》、李白《静夜思》为例，道出汉语独特而强盛的表意性。之后，程抱一从两个方面展开他对汉语资源的深入开掘，这使得他的小说叙事语言达到了一个新的高度。

一是程抱一从最悠久深厚的中国古典诗歌中，开掘汉语“得以表达人与世界的微妙的互相依存关系”的潜能，转化为小说叙事的方式。他对中国古典诗语的词汇与句法、形式与格律、意象等层面的特点穷尽探寻，一一将它们转化为小说叙事的因素。例如他分析律诗几乎全部省略了三种语法人称这样一种“自觉选择”：“它造就了这样一种语言，这种语言使人称主语（主体）与人和事物处于一种特殊的关系中。通过主体的隐没，或者更确切地说通过使其到场‘不言而喻’，主体将外部现象内在化。”[②]也就是说，“外部现象”的叙述成为“主体”内心的呈现，而这恰恰是现代小说所追求的。汉语诗语的这一特性，可以启发小说家采取多种叙事方式：如果叙事包含了一个“主语”（例如第一人称“我”或者第三人称“他”），人称代词的省略，使得“我”或“他”与叙述事物（环境、过程）认同，叙述往往成为“一场心灵体验”[③]；如果叙事暗含了两个“主语”（例如一个“我”和一个“你”），人称代词的省略，可以让叙述者“沉浸于无所不在的心灵世界……使客观的、描述性的叙述与内心叙述恰相吻合”，叙事可以成为心灵的觉醒、“人达到忘言状态”的过程[④]；如果叙事牵涉到几个人称（“我”“你”“他”），人称代词的省略，可以在多位

① ［法］程抱一：《中国诗画语言研究·中文版序》，涂卫群译，江苏人民出版社2006年版，第1页。下引该书仅注明书名及页码。

② 《中国诗画语言研究》，第31页。

③ 《中国诗画语言研究》，第32页。

④ 《中国诗画语言研究》，第33—34页。

人物（“我”“你”“他”）之间“创造一种‘主体际的’意识”，叙述者“同时具备多个视点”，时而“与这位或那位人物相认同”，叙事成为“一位复数的人物的内心论辩”，从而将“叙述与故事微妙地交融在一起”[①]。而在程抱一的小说中，我们可以看到这些叙事方式的巧妙运用。

二是程抱一一直视“美”为“从种种生命内部喷发出来的一种欲求”，“是生命内在喷发出的向着美、向着让其此在的生命完美的冲动”[②]，而文学作为一种“第三元”的存在，不断趋向生命大开的过程，正是以语言呈现生命“至真”状态而得以实现。在程抱一的心目中，由于各种历史的、社会的因素制约，人生往往难以达到生命大开的状态，或者可以说，人是距离生命“大开”的世界最远的生物，而文学才能反映人生命最终“大开”的历程。程抱一创作的探求就在于，不断打开文学反映人生命最终“大开”历程的大门。程抱一是在诗歌创作取得丰硕成果后才转向小说创作，是“渴望能够以一种更持久、更意味深长的形式”，释放“充满启示”的“岁月积淀”。[③]程抱一的小说，将文学反映人的生命最终“大开”历程的门扉打开得更大。

1999年，程抱一发表了用12年心血写成的长篇小说《天一言》，当年获法国极有影响的费米娜文学奖，而中国大陆出版了两个版本的中文《天一言》，成为新世纪在中国大陆影响最大的欧华文学作品。小说共分三部。第一部《出发的史诗》讲述天一自1925年出生后在中国南北山水间的流徙、成长，在战乱中与东北青年孙浩郎、川戏女演员卢玉梅结下了刻骨铭心的友情。第二部《转折的历程》讲述1948年天一来到巴黎学画的漂泊生涯，异国旅途的叙事在丰盈动人的细节中，呈现了一个饥渴的中国青年如何进入了与自身有天壤之别的西方艺术世界，也进入了自己的内心世界。天一和法国女子薇荷妮克的情感更生动地展现了两种文化淳朴相处的美好。第三部《回归的神话》讲述1957年初，天一得知当年投身中国革命的浩郎死于政治运动，玉梅孤身陷于困境，他割舍下和薇荷妮克的感情和刚开始尝试的新创作形式，回到了中国，但玉梅已自杀，他却又意外得知浩郎在北大荒劳改农场“死而

---

① 《中国诗画语言研究》，第35页。

② ［法］程抱一：《美的五次沉思》，朱静译，人民文学出版社2012年版，第24、39页。下引该书仅注明书名及页码。

③ 高宣扬、［法］程抱一：《对话》，张彤译，北京大学出版社2011年版，第113页。

复生”的消息，于是开始了他与浩郎在严冬荒野中的精神炼狱，一直到“文革”最终结束了浩郎的生命。天一回到中国，也最终回归于生命之海的“元气”。叙事方式上，《天一言》采用了小说主人公赵天一1982年在中国一间收容所里回忆往事的方式，但又经过了“我”（天一的友人）的“重组”。从叙事人称而言，小说有两个“我”，而两个“我”的关系，从小说开篇，幼年的天一深夜听“叫魂”，随后感觉自己“出魂附体”，到结尾，当浩郎倒地死亡时，天一却看到了自己……都暗示出互相间的“认同”，对“他者”的叙述，都成为“自我”的“内在化”，整部小说讲述的“出发”“转折”“回归”三部曲，正是天一等小说人物生命“大开”的历程。

《天一言》的深层结构是对“第三元”的自觉探寻。小说从意象（如在天、地循环中的“云”）到人物（如处于天一、浩郎两个男性人物中的女性形象玉梅，三个人物之间友情、爱情的共处），都渗透了作者对“生于二，又超于二”的“三”的寻找。天一经历了太多的生离死别：妹妹、爸爸、妈妈、玉梅、浩郎、薇荷妮克…他最终没有绝望自杀，是因为他找到了超越“生”“死”二元的“第三元”，那就是用文字的方式把自己的一生写下来。程抱一在《天一言》的《中文版自序》中引用法国作家普鲁斯特所言“真正的生命是再活过的生命。而那再活过的生命是由记忆语言之再创造而获得的”，由此出发，程抱一意识到，“人与神、人与人、人与天地之间的对话关系都是超于二的，只有对话关系才能滋生出最高境界”[①]，就是说，当任何二元之间的对话关系都会产生“真三”的最高境界时，语言是实现由二元向三元转化的决定性因素。《天一言》将四个主要人物天一、玉梅、浩郎和薇荷妮克分别安排成在绘画、戏剧、诗歌、音乐四个不同的艺术领域各有所长，而语言作为“更高层次上人类超越自我进入创作的途径”，使得“任何的创作”都成为“一门特殊的言语”[②]，小说也由此展开了人与自然，人与社会，及人与人之间的广泛对话，这种对话甚至打破了时空、生死的界限，实现了生命的永恒。

由此，《天一言》的叙事语言也有了回归大地的至美，即便是写叙事引发的思考，或是写在人物思绪中流淌出来的种种想法，也都极为自然、清爽、亲切，有丰富的想象力，更有穷究后的柳暗花明之感，体现着中西文化深度沟通后的智慧，展现出“从无以探测的土地深处，仅靠语言的力量”，来呈现一个中国人的一生“所

---

① 张宇：《程抱一先生与他的获奖小说〈天一言〉：与张宇对话》，http:www.francebooks.infv.

② 高宣扬、［法］程抱一：《对话》，张彤译，北京大学出版社2011年版，第63页。

累积的珍宝”的魅力。

程抱一的第二部小说《此情可待》(2001)出版当年获法兰西学院颁发的法语文学大奖，这也是该学院300多年来第一次颁奖给亚裔作家。这部再次被法国文学界视为“传世之作”的小说讲述明末时期一对情侣的儿女私情，由此展示“人类精神潜在地具有的最高境界：开向无限，开向永恒的神往境界”[①]。小说的男主人公道生原在戏班演奏二胡，与赵家二爷之妻兰英相遇生情，后来他漂泊江湖，占卜行医，以“爱情与药物的结合”，使重病的兰英得以康复，又在二爷勒死兰英之际，以“手心如一的超我之境”使兰英“死而复生”。这部小说再次展现程抱一对人生命“大开”的理解和追求。

小说一开始就强调了小说故事发生的年代(17世纪)与小说书写的时间(21世纪初)存在巨大差异，小说《前言》虚拟了一个在巴黎罗岳蒙修道院举行的以不同文化间的交流为主题的讨论会。参加会议的“我”发现了一位在中国度过漫长岁月的老汉学家从中国带回来的明末手稿《山人叙事》，记述了道生和兰英“所经历的激情”，作者是一位明末“拒绝效忠新建的政权”，“隐居深山野林，专注于写作思考或回忆的书籍”的文士，“他见证到思想那样沸腾，江山那样动荡的时代，却专心致力于如此局限的叙述：两位无名人物的爱恋之情”。而他的记述，数百年后为远道而来的欧洲汉学家“特别感兴趣”，历经千山万水带回法国珍藏，如今又通过“我”得以讲述。从《山人叙事》，到《此情可待》，叙事的几重“传递”，正是借助男女之恋体现的“爱的永恒”这一“堪称‘无时间性’的主题”来“超越时代的局限”[②]，进入人的生命“大开”的境界。小说正文两个“激情”高潮的关键时刻特意安排了道生与欧洲传教士的交往。一是中秋夜兰英赴约私会道生，互相授受人间最安详、最和谐的默契，相约“今生今世，以至来世，都永远在一起”，身体得以净化，心中全无杂念，这显然是两人心灵契合的重要时刻。而在此前，小说刚刚讲述过道生行医结识了不远万里而来传教的异国人，虽然异国人所言“并不易入耳”，道生和他之间还是发生了两个个体真诚相待的对话，道生甚至向异国人坦陈了自己对兰英无以复加的爱。道家和基督，双方的信仰差异巨大，却在“真爱”问题上能

① 高宣扬：《爱与美——与程抱一的对话》，见[法]程抱一：《此情可待》，刘自强译，人民文学出版社2009年版，168页。

② [法]程抱一：《此情可待》，刘自强译，人民文学出版社2009年版，第5页。

毫无阻隔的交流："真爱、至爱""出自我们又超越我们"，产生于男女两方却又超越双方的"真爱"不正是"三"的精神世界？二是道生救活兰英后却无法再见兰英，孤寂泣血，他想"去听听那个一口说'爱'的异国人的话"。异国人一生"没有爱过一位特别的女人"，而"爱一位已婚的妇女"又有违基督教义，但如同明末"纷纷远道而来的西方传教士、文人和知识分子""关注和赞赏"当时中国"民间不乏萌生自由思想，而在情感方面，也正孕育着独特的人文伦理价值和异于传统的浪漫情操"，异国人对道生和兰英的相爱表示了理解、同情、赞赏："真正相爱的人不受空间也不受时间限制，他们是灵魂相系，这比肉身相系更亲密更不可分。"小说还特地写道："他们之间尚有许多事难以交流难以理解。互相注视时，却有巨大同情回旋在冲虚之气所开启的空间"①，这"冲虚之气"不正是不同文化"互相注视"而生的生命真爱？中国民间男女的恋情故事被明末中西文化交流的潮流激发出的爱的真义，正是人的生命"大开"的境界。

程抱一最新的小说《游魂归来时》②是他唯一没融入他国因素而展开的纯然的中国故事，从"荆轲刺秦"的历史"积淀"中寻找"友情和爱情是否能并存？'三'的关系是人类所能及的吗？"这一人类生活的根本性问题的答案。内容和形式的密切融合使它又一次印证了程抱一的深切感悟："美的作品总是产生自某种'（二者）之间'，它是一种'三'，它从相互作用的两者之间喷发而出，使得两者都能超越自身"。③《游魂归来时》正是从程抱一和"荆轲刺秦"历史对话中"喷发而出"的绝美作品。

《游魂归来时》篇幅不长，容量深广。小说分"五幕"，每幕有合唱和小说人物的独白组成，讲述三个"生来就是为了彼此相遇"的人的故事。小说在人们熟知的荆轲、高渐离之间，添加了"春娘"这一人物，让她与荆轲、高渐离的友情、爱情，显示强暴、专制年代存有的热忱和甜蜜。为了制止"始皇帝肇始的非人性专制将会久久地被许多皇帝效仿"，荆轲、高渐离相继刺秦身亡，30多年后，他们的游魂回到春娘身边，由友情、爱情而生的至真至美的情感呈现生命自由的至高境界。

《游魂归来时》的戏剧独白体在"荆轲刺秦"的史传传统中融入了中国抒情传统。三个人物独白深入各自内心世界，显示自身的矛盾、冲突，乃至内心的魔障。

① ［法］程抱一：《此情可待》，刘自强译，人民文学出版社2009年版，145页。

② ［法］程抱一：《游魂归来时》，裴程译，人民文学出版社2015年版。

③ 《美的五次沉思》，第108页。

例如太子丹托付荆轲刺秦时，荆轲的独白呈现其内心的声音，友情、爱情“作为生存的理由”让他无法割舍，这种不舍使他产生“生擒秦王当人质而生还的梦想”，最终导致他刺秦失手身亡。这种内心独白对历史的“改写”在悲悯人性中发人深省。但同时，独白也往往显示了各自心目中的对方，构成潜在的对白，由此抵达历史和心灵的深处。春娘听到的高渐离的乐声“来自原生的大地”，高渐离也确实在放牧生涯中“和山水林木的精气化为一体”，对万物生灵中的弱者充满同情，才有了那意味着灵魂觉醒的奏乐技艺，他的音乐“已无界限，阴阳间一气可通”。高渐离所感受到的春娘，是上天恩赐的“身体与灵魂和谐一体”的女性美；荆轲所感受到的春娘，也是一种“触及根本”的美。而在春娘心目中，两个男人“一阴一阳”，都能与她共享和谐幸福的至高境界。三人之间，“明明白白的友情和隐讳暧昧的爱情形成一种平衡”，也会有打破，但这种打破引向更高的平衡。荆轲赴难临行前，与春娘欢愉，春潮般的情欲“使男性及女性各自完成至真的本性”[①]。高渐离却终能摆脱狭隘私情的纠缠，甚至通过荆轲与春娘的欢愉“也体验到了激情”，这并非世俗智慧导致的既依恋又洒脱。在荆轲遇难后，高渐离仍然不懈寻求“能使真正的‘三’在灵与肉的对话中得以实现”的“更高的境界”，他要“通过灵魂和荆轲重逢”，也能由此与春娘“永远合为一体”。失明的高渐离虽然最终也刺秦失败，身躯成为暴君和爪牙兽性的盛宴，灵魂却与荆轲重逢，与春娘相伴。灵肉交融，友情爱情俱在，此生彼生合一，三个人的声音，“每一个声音都在永恒中同另外两个声音共鸣”，这是从“真二”升华起的“真三”。

《游魂归来时》戏剧独白体叙事的成功，甚至完美，还在于它以诗画“合一”的风采传达出中国文化的风韵。程抱一很早就体悟到，中国文化“只有在艺术中，特别是绘画中，当画家开怀与生命宇宙对话时，有创造者达到了真‘三’意境”[②]。他首先是从中国传统绘画中领悟“真‘三’”世界的存在，所以在小说创作中就会自觉地追求写作和绘画的深层交汇，并由此探寻人类文化的最高境界。《游魂归来时》借鉴绘画而展开叙事是多方面的[③]，一是“时间化入空间”，即将“荆轲刺秦”这一

① ［法］程抱一：《与友人谈里尔克》，人民文学出版社2012年版，第6页。

② 高宣扬、［法］程抱一：《对话》，张彤译，北京大学出版社2011年版，第122页。

③ 笔者注：《游魂归来时》借助绘画展开叙事的分析，一些内容来自我和我指导的2014级中文本科生贾蕊青的讨论。

历史事件中人物“经历的时间转达为灵动的空间”[①]。小说中三人的独白背后，程抱一呈现了一种“时间—空间”上的变易。三人的内心独白是从“现在”这一时间点出发来追忆“过去”的。记忆的内容既具时间性，也具空间性。凭借着记忆，人们就回归到过去的时间那个特定空间，时间就此转化为了空间。三人的独白又往往是集中在某一场景中的各自倾诉，时间似凝固了一般，而此情此景下的心声则得到了深刻呈现。这在某种意义上很像中国绘画里的长卷画，在展开的过程中会不断看到画面的变化。当独白连接起来构成对故事发展的讲述时，就是小说中流淌着的时间；当独白作为各自的讲述彼此交错，从不同的角度勾勒出场景时，所强调的则是小说中的空间内容。于是，“时间”在此变易成了“空间”，而在隐匿的时间之上所展现的，就是一个大开的空间。从叙述形式和文本细节中，我们感知到了程抱一所创造的“大开”的世界。

二是对中国绘画中“虚”的存在及其作用的借鉴。程抱一认为，“时间—空间的变易只有借助虚来实现”[②]，换句话说，戏剧独白只是对于“时间—空间的变易”的“呈现”，而“实现”则需要借助于“虚”[③]。这如中国山水画所呈现的，“虚促成了天地之间的相互作用，甚至演变，并由此促成空间和时间的相互作用和转化”[④]。正是因为有“虚”的存在，画面中代表自然两极的山水，才能保持一种交互关系。若是没有“虚”的存在，画面中每个生命个体就是孤立的，彼此之间没有交流。此处的“虚”所代言的，不再是抽象概念，而可被视为解读绘画创作的一个原则——“关系”。程抱一正是以“荆轲刺秦”这一故事作为小说的基本面，而意在塑造三位浪漫且神秘的人物及其彼此间的“关系”。春娘、荆轲、高渐离三人间的关系，是在不断的变动中最后达成了和谐至美的状态。起初三人构成了在可见的独白平面内的

---

① 《中国诗画语言研究》，第362页。

② 《中国诗画语言研究》，第362页。

③ 笔者注：程抱一在《中国诗画语言研究》将“虚”理解为“正是它，通过在一个既定的系统内引入间断性和可逆性，从而使得系统的构成单位超越僵硬的对立和单向的发展，同时为人提供了一种以整体化的方式接触宇宙的可能性”。他认为“虚”贯串于中国文化的诸多方面，“在音乐中，通过打断持续的展开，它创造出这样一个空间，这空间则使得声音得以自我超越并达到一种声外之声”。“在诗歌中，虚的引入通过取消虚词，以及在一首诗的内部设立对仗来实现。”“在绘画中，虚（没有画迹的空间）占据了大半画面。虚，不是一个毫无生气的存在，在它内部流动着把可见世界和一个不可见世界联系起来的气息。打破线性透视的虚。”

④ 《中国诗画语言研究》，第335页。

三线“交织”；之后随着故事的不断推进，春娘被召进宫、荆轲刺秦败亡——可见的独白平面内只存留下两人，而另一人相对于其他二人则以“不可见”的方式继续存在，如此便形成了立体的倒三角截面的“交织”；至小说最后，荆轲、高渐离皆不存于现世，但春娘却能够清晰地感知二人的存在，立体的正三角截面的“交织”形成了。三人自始至终都不存在真正的分离，这种关系似一股变化且未中断的“气脉”，贯串于始终。《游魂归来时》中，除了三位主角之间的关系，还存在着一个更大范围的“关系”——它是隐藏在戏剧独白“迷雾”中的空间结构：“合唱”作为“剧中人”的见证和陪同存在，而三个“剧中人”的存在价值又指向他们“心灵的珍宝”，于是，“我们”见证“剧中人”，而“剧中人”见证“心灵的珍宝”——这一层层的视角正构成了“我在桥上看风景，看风景的人在楼上看我”的赏画者与画中人之关系。《游魂归来时》构成的这种赏画者与画中人的空间结构，充分体现出了程抱一意欲让所有的赏画者“亲历宇宙间所有事物的本质，并由此而自我完成”的美好愿望。而这个“宇宙”可以看作他所建构的“三元”和谐的至美世界。

三是对中国长卷画艺术视点的化用。中国画的双重透视法（又称“移动透视”）与西方绘画“设定一个优选视点和一条没影线”[①]的线性透视不同，它不仅能构成赏画者与画中人的多层空间结构，承载多维时空，还能够“把不同空间，以至不同时间的观察”“组织在同一画面上”，其中的视点在移动中平、仰、俯、侧不断变化[②]，让“应邀神游至画面深处的观者，每次从一个部分到另一个部分，都会感到在经历一重飞跃。”[③]当程抱一的第三部小说探寻、责问“人的生命存在”[④]时，他对中国长卷画艺术视点的化用，不仅令小说创作沟通了图文，更凭借着由双重透视的形式所呈现出的多维时空，使其创作随时空的变换在精神层面愈加深刻，“恶与美、生和死”等问题的探讨呈现出的是“创造者达到”的“真‘三’意境”。

例如“恶与美”的呈现。程抱一采用“荆轲刺秦”作为小说底本，秦始皇所象征的，乃是野蛮残暴、血腥杀戮；而荆轲、高渐离等，皆是为道义而献身的真正的

---

① 《中国诗画语言研究》，第357页。

② 黄万华：《语图关系的文学史意义——以台港和海外华文文学作为考察对象》，《北京社会科学》2013年第4期，第17页。

③ 《中国诗画语言研究》，第359页。

④ 钱林森：《生命不息，创造不止——法兰西华裔院士、著名诗人程抱一访谈》，《粤海风》2004年第6期，第69页。

勇士。小说首先发问的是：作为反抗者们的内在动力是什么呢？程抱一认为，是美。“作为现时存在，每个生命都具有潜在的向美能力，尤其是具有‘美的欲求’”[①]，当美被毁灭时，正义者自然挺身而出捍卫它。

程抱一对美的思考并没有止步于此。每个生命都有“美的欲求”，可究竟什么是真正的“美”呢？为了回答这个问题，《游魂归来时》对于叙事底本作出了最大的变动：“春娘”的出现。女性在程抱一的认知中有着无比高尚的地位。[②]之前两部小说中的玉梅、兰英，由内而外皆是至美之存在。到了《游魂归来时》中，这一至美的象征就成了春娘。春娘幼时因天灾家破人亡，十四岁时被养父奸污，后来又因容貌出众被召进宫为妃，成为无耻欲望的牺牲品。显然，这个至美之存在，因为命运而饱受摧残。但再残缺，至美仍旧是至美，“美是某种潜在的东西，它始终存在着，它是从种种生命内部深处喷发出来的一种欲求”[③]。春娘的美，固然在于她女性身份的原初之完满，但更在于经由她生命内部喷发出的，对他者有着引渡与召唤作用的欲求，即程抱一所说的：“美吸引美，美增加美，美提升美。”[④]她作为“美”的存在，拥有唤醒“真美”的无穷力量。

“真正的美是领悟的美和向着美的冲动，它激发出爱，丰富了我们爱的观念。”[⑤]高渐离初见春娘后思想发生了变化：他由从前对于女性的饥渴、厌恶，到遇见春娘后的“有冲动和欲望，但是却缄默不言，在沉默中欣赏和崇拜”。于是我们看到，高渐离因春娘的存在，正在逐渐完成向“真美”的进化。而荆轲亦因为春娘、高渐离的存在而反观自身：“在此期间，我体验到和抗暴不同的情感。令人升华的友情，还有无法言说的对一个女人之爱。这些感情不仅重要，而且可以作为生存的理由。”他也因此而走向了“真美”之路。[⑥]

总之，《游魂归来时》完美呈现了从中国历史中升华起灵肉对话的最高境界，也

---

① 《美的五次沉思》，第17页。

② 程抱一认为，“女性美不仅仅是生理演变的结果，它是一种精神征服。这种征服告诉我们真正的美是领悟的美和向着美的冲动，它激发出爱，丰富了我们爱的观念”。

③ 《美的五次沉思》，第24页。

④ 《美的五次沉思》，第78页。

⑤ 《美的五次沉思》，第45页。

⑥ 笔者注：这里的分析采用了我指导的2014级本科生贾蕊菁论文《〈游魂归来时〉小说叙事的当代新意》中的说法。

证明了自身："艺之大者在于倾听自身灵魂与天地之魂的感应，并让他人也能听到这种感应的共鸣"①，这正是包括小说在内的文学的最高境界。

无法（也不应该）预设地以"抒情体小说""诗性小说"等去看待程抱一的小说，但它们又确实有着丰沛的诗意，一种生命大开的诗意，一种"真光，／从黑夜里喷涌而出；／真夜，／孕育喷涌而出的光"（程抱一《夏娃》），诗人与天地万物交流中实现生命大开的诗意。这是语言潜能在小说叙事中得以充分开掘的结果。

四

程抱一代表了战后旅居欧洲的一代作家创作所达到的高度。20世纪80年代后，以中国大陆为出发地的移民高潮产生了新移民文学，这是迄今最被中国大陆所关注的海外语境中的汉语文学。旅欧新移民作家小说创作卓有成绩的不少，如虹影、林湄、章平等。而如果说到小说叙事语言的成熟，我们自然会把目光投向高行健。高行健的小说、戏剧创作起步于对西方现代派艺术手法特别是意识流技巧的借鉴，而他是因为将现代小说艺术从"意识流"推进到"语言流"的贡献，被授予2000年度"诺贝尔文学奖"，成为第一位汉语写作的诺贝尔奖得主。"语言流"是汉语生命大开的状态，也是百年海外语境中文学叙事语言的一种"瓜熟蒂落"。

高行健的创作，始终关注对汉语表达能力的开掘，具有强烈的探索意味。他在1993年与杨炼讨论作家与语言的关系时提出："我觉得：我们所能做的事情，我们觉得有意义的事情，我们正在做的事情，就是扩大、丰富、找寻汉语的表述方式。"②他创作最大的努力就是回到汉语的传统，提升汉语的传统，为了自由而贴切地表达现代人的感知，去发掘汉语的表现力。所以，他偏爱汉语的"活"和"美"，看重汉语通过联想、暗示、象征、隐喻等唤起和调动对方感受的能力，并将其称为语言的"潜能力"，"语言流"就是他开掘汉语的"潜能力"而获得的文学叙事语言。

高行健于1991年5月在斯德哥尔摩大学东方语言学院演讲时，针对《灵山》这部小说提出了"语言流"："我……努力去找寻一种现代汉语，追踪自己的感

---

① ［法］程抱一：《游魂归来时》，裴程译，人民文学出版社2015年版，第28页。

② ［法］高行健：《流亡使我们获得什么》，见《没有主义》，联经出版事业公司2001年版，第152页。

受。……我还以为这种语言可以表达得更为充分，只要变更这主体感受的角度，譬如变一下人称，用第二人称你来代替第一人称我。或用第三人称他来代替你，同一主体通过人称转换，感知角度也就有所不同。《灵山》中，三个人称相互转换表述的都是同一主体的感受，便是这本书的语言结构。……换言之，这部小说不过是个长篇独白，只人称不断变化而已，我自己宁愿称之为语言流。”[①]语言流，首先是充分发挥了汉语的词性、动词的时态、主谓语顺序、人称转换等的自由性，“从汉语结构的很多机制”中“引发更为自由的表述方法”[②]。20世纪80年代，高行健在运用意识流技巧的小说实践中，逐渐认识到语言并不能真正描摹、呈现人物的心理意识运动过程，用语言表现出来的所谓意识流并非真正的意识流。同时，他从“西方作家普鲁斯特、乔依斯”等“对意识和潜意识的追踪以及对叙述角度的建构”中觉察到“汉语和西方语言的差异”，进而发现汉语表达的自由性。由此，他努力调动汉语的潜能力，即运用我们能够捕捉到并且写得出来的最能表现人物内心意识的语言来表现人物的精神世界，而不是用支离破碎的语言形式去模仿意识或潜意识的直接流露。高行健称《灵山》中“第一人称我和第二人称你，前者在现实世界中旅行，由前者派生出来的后者则在想象中神游。随后，才由你中派生出她，再随后，她之化解又导致我之异化为他之出现”[③]。小说中“旅行”的“我”沿长江途经十来个省市最后回到北京，所见所闻一一纪实道来，那是一种“现地”的经历；“神游”的“你”产生于“我”和自己内心的对话，“你”从乌伊镇出发，从东向西出发去寻找灵山，最终登上昆仑山。“我”“你”两者“行走”的方向相反，但都终结于有雪之地。“你”的叙述来自小说男性主人公的内心对话，其生活私人性更为浓厚，于是自然派生出种种女性“她”的叙述。而“他”作为“我之异化”出现，则是指“‘他’也出于‘我’的思考”，但却是以“我”的“自我意识升华后的中性的眼睛”展开的“自我观照”[④]，就是说，“他”走出了“我”的个人日常生活及其影响，从清醒的反省

① ［法］高行健：《文学与玄学·关于〈灵山〉》，见《没有主义》，联经出版事业公司2001年版，第156页。

② ［法］高行健：《没有主义》（1993年在台湾联合报系“四十年来中国文学”会议上发言），见《没有主义》，联经出版事业公司2001年版，第6—7页。

③ ［法］高行健：《文学与玄学·关于〈灵山〉》，198—199页。

④ ［法］高行健：《高行健论创作》，香港明报月刊出版社、新加坡青年书局2008年版，第286页。

的角度审视“我”，同时又扮演“我”。这类似于一个“素有训练富有舞台经验”的演员，既扮演角色，又“不是盲目投入到角色中”，而是“牢牢把握玩味他的角色”[①]。由此产生的“我”和“他”之间的艺术张力更深进入了小说主人公的内心世界。这样一种多声部、多流向的对话，使汉语的色香味得以更多的挥发，叙述的语音语调、句子的节奏旋律，如汩汩流水，毫不间断，自然悦耳地流淌，无须依靠情节、故事，词句本身就会唤起人的丰富的感受从而产生想象。《灵山》的完成，标志着小说感知世界的一种新方式——富于流动性与音乐性的“语言流”的成功。

“语言流”是针对小说创作而得名，但高行健“语言流”的探寻与他的戏剧创作关系密切，甚至可以说，“语言流”在高行健的戏剧中不仅早于其小说，而且表现得极为丰富。高行健的“语言流”是要寻找“一种更符合语言本性的语言”，“从语言的原始状态中”找回现代文学创作中“已经丧失了的语言的很多表现力”，而他的戏剧创作努力“回到语言的听觉的直感上去”，“首先诉诸音响、感觉、有强烈的传导能力、便于直接交流的毫不费解的语言”，“重新发现现代人的语言的色香味……释放人心中潜在的意愿、混沌状态的感受和弥漫开来的情绪的磁场，达到更为充分更为直接的感染和交流”。[②]《车站》《彼岸》《夜游神》《生死界》等戏剧，或以多声部的对话（某一场景，几组角色，同时说话，互有交叉），一步步托出情感的高潮；或以不受语法规范限制的语言碎片，表现多层次的语言内在乐感，还原汉语原始状态的活力；或让对话者中一方自述的台词以第二人称出现，构成多流向的对话；更以语言来唤起并捕捉人物幽微恍惚的内心视像，调动观众（读者）的联想和想象，造成视像。“语言流”在高行健戏剧中的广泛呈现，无疑影响了他的小说创作。他的小说常采取“神游”叙事，“现实、回忆与想象，在汉语中都呈现为超越语法观念的永恒的现时性，也就成为超乎时间观念的语言流”[③]，人物昔日记忆，现时场景，所有的叙述往往裹带着人物的思考与感觉、意识与潜意识，在交织的叙事、对话和自语中，被汉语灵活自如的表达推动着展开。值得关注的是，语言流的探索，依然是在与法

① ［法］高行健：《剧作法和中性演员》，见《没有主义》，联经出版事业公司2001年版，第258页。

② ［法］高行健：《要什么样的剧作》，见《高行健戏剧集10：夜游神》，联合文学出版社有限公司2001年版，第124—126页。

③ ［法］高行健：《没有主义》（1993年在台湾联合报系“四十年来中国文学”会议上发言），见《没有主义》，联经出版事业公司2001年版，第6页。

语相遇、对话中展开的，更是高行健写作以求生命自由的一种归宿，其长诗《游神与玄思》言，“自言自语／乃语言的宗旨／而游思随想／恰是诗的本意”，作家个人内心的自语是创作生命的栖息地，引发语言流的创作。这是他20世纪80年代的创作就已经开始的努力，而终于在新世纪结出硕果。

晚清陈季同、五四盛成、战后程抱一、20世纪80年代后高行健，都并非各个时期独立的个案，其中包含着海外语境中小说叙事语言成熟的文学史线索。中西文化交流中语言意识的自觉和艺术境界的提升，离散境遇中语言原乡的建构和汉语潜能的开掘，无功利写作环境中多种语言资源的发掘和不同艺术因素的交汇，都使得海外语境中小说创作始终拓展其语言世界，不断赢得小说叙事语言的成熟。

（南开大学文学院黄一参与了本文写作，成稿于2019年6月）

浪子佳人：一个古老“拯救”话题的现代演绎

——张爱玲《倾城之恋》再解读

孟文博　徐冰月

内容摘要：《倾城之恋》是被学者们解读最多的张爱玲作品之一，以往的学者多认为在范柳原和白流苏之间并不存在真正的爱情，只是战争的爆发成全了他们。但实际上这部作品的爱情叙事仅仅是其表面，它本质上是一个现代版的“才子佳人”故事，是一个古老“拯救”话题的现代演绎，其本质层面正是张爱玲内心深处的现代拯救意识。

关键词：张爱玲　《倾城之恋》　“拯救”

《倾城之恋》里范柳原与白流苏的感情纠葛从一开始便被傅雷定位为“玩世不恭的享乐主义者的精神游戏”①，后来的学者多延续这一观点，认为虽然这两人最后结合了，但这结合不是“两人传奇的结果，而是因为外在战争的干预”②，“交易的

本文为2018年度山东省社会科学规划研究项目“中国现代文学经典作品版本校勘与史料考释”（18CZWJ02）及山东大学（威海）人文社会科学青年团队项目“‘世界’的中国现当代文学与‘人类命运共同体’”之建构（2020WQTDXM002）的阶段性成果。

作者简介：孟文博，山东大学（威海）文化传播学院副教授，主要从事中国现当代文学研究。徐冰月，山东大学（威海）文化传播学院2019级中国现当代文学专业研究生。

① 迅雨（傅雷）：《论张爱玲的小说》，《万象》1944年第3卷第11期。

② 李欧梵：《苍凉与世故》，上海三联书店2008年版，第74页。

因素亦多于爱情的因素”，因此“只是名义上的。这婚姻里缺乏的是爱情”[①]。有女性学者甚至认为：“这部爱情传奇是一次没有爱情的爱情。它是无数古老的谎言、虚构与话语之下的女人的辛酸的命运。”[②]后来陈思和先生由“细节证据”证实了范、白爱情的真实性，这个论证显然更为合理，但是陈思和先生虽然证实范柳原对白流苏是动了真感情，却没有解释为什么一个放浪公子会对一个离异女性动这样的真情。事实上，笔者认为这才是这部小说的核心问题，也是我们理解作家创作心理的关键所在。

一、“浪子”其实比“佳人”更渴望被拯救

范柳原这个形象从刚一诞生便被傅雷带上了“狡猾精刮的老留学生”的帽子，此后无论是读者还是学者也大都对他持否定态度，认为“‘玩世不恭的享乐主义者的精神游戏’，这一评语，用于范柳原是合适的”[③]。这样的评价当然与这个人物在作品里的生活方式直接相关，从他还没正式出场，我们就因徐太太的介绍了解到他“嫖赌吃着，样样都来，独独无意于家庭幸福”。范柳原太容易让人想起《沉香屑：第一炉香》里的乔琪乔，《金锁记》里面的姜季泽，因此也容易使读者在后来不耐烦去理解他那些“哑谜”似的话，或者干脆像白流苏那样以“在恋爱过程中，女人往往听不懂男人的话”为由匆匆放过去。但事实上，范柳原对白流苏说的那些话正是我们窥探他真实内心世界的钥匙，如果细加分析我们就会发现，在他“放浪”行为的背后其实隐藏着一个痛苦的灵魂，而且其痛苦程度并不亚于白流苏。

范柳原第一次对白流苏吐露心曲是在浅水湾散步的路上，他先是对那堵灰墙发了通感慨，然后对流苏说：“我知道你是不快乐的。我们四周的那些坏事、坏人，你一定是看够了。可是，如果你这是第一次看见他们，你一定更看不惯，更难受。我就是这样，我回中国来的时候，已经二十四了。关于我的家乡，我做了好些梦。你可以想象到我是多么的失望。我受不了这个打击，不由自主的就往下溜。你……你如果认识从前的我，也许你会原谅现在的我。”在被白流苏反问之后，“他突然笑了

① 艾小明：《反传奇——重读张爱玲的〈倾城之恋〉》，《学术研究》1996年第9期，第84页。

② 孟悦、戴锦华：《浮出历史地表——现代妇女文学研究》，河南人民出版社1989年版，第260页。

③ 艾小明：《反传奇——重读张爱玲的〈倾城之恋〉》，《学术研究》1996年第9期，第85页。

起来道：‘其实我用不着什么借口呀！我爱玩——我有这个钱，有这个时间，还得去找别的理由？’他思索了一会，又烦躁起来，向她说道：‘我自己也不懂得我自己——可是我要你懂得我！我要你懂得我！’他嘴里这么说着，心里早已绝望了，然而他还是固执地，哀恳似的说着：‘我要你懂得我！’”①

范柳原一连串语言与神态的转变反差极为强烈，简直让人莫名其妙，但也恰恰正是这段莫名其妙的话真实折射出了他内心的巨大矛盾与痛苦。如果细细考察一下范柳原的经历，我们就会明白这痛苦从何而来。

范柳原是一个出生在英国的私生子，他因父母早已双亡，一度“孤身流落在英伦，很吃过一些苦，然后方才获得了继承权”。这些信息虽然简单，但也足以让我们我们能够想象范柳原当年在英国的生活如何悲苦，这悲苦不仅仅是经济的拮据，更在于他精神的孤独。根据马斯洛的理论，人在满足最基本的生理需求与安全需求后便会追求满足归属与爱的需求，归属与爱是一个人实现幸福的基本前提，而范柳原“孤身流落在英伦”的时候显然是缺乏归属感与爱的，也正因为此他才对自己的“家乡”“做了好些梦”。但可悲的是当他二十四岁回到家乡的时候，遇到的却是“对他抱着仇视的态度”的“族人”，他非但没有找到归属与爱，连“在法律上确定他的身分”都遇到“种种棘手之处”。于是范柳原在这些“刺激”之下便“渐渐的就往放浪的一条路上走”。我们都知道“放浪”的生活就像烈酒和毒品，它可以暂时麻痹人的神经，但却无法真正填补人内心的空虚，在这麻痹消退之后，人不得不面对席卷而来的更大的痛苦，结果又会把社会与现实看得更加虚妄。然而人并非完全没有自我省察精神，在堕落者眼里的社会与现实虽然虚妄化了，但“社会的死亡，真实现实的消失，这均使人产生对现实的怀旧：令人着迷地、不顾一切地追寻真实的情感，真实的价值，实实在在的性”②。而正是在这样的背景下，范柳原遇到了白流苏。

范柳原与白流苏初次见面的场景被作家隐去了，他们暴露于读者面前的接触开始于白流苏来香港之后，范柳原安排白流苏住下，接着就有这么一段描写：“柳原倚

① 张爱玲：《倾城之恋》，《杂志》1943年第11卷第6期、第12卷第1期。以下《倾城之恋》作品中的原文均引自此处，不再一一加注。

② ［英］迈克·费瑟斯通：《消费文化与后现代主义》，刘精明译，译林出版社2000年版，第124页。

着窗台，伸出一只手来撑在窗格子上，挡住了她的视线，只管望着她微笑。流苏低下头去。柳原笑道：‘你知道么？你的特长是低头。’”这句话如果单独理解很容易被当作恋人间的调情，但如果结合后面两人在香港饭店里的对话，它的含义就显现出来了：“柳原道：‘你好也罢，坏也罢，我不要你改变。难得碰见像你这样的一个真正的中国女人。’流苏微微叹了一口气道：‘我不过是一个过了时的人罢了。’柳原道：‘真正的中国女人是世界上最美的，永远不会过了时。’”

“低头”“真正的中国女人”“最美的”，把这些关键词联系在一起我们就会明白范柳原的审美倾向，这个极度缺乏归属与爱的“放浪”公子正在“不顾一切地追寻真实的情感，真实的价值，实实在在的性”。而这显然不是像萨黑荑妮公主这样风尘女子所能给予的，张爱玲给她取了这么一个奇怪的名字，并在她出场时进行了讽刺式的描写，其用意就在于与白流苏进行比衬，凸显范柳原选择的合理性。

白流苏“低头”的“特长”其实正代表了她的传统东方女性之美，这一点张爱玲在作品的前半部分描写其容貌时已有伏笔：“她那一类的娇小的身躯是最不显老的一种，永远是纤瘦的腰，孩子似的萌芽的乳。她的脸，从前是白得像磁，现在由磁变为玉——半透明的轻青的玉。上颔起初是圆的，近年来渐渐的尖了，越显得那小小的脸，小得可爱。脸庞原是相当的窄，可是眉心很宽。一双娇滴滴，滴滴娇的清水眼。”这段话简直能让人联想起林黛玉，而下面的描写则有着更明显的含义：流苏合着四爷的胡琴“向左走了几步，又向右走了几步，她走一步路都仿佛是合著失了传的古代音乐的节拍”。

儒家“妇德”的千年教化使中国传统女性体现出温和、婉约、含蓄、哀而不伤、怨而不怒、温柔敦厚的精神气质，这种精神气质在现代文明“这不可理喻的世界里”就像那堵“灰砖砌成的墙壁”，虽然朴实无华，却最容易让人“想起地老天荒那一类的话”，正像范柳原所说的：“……有一天，我们的文明整个的毁掉了，什么都完了——烧完了、炸完了、坍完了，也许还剩下这堵墙。”所以在他看来，“真正的中国女人是世界上最美的，永远不会过了时”。

正因为此，范柳原才对白流苏一见钟情，第一次见面便撇下正式的相亲对象而接二连三地请她跳舞，然后又花很大的心思把她带到香港——这个“放浪”公子早已厌倦了他“四周的那些坏事、坏人”，太需要在这个“真正的中国女人”身上寻找“真实的情感，真实的价值”。也正在这一点上，我们就可以理解范柳原在码头接第二次来香港的白流苏时所说的话：“‘你就是医我的药。’”白流苏身上所体现出的“真正的中国女人”气质以及这种气质所代表的“地老天荒”般的“真实”正是疗救范柳原这个浪子痛苦心灵的良药，这让他在一开始就对白流苏寄予了极大的期望，“我要你懂得我”这句话从本质上来说其实是“我要你救我”，而“绝望”“固执”“哀恳”这些词语则强烈体现出范柳原渴望被拯救的迫切心理。

二、中西婚恋文化的错位被战争强力所捏合

然而可悲的是，范柳原精神痛苦实质已大大超出了白流苏的经验范围，白流苏并不懂他，更不知道该如何救他，她只“愿意试试看”，而接下来的故事正如陈思和先生所说的，“是一种文化的误读和错位的故事”[①]，即白流苏所接受的中国传统文化与范柳原所接受的西方现代文化接不上茬。中国传统文化在婚恋问题上强调“媒妁之言，父母之命”，要求男女双方越过“恋”的过程而直接“婚”，而西方现代文化在这个问题上正相反，一定要先“恋”后“婚”，把婚姻建立在彼此相恋相爱的基础上。他们之间的矛盾集中体现在了范柳原半夜给白流苏打电话时所背的诗里，范柳原故意把“死生契阔，与子成说”背成“死生契阔，与子相悦”。在他看来，“相悦”是两情相悦，“成说”是立下婚约，白流苏一直期望的是后者，而范柳原却一定要先经历前者，他需要在“相悦”的基础上建立“真实的情感”，然后再进入“地老天荒”的人生厮守，否则的话，“婚姻”就无异于“长期的卖淫”。

但也就是在那天晚上，范柳原曾用两个意象一度唤醒白流苏的爱情意识：“月亮”与“玫瑰”，这两者分别是中西方最明显的爱情象征。白流苏再傻再笨也会明白，于是她一时竟“哽咽起来”。然而白流苏虽然明白了范柳原的真心，却依然不知道该如何回应他，她一门心思还是在“精刮”算计着结婚，甚至采取以退为进的策略，要回上海，为的是希望“他有一天还会回到她这里来，带了较优的议和条件”。范柳原对白流苏的策略无疑是懊恼的，于是他“也不坚留”，反而“自告奋勇要送她回去”。接下来分开的日子对两人来说都是煎熬，等他们“熬到了十一月

① 陈思和：《都市里的民间世界：〈倾城之恋〉》，见《中国现当代文学名篇十五讲》，北京大学出版社2003年版，第357页。

底”，终于是范柳原先熬不住了，毕竟“难得碰见像”流苏“这样的一个真正的中国女人”，难得找到疗救自己心灵痛苦的“药”，于是他发电报“乞来港”。白流苏是带着“屈服”与“压力”来的，而就在当天晚上，他们之间发生了流苏认为早该发生的事。这是两人互猜“哑谜”的高潮，同时也是悲剧的高潮，那“直烧上身来”的“野火花”根本就不是两情相悦的爱情土壤里实实在在培育出来的，而是彼此“屈服”的结果——白流苏“屈服”于命运，范柳原则“屈服”于巨大的文化差异，这种巨大差异显然不是这两人在几个月的时间里能克服的。

从这个角度出发，我们就不难理解为什么范柳原第二天告诉白流苏“一礼拜后就要上英国去”，不但“不可能”“带她一同去”，而且要“一年半载”才回来。这一情节曾被很多评论者当作范柳原对白流苏的始乱终弃，从而对其口诛笔伐，甚至由范柳原身上看到“西方个性主义的实质——自我中心主义”[①]。其实问题本质是，范柳原在一时的“屈服”换不来他想要的“地老天荒”，对他来说此时的白流苏与萨黑荑妮有什么本质区别？如果两人就这样结婚，那么这“婚姻”与“长期的卖淫”又有何不同？我们由此完全可以想象范柳原当晚在激情平息之后所感到的悲凉与焦灼，所以他才在第二天就告诉白流苏要去英国，连为什么去都不解释，他知道白流苏不会理解他的，他已真的“绝望”了。范柳原幻想用时空与时间来解决问题，这实际上是一种逃避，正反映了他的懦弱与无知。从一开始他就只想用白流苏这剂“药”来疗救自己的痛苦，却不知该如何对待这“药”的“副作用”。“真正的中国女人”不仅有着“地老天荒”般的“真实”，同时还有被传统文化所教化出的根深蒂固的保守性与依附性，正如鲁迅所说的：“女人的天性中有母性，有女儿性，无妻性。妻性是逼成的，只是母性和女儿性的混合。”[②]现代社会有着正确爱情观的人都知道，男人对女人的爱最重要的不是索取，而是包容，毕竟女人是这社会上的“第二性”，属于弱势者。但对于范柳原来说，他内心的痛苦与寻找拯救的愿望都太强烈，结果只一门心思“索取”而没有想到该如何“包容”。另外，多年来“放浪”的生活使他一直没有机会认真经历一场真正的爱情，同时又被那些“紧扯白脸的把女儿送上门来”的“太太们”给“捧坏了”，所以他始终无法完成自我拯救乃至最后

① 徐晓杰：《中西文化的撞击与交媾——〈倾城之恋〉再解读》，《克山师专学报》2003年第2期，第45页。

② 鲁迅：《小杂感》，见《鲁迅全集》第三卷，人民文学出版社2005年版，第556页。

由于“绝望”而出走。

然而范柳原始终无法解决的问题却在一个时间点上被突然戏剧化地解决了——战争爆发了。战争把一个“地老天荒”的浪漫主义问题瞬间变成了一个“生死存亡”的现实主义问题，范柳原原来那些“什么都完了——烧完了、炸完了、坍完了”的话居然一语成谶，那“堵灰砖砌成的墙壁”不仅开始真正见证两个人的“真心”，同时还见证了两人终于跨过总也接不上茬的“相悦”阶段而直接“成说”。于是，当“文化的误读和错位”所带来的痛苦被外界的强力所抹去，“成说”的结果便开始带给这“一对平凡的夫妻”“人生安稳的一面”。两人一起同居，然后登报宣布结婚，最终使这部小说成为张爱玲唯一一部大团圆式的作品。

三、更本质层面的张爱玲现代拯救意识

也许人们已经习惯了张爱玲的“苍凉”，所以历来对这部作品结局的争论颇多，傅雷评价说“《倾城之恋》给人的印象，仿佛是一座雕刻精工的翡翠宝塔，而非莪特式大寺的一角”[①]，而陈思和先生则认为张爱玲创作《倾城之恋》时只有23岁，“没有爱情的经历”，“还不知道爱为何物”，因此她描写爱情不过是“为赋新词强说愁”。[②]但从上篇的解读我们不难看出，张爱玲在这部作品里并非仅仅刻意卖弄文字技巧，也非“解构爱情，奢谈虚无”，从更本质的层面上来说，她是在讨论一个更为严肃而悲悯的话题，那便是“拯救”。

如果把《倾城之恋》放在张爱玲的创作历程中去考察，我们就会发现这部作品的特殊意义。张爱玲在此之前的小说共有四部：《沉香屑·第一炉香》《沉香屑·第二炉香》《茉莉香片》《心经》，无一例外都是“学生题材”，而《倾城之恋》则是第一部真正意义上的“成人题材”，因此这部作品也可以看作是张爱玲文学创作的“成人礼”，是她严肃思索人生要义的开始，在此之后张爱玲的小说创作便更为老成，而散文创作也显著增多起来。

一个作家的人生观最直接最真实的体现，往往在其创作的散文里，正如余光中

---

① 迅雨（傅雷）：《论张爱玲的小说》，《万象》1944年第3卷第11期。

② 陈思和：《都市里的民间世界：〈倾城之恋〉》，《中国现当代文学名篇十五讲》，北京大学出版社2003年版，第366页。

所说："在一切文学的类别中，最难作假，最逃不过读者明眼的，该是散文。"[①]所以张爱玲的散文正可以被我们看作了解其人生观，进而解读其作品的有效途径。

《倾城之恋》问世五个月后，张爱玲发表了散文《谈女人》，她在这篇文章的前半部分极尽调侃，但到了最后却认真起来："超人是男性的，神却带有女性的成分，超人与神不同。超人是进取的，是一种生存的目标。神是广大的同情，慈悲，了解，安息。像大部分所谓智识分子一样。我也是很愿意相信宗教而不能够相信，如果有这么一天我获得了信仰，大约信的就是奥涅尔《大神勃朗》一剧中的地母娘娘。《大神勃朗》是我所知道的感人最深的一出戏。读了又读，读到第三四遍还使人心酸泪落。"在张爱玲看来，奥涅尔笔下的地母娘娘虽然粗俗，却散发着神性的光辉："人死了，葬在地里。地母安慰垂死者：'你睡着了之后，我来替你盖被'"，"她站着，像大地的偶像，眼睛凝视着莽莽乾坤。"张爱玲赞叹说："这才是女神！"而"女人纵有千般不是，女人的精神里面却有一点'地母'的根芽"[②]。再过四个月之后，张爱玲为了回应傅雷的批评写了《自己的文章》，在文中她又一次阐述了类似的话："强调人生飞扬的一面，多少有点超人的气质。超人是生在一个时代里的。而人生安稳的一面则有着永恒的意味，虽然这种安稳常是不完全的，而且每隔多少时候就要破坏一次，但仍然是永恒的。它存在于一切时代。它是人的神性，也可以说是妇人性。"[③]

张爱玲从小就缺乏家庭的温暖，整个成长与求学的过程更是充满坎坷与漂泊，这样的经历让张爱玲很自然地更注重"人生安稳的一面"。从这个角度说，张爱玲其实与范柳原有着更近的精神共通性，因此也更理解范柳原的精神痛苦，事实上，此时的张爱玲何尝不是在渴望着被人"懂得"？四个月后她遇到胡兰成，初次见面竟长谈五个小时，她终于遇到"懂得"自己的人，欢喜得居然可以"低到尘埃里"，她后来在信中给胡兰成所说的话正可以做最好的注解："因为懂得，所以慈悲。"

至此我就可以再回头去讨论《倾城之恋》中的"拯救"主题了。白流苏的渴望被"拯救"仅仅属于凡俗层面，传统女人"嫁汉嫁汉，穿衣吃饭"的人生追求已延续千年，早就没什么新意可言。但范柳原所渴望的"拯救"却意义大不同，它属于

---

① 余光中：《余光中散文·自序》，浙江文艺出版社1997年版，第1页。

② 张爱玲：《谈女人》，《天地》1944年第6期。

③ 张爱玲：《自己的文章》，《苦竹》1944年第2期。

更高层次的精神层面，或者说是“神性”层面。张爱玲在《关于〈倾城之恋〉的老实话》中说过“我的情节向来是归它自己发展，只是处理方面是由我支配的”。“因为我用的是参差的对照的写法，不喜欢采取善与恶，灵与肉的斩钉截铁的冲突那种古典的写法，所以我的作品有时候主题欠分明……”[①]“自己发展”的“情节”与“参差的对照的写法”共同造成了“主题”的“欠分明”，却让我们更方便去窥探张爱玲深层次的精神取向，她的本意主要“要表现的那苍凉的人生的情义”，结果范柳原在作品里被“拯救”这一“自己发展”的“情节”实际上却体现出了她自己潜意识里的“地母信仰”。

把白流苏比作范柳原的“地母”显然不太恰当，“地母”对人的爱是有意识的主动，但白流苏却始终“并不觉得她在历史上的地位有什么微妙之点”，她仅仅是在延续着“一个真正的中国女人”千百年来的本能，而且“就事论事”，她“也只能如此”，所以张爱玲根本不打算追究白流苏的“怅惘”，她本人就与五四以来的启蒙主流相背离甚至有意识地反叛，又怎么会要求自己笔下的人物被“香港之战的洗礼”“感化成为革命女性”？张爱玲和她笔下的人物从本质上来说都不是过程主义者，他们都渴望被“拯救”，不管这个过程是如何的坎坷波折，最重要的是要有个“安稳”的结果。

张爱玲在结尾处一句“传奇里的倾国倾城的人大抵如此”，似乎在赋予这个故事以某种历史性，事实上，这个故事里的男女际遇也很容易让人想起历史上的“才子佳人”题材，而这个题材在本质上恰恰也是在叙述一个“拯救”的话题。“才子佳人”题材的创作潮流开始于明末清初，正如有学者所论述的：“明末党争复杂，清初异族统治，八股取士严苛，一大批文人的才学无法用于齐家、治国、平天下。在这种情势下，他们中的许多人转而从性灵世界中寻求寄托，从理想女性形象中寻求慰藉。”这些文人笔下的“才子”落魄潦倒，需要被“佳人”拯救才能终成正果，正反映了他们在现实中的无奈，但这样的作品“是从男性的视角进行创作的，在大肆显扬理想女性的过程中，表现出明显的男性中心的意识”[②]。因此可以说，它们本质上是男性传统文化意识的反映。张爱玲显然与这些文人有着天壤之别，她虽然

① 张爱玲：《关于〈倾城之恋〉的老实话》，《长江画刊》1945年第4卷第4期。

② 董雁：《超越与异化——才子佳人小说理想女性观评析》，《宁夏大学学报》（人文社会科学版）2005年第6期，第58页。

也谙熟中国传统文化，但在现代都市的成长与求学经历使她成为一个典型的现代女性，由此她便能够以现代的眼光看出遗老遗少的“可怜”与“可笑”，同时也能敏锐地感觉到属于现代人的精神痛苦。在《倾城之恋》的故事里，传统的“佳人”遭遇到了现代的“浪子”，“文化的误读和错位”让情节进展得格外跌宕起伏，自然也迥异于老式“才子佳人”创作的程式化套路，但这两者本质上都在围绕一个“拯救”的话题展开叙述。因此我们或许可以说，它是一个古老“拯救”话题的现代演绎。

现代小说审美智趣论

——以钱锺书《围城》等为例

王洪岳

内容摘要：打通古今、学贯中西的钱锺书，在西学和现代哲学意识催生下，在小说创作方面体现出了精妙而高超的叙述艺术。这种艺术性主要体现在智趣营造方面，尤其是著名的长篇小说《围城》，充满了审美智趣。《围城》的这种“智趣”是将“智”与“趣”巧妙结合起来的，其“智”在机智、知性、哲学、思辨与悖论层面，而且往往和人情练达、世事洞明的人生智慧，以及或含而不露或暗藏机锋的对话、动作、心理描写等联系在一起。其“趣”既与具有丰厚的国学传统的士人趣味分不开，也与在欧风美雨滋润下的理趣息息相关。前者可谓传统之雅趣，是千百年来中国士人阶层在漫长的社会生活和政治生活中修炼出来的文人情致趣味，是融合了儒道屈骚等传统国学中侧重审美素养的集中体现。在钱锺书的小说中，儒家的人物品评、知人论世的社会学、伦理学认知方式，特别是《世说新语》那种品藻人物的遗风，道家那种与自然融洽的会心达观、超我无我，佛家的偈语体悟等汉学中的巧智、慧眼、人生哲学，屈骚的感伤之情怀与自然审美之病弱美等，被作家所承继与发扬光大。后者则是在20世纪时代背景下现代小说家，被欧风美雨滋润下萌芽、生长和挥发的结晶，正是在这样的风潮下，钱锺书的小说创作获得了丰富的智趣营养，从而呈现出崭新的艺术风貌和世界性的审美眼光，其中特别渗透着诸如弗洛伊德精神分析学、

本文系作者主持的国家社科基金后期资助项目“元现代文论研究”（19FZWB039）阶段性成果。

作者简介：王洪岳，浙江师范大学人文学院教授、博士生导师、文艺学研究中心主任。

现代爱情学、语言学等精神和审美因素。其小说审美既不同于中国古代传统小说那种依靠快节奏的动作性和对话性来呈现的叙述特点，也不同于西方小说那种细密的心理分析特质，而是以古与今、中与西的碰撞所带来的崭新叙述体式和审美范式。它仍然有传统小说对话和动作描写的细密而精确的特点，但这种特点带上了人物瞬息万变的心理活动色彩；这种心理因素又不同于欧洲小说那种静态的展示性描写，而是在动作或对话当中，在与心理描写等结合而顺带来的。另外，钱锺书小说的美学特质还体现在，它改变了传统小说那种截然分明的善恶或美丑判断，而是带有一种善恶、美丑、真假杂糅、互渗的特点；与此同时，这种充满了智趣的高密度、强张力的叙述产生了讽刺、反讽和喜剧效果，是一种不同于同时期诸多小说流派或思潮的新式小说审美类型。因此，钱锺书小说深得现代小说之奥秘，亦符合现代小说发展之趋势。

关键词：钱锺书 《围城》 小说智趣

趣味是传统中国诗学或美学的一个极其重要的范畴，大致包括三个精神方面或领域：情趣（侧重于感性、审美或艺术同趣味结合的方面）、意趣（侧重于意志力、道德、伦理与趣味结合的方面）、智趣（侧重于知性或理性同趣味的结合方面）。但智趣不同于情趣和意趣，它是把审美情趣或意趣同智慧相结合的产物。钱锺书的小说创作之所以别具特色，主要在于其小说艺术和学术研究互相激荡，相得益彰，互相促进。而作为学术研究的某种独特形式的结晶，其《围城》等小说自然就会显露出一种别样的风格。而其学术研究中的传统文化和审美情趣、意趣在与西方精神智慧的碰撞中，在其小说创作中有意无意地发生了渗透和融合，从而产生了一种新的小说审美格调或风格，可称之为钱锺书式的智趣性小说审美。审美智趣是艺术中的“趣味”与“智慧”（“趣”与“智”）结合的结晶。钱锺书小说的审美智趣虽然以中国古代文化和艺术中的文人雅趣作为一种资源，但是两者又是不同的。中国古代艺术到了末期，产生了明清的书画和诗文艺术，在八大山人（朱耷）和扬州八怪等人那里达到了高峰或极致。八大山人的花鸟画，那些瞪眼而做飞翔状的鱼、干枯的树柯、孤寂的石头、孤傲的兰草等，无不体现出画家内心追求自由但又不得的郁闷和无奈，体现出一种临近自由边界的孤苦无告的艺术心理特征。明清的（古代）小说叙述艺术也逐渐臻于完善，无论短篇还是长篇小说，在这个带有综合意味的时代，传统的叙述把小说的诸般技巧发展到了烂熟的极致，如人物形象的塑造主要靠人物之间的关系，包括人物之间的对话、表情、动作、服饰、环境等外在的促发因素来进行。但是，无论书画艺术还是小说叙述艺术，给人的审美感受都是封闭的，甚至绝望的。这种传统士人所面临的精神黑暗无望的状态，与黑格尔所说的中国历史实际上是一种“无历史”的状态有关，亦即中国社会的演变历史实际上是一种体制内部的循环，一种封建专制体制的轮回循环，缺乏否定之否定的机制或力量。而产生于其中的传统的“情趣主义”也具有这种悲剧性的循环。中国当代艺术的审美情趣或精神须向西方的艺术真理观借鉴精神营养，唯有如此，才能走出“情趣主义”，走入更广大的艺术境界，同“真实”或“真理”结合，才能产生艺术的新质，产生笔者所说的审美智趣。对此，笔者把中国艺术和西方艺术在古代和近现代的演变情况，在题为“情趣与真理——论近代中西艺术观念的逆向演变”的论文中做了分析和研究。[①]另外，古代小说精品如《三言二拍》《聊斋志异》《三国演义》《水浒传》《金瓶梅》《红楼梦》，等等，那种近乎出神入化、登峰造极的古典小说叙述艺术，同样被《围城》的作者所吸纳，从而在与西方文化艺术的碰撞或激荡当中，幻化出一种崭新的小说审美智趣的亚类型。可以说中国古代的“情趣”如果要适应或产生新的审美质素，就要打破那种狭隘的遗老遗少的个人“情趣主义”，因为即使像朱耷那样惊世骇俗，甚至可谓走到了传统审美和艺术之边缘的大画家，其艺术也仍然囿于孤寂和无望的精神深渊中不能自拔。因此，八大山人是孤愤而绝望的，因为即使像他这样创造了让世人震惊的书画和诗歌艺术，但是仍然囿于孤寂、苦闷、压抑和无望的精神深渊中不能升华自身的境界。中国当代艺术包括小说的审美情趣或精神风貌须在充分继承传统的基础上，努力向西方同样丰厚的真理观艺术多多借鉴。唯有这样，中国当代小说才能走出一己之“情趣主义”，走入更阔大的艺术境界，同“真实”“真理”结合，从而产生新的艺术，创造出笔者所说的审美智趣。小说作为文学的一个分支艺术，自然也需要有趣味，这在古代小说中不成问题。但是自进入近代以来，小说逐渐变成了“经国之大业，不朽之盛事”的载道明道的体裁，成了“新民”“立人”或干脆就是“政治”的工具，趣味就愈来愈稀薄，仿佛喜马拉雅山上的空气；即使有趣味，要么变得“三俗”

① 参见王洪岳：《情趣与真理——论近代中西艺术观念的逆向演变》，《同济大学学报》(社会科学版)2017年第2期。

（媚俗、低俗、恶俗），正所谓恶趣是也，像数量很大的近代礼拜六派、黑幕小说、苦情小说（如部分鸳鸯蝴蝶派作品）。要克服上述小说的俗趣、恶趣，就需要创造较为高雅的新的审美趣味，需要相当数量的小说家积极参与进来。20世纪40年代中后期，学贯中西、中西合璧的饱学之士钱锺书率先探索，而且真的当仁不让，经过了两年多时间创作了现代经典《围城》及《人·兽·鬼》等小说作品。他的率先探索，即使站在新时代的当下来看，依然值得我们珍视和进一步总结、阐发。

钱锺书的小说创作和学术研究可谓相得益彰，互相促进，学术研究中的朴学求实精神、传统文化素养和审美情趣，在与西方科学智慧和精神的碰撞中，在其小说创作中有意无意地渗透和融合于其间，产生了一种新的审美格调或风格，可称之为钱锺书式的小说审美智趣。因此，本文主要就钱锺书长篇小说《围城》的审美智趣及其与传统文化的关系为个案，做一考察，并求教于方家。

钱锺书小说最大的特点或贡献就是书写了中国知识分子群体在现代的形象和面貌，尤其是其与整个中国现代文学迥然不同的精神风貌。而这种精神风貌又是依靠作家或叙述者叙述话语呈现出来的。其叙述话语的最大特点又在于继承和丰富了传统小说的审美情趣，体现出作者深厚的国学或汉学基础。分析和阐释这种审美智趣是如何渗透了传统文化因素，并且这种因素是如何被西来的审美技能所影响而发生了折射和变形，正是颇有价值的。因为长篇小说《围城》属于喜剧性小说，所以从其审美情怀和精神的传统文化来源看，钱锺书小说的审美智趣又可以在喜剧性范围之内划分为讽刺性智趣、反讽性智趣、滑稽性智趣等亚类型。

一是讽刺性智趣。《围城》中，叙述方鸿渐、苏小姐、鲍小姐等中国留学生乘船由法国辗转来到了西贡，“这是法国船一路走来第一可夸傲的本国殖民地。船上的法国人像狗望见了家，气势顿长，举动和声音也高亢好些”①。在娓娓道来的叙述中，插入的这一描写兼议论的话语，借用了“狗仗人势”这一中国传统俗语，从而使小说语言充满了讽刺性的智趣。方鸿渐在两个女人鲍小姐和苏小姐之间周旋，在得到了鲍小姐之后，苏小姐懒得正眼看他。但是方鸿渐在企望重新得到鲍小姐欢心之际，比喻失当，把她形容为“黑甜”“朱古力小姐”，结果又引来鲍小姐怫然，“也许你喜欢苏小姐死鱼肚那样的白”。这里通过鲍小姐的话，化

① 本文所引之文字，除特别注出外，都出自钱锺书《围城》，人民文学出版社1991年版。

用了中国传统小说中对早晨的自然环境描写的熟语“鱼肚白”。还有大家调侃方鸿渐和鲍小姐打得火热，有船友就用“秀色可餐”来打趣方鸿渐。“鱼肚白”的清晨美丽景象和年轻女子之美，竟然被用到了这种男女调情和女人嫉妒的对话语境中，从而产生出别样的审美智趣。方鸿渐得了“博士学位”，在大家眼里可谓衣锦还乡，父母兄弟就议论起他们下船时的苏小姐，在父亲眼里这女博士可是不能轻易招惹，“女人留洋得了博士，只有洋人才敢娶她，否则男人至少是双料博士”。这里实在是暗含着中国古训“女子无才便是德”，里面全是男女决不能平等的陈腐观念。

方鸿渐返回故乡，县中校长亦颇为自豪，盛情邀请他到校演讲。归国的博士的演讲在一个相对闭塞的县域自然给人们带来极大的期望。然而，小说的叙述曲径通幽，因为方鸿渐腹中空空，胸无多少墨水，连夜赶读父亲的书，胡乱写了一个讲话稿，却没想到临出发时不知是紧张还是什么别的原因，他竟然穿错了衣服，忘了带稿子。于是只好在台上云山雾罩，思维仿若跑马占地，围绕“鸦片”“梅毒”给中学生们瞎讲一通，引得校长不断咳嗽，反感不已；自己也是狼狈不堪，羞愧不已，无地自容。这种描写是一种强烈的讽刺性智趣。而实际上，尚不算玩世不恭的方鸿渐，在欧洲留学数年，东看西逛，不知不觉留学生涯就倏忽而过，临近回国时不得不买了一张假文凭。留洋回来之后第一等任务便是寻奇猎艳，或者说在女人堆里找到自己的意中人。可是，无论轮船上邂逅的鲍小姐，还是多年的同学苏小姐，都不符合他的择偶或爱情标准；抑或父辈的朋友、死去的未婚妻之母周太太等给他搜寻的相亲对象，大都是过目即忘，不入其法眼。唯有苏小姐的表妹唐晓芙，既青春又似乎素朴，既天真又充满无限的雅趣，让他似乎真正动了心。且看小说的描写：

> 苏小姐领了个二十左右的娇小女孩子出来，介绍道：“这是我表妹唐晓芙。”唐小姐妩媚端正的圆脸，有两个浅酒涡。天生着一般女人要花钱费时、调脂和粉来仿造的好脸色，新鲜得使人见了忘掉口渴而又觉嘴馋，仿佛是好水果。她眼睛并不顶大，可是灵活温柔，反衬得许多女人的大眼睛只像政治家讲的大话，大而无当。古典学者看她说笑时露出的好牙齿，会诧异为什么古今中外诗人，都甘心变成女人头插的钗，束腰的带，身体睡的席，甚至脚下践踏的鞋袜，可是从没想到化作她的牙刷。她头发没烫，眉毛不镊，口红也没有擦，似乎安

心遵守天生的限止，不要弥补造化的缺陷。

在赞美唐小姐的同时，兼带把男人们的虚荣，古典学者的酸腐，政客们的假大空，极尽冷嘲热讽之能事。钱锺书小说的审美信息丰富而密度大，而且充满了智趣和幽默，出语新鲜，提供了不少新的审美话语，“化作她的牙刷”就实在是写出了唐晓芙小姐牙齿之美；而甘心变成“脚下践踏的鞋袜”表面看来出语惊人，把主人公的爱情写得那么强烈，但仔细体味则会发现其不无讥讽的意味。这样写，既与传统文人雅士描写男人钟情发作时的苦酸样子和模式化相衔接，也使得小说叙述具有了时代和洋化的特色，极大地发展了现代小说的语言审美功能。因为一首现代诗，无意当中方鸿渐冒犯了苏文纨小姐，他便在唐晓芙小姐的示意下，要用文言写一封表达歉意的信，“他觉得用文言比较妥当，词意简约含混，是文过饰非轻描淡写的好工具”。就像现代钟情或怀春的男女初次表达爱慕之情，往往不宜用中文，而是用英语来表白“I love you”，仿佛英语的“love”就可掩盖求爱时的尴尬似的。钱锺书的小说语言就是这样充满了此类微妙的瞬息万变的生活的气息，金粉堆里，红男绿女，虚情或假意，或唇枪舌剑，或渐入佳境，或咄咄逼人，或大败而归，往往把人物隐秘的情感和心理活动，揭得近乎体无完肤，几至伤筋动骨，原形毕露，如此就呈现出了一幅幅中国式的精神分析画面。小说家之言同文字学家所言是不同的，背反的话语不但透露出对以方鸿渐为代表的“围城”人物群体的某种嘲讽，而且也透出了对文言这种语言文字表达方式夹杂着敬意和嘲弄的双重意味。

二是反讽性智趣。反讽属于一种修辞，有时候也是一种认知方式或审美方式，它往往指的是人物感受和语境的错位，有一种正话反说、反话正说的味道。在《围城》中，在欧洲游学但一事无成的方鸿渐却艳羡红男绿女的卿卿我我，于是便用文言给父亲写了一封信，要解除婚约：“……每揽镜自照，身寒形削……”，结果被父亲同样用文言复信大骂一通：“吾不惜重资，命汝千里负笈，汝埋头攻读之不暇，而有余闲照镜耶？汝非妇人女子，何须置镜？……”这一番父子文言书信来往，在白话文的小说语言中产生了别有洞天的叙述效果。真正“姜还是老的辣”啊，不学无术的方鸿渐的这点伎俩被父亲一眼识破、一言揭穿。而四年后，方鸿渐未婚妻因病长逝，接父信告知，他竟然“有犯人蒙赦的快活”。特别是方鸿渐用钱买的克莱登大学博士学位，竟然被丈人当成家族的巨大荣誉而想当然加了“德国”二字给登了报，这引起了方鸿渐强烈的惶恐感和羞愧感。假文凭带来的巨大的虚空与惶恐，和方鸿渐尚存的良知及自尊，构成了强烈的反差，造成了颇具反讽意味的效果，也暗喻一种虚饰的世风和虚伪的人性。这种描写就导致了丰富的、多维的审美智趣效果。

在《围城》中，除了主人公方鸿渐，还塑造了一系列人物形象，如赵辛楣、苏文纨、唐晓芙，他们彼此之间构成了多维多头情感交织，各自暗藏心机，暗怀情窦。待苏文纨为了向方鸿渐传达赵辛楣为她而不断失眠，借此向方鸿渐表白自己若隐若现、藏而不露的爱慕心迹，但是方鸿渐却笑道："'窈窕淑女，寤寐求之；求之不得，寤寐思服。'他写这种信，是地道中国文化的表现。"方鸿渐假装不懂苏文纨的心情，故意用这种堂而皇之的古语来搪塞她。因为此时方鸿渐已经没有了爱慕苏文纨的心思，而是一门心思爱着唐小姐，每天写信不断；但是男人之间的嫉妒心还是有的，尤其是面对温婉、聪颖的才女同学。因此，这样的对话是对《诗经》这般"地道中国文化"的反讽，也是对赵辛楣这位钟情男子的调侃。如此表达，苏文纨就无话可言，虽然在内心深处积累了对方鸿渐的怨恨之情。这也为后文她报复方鸿渐，也就是向表妹唐晓芙揭穿了方鸿渐如何在红粉堆周旋、索爱等等隐秘，从而为唐决绝地离开方，埋下了伏笔。这种反讽的意蕴浸润到小说文本的各处，渗透着作者（叙述者）无限的叙述智慧。那个哲学家褚慎明，其名字就被叙述者来了个揭底洞穿。"这位褚慎明原名褚家宝，成名之后，嫌'家宝'这名字不合哲学家身分，据斯宾诺莎改名的先例，换称'慎明'，取'慎思明辨'的意思。""慎思明辨"是《礼记·中庸》的名句，那可是真正的国粹，是真理的表达，甚或就是真理本身。但小说叙述者把这个自谓的哲学家三下五除二，以反讽和讽刺的话语，就揭去了其画皮，不但还原了这位"哲学家"的画皮，而且话锋所至，对哲学家群体也进行了反讽或者讽刺。在聚会时，褚慎明不喝酒，只喝牛奶，低头时夹鼻眼镜不慎掉入奶中，溅起的奶水玷污了周围的人，尤其是苏小姐。哲学家的鸿篇大论和故作高深的做派，一下子就被这生活中的尴尬举止驱赶到了爪哇国，变成了毫无价值的笑料对象。当代诗人也是被反讽的对象。驻捷克使馆武官董斜川是个新旧难辨的诗人，不但其名字暗藏讥讽意味，叙述者还用寥寥数语揭开了其酸腐的真相："女人做诗，至多是第二流，鸟里面能唱的都是雄的，譬如鸡。"把这个找不到北的诗人比喻为能叫的鸡，而非后来红色经典中的用词"一唱雄鸡天下白"的"雄鸡"，而是直接用了"鸡"这个实在不雅的字眼。这样写既颇有鲁迅之风，也有钱氏自己的特点，无论小说创作的年代还是当下，这样的话语充满了瓦解和亵渎的力量，也就是以反讽话语揭露了他貌似文雅，实则酸腐不堪的虚假表象。在《围城》中，此类形象和话语比比皆是，从而使得钱锺书的小说成为现代文学中把智慧和趣味很好结合的奇葩。

三是滑稽性智趣。这种滑稽性智趣往往和拼贴、杂糅、错位、雅俗结合、洋泾浜（英语）媾和在一起，构成一种不协调的喜剧感。方鸿渐在欧洲的游学无多少骄傲的地方，倒是他回国后围绕着他的相亲，男婚女嫁的婚配的算卦，小说用了大量的笔墨。相亲及算卦，在大上海这样的现代都市，本身就不无一种滑稽之感。随着逃难的人们来到上海的方鸿渐在某银行襄理，被上海滩租界里的张姓买办看上，希望他做入赘女婿，并邀请方鸿渐到他的府上去，借以炫耀他的家藏丰富。张买办说话夹杂着英语，作为听者的方鸿渐或读者就产生了一种怪诞的滑稽之感。

> Sure！值不少钱呢，Plenty of dough。并且这东西不比书画。买书画买了假的，一文不值，只等于waste paper。瓷器假的，至少还可以盛菜盛饭。我有时请外国friends吃饭，就用那个康熙窑“油底蓝五彩”大盘做salad dish，他们都觉得古色古香，菜的味道也有点old-time。

这通谈话简直既把传统语言（如“古色古香”）糟蹋了，也把古瓷文化糟蹋了。这种洋泾浜在当时的上海是一种时髦，但是往往弄巧成拙，滑稽可笑。这就是一种滑稽性智趣。叙述者不露声色，让文字本身呈现出那种让读者忍俊不禁的滑稽之感。其实，作者（叙述者）对此是深恶痛绝的。这次见面的对话，真正留洋数年的方鸿渐倒是一句英语也没有讲，而这个买办却不断显示自己英文的厉害。方鸿渐与张买办十八岁的女儿只见了这一面，他心想，跟她没有“举碗齐眉”的缘分。化用成语，故意破坏了古雅之语“举案齐眉”的韵味，从而产生了一种修辞（审美）的背反，同时也产生了一种滑稽之感。再比如，小说化用载歌载舞，以“载蠕载袅”，来描写路途所经历的小饭店肮脏恶心的场景，“肉上一条蛆虫从腻睡里惊醒，载蠕载袅”。这些对成语、俗语等的改造或化用，都能够使小说文本平添一种滑稽性的幽默感，亦产生了一种审美的背反。另外，《围城》中的滑稽性智趣还带有一定的后现代色彩，虽然在钱锺书创作这部作品时，后现代思潮尚未出现，但是这正证明了《围城》杰出的独创性。小说叙述至方鸿渐、赵辛楣、孙柔嘉、李梅亭等一行人从上海经浙江金华、衢州等一路辗转，到三间大学任教，路上遭遇了种种难以忍受的磨难，尤其写出了人的卑微和渺小，带有某种对人进行解构的意味。在三闾大学的教书生涯，在同大学里各等各类人物交往当中，有更多更复杂的人性体验，就像小说中叙述方鸿渐、赵辛楣这些留学回来的单身男人深处山沟里的三闾大学，寂寞、孤独、无聊时常伴随，无意中的男女之间的话语、表情、动作，就会引发彼此之间的情愫，况且还有他者的“人言”、谣言。这些语境构成了人物形象滑稽性产生的背景。人世间的事情常常由不得当事人。所谓人言可畏，只要在地球上有人的地方尤其是精明的国人在的地方就有各种人言甚至谣言。特别是涉及只有一对男女相处的时空中，这种容易产生误会或暧昧的场景中，滑稽就往往会出现。小说叙述者对此是这样联想的，只要男女“两个人在一起，人家就要造谣言，正如两根树枝相接近，蜘蛛就要挂网”。不但在钱锺书的长篇小说《围城》中存在着这种滑稽性的审美智趣，在其中短篇小说集《人·兽·鬼》中也大量存在着这种智趣。在中篇小说《猫》中有比较多的议论，这是展示叙述者（作者）才情的一种方式，虽然有人加以批评，但是这一点确实是钱锺书小说的特点。在小说中，男女的恋爱，“在旁人眼里原来只是桩笑话！一切调情、偷情，在本人无不自以为缠绵浪漫、大胆风流，而到了局外人嘴里不过又是一个暧味、滑稽的话柄，只照例博得狎亵的一笑”[①]。这种“旁人”和“本人”（当事人）之间所存在的巨大立场、价值观等的迥异，造成了这种滑稽性的审美智趣。

无论讽刺性智趣、反讽性智趣还是滑稽性智趣，都属于喜剧美学范畴。在钱锺书的小说中，几乎涉笔成趣，机智与趣味，往往在不经意处勾连出奇特的审美意蕴。在许多时候，小说《围城》的叙述不像西洋小说那样会对人解剖到底，或者赤裸裸地进行身体叙述。《围城》往往是迂回的、蕴藉的、含蓄的、心理的，掺杂着幽默和智趣。因此可以说，小说家钱锺书在弗洛伊德精神分析学的基础上，对人性复杂性做了深切的具有中国特色的同情式理解，继承了《世说新语》那般品藻人物，又借鉴了乔伊斯《尤利西斯》等对人性解剖的小说叙述技巧。除了对人的社会性、群体性和道德性、伦理性进行深入细致的描写之外，还念念不忘人类的动物性，即他在《围城·序》中称：“写这类人，我没忘记他们是人类，只是人类，具有无毛两足动物的基本根性。”伦理性和动物性的结合之后形成的新质恰恰成为人的禀性。钱锺书笔下的人物不同于歌德在《浮士德》中把人称作“小神”，一种介于兽和神之间的

① 钱锺书：《人·兽·鬼》，三联书店2002年版，第67页。

存在；也不同于莎士比亚把人比作万物的灵长，宇宙的精华；而是逐渐展开的具有丰富性、复杂性、可笑性所构成的“无毛两足动物”的杂糅性存在。《围城》不仅仅是有关于爱情和婚姻的笑剧，还是有关于社会和人性的尬剧、闹剧、无聊剧。总之，在小说《围城》中，人或人性就是兼具了道德性和动物性的存在物，而这两种秉性及其所构成的“间性”张力恰恰是造成人物（人性）之喜剧性、滑稽性和反讽性的原因所在。

从现代性问题看“70后”作家小说创作

张艳梅

内容提要：现代性与百年中国新文学发展关系密切。“70后”作家的思想资源中包含以现代性为核心的启蒙思想成果。对现代性的不同理解，影响到这一代作家对中国社会现实的观照，历史反思，人的异化与救赎等问题的书写。

关键词：现代性 “70后”作家 小说创作

人类社会发展至今，社会科学学者对于未来似乎并没有特别沉重的忧思，虽然在一些问题领域，尖锐争议屡见不鲜。相对于“大一统，家国同构，小农经济，宗法伦理”基础上的传统社会的稳定性（文化基因和社会心理都具有一定的稳定性），现代社会的理想形态、未来人类社会的结构模式，等等，都不再具有不证自明的规定性。尤其是人工智能、现代生物学的推进，在伦理道德和日常生活层面，不断出现新的问题和挑战。现代性的合理性，反思现代性的思想路径，意识形态对抗与冷战思维，经济衰退与国际安全，恐怖主义，难民危机，对于我们如何看待当下和未来，都是很难回避的话题。

文学，可以是超越性的；经典文学，必然是具备超越性的。而作家，则始终是特定时代中的个体，不存在与环境、时代和社会生活完全不发生关联的写作者。那么，作为特定时代出生，生活在特定时代的写作者，其写作中呈现出来的不同的文化态度，观察社会生活的不同视角，表现人生的不同方式，能够让我们得出怎样的

国家社科基金一般项目：“70后”作家小说创作研究（16BZW149）。

作者简介：张艳梅：山东理工大学文学与新闻传播学院教授。

结论呢？作为同时代人，我一直在关注和追踪“70后”作家的写作，尽管这一群体中的很多人反感以代际划分的方式，把个体纳入整体研究，我仍然愿意在尊重个体差异基础上，考量这一代人在思考什么，记录什么，尤其是对待历史和现实的不同立场，以及形成这种差异的深层心理原因。

一、如何理解中国的现代性

写作无疑是个性化的。现代性也没有给所有作家相同的思想坐标。回看近现代中国历史，探求现代性的过程、文化现代化的历程，有很多问题并没有纳入作家观察的视野和思考的范畴。鲁迅、胡适一代人的文化启蒙是自觉的，对传统文化的批判，对西方近现代思想的传播，有着比较成熟的思考（当然，这并不意味着他们对中国现实有全面深刻的认识和预判）。此后半个多世纪民族解放、社会解放、阶级解放运动中，作家对于政治和革命的服膺，主动的追随和被动的追赶里，有很多需要我们重新剖析的问题。那么，百年新文学与现代性的关系究竟如何？

这个问题比较宏观，可以从不同角度切入，如现代性发生的背景，与现代革命的纠葛，现代民族国家建构，中国特色道路的由来，世界范围内的现代性迷思，等等。罗尔斯的正义理论，在于用公共理性来解决多元主义时代社会政治秩序的合理性和合法性，重点仍旧是强化秩序；另外一种路径是借助共同体克服局限实现民主秩序的完善，重点放在了伦理认同。无论是来自内部的认同，还是外部的规范，我们都应该认识到，多元主义是未来人类社会的必然趋势。在这个前提下，我们去讨论现代性的价值与局限，就可以避免一元化的建构或者解构误区。影响我们作出判断的主要因素无非是国际政治格局变迁中的文化因素，国际竞争中意识形态的深层影响，以及发展的现实性需求。对于哲学社会科学领域的学者来说，并非源于泛娱乐化时代的解构主义盛行，或者民主危机论的泛滥以及社群疏离，才会不断弱化公共意识。现代性自身的疑虑，生存处境的局限，以及人类社会未来形态的预见性匮乏，都制约了学界的思想能力和有意义的思想探索。

资中筠先生在《自选集·自序》中提到忧患意识是一代人的精神底色，在《也谈“中国模式”》中提到每个国家都有自己的发展道路，谈到思想界关于中国模式的不同认识，包括西方的正反观点；强调了发展的核心理念不只是GDP，市场不是万能的，还是要回到对人的尊重以及制度的完善。[①]这些思考和追问，随着时代发展，愈发显示出其严肃意义。现代中国历史百余年，历经战争、灾难、革命和变革，再到改革开放，不断强大的过程中，的确形成了中国道路的诸多经验。思考中国的现代性选择和现代化建设，不能脱离具体的时代语境。在世界范围内，前现代性、现代性、后现代性与反现代性，各种思潮始终是交织在一起的，我们讨论这个问题，可能还会涉及全球化与民族主义、种族主义与民粹主义，意识形态与宗教，等等。另外，世界政治的动荡和转向，不可能不波及东西方社会结构稳定以及未来基本走向。

关于现代性，哈贝马斯强调自由及主体性原则，福柯强调思想及行为方式裂变。吉登斯在《现代性与自我认同》中论及现代性的三个核心要素：时空分离、抽离化机制和反思性。在吉登斯看来，前现代具有时间空间一体化特征，现代社会属性则首先表现为时间和空间的分离，时空分离带来“时空重组”，这些表述是针对人类社会活动而言的。在科学技术不断突破的今天，我们再来看待时间和空间这个问题，会发现更多有意味的现象。一方面，时间感被不断强化，尤其是个体内在的心理时间建构；空间则不断拓展，尤其是外在公共空间的建构，以及虚拟空间的建立。另一方面，时间加速带来的空间叠加和位移，形成了时空存在的四维甚至多维体验。物理学和天文学的发展，为人类的时间和空间理解带来了更多可能性和复杂性。

回到我们要讨论的中国现代性思想资源和思想路径，西方现代启蒙思想和马克思主义是两大主要来源。现代民族国家是现代国际关系认知的基础，基于国家主权和社会治理，逐渐形成了完整的理论体系。现代民族国家的历史正当性和理性本质，政治国家和市民社会的对立属性，都是现代社会的产物。中国现代革命道路有其特殊性，现代化进程也有其不可复制性，但这并不意味着我们一定要把中国独立于世界现代性进程之外来考察。西方现代社会发展过程中遇到的难题，我们同样会遇到，甚至更复杂。所以，理解中国的现代性追求、思想成果，以及面临的困境，首先还是要真正了解中国，搞清楚中国道路的意义和问题所在。

---

① 资中筠：《感时忧世》，广西师范大学出版社2011年版，第1页。

二、站在现代路口的“70后”作家

我在之前的多篇文章中，谈到过“70后”一代人的成长背景和精神履历。的确像很多不喜欢被归类、被同化、被整体性覆盖的作家所反对的那样，这一代写作者有着不同的生存处境，不同的文化水平，不同的思想状态，其实哪一代人都如此。因为有如此之多的差异，自然对待历史和现实的态度也会不同。思想认知相近的，形成了精神共同体；文学理解相近的，形成了写作共同体。郭艳认为：“当下青年写作最突出的价值和意义在于重建现代世俗生活精神的合法性，寻求中国现代社会从传统向现代转型的意义和价值诉求。当下中国青年写作开始显露出中国当代文学自身的现代性美学特征，且在更大范围内将持续对汉语写作产生质变性的影响。”①重建现代世俗生活精神的合法性，作为中国向现代社会转型的一个价值转向，面对的参照物有两大系列，一是中国传统世俗生活，西方化的世俗生活，以及20世纪90年代带有世纪末情绪的世俗生活；二是中西方自古至今的贵族生活、精英生活。前者是方式的差异，在文学叙事里体现为民间审美的嬗变；后者则体现为价值观的位移，写作者不再以时代的立法者身份建构高于日常生活之上的话语体系，还原世俗生活的同时，也还原了文学尤其是小说与生活的关系。

对于“70后”作家，现代性是一个怎样的标签？

花城出版社最近几年策划出版了“现代性五面孔”丛书，部分学者据此探讨“70后”一代写作者对于现代性的探求和反思。这套丛书是以现代性写作为视角，对一部分“70后”作家小说创作的集中展示。丛书迄今共出版了三辑15本。第一辑收录了：徐则臣《古代的黄昏》，李浩《消失在镜子后面的妻子》，张楚《梵高的火柴》，田耳《独证菩提》，东君《某年某月某先生》。第二辑收录了：弋舟《夏蜂》、朱文颖《金丝雀》、付秀莹《有时候岁月徒有虚名》、朱山坡《十三个父亲》、于晓威《羽叶茑萝》。第三辑收录了：黄咏梅《走甜》，黄孝阳《我永远忘不了那个夜晚》，畀愚《通往天堂的路》，陈集益《制造好人》，鬼金《秉烛夜》。这15位作家的写作风格各异，很难用简单的标签限定，他们唯一的共同点是都出生

① 郭艳：《重建现代世俗生活精神的合法性——从近期“70后”创作看当下中国青年写作的变化》，《山东社会科学》2015年第11期，第40页。

于20世纪70年代，这一身份共同体是客观的，不会因为个人的文学观念、写作理想和创作成就差异而被取消。那么，这一丛书的现代性标签对于当代中国文坛，是不是“70后”作家独有的呢？显然答案是否定的。但是把现代性作为一个视角，观照“70后”作家写作，是有效的，因为这一代写作者身上有着传统与现代、城与乡、中与西的更多纠结和缠绕。

在《枣庄学院学报》“70后作家研究专栏开栏寄语”中，我提到，如何看待这一代人的写作，差异性肯定远远大过共性，认真关注每位作家的创作历程、文本实践和审美经验，审慎对待每一篇作品提供的思想和艺术新质；包括与西方作家的比较，“70后”作家内在的相似性与不可通约性，等等，一直以来都是我们关注的话题。无论是个体生活经验的书写和内省，还是艺术审美的探索与创造，这一代作家为我们提供了很多新的观念、表达方式和思考路径。我们面对的生活，有着复杂的对立和交叠：新人类与旧世界，大时代与微生活，不断被消费性挤占的公共空间，不断被意识形态渗透的私人空间，群体的精神伦理与个体的心理状况，群体的道德病态与个体的精神隐疾，文化的强制继承与社会秩序的内在断裂，越来越开放的全球化与越来越封闭的地域性，城市生活的表演性与乡村文化灵魂的解体。无论从知识体系建构，还是文化、心理、情感层面，这一代人的体验、思考和记录，都不仅仅是给自己的交代，还是历史的见证。

现代性意味着城市吗？如何书写乡土中国转型？

金耀基主要是从社会学角度思考中国文明秩序重建问题。当今世界，哪种文明形态更具有优越性，更能代表人类文明进步的方向，不同学者有着不同认识。当然，文化多元、价值多元，是世界得以平衡发展的基础。现代化不等同西化，也不是简单的工业化和技术化，还包含现代的社会制度和思想观念。现代性具有历史性，是一个必然的历史过程。金耀基对于现代社会的描述包含几个主要元素：工业化、都市化、普遍参与、世俗化、高度的结构分殊性和高度的普遍的成就取向等。在现代化过程中，中国不仅要解决现实性的发展动力和机制问题，还要解决外来文化与本民族传统文化之间的关系。而这个问题百年来一直在论争过程中。

20世纪80年代的文化热，文学热，文化现代化与文化寻根，现实主义回归与先锋文学突起，在文化路径选择、文学审美观念层面的冲击和裂变，对“70后”成长有着潜在的影响。其中，人道主义和异化问题，先锋小说观念，文学的审美现代性，构成了一个新的思想背景。启蒙的双重指向，对于民众和文学本身，还包含启蒙者对启蒙自身的反思，在相当长一段时间里，成为当代作家和学者的自觉追求，以及我们去确认作家身份的衡量尺度。20世纪90年代，思想界的变化有目共睹，说集体冬眠言过其实，分化还是非常明显的。这一时期刚好是“70后”一代人的大学阶段，接受的教育，感受到的社会空气，阅读到的文史哲著作，都在后来的写作中有所体现。21世纪以来，在一个整体性被高度强化的社会形态里，文学越来越具有依附性，依附和受限于体制，或者依附于市场。世界开放程度越高，文化融合过程中，边界的冲突就更多更复杂。

“70后”作家可能是最后一代有着农耕文明深刻烙印的写作者了，虽然他们更多地呈现了由乡而城的转型过程。这个转型里面，包含中国社会城市化进程，“70后”一代人的成长轨迹、心路历程、城市体验、乡村怀念，以及现代社会的各种经验。写作者对于民生社稷并没有介入的能力，社会关怀主要体现在现实题材、现实立场和公共事件的态度上。徐则臣给出了重建文化中国和信仰中国的选择。运河边打鱼的老何是传统农民，对儿子又爱又不满。与李杭育《最后一个渔佬儿》相近，作家们一直在思考的命题，依旧是快速推进的工业化和现代化进程中，人的生存。当年李杭育的小说和福奎，被认为带有逆时代进步潮流的历史惰性。三十年后，当我们的家园不断被工业化摧毁，作家们的思考也在不断深入。我们今天面对的是工业化过程中的各种破坏，与福奎一样，老何日子过得如同乞丐，但他本能地排斥故乡的变化，他用最传统的方式捕鱼，煮非常好喝的鱼汤，生活简陋而心态平和；他的儿子染了红头发，喜欢热闹，跟水、跟草、跟泥都不亲，甚至跟人也不亲，每天心绪烦躁，眼下的生活让他觉得不如死了清爽，当然，这是气话。从中我们看到的是两代人价值观和生活方式的差异。小何闹着要搬到风光带去，老何因为老伴的坟在屋后面，想留下来陪她。初看，老何坚守的是贫穷和闭塞，小何代表的是对落后乡土世界的反叛，是追赶现代与世界相融的愿望；认真想来，老何那种心怀感恩、诚意正念、宁静古朴的生存状态和生产方式，仍旧值得我们思索。所以，我们会看到《耶路撒冷》中，生活反思、历史反思和存在反思，都是文化哲学意义上的。初医生和初平阳是知识分子代表，父子两个对故乡的态度相似，“和孩子在一起，哪里都一样”，卖掉大和堂，让儿子去往耶路撒冷，夫妇两个准备搬到女儿那里，三百公里外的另一座城市，开始新的生活。初平阳则感慨把年轻人捆缚在荒郊野外，整天与水草泥土打交道，不见得是对的。老何的坚守是则臣对于乡土中国最后的挽歌；初家父子两个人潜在的都认同了这种告别，实际上是乡土观念和故乡情怀的瓦解，乡愁隐藏在现实选择背后，倒显出了文化反思的冷静。在文化意义上，我们都是漂泊异乡的流浪者。那些精神上的迷惘困惑，寻找和创伤，感动我们的同时，也带给我们很多追问，这一代人经历的是怎样的时代，时代深处流动着那些思想的碎片，对于个体和民族来说，究竟意味着什么?《耶路撒冷》从归乡写起，从卖房写起，写一代人离乡漂泊，回乡寻根，再次离去的历程，故乡是世界的起点，耶路撒冷是世界的终点。那条离乡的路，是寻找，是告别，也是思索。正如小说中的以色列教授从耶路撒冷到上海寻根一样，每代人，每个人，世界的支点并不相同。小说中的故乡是中心，面对这个离散的、碎片化的世界；而耶路撒冷是重心，是面对这个不断崩解的、充满了失重感的世界，离开，回来，再次离开，一代人的精神烙印着故乡的标记，离开那个小村，小村就是故乡；离开花街，花街就是故乡；离开祖国，祖国就是故乡。这部小说无疑是最中国的，又是最世界的。传统中国就是花街到北京，现代中国则是从北京到耶路撒冷。很难说这是一种进化论观点的线性文化史观；反过来看，完全可以看成是一种人类寻根意图的叠加。花街是充满了负罪感黑暗的人生囚狱，耶路撒冷则意味着忏悔和救赎。现实意义上的罪乡与精神意义上的圣地，幻化出了这一代人复杂的故园寻根情结和精神疗救之旅。

三、“70后”作家叙事重心：现代性的人与反现代性的生活

我在《“70后”小说家的现代性五面孔》一文中曾写道：纵观“70后”作家创作，一方面确实运行在启蒙现代性和审美现代性的交叉轨道上，在建构现代民族国家历史和社会理想的宏大视野中；同时，从人性禁锢、社会批评层面，也不乏对现代性的一些反拨。“70后”作家创作中所表现出来的意识的瞬时性，感官的内在性，以及叙事的陌生化和缺席的在场感，都呈现出他们对传统叙事模式的反叛和反思。而后现代的碎片化、戏仿、狂欢、反讽，同样被他们运用得得心应手。这种关涉存在的不确定性中，既有去除具象身份的虚无感和危机感，同时又获得了抽象身份的自由感和自足感。当然，也可以看到“70后”作家自身面临的困境和矛盾——每个人都在感性和理性的冲突中，寻找自己的支撑点，寻找一种稳定感。“70后”作家面对的世界，与同时代的其他代际作家，并没有什么根本的不同，那么，这一代人的写作个性是如何被塑造出来的呢，抑或这一代人的写作是如何重新塑造了小说，重新塑造了世界和生活呢？每一代人，都背负着催人泪下和平庸无聊的历史两面，“70

后”也不可能从自己的历史中逃逸出去。当自我的命名变成一个代号，一代人的书写，很容易显示为一种观念或者信仰。[①]东君曾说：“尽管我们常说，诗人关注的是彼岸性，小说家关注的是此岸性，但我的小说常常会在二者之间游离。”“我特别热衷于在小说中建构一个乌托邦，类似于庄子写的那种小国寡民。”当然，东君很清楚，这样的乌托邦思想在现代性大潮中的不可实现，所以大多数小说，写着写着就写成了反乌托邦小说。

之前评价弋舟的写作，我提到，他的小说有两个主要维度，即个人之死与时代之思。“刘晓东三部曲”作为弋舟中篇小说代表作，不仅体现出了巨大的思想勇气，而且也让我们看到了他卓异的艺术表现能力。这三篇小说，涉及当代中国最重要的社会问题，普遍的心理问题，以及有关存在的本质问题；叙事克制内敛而又让人欲罢不能，思之尤深，意味丰饶。面对如此平庸的时代，各种历史之殇，现实之痛，层叠为胸中块垒，写作者如何直面世界与自我，写出个人化的历史与历史化的个人，写出生存困扰和个人精神磨难。这三篇小说，围绕疾病隐喻，寻找救治途径；围绕失踪的历史，寻找失踪的个人。出走和逃亡，都是失踪的不同方式而已，尹彧、周又坚，包括刘晓东本人，在亡命天涯的背影上，慢慢浮现出反抗和妥协两种表情。邢志平的自杀和徐果的意外死亡，则是失踪的另一种形式，几乎都可以看成是一种主动告别，从人世间更决绝地出走。伴随失踪的，是寻找和求证。《等深》是沿着寻找孩子去求证这个病态时代的来历；《而黑夜以至》是沿着寻找徐果父母和徐果死亡真相去求证究竟谁是这个时代的罪人；《所有路的尽头》是沿着邢志平半生经历去求证导致其自杀的根本原因。每个人的讲述，都是证词，并置在一起，又可以看成是所有人对自我的放弃、背叛和忏悔、救赎的精神笔录。

叶炜对于中国近现代历史和当下现实的把握和书写，在“70后”作家中同样具有代表性。他的思考自觉不仅体现在思想立场上，也包括文学现实主义书写的多种可能性探索。或者说，他在现实主义题材之中，有着现代性的自觉追问。高校题材和知识分子题材小说是作家关注的一个热点，包括张者的《桃李》、阎连科的《风雅颂》，南翔的《大学轶事》，汤吉夫的《大学纪事》，阿袁的中文系系列小说，也包括大家刚刚谈到的李洱《应物兄》，等等，在这些作者中，有部分人是兼有大学老师和作家的双重身份，叶炜也是。这些作家对高校生活很熟悉，对高校文化有很

① 张艳梅：《“70后”小说家的现代性五面孔》，《创作与评论》2016年第22期，第31—39页。

深的感触，无论是大学自身的运行机制，大学老师学生的生存状态，心理情感、精神层面的困惑、焦虑、挣扎、分裂，以及自我认知、社会认知，还是校园生活的变化，都有近距离的观察和亲身体验。诸如消费文化对高校的影响，大学排名、“双一流”、上博士点形成的发展压力，全球化、国际化对高校的冲击，行政化带来的弊端，欲望化带来的知识分子思想和行为方式的变异，等等，都是今天高校发展遇到的一些问题。作家们在写作的时候，往往聚焦于知识分子的生存状态和心灵境遇，把知识分子定位为权力的追逐者、快乐的消费者、利益的交换者，当然也不乏学术的坚守者。在价值分化这个背景之下，同样也有理想的追求，叶炜“转型时代三部曲”最初定名为《乌托邦》《桃花源》和《理想国》。高校不是“乌托邦”，爱情也不是“桃花源”，但是知识分子仍然有自己心中的“理想国”。陶渊明的“桃花源”，托马斯·莫尔的“乌托邦”，柏拉图的“理想国”，意大利作家托马索·康帕内拉的《太阳城》(1602年)，法国作家埃蒂耶纳·卡贝的《伊加利亚旅行记》(1848年)，以及英国作家威廉·莫里斯的《乌有乡消息》(1891年)，英国哲学家弗兰西斯·培根的《新大西岛》(1623年)，中国现代作家徐訏的《荒谬的英法海峡》，包括当代中国作家格非笔下的“花家舍”，无论哪一部作品、哪一个时代的作家，大同理想的书写和构建始终是文学叙事母题之一。而对于乌托邦和理想人性，伴随现代性反思，也在不断祛魅的过程中。

影响“70后”写作的西方作家有很多。博尔赫斯、卡夫卡、马尔克斯、卡佛等，这个名单可以列出一长串。“70后”一代作家身上不可避免地携带着时代的共性，甚至对西方文学、西方哲学、西方影视剧的喜好，都很接近(当然，我也注意到则臣和张楚对卡佛的异议)。说到差异，作家们自己是否有清晰的界限，也未可知。比如说，同样喜欢卡夫卡，李浩更喜欢《变形记》，而张楚更喜欢《城堡》，两个人是有不同的。李浩喜欢做一个魔法师，擅长把同样的人和事物变幻形态，安放在不同装置之中；而张楚的兴趣在于那些装置的构成，以及被魔法师囚禁在城堡中的那些孤独灵魂。黄咏梅的隐喻里有着日常生活及人心人性的触摸，《走甜》是向人心深处的问询，《病鱼》是特别典型的中国叙事，从很小的角度切入，有很纵深的表达，小说在时代意蕴深远开掘上，功力深厚。乔叶小说集《她》中收录的女性故事，抛开性别视角，对个体生存的现实理解和身份建构，都是有着现代视角的。黄孝阳在“70后”作家中更具先锋性，比李浩更疏离读者。他的小说充满了结构、叙事和语言的实验性。鬼金的愤怒叙事有更多的破坏性，暴力和性是他反抗权力的武器，指向的是他始终追求的自由和爱。陈集益小说有着对历史和现实更敏锐的不满和不安。反抗、反思和反讽是他的思想主线，指向的是被侮辱和被损害的普通人的境遇。正在消失的父亲，镜子里的父亲，会飞的父亲，这一代作家反复写到父亲，既是对父权制的一种反思，也是去除遮蔽寻找自我的过程。李浩是理性智性的写作者，反复以不同技巧和艺术形式切入同一个问题，不断接近问题的核心。长篇小说《镜子里的父亲》可以看作是他一个阶段写作的总结，无论是对历史暗区的呈现，对话语自身的探索，对父亲内在世界的触摸，都更自觉而深入。小说写到的爷爷和父亲，实际上是两代父亲形象，既包括父亲的本体：实存意义上的父亲，也包括哲学镜像中的父亲，以及历史维度上文化意义的父亲。对于人的存在困境，社会身份的明晰，精神世界的漫漶，父亲，成为李浩小说中具有独特的表意系统、完整的审美功能。两代父亲经历了近现代中国的全部历史。父亲简史，也就是一部当代中国简史。畀愚的爱情故事里包含着人性的复杂性困境，《大师的爱情》《爱情》《玛格丽特》都很有代表性。乔叶、朱文颖、鲁敏，"70后"女作家中特别有代表性的三位，在小说中反复解析女性个体面临的局限和困扰，写出了具有普遍性的女性成长，自我认知，身份谜团；同时，她们以细腻冷峻的理性，触及了中国社会现实，尤其是文化心理中的幽暗部分。"70后"作家对待城市的态度是矛盾复杂的，李云雷、刘玉栋、乔叶、付秀莹对乡村的书写非常典型，在心理学意义上，这种浓重的乡愁意味着文化怀旧和情感认同，在社会学意义上，显示出这一代作家对于社会发展路径和方向的自觉思考。

21世纪之初这二十年，较之20世纪前二十年，看起来风平浪静，但是世界格局依旧在局部微观变化，对现代性的深度质疑，同样来自西方国家面临的各种问题。现代性的全球化，是西方发达资本主义国家现代化模式和价值观的传播，包括民主政治、市场经济、个人价值等。亨廷顿在阐释文明对抗时，针对的是美国，而不是现代性本身；或者说，是美国价值和亚洲价值之间的某种对抗。后现代主义否定了西方现代性形成的思想体系和价值建构，包括现代社会理想。后现代主义思潮波及了更深层次的人的生存感觉和生存观念。利奥塔等人试图让大众相信现代性已经终结。这一结论针对的是西方现代性，并不是世界范围内的。现代性不会因为后现代主义而终结，虽然未完成的现代性之中已经包含着自我反动。中国现代性具有后发外生型特征，内在的传统文化转化，混合生成现代社会的诸多衍生物。从秩序建立到制度演进、乡土中国的现代化进程、西方启蒙思想资源的中国化过程，表象是工业化，现代科技突飞猛进，城市急剧扩张；内在的留给我们很多需要清理的问题，不能够很好地解决这些问题，就很难实现现代社会秩序的合理有效运行。

戈兰·瑟邦认为：全球化并不必然意味着全球更大的统一物。去中心化的概念，有助于我们理解世界的多样性。如果说我们对现代性依旧保持信心，那么，现代性在强化多样性文明的同时，削弱的是什么？我们正在经历不断离散的生存体验，时间和空间的融合裂变，自我和他人的叠加与疏离，日常生活的审美性以及去审美化，可能生活的多重危机，等等。人类社会普遍性的文明观正在解体。泛西化的过程中，中国始终在强调现代民族国家身份认同，构建这种认同的路径，是对传统文化的重新梳理、剥离和现代阐释。我们不可能放弃现代性这一概念，查尔斯·泰勒批评现代性理论的简单化：认为这种人为现代性源于一个单一的、普遍可应用的信念。人类历史从来不是虚拟的，也没有统一的模式可以复制，对于现代性的思考，还有待不断深入。

再谈中国当代小说在美国的传播与接受

白亚仁（Allan H. Barr）

内容摘要：本文描述当前中国当代小说在美国的传播情况，通过对比亚马逊和豆瓣上的读者评论，衡量美国读者对中国小说的接受程度。

关键词：中国当代小说　传播　接受

2012年中国作家莫言获得诺贝尔文学奖，这件事情无疑是中国文学走向世界的历程中一个显著的里程碑，理所当然加强了中国评论家对中国当代小说在国际上传播与接受的信心。2012年10月，中国作协副主席李冰指出："诺贝尔文学奖颁给中国作家莫言，会使外国读者更加关注中国文学和中国作家，激起他们对中国文学的兴趣，而这种兴趣又会激发国外汉学家下功夫把更多的中国文学作品翻译介绍到世界上去。"[①]去年，孟繁华在《文艺报》发表文章说："进入世界文学的标志是什么？普遍的认识就是获得了诺贝尔文学奖，获得了这个奖，就意味着被世界文学认同，就进入到世界文学的整体格局之中了。"因此孟教授喜悦地下结论说："越来越多的中国作家作品走出国门，受到世界各国读者的喜爱。"[②]

作为一个在美国从事中国文学教学和翻译的汉学家，我大体上同意李冰和孟繁

作者简介：[美]白亚仁（Allan H. Barr），美国加州波莫纳学院亚洲语言文学系教授。

① 李冰：《中国当代文学走入世界》，《人民日报》2012年10月13日。

② 孟繁华：《从"走向世界"到讲述中国故事：改革开放四十年的中国文学》，《文艺报》2018年12月5日，第2页。

华的说法，但也有一些个人的观点希望与大家分享。[①]

当前，中国当代文学的传播情况确实比过去任何时候都要好，对此，我本人深有体会。四十年前，我在英国读研究生，当时中国当代小说在国外传播非常困难。美国高水准的译者很少，中国当代小说的英文译本大多出自生活在中国的中国翻译家之手，由中国的外文出版社出版、发行，在国外发行的范围非常小，主要在伦敦、纽约、旧金山等城市的唐人街上专门卖中文书籍和工艺品的小商店。普通读者很难接触到——即便接触到，也很难接受，因为内容很少引起外国读者的共鸣，这些译本的装帧也不好看，封面设计、印刷质量都欠佳。

近二十年来，尤其是最近十多年，传播情况有了很大的改善。中国当代小说不再是中国人翻译的，也不是葛浩文一个人翻译的，除他之外，有好几位优秀的英国和美国翻译家在翻译中国当代小说。十五年前，在美国，只有贾平凹的一本书还比较容易买到，而最近五年来，先后有他的五部作品出版了。最近十一年，阎连科有七本小说出版了。最近五年，刘震云有四本书在美国出版。而且这些译本是由外国出版社出版的，读者只要有兴趣，在网上很容易买到。《纽约时报》《华盛顿邮报》等重要报纸经常刊登新出版的中国小说英译本书评，这些情况都说明中国小说获得了比较好的传播。

同时必须指出，中国当代小说介绍到西方是一回事，被西方读者真正接受、喜爱是另一回事。“走出去”相对容易，“走进去”相当困难。中国小说在美国的销售往往令人失望，除了刘慈欣的《三体》以外，没有一部中国小说在美国是畅销书。2017年10月，我参加美国文学翻译家协会年会期间，与“企鹅经典”系列的美国编辑交谈，他坦白地告诉我，经过几次销售大失所望的事件以后，他已经基本上放弃了中国当代小说的出版，转而认为只有中国古典作品才可能会有较好的市场。如果商业出版社不太愿意承担出版中国小说的风险，有一些小出版社或者大学出版社可能愿意出版，但这些出版社宣传、推销的力量不足。获得茅盾文学奖的刘震云小说《一句顶一万句》由葛浩文、林丽君合译，于2018年4月由杜克大学出版社出版，现在十五个月过去了，亚马逊的网页上连一个读者评分或评论都没有，给人一种石沉

① 我过去对此题目已发表过一些看法，见《略谈文学接受的文化差异及翻译策略》，收入中国作家协会外联部编:《翻译家的对话》第三辑，作家出版社2015年版，第51—55页。

大海的感觉，销售显然极其荒凉，这个例子有一定的代表性。①

我们究竟怎么去衡量美国读者对中国小说的接受程度？确切的销售数据不易取得，我在这里想将亚马逊的读者评分作为线索，同时把美国读者对作品的评价和中国读者的评价做一番比较。

在做比较之前，我们先看看中国和美国读者对一些英文世界的当代著作的评价。我选了六部比较典型的英美文学代表作，评分情况如下。

玛格丽特·阿特伍德（Margaret Atwood）《使女的故事》（*The Handmaid's Tale*）
豆瓣读者中，87%给4星或5星；
亚马逊读者中，71%给4星或5星。

珍妮弗·伊根（Jennifer Egan）《恶棍来访》（*A Visit from the Goon Squad*）：
豆瓣读者中，65%给4星或5星；
亚马逊读者中，58%给4星或5星。

乔纳森·弗兰岑（Jonathan Franzen）《自由》（*Freedom*）：
豆瓣读者中，83%给4星或5星；
亚马逊读者中，48%给4星或5星。

伊恩·麦克尤恩（Ian McEwan）《赎罪》（*Atonement*）：
豆瓣读者中，84%给4星或5星；
亚马逊读者中，72%给4星或5星。

靠麦克·麦卡锡（Cormac McCarthy）《路》（*The Road*）：
豆瓣读者中，77%给4星或5星；
亚马逊读者中，74%给4星或5星。

爱丽丝·门罗（Alice Munro）《公开的秘密》（*Open Secrets*）：

① 《我叫刘跃进》英译本已经出版四年了，但在亚马逊上只赢得了一位读者的评分，可见这部书也没有在美国引起反响。

豆瓣读者中，81%给4星或5星；
亚马逊读者中，70%给4星或5星。

从这六部小说的评分来看，似乎呈现了这么一个规律：跟亚马逊的读者比，豆瓣读者倾向于给更高的评分，但差异不算很大，评价相当一致，只有对弗兰岑的《自由》的评分出现了较大的差异，具体原因，稍后再议。

如果把中国读者和美国读者对中国当代小说的评分做比较的话，我们会发现，有时候会出现与上面的例子类似的趋势，中国读者喜欢的书，美国读者也喜欢（虽然推荐的热烈程度低一点），比如：

莫言《红高粱》：
豆瓣读者中，85%给4星或5星；
亚马逊读者中，66%给4星或5星。

余华《活着》：
豆瓣读者中，97%给4星或5星；
亚马逊读者中，86%给4星或5星。

余华《兄弟》：
豆瓣读者中，86%给4星或5星；
亚马逊读者中，78%给4星或5星。

阎连科《日熄》：
豆瓣读者中，85%给4星或5星。
亚马逊读者中，64%给4星或5星。

刘慈欣《三体》：
豆瓣读者中，91%给4星或5星。
亚马逊读者中，77%给4星或5星。

这些例子能说明，有相当一部分在中国受欢迎的小说，在美国差不多同样受欢迎（虽然读者的人数当然无法与中国比）。

也有与弗兰岑的《自由》相似的情况，即美国的粉丝比中国的粉丝少得多，比如：

莫言《丰乳肥臀》：
豆瓣读者中，80%给4星或5星；
亚马逊读者中，46%给4星或5星。

另外，我们能发现两群读者对某些中国当代小说明显不同的评价，美国读者的评分有时候比中国读者低多了，比如：

贾平凹《高兴》：
豆瓣读者中，最低评分是3星；
亚马逊读者中，25%给1星或2星。

莫言《酒国》：
豆瓣读者中，5%给1星或2星。
亚马逊读者中，45%给1星或2星。

刘震云《我不是潘金莲》：
豆瓣读者中，0.4%给1星；
亚马逊读者中，43%给1星。

我们应该如何理解相当一部分美国读者对《高兴》《酒国》《我不是潘金莲》等书的消极反应？根据读者的字面评论以及我自己的观察，这些书或多或少具有下面几个美国读者不容易接受的特点。第一，美国读者经常觉得中国小说太长了，他们感叹说，如果书减少一百五十页，应该会更好。弗兰岑的《自由》，英文原著有600多页，美国不少读者认为作者写这部小说时，太放纵自己，写得太啰唆，美国读者对一些中国当代小说有同样的批评。第二，故事人物越多，美国读者越难消化。中国人的名字，用汉字写出来，容易分清楚，用汉语拼音写出来，显得大同小异。第三，美国读者读小说时，希望有他们可以认同的活生生的、有血有肉的、性格和行为不一定很完美但能引起他们兴趣和同情的人物出现，而这样的人物有时候中国小说里偏偏找不到。第四，美国读者对暴力、丑恶、卑鄙的行为承受能力很有限，不容易接受对女性含有歧视性、人格物化、贬低等倾向的描述。

美国读者对中国小说的评分往往比中国读者低，那么，有没有相反的情况，美国读者的评分更高？

有。比如：

> 阎连科《受活》：
>
> 豆瓣读者中，84%给4星或5星。
>
> 亚马逊读者中，86%给4星或5星。

十多年来，阎连科的著作广泛引起西方媒体的重视，每一本新书会有许多书评，像《纽约客》这样在美国知识界有影响力的期刊近年来对阎连科也有详细的特写。[①] 另外，阎连科小说的寓言叙事手法也比较符合美国读者的口味。

另外一个有趣的例子是：

> 余华《第七天》：
>
> 豆瓣读者中，54%给4星或5星；
>
> 亚马逊读者中，87%给4星或5星。

在中国，《第七天》遭受了不少非议，而在美国反而受到喜爱，为什么会这样呢？除了《兄弟》之外，余华的其他长篇小说都很简洁，写作风格很适合美国主流读者的胃口。2001年，埃尔默·莱昂纳德，这位曾写过四十多部犯罪小说的美国著名作家，曾写出他一生中逐渐积累的写作信条，其中有五条，我想在这里简单地罗列出来：

> 5.慎用感叹号。
>
> 7.尽量少用方言。

① Jiayang Fan, "The Great Awakening", *The New Yorker*, October 8, 2018.

8.避免详细描写故事人物。

9.避免详细描写地方和场景。

10.尽量省掉读者倾向于略过的内容。[1]

这五条与余华的写作风格不谋而合，难怪他的大部分作品在国外口碑很好。[2]而在余华的著作当中，《第七天》是篇幅最短的长篇小说，英文版只有224页。杨飞和他父亲的故事很感人，书中介绍的其他小人物也各自有其不同寻常的经历，人间社会虽然到处有弊病，但是死后的世界给读者提供一种较轻松而愉快的“死无葬身之地”的阅读体验。中国读者熟悉的“许多旧闻真事大杂烩”“毫无新意的新闻内容大拼凑”，美国读者反而觉得很新鲜，并没有这样的抱怨。

从上面的论述可以看出，中国小说介绍到美国之后，形成一种较复杂、多样化的接受局面。有一些在中国广受好评的书，在美国反而得不到认可，也有几部在中国受到攻击的书，在美国受到好评。多翻译、多传播中国文学是一个值得从事的工作，但似乎不宜对美国读者的接受有太高的期望。

---

① Elmore Leonard, “Writers on Writing; Easy on Adverbs, Exclamation Points and Especially Hooptedoodle”, *New York Times*, July 16, 2001.

② 今年六月份，法国《世界报》发表了一份叫“《世界报》的一百部长篇小说”的专号，是1944年《世界报》创刊以来在法国最受欢迎的长篇小说排行榜，余华的《兄弟》是唯一一部中国大陆的长篇小说。

冯沅君《春痕》姊妹篇

——陆侃如《小梅尺牍》

郭建鹏　孙之梅

内容摘要：袁世硕、张可礼二先生主编的15卷本《陆侃如冯沅君合集》对冯陆的文学、学术著作进行了比较全面的搜集整理，但是仍有相当数量的失收之作，其中就有以“小梅”笔名在《文学周报》(1928—1929)发表的书信《小梅尺牍》。关于这部书信集的作者，根据赵景深先生的回忆与文本内容，“小梅”即陆侃如。此书信集与冯沅君书信小说《春痕》构成冯陆爱情的双生姊妹篇，此集同样可视为独立的书信体小说。

关键词：陆侃如　《小梅尺牍》　书信小说　冯沅君

袁世硕、张可礼二先生主编的15卷本《陆侃如冯沅君合集》[①]对冯陆的文学、学术著作进行了比较全面的搜集整理，但是仍有相当数量的失收之作。随着文献的数据化，陆侃如部分散落在报刊上的佚文可以钩稽出来，其中就有其以“小梅”笔名在《文学周报》(1928—1929)发表的情书集《小梅尺牍》13通。关于这部书信集的作者是谁，很少有人去关注，自然现代文学史关于冯沅君小说研究从未使用这一文献。由于作者被淹没，《小梅尺牍》的文体性质、创作缘起也同样不被学界注意。

本文是国家社科基金重大项目“南社文献集成与研究”(项目编号：16ZDA183)阶段成果。

作者简介：郭建鹏，山东大学文学院博士后；孙之梅，山东大学文学院教授、博士生导师。

① 陆侃如、冯沅君著，袁世硕、张可礼主编：《陆侃如冯沅君合集》，安徽教育出版社2011年版。

关于作者“小梅”，赵景深先生曾说起他主编《文学周报》时作者“小梅”是陆侃如[①]。仅此显然不能成定论，我们把《小梅尺牍》与《春痕》比对着读，完全可以肯定此集与冯沅君《春痕》情感节奏同步，表述内容关联，构成了冯陆爱情的双生姊妹篇，与《春痕》一样可视为独立的书信体小说。这一文献对研究冯沅君、陆侃如都有重要的价值，为此我们从报刊数据库中辑出，以弥补《冯陆合集》之不足，而两种文本对读以证其关系的文字，此文不赘。

1928年7月《文学周报》第六卷开始登载《小梅尺牍》（一—三），1929年1月第七卷接续刊登（四—九），共9次13通信。《小梅尺牍》以小梅写给素秋的书信，表现爱情心理与爱情进程，是新文学的重要史料。

第一号

素秋：

昨日汽车上不便阅信，回校后始拆阅你面交的信。又阅你十八晨的信。一时五内沸郁，百感交并，茫茫然感到有生以来从未感到的悲哀，不知涕之何从。呆坐了两个钟头，却写不出一个字作覆。坐到九点钟，觉得支持不住，就把空白信纸十张寄上。素秋，假使你能够了解我的，便一字不著又何妨？假使不能或不愿或不敢了解我的，便写一万字也等于零。唉，“夫复何言！”

九时把空白信交邮局后便就寝，同学们以我因路上疲倦而早睡，所以也不以为奇。我独自再三翻阅你信上的话，思前索后，不知不觉的滴了许多祖父殁后从未滴过的眼泪。那时我虽平睡着，但因举首阅信的原故，眼泪竟有一支流到我口中，我细细咀嚼这个眼泪，觉得牠的滋味又是苦涩又是甜蜜，唉！

伤心了一回儿，朦胧睡去，未明即醒。我再翻阅你游北海的信及诗，我何幸而为素秋“心头吹不散的人影儿！”我也想说几句话，在枕上想得了几句，洗脸时又想得了几句，用完点心后便写定三首。（今晨比昨夜神志清醒得多，故能写定这三首，并能坐下写回信。）

---

① 1938年上海的《红茶》文艺杂志上，有赵景深先生的《嘤鸣小记》专栏，第九期《陆侃如和冯沅君夫妇》一文，回忆他与陆冯伉俪的情谊，说到他主编《文学周报》时曾刊登过陆侃如的《小梅尺牍》。

昨晚虽糊涂，幸尚记住你嘱信寄C院的话，不然你一定更不高兴。但是，我原不敢冒昧寄到你家里去的，只因妄想早些收回信，故请示于你，而你也就慨然允许，说是“一样的”。小梅虽“聪明”，然也只能参透这消息的一半。他只能推测你现在后悔的原因，而不能知道你前天允许的原因。虽然，他也愿意在闷葫芦中原谅你的苦衷——假使你有“苦衷”——他并不忍生气。

从A大到B大的我，自然觉得B大景色很好；但是同北海比起来，似觉差些，北海之可爱即在水。去夏，我常在月夜独自划船，有意思极了。冬夜在冰上徘徊的滋味，我尚未领略过。但是我现在思想变了，我诅咒“双游”，（“双游”一词见况夔笙《蕙风簃漫笔》）。然而“非双游”的滋味，也只能于梦中偶一遇之罢。呵！可爱的梦！

以上覆你十八日手书，现在覆你面交的信。这信包含十九晚的三张和二十晚的六张。十九晚的三张写得凄惋极了。素秋一定有一件“难言之隐”，然而素秋不屑和我讲，我那里敢问呢！（我希望我的推测完全错误。）就是斗胆问一次，不过又碰一次钉子罢了。

二十晚的六张，是我眼泪的主因。你面交时，曾说信内有不客气的话，我以为是批评我的作品的，那知竟不是。你不允许我当面拆阅，大约即为此。当你怕我拆阅而把这信夺回时，你的手触到我的手——呵！你的手触到我的手！——我觉得你的手很冷，不料你信中的语气比你的手更冷唉！“鲜艳的花儿”不怕霜雪摧残，“心头的人影儿”不怕狂风吹散，所怕的是花儿本来不鲜艳，人影儿本来不在心头！唉！然而我是愿意原谅别人的，何况将仲子作者也未必比仲子心上更快乐呢？而且仲子若不能了解将仲子作者，则将仲子作者当更如何烦恼呢！

“同化！同化！”这是你的Pride，但我也有我的Pride。当你说“鲜艳的花儿，祝你战过了一切风霜”的时候，较之作“生意终消歇”“堕欢不可拾”的时候，相差多远？

素秋，你叫我沉静，但叫我怎么沉静得下呢？无论如何我十二万分的愿意承受你的教训的。今天是星期六，从下星期一起，即动手好好的读书作文。至于抒写情感方面，尤其是我所愿意努力的。但是，相信我，还完全是为素秋而努力读书的，有这样一个有力的鼓励者，或可把我迫上轨道了。我所怀疑的是“鲜浓食物不能多吃久吃”一句。为何不能多吃久吃？素秋，这食物是我的生命的渊泉，你为何这样冷酷呢？为何这样忍心呢？率性自始便不给我吃也好，为何略给我尝了一尝，等我要求大吃特吃时，却又拒绝我了？写到这里，我的眼泪又流了！

小梅

一月二十二日

第二号

素秋：

在北河沿话中，我要求你允许我用“爱友”之称，其实大可不必。我知道你是爱我的，我也知道我是爱你的。我们互相爱，互相知道便是。何必在称呼上表明呢？昨日下午心境不宁，说了好些没意思的话——甚至使你生气的话——你当然能原谅我的。我看着你的恹恹病态，真是说不出的难过，本想早些离所，让你早些回家安息，然而几日方能一面，却又不忍早走。偏又有几位不知趣的人来，使你不能不勉强说话，我真恨死了。但后来不知何故，你又自动的走到朱宅。亲爱的，望你善自珍摄，为你自己而珍摄，也为着你的“爱友”而珍摄。最好请著名医生替你检验一下，看究竟是怎么一回事。假使并不要紧，也好使我们放心；若确有妨碍，也该好好的疗养一下。千万不要马马虎虎！

今天北海同游者虽众，但我总觉得无大意味。我一人独自沉吟，回想这两月来的事情。这种事情不发生于A大时代，而发生于既毕业后，真是莫名其妙。我从前认识的几位女学生，我多少总有些瞧不起；有一位并且到过我家里，我的母亲很喜她，说她很天真，很温和，但我总觉得我的母亲是被欺骗了。我一方面这样想，一方面又默诵你夜游北海的诗。当我们在水上走的时候，我又想象你和哥嫂夜游的情景，以及“心头吹不散的人影”的头衔。我这变态被同游的朋友发现了，便不约而同的笑我Homesick，却不知我是Lovesick！亲爱的，我想什么家，我的家早被你放的“火”所焚毁了！——请宽恕我不遵教训，你昨天再三说“不许胡扯”，不料如今写信还要“胡扯！”

你二十六晚十二时半的信可说是“一字一珠（泪珠）”，我不知你写时如何？我看信时，眼眶里糊涂得很，看不清楚；只好背着灯光，拭了拭再看。这种滋味，我是第二次尝到。第一次在何时，你总会知道的。

你以为二十六日上午可接快信的覆书，这是事实所不许的。由北京到B大的信，一天有两次：一次在下午一时许，一次在下午三时许。你在二十三日写的信，我是在二十五日下午一时许收到的；你在二十四日发的快信，我是在二十五日下午三时许收到的。然而B大的邮局（即设在校内，如A大之收发课然）下午四时即关门。我接到你的快信后，一方面看着你仓皇着急的神情而难过，一方面又见着“爱友”之称而感激——试想这是何等荣幸的称呼！——我自己也麻醉了，不知怎样安慰才好。及我赶速写完，邮局早已关门。所以你预计收信的时间，正是我发信的时间。既在二十六日发出，快信与平信无甚分别，左右是在二十七日到你家的，所以便以平信寄出。而且我想你所着急的“何故何故”，我在二十二及二十三两日信上早已说过，下午你到××所总可收到的。不料因此使你失望，真对不住！我希望这种“失望”永远不再发生，关于我们的通信。

你说我的悲哀半出于误解，是的，我以后总努力免除“误解”。但这是件必须而又不易的工作。昨天我见着你的冷淡的神情，以及“不许胡扯”的警告，我一方面体谅你的病，一方面却也有些“误解”。我总觉得你太矜持了，或者是女性的含羞也未可知。所以我的心上早已发出了一万个“爱”字，但始终不敢冒昧“说”出或“写”出。我只说我“爱读”你的诗词，或说你的脾气是“很可爱”的，但始终不敢说“我爱你”，恐怕你要生气。不料我的“没字书”竟使你的笔下溜出一个字——一个一般女子最不轻易流露的字，因此我也敢写这个字了。所以我很感谢那封“没字书”，然而不管你的信写的怎样多情，见面时的态度总是很冷淡。不错，爱在心上，又何必现在面上！我想到这一点，便没有“误解”了。

关于我给你的信被偷拆一事，你不肯照直说，不知何故？昨天见着你欲哭的神情，不忍再问了。这本是一件不打紧的事，我不过随便问问，不知你为何如此伤心。这些小事也值得“未语已含颦”吗？我并不一定要知道拆信人的姓名，你又何必这般代守秘密？亲爱的，我希望什么事你都不要瞒我。但我要声明，这不过是我的希望，丝毫不想勉强你，请不要误会。至于为你的身世，我从一位C大的朋友处得知一二，但没有你说的这样详细。前信所说“不屑”，实是请将不如激将之意，并不是说你真不屑和我讲。承你忍痛说出，我真感激得眼泪盈眶。亲爱的，你为何竟处于这样可怜的境地？我恨我不是“名流”，不能满你的家庭的意，但我又深自庆幸，幸而不是“名流”，不然你一定不睬我了。“温和的”哥嫂的爱可以不管，但是“热烈的”母亲的爱，又怎样处呢？……

无论如何，我已拚却此生，不想享福了。“自然对着心爱的人儿饿着，也比对着讨厌的人吃海菜席好。”这是你的主张，我也这样想。吃甜水未必是“幸福”，吃苦水未必是“不幸福”。亲爱的，我若能同你一起吃苦水，便是我最幸福的事了。遇见了你，我方了解人生的真义。我回想过去的二十四年，我真是一块“顽石”。所以我在A大时，友人们都称我为“宋儒”。无论如何，请你别再为介绍“愁”字给我而难过。你若有些难过，我心上当更如何难过？你若能体谅我难过，请你自己先不要难过。从前种种，请你一切忘了，如何？“善忘”，“善忘”——这是人生的快乐的钥匙。请你看这“鲜艳的花儿”面上，努力忘却从前的一切！我们现在努力培养这花儿罢，努力抵抗现在的风霜吧，过去的障碍，不要再提起他了。总怪我不好，我因为忍不住闷葫芦，又触起你的旧创，我真该死！如今约定以后无论谈话或写信，均不许说及旧事，如何？若能连诗词上都不说起，则更好。我们且歌咏现在的花儿罢！春天到了，别再回顾冬天！

“回车复路”的问题不谈也好，即使讨论也是无结果的。总之，车是回不了的，路是复不了的。打定主意走罢，不管荆棘如何，迟早总有一天到目的地的！我们且拿“有志竟成”的格言来自慰自励罢！亲爱的，你说如何？

我叫你改署个别人所不知道的名字，不一定怕别人冒名，实是想知道你的乳名，好让我一日念三万遍！亲爱的，不要拒绝我罢！

我想前途未必如你所预想的那样黯淡，假使确是如此，我丝毫也不后悔，你想也必不后悔。但我总觉得前途尚有一线光明。我想总有一天，我们目的达到，而又不使你母兄伤心。亲爱的，这一天迟早会来到的。“听他去！听他去！”不要为着过去而恼，也不要为着现在而烦恼，且希望着将来罢。

和此信同时写的，还有一张纸。但暂时不给你看。何时方是适当的时期，现在不知道。三月五月罢，三年五年罢。且藏着，那时再看。——小梅。

一，二九，夜十一时半

第三号

素秋：

亲爱的素秋竟病了，我真该死！怎么办呢？日来我的感情激动得利害，茫茫然，昏昏然，不知身在何处！今天接到你病中写的覆书，更不知怎样答复！此时心中深深的镌着“素秋为我而病”六个大字。这是我的罪案，我不敢求你宽恕——这是不能宽恕的！怎么好！怎么好！我读你的信，只急的绕屋转！幸而朋友们均不在校，唉！亲爱的素秋，最亲爱的素秋，这怎么好！

你的病是受了刺激而发的，而这个刺激的主因便是我。唉，唉！我悔恨死了！悔恨死了！我虽不十分壮健，但受些刺激还吃得住，我的亲爱的素秋那里经得起这旧病复发呢！人家欢欢喜喜的过年，独我素秋终日不舒畅，我那里对得起这位多情的爱友！唉，唉！怎么好！

你说病未必是可诅咒。不错，假使有“有风趣的富有安慰的热情的谈话”可听，自然也可算是“幽静而清雅的温柔”。但是，假使触目皆是“微温的”——即使不是冷酷的——人，满耳都是浮泛的慰语，没有铭心刻骨的“热情的谈话”，则病者心里痛苦当不胜言！唉！“热情的谈话”！“热情的谈话”！恐素秋和我一样的缺乏这件东西，又是同样的渴求这件东西！最亲爱的，什么时候你可以把这件东西给我，我可以把这件东西给你？

但是，俗话说得好，“留得青山在，依旧有柴烧”。若“青山”不在，便无法可想了。你说“铁百炼而成钢”，我极表同情。然若炼未及百次，而铁已失踪，则何处得钢呢？素秋是明白人，当可懂得这个意思。唉！最亲爱的，最亲爱的素秋，我恭恭敬敬的捧着这颗最真挚，最诚恳的心，恭恭敬敬的跪在你面前，双膝跪在你面前，请求你自己保养身体！我所请求的只这一点——请求你别糟蹋这身体！素秋，最亲爱的素秋，如果你是爱我的，如果你是真心爱我的，好歹别辜负我这请求的诚意！素秋，我听你的劝告而用心读书，千万望素秋也为我的劝告而保养身体！

而且，亲爱的素秋，你的境地并不是人间最痛苦的境地。如果你前信所说的话是事实，则你的身子业已自由，不过不忍拂逆你母兄的主张而略受牵罣了。若你真被迫与那笨伯结婚，那才是不可挽救的痛苦！现在尚不至此，则何至完全绝望呢？照你这颓废的神情看来，竟与黛玉闻宝玉婚宝钗时同样的。亲爱的素秋，你何至如此？如果你的“难言之隐”仅如前信所述，则你实无如此颓废之必要！实无如此颓废之必要！实无如此颓废之必要！（如果在前信所述的以外，另有别的隐衷，那便非我所知的了。）

亲爱的素秋！最亲爱的素秋！最最亲爱的素秋！如果你是爱我的，如果你是真心爱我的，——让我再说一遍，——请求你听我的劝告，保养自己的身体，留待后日，留待后日！亲爱的素秋，请想一想，请细细的想一想如果你“人生途”得到，“停留的机缘”那时置你的“爱友”于何地？他的一生岂不也被你拉到同一命运上去？纵使他自愿如此，你心上岂非也觉不安？这且不去管他，但高堂近七十的老母呢？她既不忍你在“人生途”中飘零，岂忍你“留停？”最亲爱的素秋，请你细细想一想！

写至此，摇铃吃晚饭，饭后再来写。朋友们都去看电影，参与音乐会去了。因今晚是除夕。唉，“舞榭歌台满帝京，愁人对此倍凄清！”西郊少爆竹，不至扰素秋的爱友，而且他此时念家的心已被念友的心所占据住了。唉！人人在快乐中过年，独我素秋在病——为我而生的病——中过年！每念及此，心中如何的难过！素秋叫我不要记挂，但是怎能忘却！

二月一日下午十时（丙寅除夕）

第四号

素秋：

四天（一月三十，三十一，二月一，二）连上四信，（号码是16Ao，16Ap，16Aq，16Ar）当均达览。我预计昨日（元旦）可接你的信，不料邮局放假；今天邮局开门了，但等到天黑，仍未接到。亲爱的，我是如何的失望，又如何的着急！不知你是遵守“减少次数”的话，抑是病得无力写信？我的心焦急得很，不知我爱友此时病况究竟如何？素秋呀，素秋。我实在万对不起你，万对不起你！

昨夜睡不着，起来挑灯独坐，翻阅你从前写给我的信（共二十九次）。我看着你的情意一封深似一封，心上快活极了。我不知那里来的福气，竟做了素秋的“爱友”，做了素秋“心头吹不散的人影儿！”我觉得你自始便和我拼除客套——不知只对我如此，抑对任何朋友都如此？就我而论，初交便除客套的朋友，只有你一人。其余别说初交，便认识几年了也还以客套对我。所以我对你特别感激，而相互的友谊便发展得很快。

我对你的感情可分三期。从我初闻你的名至初认识你，这五年中我对你的态度是“敬”。我知道你的学问，知道你的才调，便异常倾慕你，异常注意你——所以前信告诉你，说你的可爱的姿态在五年前便已印在我的心上。此时敬中是否有爱的分子，我自己也不大明白。这是第一期。我认识你后的第一个月中，我读到你的悲伤的诗，看到你的悲伤的信，我不期然而然的对你表无限的同情心，便想竭我的力来感化你，鼓励你，告诉你世界是快乐的，告诉你前途是光明的。Friendship is everything，我妄想可以帮助你。这时我对你的态度是“怜”，这是第二期。但是我失败了，我不曾同化你，却已被你同化了。我不知道怎样会渐渐的抛弃了“甜水”，甘同素秋一起吃“苦水”。我们的通信一天勤似一天，我们的友谊一天密似一天，渐渐的“心有灵犀一点通”，渐渐的“为伊拼得人憔悴”——我自投罗网了，做了万能的“爱之网”的俘虏了。素秋，这是第三期，我对你的态度不用说——是神圣的“爱”字。

若你不在××所办事，我的第一期会由五年延长为五十年，因为我是不愿在不认识的女学生背后追逐的。要想认识，必须有相当的机缘。试看我给你第一封信与第二封信距离至二月之久，便可知道。如果我终身在第一期中，那我终身都是“顽石”的生涯。幸而——半在意中半在意外——急转直下的由“敬”而“怜”而“爱”，而我们的关系竟被称为“鲜艳的花儿！”亲爱的，我现在很知足，没有别的希冀了。

胡写又是四张。素秋，你在病中，不敢叫你多写，惟愿你早日痊愈了罢，不但可畅快写信谈话，也使我放了一条心。

二月三日下午九时

第五号

今天是旧历初三了，等了一天，仍未接到你的信。究竟是怎么一回事？素秋的病如旧？重些？抑轻些？你总该知道我此时如何的焦急！我百无聊赖，便把你的“旧书”翻阅一遍，这是唯一消遣的良法！

二月四日下午九时

昨夜写了一段，便停止，因为预料今天定可接到你的信。唉！“谁知不然！”我等了一天，仍未等着。素秋，素秋！我白白的盼望四天，从早晨盼望到黄昏，然而天天是失望！素秋！素秋，究竟怎么一回事？若说实行“减少次数”，那么隔了三四天，也好给我一信了。若说病中无力写信，我自然不忍勉强你，然你总知我是如何的挂念，即使不能多写，那怕赐下片纸只字——只要片纸只字——也可使我得到一个安慰。素秋，素秋！你难道忘了这“西园”中还有一个刻刻挂念的“爱友”吗？素秋！素秋！我心上烦极了，焦极了，坐不安，立不宁，热锅上蚂蚁似的，不知怎样好！没有法子只好拿小说来消遣。然只消看了几页，心上又烦起来，便在房中转来转去——咳！亲爱的，最亲爱的，你如何不赐我片纸只字来安慰安慰我呢！

今天是旧历初四了——真可笑，我竟在信上作起日记来。我初疑北京邮局放假，以致无信；后至邮局一问，原来确是放假，信件仍是照常递送的。我在一月三十一日，二月一日、二日、四日发的信，想均早达览，如何始终不给我一封回信？咳！最亲爱的素秋！最亲爱的素秋为何始终不给我一封回信？

素秋！素秋！如果你还没有忘了这“西园”的“爱友”，请赶速回我一信！若因心跳而疲乏，请少写些，那怕只一张信纸也好，纸上写好一句话也好。只要是你的信，总可给我以无限的安慰。素秋，素秋！我此时心上烦乱极了，说话也无头无绪——千句话并一句说，便是盼望你速回我一信，速回我一信！——一张纸也好，一句话也好！

素秋！最亲爱的素秋！我在这里立候着！千万速回信！

二月五日下午五时

第六号

秋亲爱的（此三字本拟涂去，但既已写好，实不忍涂去，万望格外宽恕我一遭，下次定不敢再犯！）秋：

今天（六日下午）方接到你二日的信，欣慰奚似！四五天不见信来，急得什么似的！且喜你病已愈，以后望格外珍摄！格外珍摄！

承嘱写信不可“太浓”，自当“照办”。我写信常常任我一时性子，不加思索？浓时说不来淡话，冷时写不来热信。这样任性，自然要引起朋友的厌恶，以后当“痛改前非”！

我想不但说“浓话”惹厌。恐次数多，张数多也要使人不耐烦，以后当竭力缩短减少。说到这里，我忍不住泪盈眶了。

我并无“误会”，不但你自信无疏我之意，我也深信你无疏我之意。素秋，素秋！一切一切，我绝对信托你，我绝对信托你！

你“承认此时还未到送像片的时期。小梅请耐心罢！”是的，除了“耐心”还有什法子？但是，如果这“时期”终要来到的，那么……如果素秋并未打算有这样一个“时期”，那么……

咳，“夫复何言！”

近来眼泪不知为什么这样多。

你“用心用意的梳头，用心用意的傅粉”，但是——但是——谁适为容？……

我竭力把要说的话缩短为一张——否则至少四张——并且连这一张也不打算付邮。且等你下次信来，写好回信，一起寄出，免得违反“减少次数”之约，使你厌恶。

二月六日下午五时半

昨晚写好并不打算寄出。只因今天不能不进城，只得拿他先行付邮，不能等别的信了。也许我人已到城，信还未到。我至迟明日下午必回校看你的信，——我预计今明两日你必有信来。此次进城不一定为朋友们底邀请，实因有几个长辈处不能不去敷衍一下。明日上午也许到××所看你，也许不去看你，——我心上很想看你，但又怕见你，——我每见你一次，心上便像“十五个吊桶，七上八下”，怎么镇静下去呢！但愿素秋不要把我当作小孩子，把神圣的爱情当作骗小孩的糖块！

七日晨七时半

第七号

素秋：

你接连几封信上都劝我冷静一下，我虽绝对信托你，没有什么误会，但是，老实说，我心上多少总有些“不高兴”，但我日来细想的结果，知道这“不高兴”完全是错的，你劝我的话，实是金石之言。现在再看了你八日的信，更可证实此说。秋，我究竟是一个血气未定，初入怅惘的人，所以一发不可收拾，理智早被情感所汩没了。亲爱的秋，究竟经验富于我，故能“拼着惹场不欢喜”极力纳我于轨道。秋，可爱而又可敬的秋，我佩服你佩服到五体投地，感激你，感激到热泪直迸。此时理智渐渐复原，请秋放心。

你疑我们情谊发展之速，怕是一时“变态心理”。在你一方面讲，或许是如此。在我一方面讲，的确不然。我“钦慕”你，从表面上看来，只是最近数月的事，已然太快；然在我心上，却蕴蓄五六年了。那有“变态心理”而能历五六年如一日？总之，秋虽爱我，然尚未完全信托我，故怕根浅的花儿易萎，怕此时相爱是一时心理变态，又说铁百炼而成钢，——总之，你对于我，还有些不放心。这一点，我很愿原谅你。不过我却要明白告诉你：我对你是完全信托的。不知你何日方能完全信托我。

你说此时一句话一封信都是他日快乐或悲哀的种子。这句话使我害怕，我想不至如此严重罢？谅解——谅解——我们要努力互相谅解。误会——误会——我们要努力免除误会。秋，请你相信我，我是永远真心爱你的，不过我说话写信，或许有使你不高兴的地方，这种地方却完全出于无心——请立予谅解，莫生误会。秋，请不要疑心这可怜的梅，他永远是您的忠仆，决不会向您赌气。

小梅

二月十日下午九时

第八号

秋：

昨天看见你廿一日的信，心上说不出的舒畅，便提笔写了一封极任性的复信。今天又接你廿二的信，才知道那些任性的话，都是秋所不愿听的，便想将他们涂去。后来一想，前信上涂去了的话，你仍旧细细认出，并且打算驳我，可见涂不涂是一样的，何必多此一举。你看了高兴也罢，不高兴也罢，我也管不了许多！（话虽如此说，我那里舍得故意使秋不高兴呢！）

我对秋的态度，自信是极小心的，极体贴的——如果我能这样对待父母，人家一定称我孝子了。——然而只消我微微的说了一些“怨抑的话”，秋便不高兴，便冷，便说梅薄情。秋对我发脾气是应该的，可是梅呢？哼也不许哼一声儿！不错，这是秋的“好意”，“好意”尚如此，坏意又怎样？（这句也冤你。）多情的秋，且请你把女性的骄傲收敛一些儿罢，别如此蹂躏我的精神！

你说“对爱友发脾气是好意”的话，本是昨日来信上的。昨日看了，我只觉得你撒娇撒痴的可爱。可是今日来信的态度全变了，所以连昨日来信上的话也要提起发发牢骚。其实你今日来信上也没有十分使我不高兴的话，——我既爱你，有什么不能谅解，不过秋既爱我，也不该如此蹂躏我的精神！

秋好疑人，所以防我也要疑她。可是剖开我的心看看，看可有丝毫疑秋的心！我说不料这么早便把身世告我，实在是欣幸之意。因你推诚相待而感激之意，何尝是怪你太早，太轻易以身世语人？天下有比这更大的误会吗？我感激你，而你以为我怪你，——秋即使不能体贴到心坎上去，何至如此误会我的意思？这真是“意表之外”的事！

你还说，如果件件允许我，我也许要说“却不料这么早便依我”。秋，你如果爱我而允许我种种要求，难道我反因此疑你吗？难道我反因此怪你“太早”吗？我虽传染了你的“多愁善感”的情调，可是——谢谢上帝！——我尚未传染你的“神经过敏”的脾气！

其实呢，我虽极力解释，然你对我尚在第二期中，尚怕我“情不真”，我便说一万句也难使你相信。不过，你既怕惹后悔，何不率性由第二期退回第一期？话虽如此说，我总盼祷这块顽石早些点头，盼祷你早些进入“第三期”。秋，我确已到了“第三期”了，很焦急的盼祷你也来呢！

梅

二月二十四日下午六时

第九号

阿秋：

昨日下午别后，回想临别时的甜蜜的……不但使我魂消意荡，且感激至于泪下。秋这样爱我，我此时便死去也毫无遗憾了。秋“下不为例”之约，我自当遵守，无论如何，总请不要忘了这痴心的梅。

你自己怪你自己“太不好”，使我心上异常难过。请别再自责了，“从前种种譬如昨日死”，我决不介意。不过我的“开顽笑”的脾气，也同秋的“赌气”的脾气一样，永远改不了。有时我拿“往事”来同你开顽笑，或拿你小说里的语句来调你，请你相信，我并无丝毫恶意，不要见怪。

你说，若同我整天在一处，怕要见天生气。我想这决不成为事实。譬如昨日，咱俩差不多可算整天在一处了，何尝生气？岂但不生气，还有许多甜蜜的调笑。你说我“小孩子爱淘气”，是的，你生你的气，我淘我的气罢。

你以驴儿喻人生，也有点像。不过我总希望——祈祷——秋以后“苦酒无从酝酿”。你不许我胡说，我不许你诉苦——不是不许诉苦，是要使你无苦可诉。无论如何，秋以后大约不会再有“荒墟坟里骨”之句。秋，我去年祝你“生命的春天与一九二七年的春天同至”，现在可算应验了。此次进城略受冻，然收获却极丰富。秋当可料到我心上是怎样的踌躇满志！

梅

二月二十六日下午六时

第十号

阿秋：

如果你肯吃我的肉，喝我的血，便是此生的大幸。我想我虽不是“面团团”的，但血肉还够你吃喝，千万别再吃喝你自己的血肉。秋，你的劝告我总听的，我的劝告你总不听。我劝你别如此悲观，而你老是如此。

你说我说话矛盾，我不承认。我说“不要把爱友当作听差”，是希望你不要对爱友一味“蹂躏”，毫不顾惜，何尝是怕做“忠仆”呢？“仆”既称“忠”，主人何忍一味“蹂躏”他呢？——但这也不过是一时冤你的话，你当然不是好心“蹂躏我的精神”。你的脾气不能改也罢，不愿改也罢；但是前天当面说过，一方面有浮云，一方面还要有和风；如果有云而无风，云便永远留在那里，岂秋所希冀如此吗？如果和风永远不绝，那便大块浓云我也忍受。总之，我对秋实已把在家时所有的“火气”消除殆尽，偶然也许有些怨抑的话，但决无愤怒的话，秋当能鉴此微忱。

梅

二月二十七日下午八时

第十一号

阿秋：

今天连接一日二日两信，我读了，不禁偷偷的哭了一顿。亲爱的秋，前天晤谈时，我曾说“你不但不信托我，并且不相信我信托你”。当时你否认，然而今日的来书却证实了。我前信所说，不过我想怕自己万一使你失望，便要失去你的爱，并非疑你反复。你对我的“缠绵痴情”的厚意，实在感激得无言可表，只怕我自己要在无意中使你灰心，使你受到挫折。然而——我可对天起誓——决非疑你反复，决非疑你反复。你因为只怕我疑你，所以又拿“回车复路”的话来试我。但是我早已说过，海可枯，石可烂，头可断，身可裂，然而要我忘掉了可爱的秋，实在是不可能的。永远绝对的不可能。

最亲爱的秋，请相信，我是绝对信托你的，决非疑你反复。我所怕的是我自己万一要在无意中得罪你。如果秋因此而不爱我，那也是我自己不好，并不敢怨秋。爱情本是不可思议的，数月胜过数年，也是可能的事。并且因秋爱我这热烈，我更感激零涕，何至反加疑虑呢？你不疑我已属万幸，我何至无缘无故的疑你？秋该明白了解我的意思罢？

我最后勉励你一句，秋，如果我们真心相爱，风霜的确无所施其技。然而秋爱梅那及梅爱秋的真挚呢？这并非冤你，说你不真；不过你的“真”和我的“真”比较起来，终觉略逊一筹罢了。然而秋好在你近两信充分表现你的“痴情”，我心下真是说不出的感激。

从下午接你信到现在，总烦乱得很，写信也随笔写写，请原谅。总之，我爱你，真挚的爱你，如果说话不得体，使你发脾气，我总忍受。

梅

三月三日下午十一时

第十二号

阿秋：

秋既爱我，请格外原谅原谅我，好不好？我是一切话都随便说的，尤其在秋面前毫无顾忌。如果发作我几句，我到也甘心忍受；不料你自己因此“要愁要感”，“如梦如醉”，教我如何放心得下？秋，小孩子不好，你只管怪他几句就是了，何必自己愁闷！秋，知道吗？你怪他，他决不生气；你愁闷，他倒要难过万分了。秋，你明知他无恶意，请宽宽心，好吗？

我真该死，常做你“愁和感的媒孽”。但是“拌了嘴，又陪了罪，更深深的了解了彼此的心际”——从前的花儿能如此，现在的花儿为何不能如此？秋，我诚诚恳恳的向你赔罪，你可否格外的恕我？我自信对你并无不满意的表示，你也明知我无他意，请你随即丢开，不要介意，好不好？

秋虽说知我无他意，然不免有点误会，故说了许多伤心话。如“今日如此，他日可知”，如“共处一个月，就不如此痴了”，如“男子所要求者，秋知之详矣”。——秋，你知道我看到这几句，心上何等难受！最亲爱的秋，我记得前信上并未说甚气话，不知何故秋如此伤心。便是请你饬听差收拾灰尘，也不是怪秋呀。亲爱的秋，我不但不敢怪她，不忍怪她，并且也不必怪她，因为她没有什么事可以引起我怪的。——本来在一般人认为可怪的事，在爱人看来不但不可怪，也许还觉得可爱呢。爱情的魔力原是不可思议的大呵！

最不能使我心服的，便是说我爱你是因为不知道你有种种脾气。知道了便不爱了。秋，你何忍说这句话来冤我？你的习气，我岂不知？便是我自己，也是很疏懒；在家时，我的书房也不是我自己整理的。我对你何尝有丝毫不满意的心？你对我满意不满意，我不知道。然而我对你，总觉得什么都是好的。唉！爱情的魔力原是不可思议的大，秋信不信？

亲爱的秋，一切总请你原谅。我自略识人事以来，从未轻易爱过人；这也许因为我自视为高，不轻易睬人，反赢得“宋儒”之称。现在爱上了秋，无论她怎样冤我、骂我，对我发脾气，对我搭“女绅士”架子，我总仍旧爱她，心永远不灰，永远不变。我的态度始终如此，无论她怎样折磨我。她自称多情，大约也有些不忍罢。

梅

三月六日下午六时

第十三号

阿秋：

今天天气也可算是“春阴酿雨”，又不曾接到你的信，所以心上总是郁抑得很。其实呢，从昨午接你五日下午信后，心上一直不舒畅。前天读你的六七首绝句，读到“漫言别后相思苦，闻说人行已断肠”。心上为你的柔情所感动，对你万分怜惜，不知怎样安慰你才好。秋如此爱我，到死也不会忘掉。不料五日信上，颇有疑我薄情之意。秋呀，你如此多疑，怎样好！昨夜信上已略加辩白，可是总觉得还未说得透澈，故今日再写此信。其实动手写信之时，心——乱得很，信笔写来，终难将我之心事表白于万一，奈何！

亲爱的秋，从我们认识以来，那一次不是细心体贴你，那一次不是把自己的脾气压到零度以下。你怪我，我忍受；你冤我，我忍受；你骂我，我忍受；你无论怎样发脾气，我总一味顺你。我明知你也真心爱我的，偶然向我发作几句，我心上不但不生气，并且把他当作一件荣幸的事。因为秋如不爱我，当然对我很客套的；如今破除客套，便算“异典”，我那忍生气！唉，亲爱的秋，我自信对你如此，也不算过负你的热情了。

偶然我忍不住，说了几句怨抑的话。心上便十分担惊，唯恐触怒你。所以有时已写在纸上，覆看时便涂去，甚至全张撕去重写。有时我认为还算平妥，便把它寄出。结果呢？常要惹起你向我发一顿脾气。那时我总一味顺你，只怪自己不该说怨抑的话。这并非矫情，实在我心上不忍向你生气。即如前信，我自信并无多大得罪你的地方。“谓行多露”是句开顽笑的话，难道真和你计较吗？在你来信责我之前，我已有信告你，说定星期四进城，以便星期五整天陪你了。秋总可明白我的心吧？至于请你饬听差收拾桌椅，更不是厌你不洁净，这本是听差的事，与你何干？亲爱的秋，你不厌我，已属万幸，我那忍厌你？

亲爱的秋，请别再误会了。我看了“今日如此，他日可知”的话，心上一直忧愁到现在。我忧愁的是：秋要寒心罢？秋以为我薄情，不敢爱我罢？如果我真有不是，引起秋的寒心，那我惟有自己怨自己，何敢妄自表白？无奈这完全是误会。亲爱的秋，请别再误会了。梅爱秋的心是始终如一的，决不存些小厌恶之心。请放心，秋，请放心。

爱人中间，常常他怕她不爱他，她又怕他不爱她。秋怕梅将来不如现在之痴，梅呢？还怕秋减少她的热情。这种“怕”大都从误会上来的。亲爱的秋，即使我真有得罪你之处，你也要看花儿的面上，加以原宥；何况我并未怎样得罪，你为何“情不禁的要愁要感，如梦如醉”呢？唉，秋呀！我不知你此时心境如何？我呢，同今天天气一样。惟愿秋的健康未受影响。两张纸又完了。心上的话何尝写出万一！

梅

三月七日下午六时

建构网络文学评论体系的理论与方法

——“网络时代的文学评论”学术论坛综述

李 彤 刘晓航 吴子璇

在今天的文化语境中，网络文学创作备受关注，影响力与日俱增，网络文学批评这一崭新的批评方式，也被赋予了独特的社会价值与学术期望。为进一步厘清建构网络文学评论体系的路径，推动网络文学创作与评论的健康发展，2019年8月18日，由中国作协网络文学中心主办、中国作家协会网络文学研究山东大学基地承办的“网络时代的文学评论”全国学术论坛在山东威海召开。来自全国各高校、科研院所、中国作协、各省作协以及网络文学媒体平台的100余位专家学者、知名作家和网站编辑，围绕“网络时代的文学评论”这一主题，就“中国当代文学批评史视野中的网络文学批评”“网络文学评论的视角和方法”“媒介融合与文学评论的创新”等议题展开深入讨论。

一、中国当代文学批评史视野中的网络文学评论

时至今日，网络文学的自身价值越发广泛地受到学界关注，其强大影响力和社会意义，让网络文学注定成为当代文学史上不可忽略的重要力量。在此基础上，将网络文学评论置于中国当代文学批评史视野之中进行考察，成为书写网络文学批评史、建构网络文学评论体系的必然要求，也是中国当代文学批评的理论延伸和发展

作者简介：李彤、刘晓航、吴子璇，山东大学文学院硕士研究生。

要求。网络文学评论忠实地记录网络时代之下文学创作与理论的创新和转向路径，也同时肩负着反哺网络文学创作、激发当代文学批评史创造活力的重任。

中国作协网络文学中心主任何弘从2019年茅盾文学奖的评选历程和经验谈起，通过网络小说当下的发展态势和运营模式，指出了目前网络文学批评需要注意的问题，即如何认识网络文学给读者审美带来的影响，进而在时代和文化语境变化中构建属于网络文学的理论评论体系，使网络文学在当代文学批评视野中成就代表主流价值取向的文学作品。他强调，网络文学面临“现实主义”写作的重要问题，就是如何促使网络文学在保留自身文本特征的同时，不断提高质量，更好地反映当下的社会生活，触及现实问题。这也是网络文学理论评论界面临的重要问题。他指出，网络文学批评应当积极适应网络传播环境的变化，推动网络文学创作不断进步，使其真正成为这个时代主流的文学样式。

中国当代文学研究会会长白烨教授指出，网络文学评论体系的构建，是一个艰巨性、长期性和复杂性并存的任务，新时代的网络文学给文学批评提出了很多新的难题，但当代文学批评也同时从中获得了新的发展契机。例如，文学评论家在深入了解网络文学现有生产机制的情况下，通过对典型案例的分析，就其生产过程的功利性、写读双方的互动性以及其本质上的亚文学性等问题，进行入情入理的分析与论证，以揭示网络文学在发展中面对的实际问题。同时他指出，网络文学是一种正在形成运动过程中的学问，涉及多学科的知识素养，学界对网络文学展开学术评论和研究，首先需要在一些重要问题上寻求和达成共识。例如什么是典型的或正宗的网络文学、网络文学评论的定义这些基本的问题，只有在达成共识的基础之上，属于网络文学批评自身的话语体系才有可能真正建立。

中国作协网络文学中心肖惊鸿研究员论述了新时代的网络文学批评对于当代文学评论的颠覆性影响。她认为，网络时代使文学评论发生了两个重要变化：一是提升了网络文学评论的影响力；二是重塑了网络文学评论的表现力。研究者应当注意到，传统的文学主客体关系发生了改变，网络文学批评的力量在迅速加强。与此同时，受到“粉丝文学”等特性影响，网络文学评论展现了其复杂的一面，娱乐性、审美性、文学性、思想性杂糅其中，在传播力大幅提高的同时也出现了副作用。她认为，让网络文学评论铭记于当代文学批评史之中的方法，首先是要尊重艺术创作规律，让评论成为创作的助手，引领创作提质增效。同时，研究者应长期跟踪观察，深入网络文学之中，在了解网络文学的基础上发挥现实的力量，对构建新时代网络文学评价体系起到积极作用。

山东省作家协会主席、山东大学文学院黄发有教授认为，新时代的网络文学评论需要一种历史的视野。当前的很多网络文学评论，基本上还是立足于“现在”看“现在”，而这种方式有时会带来一些问题，例如由于“现在”的视角不能全面清晰地认识现状，而使评论陷入一种尴尬境地。他指出，今天的网络文学评论，既要回顾新文学史过去的发展状况，也要以一种面向未来的姿态看网络文学当前的发展。同时，黄发有提出网络文学评论应该注意和当代文学整体格局的关系，网络文学的地位，或者说通俗文学的地位，其实都和文学史的整体格局是分不开的。网络文学评论和网络文学创作跟整体的文学创作或者整体的文学评论不能割裂。在具体操作层面，他提出，网络文学评论一方面要关注跟踪式现场评论，同时也要把网络文学纳入当代文学史之中。当网络文学评论堂堂正正进入当代文学史，成为其不可分割的版块之时，网络文学评论与中国当代文学评论界的对话才能够更加平等和畅通，其自身的发展才能够更有效地激发中国当代文学史研究和当代文学评论的活力。

山东大学文化传播学院院长张红军教授指出，近年来网络文学广泛的群众基础、迅猛的发展趋势以及对原有的文学传统造成的强烈影响，与五四新文学运动的兴起有许多相似之处。但与五四新文学运动不同的是，今天的学界并没有一套成熟的文学理论对网络文学这一新生的文学现象进行研究，基础理论的建构相当滞后。张红军总结了当下网络文学研究存在两个误区，一是以原有的理论视角观察网络文学现象，用针对传统文学的价值标准和审美原则要求网络文学；二是完全站在网络文学立场上，拼凑理论为网络文学存在的合法合理性辩护。他认为，针对这两个误区，学界应当构建一种既能深入网络文学现象中，又具有强烈理论担当意识和高度的网络文学理论体系，推动形成面向网络文学的系统性、学科化、多元化研究与批评。

华东师范大学中文系黄平教授从网络文学研究纳入一个学科系统进而“接着讲”的视角出发，认为无论将其接入中国现当代文学还是古代文学，都难以改变网络文学批评的偏狭身份与滞后状态，这样的“接着讲”其实是有很大问题的。他提出，在技术现代化的时代，网络文学是网络社会的重要表征，研究者可以从最深层最前沿的思想问题中找到借鉴，打破固有的学科分类，从科学的方方面面出发回应时代的根本问题，建构一个可以解释网络社会、解释网络时代人民精神处境的评论体系，同时推动文学评论和网络的发展。

杭州师范大学中文系单小曦教授指出，谈论网络时代的文学评论，首先要厘清的问题是网络时代的文学有没有发生变化。如果与传统文学相比没有发生变化，那么网络文学评论可以直接挪用传统的文学批评方法；如果发生变化，又要分清楚传统文学在当下发生了变化还是网络时代有新的文学形态出现两种情况。考虑到主流导向对于现实主义题材的强调和研究者将幻想类网文视作传统通俗文学的网络版的情况，他认为这种网络文学与传统文学合流的说法，其实是对“网络文学批评有没有必要建设”这一问题提出了挑战。在他看来，网络文学的独特性就在于其呼应时代要求的新媒介属性，从这一角度出发，将网络文学批评作为当代文学评论的延伸而加以系统的构建，就具备了其自身的急迫性与必然性。

华中师范大学文学院李遇春教授认为，中国当代文学史如何有效地叙述网络文学是一个颇为重要的命题。网络文学至今只有20年左右的发展历程，但其发展速度和影响力却前所未有，目前，随着网络文学作品的评价标准正在不断成型，网络文学正在进行其自身的“经典化”，历史化也成为它十分重要的发展趋势。而至于如何在文学史上完成对网络文学的表述和评判，则需要研究者在长期讨论中形成共识。他还从互联网时代的新型传播方式切入，探讨网络诗歌的形式与内容，指出移动互联网和大数据时代的技术发展，正在深刻改变着传统的文学创作，也为今天的文学研究与评论提供了启示与借鉴。

福建师范大学伍明春教授着重从网络文学评论与传统文学评论的互动入手进行阐述，对网络诗歌的创作和评论展开讨论。他认为网络诗歌的写作方式已经逐渐侵入了传统诗歌写作，以往的纯文学诗刊上也在刊发具有网文风的现代诗歌，这说明网络时代的思维和写作方式已经深刻影响到了诗歌写作。因之，网络文学评论不仅仅是在传统文学中汲取营养，同样也在深刻影响文学自身的经典批评方式。

山东大学文学院史建国副教授将当下的网络文学批评与20世纪50年代官方提倡的群众文艺路线联系起来。他指出，当时国家倡导的群众文艺工作主要是从文学创作层面来谈的，如培养工农兵作家等，但群众文艺批评却很难培养。因此20世纪50年代其实是倡导各级文化宣传领导干部成为文艺理论和文艺理论工作的骨干。虽然此后官方也做了几次自上而下的倡导，但真正的文艺批评并没有出现。史建国认为，在今天这种网络时代，网生批评这种“野生的批评”反而真正实现了群众文艺批评，相较于专业评论文章对受众引导的乏力，网生文艺批评反而是更有力量的。从批评反作用于创作实践的角度出发，当下的网络文学批评在一定程度上对当代文学批评做出了创新和延伸，弥补了当下批评的不足。

《钟山》杂志主编何同彬指出，网络文学的创作和批评是一个极富创造性的主题，涉及很多前沿学科的综合知识。但与此同时，研究者应当注意如何在这样驳杂宽广的理论视野中讨论网络文学，才不至于失却理论研究的合法性。他认为，网络文学评价体系构建所面临的困境，就在于目前其评价标准和规范的缺位，以及受到商业、资本等非文学话语力量的影响干扰过大。因此，相对独立的网络文学评论话语体系和评价标准固然亟待建立，但学界需要正视构建具备共识性、学理性、独特性网络文学评论体系的难度。

二、网络文学评论的视角与方法

历经多年积累，网络文学评论形成了多种研究视角与方法，聚焦于网络文学的历史定位、审美转向、研究立场、文化价值等问题之中。立足于“新时代”与“新媒介”，网络文学评论显示出了与传统文学评论的巨大差异，构建完善的网络文学评论体系，要求研究者不断创新方式方法，更新观察视角，在新时代的文学环境之中捕捉到网络文学的变化和特性，推动网络文学评论更加敏锐地触及创作前沿。

中国作协网络文学中心肖惊鸿研究员认为，新时代的网络文学对传统文学评论的影响是颠覆性的，伴随新时代创作空间的进一步开拓，网络文学评论的发展进入一个变化节点。这个局面如何破解，让评论成为网络文学创作的同道，同行前行，助推引导，首先要做的是尊重艺术创作的规律，让评论成为创作的助手，而不是成为创作的对手。提炼观点，力求有理有据，知己知彼，用评论引领创作，提质增效，在创新中求得发展。

厦门大学人文学院黄鸣奋教授揭示了网络文学评论的科幻视角。这一独特视角有两层含义，一是纯粹视觉意义上的，是指从物体的两端引出一条两条直线，然后交汇于人的眼睛之中；第二个是引申义，视角是指人们看问题的角度和观点。从文体的角度看网络文学的构成和客观视角之间的关系，网络文学评论至少有五种等级，网页—平台—系统—全网—融媒体。科幻视角可以有两种不同的引线，一条是网络文学，一条是科幻文学。网络文学存在科幻元素，科幻文学中也存在网络元素；从题材的角度看，什么样的文学是具有科幻性的？科幻又有两条不同的线索，一是科技性，科技性至少有三种不同的解释：第一是科学原理的特性，第二是科学表述的出现，第三是科学精神的特性。二是幻想性，幻想性也有三种不同的定位：第一是分享内容的出现，第二是幻想思维的特性，第三是幻想情景的特性。

中国作家协会创联部主任彭学明总结了网络文学创作的三点贡献，从“反叛当下文学的艺术审美”“拓展文学艺术创作空间”“满足各大读者群体的艺术审美需求”等三个角度出发，对网络文学近年来发展中表现出的特点和影响进行了详细阐发。他从网络文学传承和发展中国传统文学艺术的角度出发，为网络文学研究和批评提供了一种评价标准和思路。他站在网络文学本位的立场上，对网络文学如何更好发挥促进现实、表现现实的文化功能，从而最大程度上激活网络文学创作生命力提出了切实的意见。

鲁迅文学院王祥研究员指出，网络文学批评方法论亟待创建，没有好的网络文学研究方法和批评方法，就无法将网络文学的功能与形态讲通。他从回答网络文学为何追求爽感和为何多是幻想类作品两个问题入手，提供了研究网络文学的两个角度和方法：心理学批评与神话学批评。网络文学以快感满足大众读者可以说是网络文学的一种基础性功能。以心理学批评的角度入手，我们会发现这是人类从大众文艺中寻找情感体验与快感补偿的天然表现。由此我们就可以看清网络文学这一现象的深层原因，并作出正确的价值判断。以神话学批评入手看网络文学的幻想取向，可以将网络文学看作是人类重新为自己缔造的神话。这个人类神话与科学思维结合，跨越了地区文化的局限，是一种全人类的神话。从这个角度看网络文学，我们就要注意偏爱幻想是网络文学的一大特点，即便在强调和进行现实主义写作的时候，我们也不能丢掉网络文学这一鲜明特色，否则将会失却自己的价值。

西南大学文学院黎杨全教授认为，数字时代的网络空间对艺术批评带来了前所未有的“空间”的冲击，艺术批评也必须相应地“转向”，网络空间带来了人群效应，批评主体应从立法者转变为阐释者；网络空间带来了海量的艺术对象，批评家可采用寓言式批评与整体性研究的方法面对这种认知困境；网络空间让话语方式由独白走向了交互，艺术批评必须建立一种新的交流性的语言。此外，作者、读者、评论家都要有一种网络的生存的意识，网络批评应该建立在网络生存的意义上。

《光明日报》文艺部副主编饶翔从评选网络文学作品的亲身体验出发，认为建构网络文学批评的标准非常重要，否则将会造成评价的失范。他提出了网络文学存在的三种可能性样态：一是将网络文学完全的主流化与经典化，二是在新媒介革命基础上的全新文学样态的诞生，三是作为一种通俗文学或大众文学的一部分而存在。在三种不同的样态下，网络文学评论会产生不一样的创新度和样貌，而这些也是网络文学评论标准建立的假设性基础。

南京财经大学周根红教授分析了近年来网络文学写作与电影生产的关系，认为网络文学对电影空间产生了很大影响。其一是网络文学的写作与积累促使中国奇幻电影空间不断地丰富和立体，营造了一系列神兽、山脉、鬼怪等神话对象。更加重要的是，在网络文学的创作过程中，其创作者自发建立了较为完整的叙述体系和价值观念。这一体系和观念正在不断影响到电影生产，并且持续增添奇幻电影的感染力。

云南大学宋家宏教授认为，网络文学与民间文学有很大相似性。网络文学是自由写作，而传统社会的民间文学也是最自由的文学。从写作者和阅读者看，与传统民间文学全民性特征相似，网民的数量也极其庞大。无数的作者和听众，不需要许可即可“发表”。在漫不经心的写作中，有一些作者想要将作品有所提升，于是一些“大神”如痞子蔡、安妮宝贝等便脱颖而出。从功能来看，传统民间文学和网络文学都是出于生命的本能冲动，是对情感的真实坦露。最后，两者都是匿名创作的。因之，将网络文学研究与民间文学进行对比研究，或者在民间文学的视角中审视网络文学，对网络文学研究是大有裨益的。

海峡文艺出版社副社长林滨从出版人身份出发，给网络文学研究和网络观察提供了出版人的独特视角，他列举了当前网络文学出版的相关数据，建议研究者应当更多地关注网络文学的出版和生产机制。他也希望评论要更多地做到深入浅出，既要深入，又能够做一些普及工作。对于现今难以解决的疑惑，如到底是追随网络文学的资本化进程还是引导它向经典化衍进，还需要不同立场的网络文学评论者进行对话，使得问题越辩越明。

山东师范大学文学院张慧伦以符号学理论阐释网络文学创作，她认为在研究网络文学文本时，应当将其与伴随文本进行相互观照。她详细阐述了网络文学伴随文本的几种具体情况。如显性伴随文本分为副文本和型文本两类，作品标签是副文本，而类型分类是型文本。显性伴随文本对创作和阅读双方具有提示作用，对读者的选择和作者的写作风格产生强烈影响。生成性伴随文本可分为前文本和后文本，前文本如网文中的历史文化语境、典故，后文本如以网文为基础的各种改编。解释性伴随文本则主要由评论文本与链文本构成，评论文本包括研究专著、读者评论、相关新闻等，链文本则主要表现在网络文学网站上的超链接，如作品库、排行榜、评论频道等。她认为通过整理和总结网络文学重要的伴随文本，并对其形成整体把握后，可以梳理出网络文学发展的历程与谱系，为网络文学创作和发展提供借鉴。

保定市文联创作室杪椤认为，传统文学作品是静态出现的，但是网络文学是极富动态特征的，如它的未完成连载，还有不断综合的IP开发，以及后续的延伸产品等。对于批评来说，过去是像打靶一样，而网络时代是打没有规律的移动网，所以方法必须变，必须研究新的打法与新的原理。可以把这种动态性用网络性来支撑，寻找网络性和文学性的结合处下刀子，这可能是网络文学批评极为重要的角度，只有从这个结合点出发，谈论网络文学的网络性和文学性才是有效的。

江苏省作协创研室韩松刚提出了网络性和文学性两个研究网络文学评论的视角。网络性是指网络给文学带来的革命性。应该注意的是技术是一把双刃剑，网络文学的产生在一定程度上归功于技术的迅速发展，但是技术的限制同样是网络文学必须要面对的一个问题，比如技术进步带来的网络文学粗制滥造和文学审美差异性的衰退。文学性是指网络给文学带来的实验性，从这个层面看，网络文学可能比其他任何一种文学样态都更需要文学性。网络文学的生产，如果失去了文学性这样的审美期待，网络文学可能不过就是数字时代的一种劳工文学，网络作家最终也不过就是数码时代的文学劳工或者写作技工。

三、媒介融合与文学评论的创新

从产生和发展的历程看，网络文学就是一种媒介融合的产物。在新旧媒介融合之下，网络文学呈现出与传统文学截然不同的属性与特质。同时，伴随着自媒体等新的媒体形式的出现，网文也开始借助微博、微信等新媒体平台广泛传播，使网络文学在其发展过程中出现了前所未有的独特现象。这些媒介融合的案例和境况，必然催生着网络文学评论的革新。

中国当代文学研究会会长白烨教授认为，网络文学评论的创新在很大程度上需要发掘培养一批网络文学评论人才。目前的网络文学评论人才大都从传统文学研究中转向而来，因而从文化基因上看较为传统。而在各大高校中文系培养出来的学生，也往往在审美趣味和研究方式上有些“文学史化”，反而是真正接触网络文学一线写作、生产包括编辑过程中的从业者群体，更加了解网络文学的真谛。因此，着力从这些群体中培养出新的网络评论人才骨干队伍，对网络文学评论的创新十分重要。

山东大学文学院黄发有教授认为，网络文学研究要有媒介融合的视野，而不能就网络文学作品谈网络文学。他认为现今网络文学受到的批评可以放在新旧媒介博弈的视野下审视。与之相似的情形是在中国近代报纸出现之后，人们对于“报章小说”的批评。他以近代“报章小说”的遭遇为例，阐述了新旧媒介博弈过程中，新媒介开始受挫但最终成为主流的变化趋势。并以王韬、梁启超对“报章小说”的支持说明网络文学研究者对助推网络文学发展的重要作用。将网络文学纳入这样的视野之中，有助于扩大网络文学研究的视野，发现更多易被遮蔽的问题。在此基础上，他认为随着5G技术的发展和应用，媒介融合的程度会进一步加强，目下所及的网络文学在不久的将来很快可能就会呈现另一种面貌。

北京大学中文系邵燕君教授认为，网络文学是一种新媒介文学，她特别强调网络文学的媒介属性。在她看来，“网络文学”的重心是“网络”而非“文学”。这绝非说“文学”不重要，而是因为我们不把网络性特质说清楚，我们一谈文学性，就还是以纸质文学的文学性为模板，我们就无法摆脱这样的惯性思维。她认为网络文学研究必然要跟社会学和新媒介领域打通，才能察觉出网络文学爽感背后的社会文化心理趋向。同时，她以专业研究对于网络文学创作影响甚微的角度出发，认为网络文学研究者可以“粉丝型学者”和“学者型粉丝”两种站位来对自己提出挑战。这样既能将场内的网络文学带入学术领域，将其理论化。同时，自己写作网文评论精华帖，看看自己有没有成为区间意见领袖的可能。这样就能更加贴近网络文学现场，同时使网络文学评论对网文作者与读者产生更现实的效用。

南京大学特聘教授藤井省三先生将当下网络文学的研究与推广和鲁迅的海外传播联系起来，追踪解读了鲁迅通过电影、电视、网络等多种途径进行传播，从而被广大中日受众所接受喜爱的历程。通过对近百年来鲁迅这一经典作家在不同媒介渠道中进行多次传播的分析，对新媒介环境下“文学IP”的传播起到了切实的借鉴意义。

西南大学文学院黎杨全教授提出了“网络批评”的概念。他认为，“网络批评”既不是关于网络的批评，也不是在网络上的批评，而是从网络的角度切入文学批评。现在，网络已经对生活以及文学产生了深层次的影响，甚至已成为一种无意识存在。在日常生活中，网络无处不在，我们的生活在被网络殖民中成为一种“网络生存”，整个当代文学也受到了潜移默化的影响。因而从网络对整个社会与文学的影响入手展开网络批评的创新是大有可为的。

华东师范大学中文系黄平教授从网络文学研究路径和范式的角度，对网络文学评论的创新前景进行了展望。他指出，网络文学研究可以接上技术现代性批判、后现代社会以及媒介批评等诸领域，涉及多元丰富的学科知识。从这些层面来研究网络文学，就可以刷新网络文学批评的研究范式，即福柯提出的“知识型”。他认为，研究网络文学要创造一种“可以解释网络”的文学评论，这样一种可以解释网络社会的批评，将会有效地提升网络文学评论的品格。在此基础上，网络文学评论的创新既能站在前人丰富的思想基础上更进一步，同时能够直面时代提出的现实问题，发挥表现和促进现实的功用。

杭州师范大学中文系单小曦教授认为，新媒介背景下的网络文学创作呈现出两种主要特点，一是复合符号性的赛博文本；二是交互性的生产方式。在此之外，还要注意伴随新媒介文艺产生的现象。新媒介文艺不是新媒介文学或者艺术，而是新媒介作用下的文娱交融。这是一个研究很少但又非常值得研究的现象，也是研究网络文学或进行网络文学文艺批评时的现实基点。从这个基点出发，他提醒网络文学研究者要走专业化的批评道路，不能仅仅是一种口水批评。在此基础上，他提出了学院派批评视野下的网络文艺批评方法的三个方向，即“媒介系统内的文本考察”“媒介心理学的审美心理分析”和“媒介社会学的发展方向研究”。

西北大学文学院陈海副教授从新媒介美学的角度出发，认为创新网络文学批评需要对新媒介审美现实的关注，理解新媒介的审美逻辑。新媒介审美对现实的影响包括对审美心理的影响，并且创造出了新的审美对象和新的审美关系。同时，他认为网络文学评论创新不能只依靠学院化、官方化的批评，而要促进学者、官方、编辑等共同参与网络文学批评，这样才能促使网络文学评论更加具有时效性。

保定市文联创作室桫椤认为，媒介的物质属性决定了其自身承载的文学样式。甲骨青铜时代不会出现《红楼梦》，而白话文学革命也是因为工业化生产的道林纸替代了传统的手工宣纸而发生的。同样，网络媒介的发展，必然会推动网络文学的发展与革新。但新媒介的发展也导致了批评的分化，出于对传统价值和威权地位的维护，网络时代精英阶层和大众之间的对立没有减弱反而加强了。受到网络阅读的反作用力，文学批评对传统的固守姿态更加坚定。同时，面对网络文学的崛起，也有一股新兴的力量积极参与寻找网络文学批评的有效方法，正如此次论坛所展开的。因而必须要尝试打破各个批评主体和阵营的次壁元，才能激发网络文学评论的创新活力。

山东大学文化传播学院周新顺副教授认为，网络媒介和网络文学的发展具有很强的不可预测性。对它所引发的文学生态场域的边际效应，目前学界还缺乏足够的认识和预计。他指出，面对新的网络媒体，传统的文学批评范式基本进入一个言说失效的境地，一种隔靴搔痒的尴尬状态。因此，他强调网络文学评论需要有一个范式转型，需要研究者的思维和研究方式进行转变。但同时网络文学评论的范式转型不一定就要迎合网络文学的现状，批评和研究依然要保有批判性的思维和立场。在贴近融入网络文学现场的同时，也要坚守批评的专业性，与研究对象保持一定的距离感。将网络文学作为一个学术现象，保持对时代的文学负责的态度，是一个研究者在进行网络文学研究和创新时应有的内心标准。

山东大学文化传播学院刘小源提出了源自网络文学原生评论的“野生评”概念，她认为，“野生评”这类生气勃勃、无功利的自发评论，能够在读者与作者之间产生良好的互动，对网络文学创作具有很强的介入性。刘小源指出，“野生评”的发展方向之一就是同人小说。她认为，在对原作品进行深入的文本细读与评价的基础上，同人小说这种反类型化创作对网络文学的套路化展开了自我反思与批评，属于网络文学自发产生的创新式自我评价。但同时，她认为“野生评”的阵地正在逐渐失守。以评价打赏模式为代表的评论模式将使评论走向功利，考虑到“野生评”对研究者深入网络文学现场和建构网络文学评价体系的重要作用，研究者就不能对此无视和缺席，应该将失守的阵地寻找回来。

“2019 中国小说论坛”综述

司若兰

2019年8月24—26日，由山东大学主办、山东大学文学院与文化传播学院承办的“2019中国小说论坛”在威海举行，来自海内外72所高校及科研机构的140余名专家学者出席论坛，提交学术论文116篇。与会专家以小说叙事为主题，围绕“文献版本”“叙事语言”“叙事文化”“叙事理论”等议题，进行了精彩发言和深入研讨。现将会议情况综述如下：

一、小说文献及版本研究

袁世硕（山东大学）分析了当前学界出现的《红楼梦》研究中“程高本”与“新校本”争胜的现象。他认为，争辩的焦点集中在前八十回孰优孰劣的问题上，双方都强调《红楼梦》一百二十回的完整性，殊途同归，形成了对过度张扬“脂评本”不完整性的价值意义的否定。而且开启对《红楼梦》前八十回的两种版本进行比勘、对照的课题，可有助于进一步确认曹雪芹原著的叙事特色，增进对曹雪芹其人的认知。董志翘（南京师范大学）研究发现，张国风先生的《太平广记会校》一书在校勘版本收集上几臻完备。但作为类书，却忽略了利用所引来源书及同时代的他书进行校勘，因而书中仍有多处谬误值得商榷。李国庆（美国俄亥俄州立大学）梳理了他在编纂《海外中文古籍总目》过程中所发现的一些存于北美图书馆的中国古典小说稀见版本，并对若干中小型北美高校的中文图书馆藏进行了介绍。王平（山东大学）论

作者简介：司若兰，山东大学文学院博士研究生。

述了《醉翁谈录》之首卷《舌耕叙引》与全书之关系以及由此阐发的说话伎艺的类型与名目、说话伎艺的艺术特征等问题。他认为正是由于说话艺人的实践，使得中国古代白话小说逐渐得以成熟，并在明代终于达到鼎盛。周文业（首都师范大学）对日本九州大学藏《三国演义》朱鼎臣本进行了考索，并利用数字化分析，探讨了简本志传小说系列的版本演化问题。李奎（山西师范大学）分享了新加坡、马来西亚汉文报刊《蕉风》月刊所载的中国古代小说史料。

二、小说叙事语言研究

徐时仪（上海师范大学）结合拟编纂的古白话小说词典，分析了小说词语考释与古白话词汇研究的密切关系。他呼吁系统地有计划地续考一批专书小说词语和编纂一批系列专书小说词典，在此基础上建立相应的语料库进行定量和定性分析，为小说与汉语词汇的深入研究提供更多的依据和参考。孟昭连（南开大学）探讨了白话小说戏曲中的“之乎者也”现象，论证了“之乎者也”的最早出处和含义嬗变的情况。他认为古代书面语中的这几个文言虚字之所以成为文章与文人的代名词，受尽屈辱与嘲讽，是因为文言虚词的非口语性质。石麟（湖北师范大学）从文字游戏与叙事写人的角度，探讨了中国古代小说特殊语言的运用问题。他认为小说或以传统诗歌来为书中人物“代言”，或用小曲、酒令等俗文学方式来叙述故事，或用象形文字、双关手法来包装描写对象，这些特殊语言的运用，可以使作品更为生动活泼，产生常规语言很难达到的奇特效用和审美效果。胡海义（湖南师范大学）分析了明清西湖小说语言本土化的表现与作用，他发现明清西湖小说语言富有杭州风情和生活气息，大量的方言俗语直接源于杭州百姓的口头语言；同时通俗质朴而意味深长，尤其善于利用发音达到诙谐幽默的喜剧效果。明清西湖小说语言本土化使人物对话生动活泼，在突出人物个性、增强读者亲切感与认同感、展现地域文化底蕴等方面起到重要作用。陈宏（南开大学）关注《西游记》“木仙庵三藏谈诗”一回，他发现小说在营构“木仙庵”这则故事时，受到了诗文小说叙事传统和全真教文本的影响，继而分析了“葛藤”与“荆棘岭”两个词语的象征意义，认为全真教观念对《西游记》文本产生了不可忽视的影响。黄万华（山东大学）从陈季同、盛成、程抱一、高行健所代表的四个时期的文学个案入手，对海外语境中小说叙事语言逐渐成熟的文学史线索进行了梳理，他认为中西文化交流中语言意识的自觉和艺术境界的提升，离散境遇中语言原乡的建构和汉语潜能的开掘，无功利写作环境中多种语言资源的发掘和不同艺术因素的交汇，都使得海外语境中小说创作始终拓展其语言世界，不断赢得小说叙事语言的成熟。姚晓雷（浙江大学）认为，当下现代汉语叙事中存在着“语言腐败”问题，主要表现为导向欲望宣泄而非事实和思想深度呈现的“挑逗化腐败”、表意系统过于精密发达而可表现内容过少导致的“空疏化腐败”、个人风格由“陌生化”向“自动化”大面积坍塌的“模式化腐败”，并说明捍卫其本初功能已迫在眉睫且义不容辞。盛玉麒（山东大学）总结了小说人物语言研究的语料库方法。向忆秋（闽南师范大学）分析了汉语小说中的闽南方言使用现象及其意义。温奉桥（中国海洋大学）认为，大众本位构成了20世纪中国文学主流语言伦理，并深刻影响了这一时期小说创作的整体美学风貌和审美品格。

三、小说叙事主题及文化学研究

宁稼雨（南开大学）对近三十年的中国叙事文化学研究进行了全面的回顾与反思，从20世纪80年代方法论的讨论中思考中国叙事文化学研究的必要性和可行性，20世纪90年代潜心思考，逐步搭建起中国叙事文化学研究的理论框架，从索引编制、个案研究、理论研究三个方面对中国叙事文化学研究的学术价值进行了总体梳理，最后对研究中存在的问题提出了拟解决方案。王立（大连大学）和刘卫英（大连外国语大学）分析了明清时期的灾害叙事及其与小说的内在联系，以及明清叙事文学中应灾、御灾行为与心理书写的多重意义与价值。万晴川（扬州大学）从政治修辞、儒道思想及道教化视角分析《山海经》的地理叙事，他着重指出，《山海经》中对夷蛮族群的描写并非有歧视之意，而是表述了华夏和蛮夷天下一家的观念；《山海经》中有关“生”“化”的生命观及对神人与怪物的形塑，对后来道教知识谱系的建构产生了重要的影响。洪树华（山东大学）对宋代小说中的人神（仙）婚恋遇合的叙事传统进行探讨，他认为宋代小说中超现实婚恋遇合的题材渊源可追究到先秦诗歌，这些作品大多是由编纂者改编、摘抄前人的作品而来，显示了宋代男人的爱美好色及理学背景下性欲望或者性意识等方面的文化蕴含。王昕（中国人民大学）梳理了苏轼神异出身故事的相关文献，认为两宋笔记中的苏轼“前世为僧”故事，根源于苏轼的性情和他对佛教的接受态度，促成了话本的“两世因缘”、嘲弄僧尼等市井趣味主题和结撰方式，对明清小说戏曲产生深远影响。王海燕（青岛大学）分析了《聊斋志异》中的“仙话”叙事主题。霍现俊（河北师范大学）探讨了“于谦小说”中的北方边患及其造成的灾难性后果、边患的书写方式以及史料来源，并对若干重要史实进行了辩证分析。李永东（西南大学）对抗战时重庆出现的城乡互嵌的文化状况及其文学书写特点做了探讨。他认为战时重庆包括城市重庆和乡村重庆两种形态，造成了文学书写中出现乡村里的都市社会及乡村化的城市知识分子，并且城乡往返的体验影响了重庆叙事的空间构成。郑春（山东大学）探讨了1949年新中国即将诞生时，具有留学背景的现代作家群体所面临的历史选择问题，认为他们在这段时间内的种种抉择以及由这种抉择而形成的种种道路，成为中国当代文学极为重要的组成部分。余岱宗（福建师范大学）发现19世纪中后期发展兴起的现代小说，具有“堂吉诃德性”的主人公都在试图建构与其现实角色有着显著落差的另一种身份，进而分析了具有身份问题的主人公形象和小说叙事的内涵。王洪岳（浙江师范大学）以钱锺书《围城》为例，从讽刺性、反讽性和滑稽性三方面对现代小说的审美智趣进行阐述。他指出，《围城》叙事中古今中西的碰撞融合，形成了崭新的叙述体式和审美范式，这亦是现代小说发展之趋势。李丹梦（华东师范大学）以第六届鲁迅文学奖中篇小说为例，解读中国当代文学的现实态度与叙事策略。她从评奖层面上现实应对的“潜规则”和获奖文本中呈现的主体形象及叙事策略入手，着重论述“众”的想象与压抑、先锋的“转型”、文学对现实与历史的“丈量”、语言膜拜与文学救赎的关系等。傅守祥（温州大学）以《金陵十三钗》和《南京安魂曲》为例探讨了国殇叙事中的女性创伤。他认为，两部作品汇聚了南京大屠杀、女性、异域文化三种元素，将战争中的女性作为书写重点，以戏剧化的激情或间离化的冷静态度，艺术地刻画日军对南京妇孺在身体与精神方面的双重凌辱与毁灭，是两部具有“唤醒”使命的文学作品。杨守森（山东师范大学）将中国当代文学中的“村支书”形象按照历史时间分为三代，透过这一形象分析家族的特征、流变与分化，分析中国当代社会尤其是农村社会历史脉搏的律动，以及中国当代文学创作的某些特征与得失。黄平（华东师范大学）从对《应物兄》的形式分析出发，讨论《应物兄》的叙述如何超越以往先锋文学与现实主义文学的叙述框架，为新自我的出现在叙述层面上创制空间。他以施米特对德国浪漫派的批判为参照，指出《应物兄》作为一部高度思想性的文学作品，讨论了情感、自我与他人的相通、共同体与“中华性”等依次递进的现代性难题。张艳梅（山东理工大学）认为现代性与百年中国新文学发展关系密切，“70后”作家的思想资源中包含了以现代性为核心的启蒙思想成果。对现代性的不同理解，影响到这一代作家对中国社会现实的观照、历史反思、人的异化与救赎等问题的书写。

四、小说叙事理论及方法研究

曾繁仁（山东大学）从自然写作这一独特视角审视了《聊斋志异》在生态批评方面的独特贡献，论述了蒲松龄“美生论”的表现情况、写作原因和审美评价。他认为《聊斋志异》是中国“生生美学”在小说领域的完美呈现，表明中国传统生生美学达到极高的思想与艺术高度。张同胜（兰州大学）认为《石头记》的脂批具有叙事之功效。脂评是元叙事、显性叙事、《石头记》的副文本、“写法”而非“读法”的指南，还可推知《石头记》的批书人即其写书人，从这个角度来说，脂评是《红楼梦》文本不可分割的一部分。蒋玉斌（西华师范大学）认为受清代考据学影响，当时的小说评点带有“崇实”倾向，且考据评点成为清代小说评点的一种自觉意识，“可资考证”成为评点者评价小说的重要标准。李桂奎（山东大学）论述了中国古代小说的“传神”画理蕴含，他认为在“写真”叙事下，小说文本可以实现“情”“事”“理”“象”等元素相互转换，传达更为传神的审美意蕴。邓百意（海南大学）探讨了中国古典小说创作中快节奏叙述的嬗变轨迹、结构功能及修辞意蕴。他认为在中国古代小说快节奏叙述地位的嬗变过程中，作家的创作意识由“崇实”到“纪虚”，修饰意识由“尚质”到“尚文”，“过枝接叶”成为常见的结构章法，作者所渗透的价值观显得更为隐蔽。王前程（三峡大学）从“赤壁之战”入手，探讨了《三国演义》“因文生事”的叙事原则，他认为作家以夸饰想象之笔加工史实、虚构故事、重塑历史人物形象、表达爱憎情感和审美倾向，充分显示了跌宕起伏、生动曲折、情趣盎然的宏大叙事艺术。赵毓龙（辽宁大学）对《西游记》问世以后明清小说（非续书、仿作）称引该书的情况作整体考察，探究了《西游记》在公共流通渠道内传播并实现经典化的过程。杨绪容（上海大学）介绍了清代题红诗情况，特别是程甲本之前足本“《红楼梦》”的题红诗，又从人物情节批评及其倾向和思想艺术批评两方面重新审视清代题红诗的文学批评价值。栾梅健（复旦大学）指出，时空距离的消失使现代作家从田园牧歌中走出，转而以文化启蒙者的角度审视故乡的落后和愚昧。王峰（华东师范大学）指出，科幻小说由于题材、描绘内容以及形式方面的特性导致其“文学性”的欠缺，然而科幻小说集中于新世界的探索以及新世界人性结构的深深开掘，本身具有独特的发展轨迹，不需要用既有的文学标准来衡量它，甚至传统文学性概念应该扩展出新的内涵。马龙潜（山东大学）梳理了新时期叙事理论的发展脉络、呈现特点及面临的问题，讨论了经典叙事学和后经典叙事学这两种形态的内涵、理论和侧重。张志忠（首都师范大学）用叙事学研究的方式构建百年中国乡土小说的叙事模型，并从创作实绩和研究评论两个方面，对乡土小说予以深度的探讨，把百年乡土小说的创生变革经验研究和乡土小说理论建设推向新的高度。张学军（山东大学）探讨了莫言小说中的意象叙事的广泛运用及其丰富的意义蕴含，并认为这种意象焦点，在贯串叙事脉络、搭建故事结构、塑造人物形象、营造独特氛围中发挥了重要作用。

五、小说比较及传播研究

徐志平（台湾嘉义大学）以《商界现形记》与《交易所现形记》为例，探讨了清末民初商界小说的叙事演变特征，即叙事题材随着时代不断往前发展，叙事结构也愈来愈摆脱晚清“虽云长篇，颇同短制”的“集锦式”结构，情节更一贯，结构更缜密。蔡连卫（青岛农业大学）考察了杨家将故事在南宋时期的传播概况及特点。刘天振（浙江师范大学）认为，继承前代撰述传统并受到当代博学思潮的推动，明代迎来了博物小说编撰的鼎盛局面。相较于前代同类作品，明代博物小说呈现正宗博物小说类书化、博物体系的工具化、作品内容科学化的特征。李万营（中山大学）对明代兵书编纂中收录小说戏曲情节之现象作出分析，从晚明文人谈兵现象探讨小说戏曲的军事价值。他认为兵书对小说戏曲情节的采择，使小说戏曲得到更广泛的传播，提高了稗戏文化的地位。薛海燕（中国海洋大学）通过分析《红楼梦》与清初拟晋唐风尚的关系，为后世了解拟晋唐风尚的实际内涵、动力、范围、深度等提供了新的视角。刘相雨（曲阜师范大学）主要探讨了孙楷第在宋元话本小说研究方面的成就及其在学术史上的地位和影响。付建舟（浙江师范大学）探讨了商务印书馆《说部丛书》在近代中国的传播与接受问题，他认为商务印书馆借助杂志、图书等主要印刷媒介刊载，又展开强大的广告宣传攻势，使得《说部丛书》为学生读者群、士大夫读者群、批评群体所广泛接受，从而产生了丰厚的经济效益和社会效益。王燕（中国人民大学）介绍了梵蒂冈宗座图书馆新发现的《玉娇梨》手写本，考察了其翻译底本和译者，同时从中国小说西译史的角度，分析了这一手写本的学术价值。白亚仁

（美国波莫纳学院）围绕“中国当代小说”“美国”“传播”“接受”这四个关键词展开讨论，揭示了中国当代小说难以被西方读者所真正接受的现象及其原因，从而说明翻译对中国当代小说在西方的传播和接受起着决定性影响。魏崇新（北京外国语大学）以西方三部文学史为讨论对象，从知识谱系的介绍、文本的分析阐发和小说的定性评价三方面，探讨了当代西方中国文学史中的《红楼梦》书写问题。胡晴（中国艺术研究院）关注网络文学中的《红楼梦》仿作现象，并分析了其特点及价值。耿建华（山东大学）认为，当前网络小说基于线上的写作方式使其呈现出诸多与传统小说不同的创作特点，包括作者与读者的即时互动、百科知识素材化、时空结构多样化等。徐兆寿（西北师范大学）重新梳理了百年中国电影与文学的关系和改编情况，探究电影作为一种叙事艺术而存在的诸种状态。

六、小说家及经典作品研究

萧相恺（江苏省社会科学院）就《西游记》《水浒传》二书的版本、作者及若干人物问题做了澄清与考索，为两本小说的研究提供了新思路和新线索。杜贵晨（山东师范大学）探讨了《歧路灯》所反映的明代历史及社会政治问题，他发现《歧路灯》只托于嘉靖一朝，继而对嘉靖年间的政治事件作了考辨和分析，如“大礼议”“内臣监军”与“廷杖之法”“草青词”、抗倭战事等。张弦生（中州古籍出版社）对新发现的李绿园逸作《重游风穴寺有怀白马颖石》《绿园珍藏药案》《绿园家训》和北冶贞节牌坊对联及其相关逸闻作了初步考证。张庆民（首都师范大学）分析了《聊斋志异》中两类人变形为异类的小说，认为蒲松龄试图以小说干预社会现实生活，乃与其道德观及对当时社会现实之态度有关，人的异类转变情节实为作家解决现实矛盾、斗争之手段。叶楚炎（中央民族大学）经过多方考证，认为扬州马曰琯、马曰璐即《儒林外史》二娄工资的原型，并且对原型人物影射下的群体特质以及个体属性的挪用与变幻情况进行论述。徐永斌（江苏省社会科学院）梳理了凌濛初早期在南京的冶游历程和赋曲创作，认为凌濛初早年在南京与河阳姬的婚恋历程，直接影响了他重“自然”“本色当行”的编创风格和创作理念。赵兴勤（江苏师范大学）认为，《金瓶梅词话》第五十八回“磨镜叟”情节的设计，蕴含着王阳明学说中“发用良知”的哲学思辨理念。郭健（重庆师范大学）对《通易西游正旨》的版本、批注者张含章及其批注要旨做了考证论析。杨彬（东华大学）结合袁氏兄弟对《金瓶梅》和《水浒传》二书的闻见言谈，认为袁小修所言“（《金瓶梅》）乃从《水浒传》潘金莲演出一支”不可信。郭皓政（海南师范大学）从三部与海瑞有关的明清公案小说入手，讨论了海瑞形象从士本位到官本位的历史错位现象。解洪祥（山东大学）将鲁迅的精神历程分成留日时期和五四后两个阶段，认为鲁迅的精神历程是探索民族的现代新生（即自觉、自由、自主）实现条件和实现方式的过程。丛治辰（中共中央党校）从西藏书写的谱系中分析了《尘埃落定》的特殊意义。徐刚（中国社会科学院）认为，徐则臣的《王城如海》尝试以雾霾隐喻来构形城市的意义，不仅显示了北京城市空间的复杂面貌，更在现实与记忆的纠结缠斗中剖析北京乃至中国城市的现代性本质，显示出独特的艺术贡献。王西强（陕西师范大学）认为莫言的《生死疲劳》使用了“寄居叙事”的现代性叙事策略，从而加强了叙事的自由度和表现力，是一种颇为成功的艺术尝试和创新，也是莫言小说艺术魅力的重要支撑。

本次论坛是一次规模较大、涵盖面较广的小说专题学术会议。议题深刻前沿，聚焦热点问题，与会专家从各自的学术领域出发，畅所欲言，各抒己见，提出了诸多新见解、新思想，彰显出小说研究学者扎实的学风建设和开阔的学术思路。论坛开拓了小说研究的新疆域，为学界奉献了一场高水平的学术盛宴。它进一步密切了山东大学文学院与海内外小说界研究者的联系与交流，扩大了山大中文学科的影响力，也对繁荣中国小说研究起到了重要的促进作用。